Scarlet
스칼렛

Scarlet
스칼렛

수호령 가리사대

수호령 강림시대

1판 1쇄 찍음 2013년 5월 14일
1판 1쇄 펴냄 2013년 5월 21일

지은이 | 신새라
펴낸이 | 정 필
펴낸곳 | 도서출판 **뿔미디어**

편집장 | 이재권
기획 · 편집 | 주종숙, 구정현
편집디자인 | 이진선
관리, 영업 | 김기환, 임순옥

출판등록 | 2002년 9월 11일 (제1081-1-132호)
주소 | 부천시 원미구 상3동 533-3 아트프라자 503호 (우)420-861
전화 | 032)651-6513 / 팩스 032)651-6094
E-mail | scarlets2012@hanmail.net
카페 | http://cafe.daum.net/scarletR

값 9,000원

ISBN 978-89-6775-317-7 03810

※파본은 구입하신 서점에서 교환하여 드립니다.

※이 책은 (도)뿔미디어를 통해 독점 계약되었습니다.
저작권법에 의해 보호를 받는 저작물이므로 무단 전재와 무단 복제를 엄금합니다.

차례

1. 마른하늘에 날벼락   7
2. 은행나무도 마주 서야 연다   49
3. 가랑비에 옷 젖는 줄 모른다   93
4. 갑작 사랑 영 이별   141
5. 달도 하나, 임도 하나   203
6. 천 리 길도 한 걸음부터   251
7. 굼벵이도 구르는 재주가 있다   298
8. 하늘이 내려 준 인연   358

종장   370

작가 후기   383

1. 마른하늘에 날벼락

"내가 보이느냐?"
"허면 안 보입니까?"

가연이 사내와 처음 나눈 말은 이것이었다. 멀쩡히 생긴 사내가 바위 위에 떡하니 팔을 베고 누워 지나가는 행인마다 험담을 늘어놓았다. 어림잡아 두 식경째 저러고 있는 것 같았다. 저 사내는 피골이 상접해서 밤일을 제대로 못 한다 하질 않나, 짐을 이고 가는 여인에게는 엉덩이가 작아 아이 낳기 어렵다 하질 않나, 심지어 아장아장 걷는 여아에게는 커서 박색하다는 소릴 들을 것이라 했다. 이 무슨 못돼 먹은 말버릇인가 말이다. 꼭, 다 알고 있다는 양 뱉어 낸 말들은 모두 가연에게 향한 것이 아님에도 듣기 거북할 정도였다. 가연은 자신 일이 아니라 모른 척하려고 했지만 듣고 있자니 속에서 부아가 치밀어 올랐다. 더구나, 다들 귀를 막고 다니는지 사내의 말은 들리지도 않는 듯, 아무렇지 않게 지나가는 것이었다. 해서 가연은 사내에게 다가가 민망할 정도로 노려보았다. 하지만 사내는 오히려 엉뚱한 물음을 가연에게 던지고 있었다.

"정녕 내가 보여?"

처음 던진 말과 크게 다르지 않은 말을 반복한 사내는 누워 있던 몸을 일으켜 앉으며 검지로 자신을 가리켰다. 도대체 이 무슨 말도 안 되는 언행인가. 당연히 보이니 서로 눈을 맞추고 있겠지. 가연은 한심하다는 표정으로 사내를 향해 혀를 찼다.

"멀쩡히 생겨서는, 대낮에 할 일이 없어 지나가는 이들 상대로 험담을 하십니까? 나이는 도대체 어디로 잡수셨소?"

"나? 지금 나한테 하는 소리냐?"

"허면, 바위 위에 한량처럼 앉아 주절거리는 사람이 댁 말고 또 뉘가 있습니까?"

"허! 귀신이 곡할 노릇일세."

동문서답하는 사내를 보고 있으니 주먹을 꼭 쥔 손이 부르르 떨렸다.

"저 사내가 밤일하는 것을 직접 보셨습니까?"

"못 봤지."

"허면, 저 여인이 아이 낳는 것을 보셨습니까?"

"그도 못 봤지."

"헌데! 뭘 믿고 그리 장담하십니까!"

"나는 안 봐도 다 안다."

이런 벼락 맞을 놈! 가연은 너무도 천연덕스럽게 답한 사내를 향해 욕지기가 올라왔다. 참아야 한다. 참으리라. 속으로 몇 번을 다짐하지만, 세상을 살다 보면 더러 상종 못 할 이들이 있는 법! 가연은 그중에 한 사람이 이 사내라 굳게 믿었다.

"저분이, 벌써 나이가 드셨나. 어찌 이런 실수를 하신담?"

사내가 중얼거리며 하늘을 올려다보자 자연스레 가연의 시선도 하늘을 향했다. 하지만 맑은 하늘에는 까마귀 한 마리만 여유롭게 날아갈 뿐이었다. 순간 가연은 정신이 온전치 못한 건가? 하는 생각마저 들었다.

"여하튼! 그 입 진득하니 닫고 계십시오. 사내 입이 그리 가벼워 어디에 쓰겠습니까!"

"내가 어때서? 사실을 말한 것을."

"때론 사실을 알면서도 발설치 않는 것이 덕임을 모르십니까?"

"나야 모르지."

말을 섞을수록 나오는 것은 한숨이었다. 애당초 이 사내에게 훈계한다는 것은 무의미한 일이었는지도 모른다. 해서 가연은 어금니를 꽉 물고 사내에게서 돌아섰다. 더는 말을 않겠다는 행동이었다.

"아니, 가만히 있는 사람에게 호통을 쳐 놓고 돌아서는 경우가 어디 있느냐? 예는 어디다가 팔아먹은 게야?"

'예?'

지금 뉘에게 예를 들먹이냔 말이지. 가연은 사내의 말에 코웃음을 쳤다.

"지금 뉘에게 예가 없다 하시는 겁니까?"

다시 돌아선 가연은 사내를 바라보며 어이없다는 표정을 지었다. 사실 이쯤 되니 서로 인상을 구기고 목소리를 높이는 것은 당연한 결과였다. 도성 성문을 오가는 수많은 사람들 속에서 민망한 줄도 모르고 하고 싶은 말을 쏟아 내던 가연은 어느 순간 자신에게 향하는 시선을 느낄 수 있었다.

"곱게 생긴 처자가 어찌 정신 줄을 놓았담?"

"그러게 말이야. 안쓰러워 어쩐대."

"시끄럽고, 그만 가세나. 안쓰러운 마음이야 우리보다 부모가 더할 터이지."

자신을 지나치며 고개를 절레절레 흔드는 행인들을 보자 가연의 입이 꾹 다물어졌다. 사정이야 어찌 되었든 여인의 목소리가 높아 좋을 것이 없었다. 가연은 다 하지 못한 말을 꾹꾹 누르며 두 눈을 질끈 감았다. 하지만 곰곰이 생각해 보니 어이해서 자신만 이런 소리를 들어야 한단 말인가? 그리고 정신 줄을 놓았다니? 고작 입씨름 좀 했다고 이런 말을 들을 것까지야 없지 싶었다. 가연이 억울함에 감았던 눈을 다시 부릅뜨고 사내의 만행을 꾸짖으려는 그때, 멀리서 말발굽 소리가 요란하게 들렸다. 아직 시야에 또렷이 들어오지는 않지만, 그들이 뉘인지 가연은 짐작할 수 있었다.

"아버지!"

가연이 아버지라 소리치는 바람에 사내는 바위 위에서 벌떡 일어나 앞을 내다보았다. 도대체 여식의 훈육을 어찌 시켰는지 아비 되는 사람의 면상을 똑똑히 보리라 다짐한 사내는 시골 훈장님 같은 후덕한 인상에 할 말을 잃었다. 마냥 '잘한다. 착하다.' 하며 키웠을 법하여 고개를 한쪽으로 휙 돌렸다.

"이제 오십니까?"

"뭐 하러 예까지 나왔느냐?"

"시전도 둘러볼 겸 해서 나왔습니다. 더구나 한 달 만에 돌아오시는 아버지를 대문 앞에서 맞이할 수는 없지요. 불편한 곳은 없으시어요?"

가연의 아비 임 행수는 대답 대신 엷은 미소로 화답했다. 상단을 이끌고 돌아온 임 행수는 조금 피곤한 기색이었지만 여식을 바라보는 눈길은 다정함을 잃지 않았다. 일찍 어미를 여의고 아비 손에 큰 여식이 안쓰럽기는 하지만 그렇다고 곱게 키우지는 않았다. 자신의 뒤를 이어 상단을 이끌어야 했기에 사실 가연은 여인보다 여장부라는 호칭을 더 많이 듣고 자랐다. 그렇게 어려서부터 상단 일을 배우고 자란 가연은 이제 제법 능숙하게 시전 상인들과의 거래를 도맡아 하고 있었다. 이미 상단에서는 임 행수 다음으로 차기 행수 자리에 가연을 생각할 정도였다.

"행수 어르신, 병판대감께서 사람을 보내셨습니다. 어찌하오리까?"

임 행수 옆으로 말머리를 나란히 한 병구아재가 조심스레 말을 건네자 가연은 아비의 표정을 살폈다.

"지금 도성에 당도하셨습니다. 여독을 푸신 후에 만나 보셔요."

늘 아비는 병판의 부름에 밤낮을 가리지 않고 집을 나섰다. 자신의 아비를 제집 종 부리듯 찾는 병판이 싫은 터라 가연의 표정은 절로 일그러졌다.

"찾으시니 뵈어야지. 상단은 가연이 네가 이끌고 돌아가도록 해라."

"허면, 석반 차려 놓고 기다릴 터이니 일찍 돌아오셔요."

"그러마."

임 행수는 짧게 답하고 병구아재와 함께 말고삐를 당겼다. 그렇게 멀어지는 아비를 바라보며 가연은 가슴 한편이 걱정으로 가득했다. 아비가 도성을 떠나기 전 병판에게 건네간 자금이 은자 백 냥이다. 헌데, 얼마나 되었다고 다시 아비를 찾는단 말인가. 이런 불안감에 가연은 아비가 사라진 쪽을 한없이 응시했다.

"네 걱정이 맞을 게다."

어느새 자신 옆으로 다가와 불쑥 끼어든 이는 다름 아닌 그 사내였다.

"무슨 소리를 하고 싶은 겝니까?"

"다시 말해 주랴?"

능청스런 표정으로 자신을 바라보는 사내의 눈길이 싫어 가연은 고개를 돌렸다. 분명 사내 입에서 나온 말들은 귀담아들어 좋을 것이 없으니 무시하기로 마음먹었다. 하지만 가연의 생각처럼 사내의 말은 쉽게 넘길 수 없었다.

"이번에는 족히 은자 천 냥을 내놓으라 할 것이다."

"예? 천 냥!"

기가 막힌 가연의 고개가 절로 사내에게 향했다.

"천 냥이 뉘 집 애 이름입니까?"

"아마 병판대감은 그리 생각하고 있을 게다."

"그리 막 나가시는 병판대감이 아니십니다."

"이제부터 막 나가기로 했다니까, 그 병판대감이."

"이보시오!"

"아이고, 귀청 떨어지겠네!"

가연의 높은 목소리에 묻힐세라 사내는 버럭 소리를 질렀다.

"그분을 잘 알지도 못하면서 어찌 말을 함부로 뱉으십니까?"

"내 굳이 설명하지 않아도 병판대감의 인품을 알고 있으면서 그런다."

가연은 입을 열다 말고 닫았다. 사실 사내의 말을 반박할 수는 없었다. 욕심 많고, 인정 없기로 소문난 이가 병판 아니던가. 가연은 그저 아랫입술을 잘근 씹었다.

"댁 말은 믿지 않을 것이니 더는 아무 말 마세요."

"어이해서? 내 말이 곧 진실인 것을?"

선인의 말씀이라도 되는 양 우쭐하는 사내의 모습에 가연은 눈을 흘겼다. 이렇듯 임 행수의 등장으로 잠시 소강상태였던 두 사람의 말싸움이 다시 시작되었다.

"저기…… 아씨, 일행들이 긴 여정으로 지쳐 있습니다. 이만 집으로 돌아가심이 좋을 듯합니다."

상단을 호위했던 무사가 조용히 다가와 아뢰는 말이었다. 가연은 잊고 있었던 일행들을 향해 돌아서며 미안함에 얼굴을 붉혔다.

"서둘러 출발하지요."

"헌데, 뉘와 말씀을 나누고 계시는 건지……."

호위무사는 말끝을 흐리며 작은 목소리로 물었다.

"보셨습니까? 뉘긴요. 예의 없고 방자한 바로 이 사내……."

어라? 없다. 금방 자신 뒤에서 일장연설을 늘어놓던 사내가 감쪽같이 사라지고 없었다. 가연은 서둘러 주위를 둘러보았지만, 사내의 그림자도 보이지 않았다. 이 무슨 조화 속인가?

"말 등에 오르시지요."

호위무사가 말고삐를 넘겨주자 가연은 무엇에 홀린 듯한 표정으로 말 등에 올랐다. 마음 같아서는 찾아보고 싶었으나 기다리는 이들이 많아 가연은 말고삐를 당겼다.

그렇게 멀어지는 가연을 내려다보던 사내는 고개를 갸웃거렸다. 아무리 생각해 보아도 이상하다 여긴 사내는 나무 위 굵은 가지에 걸터앉아 있었다.

"이상타, 이상해. 어찌 내가 보일꼬? 다른 이들은 볼 수 없는데 말이야. 영(靈)이 맑은 여인인가? 아니지. 저 성질에 영이 맑다 할 수는 없지. 암, 없고말고. 허면…… 지금 이 상황을 어찌 설명할 수 있을……."

혼자 중얼거리다 말고 갑자기 입을 떡 벌린 사내는 점점 커지는 동공을 주체할 수 없었다. 무엇인가 답을 찾은 표정이었다.

"가만, 그렇다면 저 여인이 내가 지켜야 할 주인……은 아니겠지?"

간혹, 인간 중에 자신의 수호령을 볼 수 있는 이들이 더러 있었다. 비록 가뭄에 콩 나듯, 드문 일이지만 이것 말고는 설명할 길이 없었다. 해서, 사내는 심장이 벌렁거렸다. 지금 이 상황이 너무 황당하고, 불안했다. 만약, 수호령을 볼 수 있는 여인이라면 앞으로 자신은 어찌해야 하는가? 사사건건 자신의 모든 언행이 그대로 드러나니 조심스럽고도 불편한 일이 아닐 수 없었다.

"아니, 허고 많은 이들 중에 하필 저 여인이냐는 말이지. 그깟 사고 좀 쳤다고 이런 식으로 날 엿 먹이겠다는 심사이신 게야?"

사내는 나뭇잎 사이로 빼꼼히 보이는 하늘을 올려다보았다. 사내의 표정에는 원망의 눈초리가 가득했다.

"요런 식으로 나오시면 저도 막 나가는 수가 있습니다."

팔짱을 낀 채 불퉁거린 사내는 순간 내려치는 벼락에 나뭇가지에서 쿵 하고 떨어졌다.

"아악! 아이고…… 아이고, 허리야."

마른하늘에 날벼락이란 옛말은 바로 여기에서 유래된 것이었다.

어느새 해가 지고 어둠이 깔렸다. 석반을 차려 놓고 마당을 서성이며 아비를 기다리던 가연은 병구아재가 전한 말에 발걸음을 안채로 향했다. 늦으실 거란다. 병판 댁에 술판이 벌어졌다 하니 쉽게 돌아오시기는 글렀다.

"무슨 세상이 이리 더러울까."

가연이 안채 정자에 올라 달을 올려다보며 내뱉은 말이었다. 술을 싫어하시는 아비에게 그 자리가 얼마나 지옥 같을지 알기에 가연은 방으로 들어가 잠을 청할 수 없었다. 분명 돌아오시는 발걸음이 마음만큼 무거울 터라 가연은 벌써부터 아비를 걱정하고 있었다.

"그리 걱정한다고 달라지는 것은 없다."

어디서 들리는 사내의 목소리인가? 가연은 정자 위에 서서 몸을 휙 돌렸다. 하지만 보이는 것은 어둠뿐이었다.

"뉘시오?"

어둠 속을 향한 가연의 목소리가 조금 떨렸다.

"나다."

나? 어둠 속에서 서서히 모습을 드러낸 이는 낮에 입씨름을 한 그 사내였다. 가연은 화들짝 놀라 한 발 뒤로 물러서며 사내를 노려보았다.

"다…… 당신이 어찌 내 집에……."

사내와 눈이 마주친 가연은 말까지 더듬었다.

"그야, 당연히 담을 넘었지."

사내는 사실 힘겹게 담을 넘었음에도 전혀 어려울 것 없다는 표정을 지었다. 아까 낮에 벼락을 맞고 나무에서 떨어져 몸을 자유롭게 움직일 수 있는 능력을 윗분에게 빼앗긴 사내는 이제부터 튼튼한 두 다리로 인간처럼 걸어 다녀야 했다. 가벼운 입을 놀려 윗분의 노여움을 산 결과가 참담했지만 딱히 하소연할 처지도 아니었다.

"담을 넘어 들어와 놓고 그리 당당히 말을 하다니! 진정 안하무인이 아닌가!"

가연은 버럭 소리를 지르며 정자 계단을 내려갔다. 당장 집 안에 있는 이들을 모두 불러 멍석말이라도 할 것 같은 기세였지만 사내에게 팔이 잡히고 말았다.

"어허, 이리 행동이 급해서야 무슨 말을 나눌꼬."

"이 손, 놓지 못할까!"

여전히 가연의 목소리는 높았다.

"내 말부터 듣고 사람을 불러도 늦지 않는단 말이지."

"난 댁과 나눌 말이 없으니 이 손 놓으시오."

"넌 없을지 몰라도 난 있다. 하고, 지금 사람들을 불러 모은다면 낭패를 보는 이는 너일 테니 생각 잘 하여라."

"허!"

가연은 기가 막힌 표정으로 사내의 손을 뿌리치더니 안채 문을 열고 소리쳤다. 그 소리에 놀라 안채로 달려온 병구아재는 가쁜

숨을 몰아쉬며 가연을 바라보았다. 상단 일로 집을 자주 비우는 임 행수 대신 어려서부터 가연을 키워 온 이가 바로 병구아재였다. 병구아재는 가연을 여식처럼 아꼈기에 한 치의 망설임도 없이 달려올 수 있었다.

"무슨 일인 게야? 도둑이라도 보았느냐?"

가연은 병구아재의 물음에 당황하여 아무 대답도 하지 못했다. 자신 옆에 버젓이 사내가 서 있거늘 병구아재는 뉘를 찾는지 주위를 두리번거렸다.

"안…… 보이십니까?"

"무엇이?"

가연이 조심스레 물었으나 병구아재는 여전히 사내에게 눈길조차 주지 않았다. 가연은 그저 멍하니 병구아재를 주시할 수밖에 없었다.

"낭패를 보는 것은 너라 그리 말해 주었거늘."

"그 입 다무시오!"

"뭐?"

갑작스러운 가연의 말에 묻는 이는 병구아재였다. 이리저리 눈을 돌리기는 했으나 입을 연 적은 없으니 병구아재가 이리 묻는 것은 당연하였다. 가연은 너무도 혼란스러워 지금의 상황을 병구아재에게 설명할 정신이 없었다.

"이제 내 말을 좀 들어 보겠느냐?"

사내가 다시 물었다. 가연은 대답 대신 병구아재를 바라보았다.

"제가 잘못 보았나 봅니다. 그만 돌아가 쉬세요."

"아니다. 예까지 왔으니 내 한번 둘러보고 가마."

"그러실 필요 없습니다."

"진정 괜찮은 게야?"

병구아재가 재차 물어보니 가연은 고개만 끄덕였다. 더는 서 있을 힘도 없어 병구아재가 서둘러 돌아가기를 바라고 있었다. 그렇게 병구아재가 미심쩍은 듯 안채를 나서자 문을 닫는 이는 사내였다.

"이제야 좀 정리가 되는군."

사내가 문을 닫고 돌아서자 가연의 몸은 이미 땅으로 스르륵 내려앉았다.

"어어! 벌써 이리 나오면 안 된다. 중한 말은 하나도 꺼내지 않았음인데 말이야."

"도대체 댁은 뉘시오?"

차디찬 흙바닥에 주저앉아 사내를 올려다보는 가연의 눈빛은 두려움으로 가득했다.

"참말 일찍도 물어본다. 이 몸이 뉘시냐 하면은 바로! 너를 지켜 주는 수호령이시지."

"……?"

"못 알아듣는 게야? 쉽게 말해 신이라고 해야 하나?"

가연은 눈도 깜빡이지 않고 숨도 쉬지 않았다. 지금 자신이 신을 보고 말을 나눈다는 사실이 꿈만 같았다. 아니, 반드시! 꿈이어야 했으나 변하는 것은 아무것도 없었다.

"헌데, 내 모양새가 좀 떨어지기는 하다만 이 말은 꼭 해야겠구나."

사내는 한참 동안 뜸을 들이더니 어렵게 말을 이어 나갔다.

"남는 밥 없느냐?"

가연은 사내의 마지막 말을 듣고 뒤로 넘어가 버렸다.

쩝쩝거리는 소리가 가연의 귓가에 천둥소리처럼 들렸다. 방 안으로 사내를 들일 수 없어 정자 위에 밥상을 차린 가연은 조금 전 일어났던 상황을 머릿속에 떠올리며 고개를 세차게 저었다. 기절한 상태로 그의 품에 안겨 있던 그때가 너무도 무서워 온몸에 소름이 돋았다. 하지만 지금은 점점 줄어드는 밥을 보며 이상하다는 생각을 했다. 저리 먹는 것을 보면 분명 사람이 맞는데 어찌 다른 이들 눈에는 보이지 않는단 말인가. 미심쩍은 마음에 가연은 천천히 사내 쪽으로 다가앉았다. 분명 신이라면 자신의 손에 잡히지 않으리라. 가연은 용기를 내어 수저질을 하는 사내의 팔을 잡았다.

"어이 이러는 게야? 그만 먹으라고? 아직 반이나 남았는데? 치사하게 이러지 말자."

"잡⋯⋯ 힌⋯⋯ 다."

"네가 잡았으니 잡히지."

"신이 아닌⋯⋯ 게지요?"

조심스레 묻는 가연의 목소리는 떨리다 못해 갈라지고 있었다.

"답답하기는. 좀 전에도 내가 널 잡았는데 너라고 날 못 잡겠느냐?"

사내는 가연의 손을 뿌리치며 수저질을 계속하였다. 며칠 굶은 이처럼 맛나게 먹는 모습을 보고 있으니 더욱 의심이 갈 수밖에 없었다. 가연은 떨리는 두 손을 맞잡고 말을 꺼냈다.

"신이 이리 밥을 먹는다는 것은 내 듣도 보도 못했습니다."

"당연히 모를 터이지. 알면 네가 사람이냐? 신이지."

사내는 가연에게 눈길도 주지 않고 입안 가득 음식을 밀어 넣었다. 지금은 오로지 배를 채우겠다는 의지뿐이라 가연의 물음은 사내에게 중요하지 않았다.

"괜한 생각 마라. 네 눈에는 음식이 줄어드는 것처럼 보일지 몰라도 다른 이들 눈에는 그대로 보일 터이니 말이다."

"그럴 리가……."

가연은 믿지 못하겠다는 표정으로 밥상을 바라보았다. 여전히 가연의 눈에는 한없이 줄어드는 음식이 보였고 머릿속은 더욱 복잡했다.

"제삿밥 줄어드는 거 봤냐. 봤어? 귀신이 와서 먹어도 인간들 눈에는 안 보이는 게야. 우리도 너희와 똑같이 먹고, 자고, 싸고 다 한단 말이지. 하지만 그럴 때마다 인간들이 그것을 다 보고 느낀다면 이 세상이 얼마나 혼란스럽겠냐."

든든히 먹었는지 부른 배를 두드리며 물 사발까지 비운 사내는 세상 부러울 것 없다는 표정이었다.

"믿지 못하겠으면 사람을 부르던가."

깨끗이 비워진 밥상을 보여 주라는 뜻임을 알면서도 가연은 선뜻 그러겠다 답하지 못했다. 다시 한 번 사내의 말이 사실로 드러난다면 가연은 견딜 수 없을 것 같았다. 차라리 확인하지 않으리라 마음먹고 난 가연은 넋을 잃은 사람처럼 천천히 정자 계단을 내려갔다.

"나보고 밥상을 치우라고? 수호령을 이리 대하면 못쓴다."

호통을 치는 사내의 목소리는 이미 가연의 귓가에 들리지 않았다. 그저 한숨 자고 일어나면 아무것도 기억 못하겠지 하는 마음에 가연은 자신의 처소로 향했다. 그리고 방문을 안에서 걸어 잠갔다.

"수호령 체면에 밥상을 들고 다닐 수도 없고. 에라, 모르겠다. 배부르니 잠이 쏟아지는구나."

벌러덩 대자로 누운 사내는 두 눈을 감은 지 얼마 되지 않아 코를 골았다. 고요하다 못해 적막한 집 안에 울리는 괴음. 하지만 사내의 코 고는 소리는 가연의 귀에만 들렸고, 잠을 이루지 못한 이 또한 가연 한 사람뿐이었다.

날이 밝자마자 가연은 부리는 아이 하나만을 대동하고 북촌으로 향했다. 아니, 더 정확히 말하면 북촌 시전이었다. 매일같이 시전을 둘러보며 그날그날 물건을 직접 살피는 것이 하루 일과의 시작이었지만 금일만큼은 시전을 찾은 이유가 달랐다. 해서 가연의 발걸음은 그 어느 때보다 빨랐다.

전에는 이러지 않았건만, 그새 입소문을 탔는지 아침부터 좌판 앞은 만원이었다. 시집도 안 간 젊은 처자가 점을 보는 꼴이 얼마나 우스울지 알기에 서둘러 집을 나선 길이었지만 허사가 되어 버렸다. 이미 가연의 시야에는 복자의 앉아 있는 모습조차 보이질 않았다.

먼저 온 이들이 있기에 당연 순서를 기다리는 것이 옳은 일이나 가연은 평온한 마음으로 마냥 기다릴 수 없었다. 이른 아침, 안채 정자를 지나오며 대자로 널브러져 자는 사내를 똑똑히 보고 나온 길이다. 하니, 이대로 순서를 기다리다가는 숨이 넘어갈 것 같았다.

"나부터 봐 주시오."

어느새 가연은 북적이는 사람들 틈을 비집고 나와 복자 앞에 앉았다.

"먼저 온 이들이 많습니다."

"내 사연이 있어 그러오."

"이 사람을 찾아오는 이들치고 사연 없는 사람이 어디 있겠습니까? 예를 모르시는 분은 아니신 듯하니 기다리시지요."

매정하리만큼 차가운 복자의 말투에 다급한 가연은 전낭을 서슴없이 열었다.

"오십 냥이오. 끝나면 더 얹어 주리다."

"생시가 어찌 됩니까?"

좀 전과 다른 나긋나긋한 말투로 생시를 묻는 복자의 물음에 가연은 떨리는 목소리로 답했다.

"신약 사주에 양인 격이 있어 별별 재수 없는 잡귀들이 다 들러붙어 있네요."

"!"

처음 복자의 입에서 나온 말은 이것이었다. 잡귀란다. 딱 들어맞는 소리가 아닌가. 가연의 상체가 점점 복자에게 다가갔다.

"허면, 어찌해야 그 잡귀가 떨어지겠소?"

"베갯머리에 복숭아 나뭇가지를 꺾어 놓아두세요."

"그리해도 자꾸 헛것이 보이면 그때는 어찌하오?"

"그때는……."

복자는 말을 하다 말고 입을 닫았다. 무엇인가 더 바라는 눈치에 가연은 재차 전낭을 열었다. 가연이 다 낡아 빠진 서안 위에 엽선 4러미를 내려놓자 검은 수염 너머로 만족한 듯 올라간 복자의 입매를 어렴풋이 볼 수 있었다.

"헛것이 보이는 쪽을 향해 팥을 던지십시오. 세게…… 아주 세게, 있는 힘껏 던지셔야 할 겁니다."

가연은 대답 대신 고개를 끄덕이며 자리에서 일어났다. 사실 복자에게 내준 돈이면 삼대를 물어봐도 되지만 가연은 그 어떤 것도 궁금하지 않았다. 오로지 밥 먹는 잡귀를 떼어 내고 싶은 마음뿐이어서 오래 앉아 있을 필요가 없었다.

"곧, 좋은 인연이 찾아오겠군요."

"지금 뭐라 했소? 인연?"

일어서다 말고 다시 자리에 앉은 가연은 복자의 말에 귀를 기울였다.

"물론, 쉽지 않은 인연이지만 그 인연이 맺어진다면 세상 부러울 것이 없을 겁니다."

이 말을 끝으로 더는 해 줄 말이 없다는 듯 복자는 다음 사람을 불렀다. 멈칫멈칫하다 다음 사람에게 자리를 내어 준 가연은 아쉬움을 뒤로하고 돌아섰다.

가연은 시전을 아무리 둘러보아도 복숭아 나뭇가지를 찾을 수 없었다. 복숭아야 널려 있지만 나뭇가지 채로 시전에 내다 파는 이들이 어디 있겠는가. 할 수 없이 가연의 발걸음은 시전을 빠져나와 과수원까지 오고 말았다. 다급한 마음에 복숭아나무를 보자마자 과수원 안으로 들어선 가연은 망설임도 없이 나뭇가지를 꺾었다.

"보아하니 행색도 그리 궁색해 보이지 않거늘 어찌 다 큰 처자가 서리를 하십니까?"

한창 수확 철이라 사람들의 눈에 띄지 않는다는 것은 어불성설이었다. 불쑥 나타난 소작농에게 가연은 연신 고개를 숙였다.

"내 미안하다 하지 않았습니까. 꺾은 복숭아 값은 후하게 치르리다."

가지에 달린 복숭아 개수를 헤아리며 가연은 전낭을 열었다. 그리고……

"아씨, 어찌 그러셔요?"

굳은 가연의 표정을 살피던 노비 향금이 걱정스러운 마음에 물었다. 그러나 가연에게서는 어떠한 답도 들을 수 없었다.

"아씨?"

향금이 재차 부르자 그제야 정신을 차린 가연은 벌린 전낭을 오므리며 말을 더듬거렸다. 이미 복자에게 가진 돈을 다 주어서 곤란한 상황이 아닐 수 없었다.

"내 지금은 가진 돈이 없어 그러니 명일 값을 치르면……"

가연의 말이 끝나기도 전에 소작농은 버럭버럭 소리를 질렀다. 며칠 전 비바람에 떨어진 복숭아를 주워 담으며 한탄을 하던 참이라 가연을 바라보는 소작농의 시선이 곱지 못했다.

"얼마면 되겠는가?"

뒤에서 들리는 굵고 다정한 목소리에 가연의 고개가 절로 돌아갔다. 푸른색 도포를 말끔히 차려입고 입가에 미소를 살짝 걸친 선비는 성큼성큼 다가와 엽전을 소작농 앞에 내밀기까지 했다. 소작농은 선비의 마음이 바뀔세라 서둘러 돈을 챙겨 돌아갔다.

"초면에 이리 신세를 지어 어찌합니까."

가연이 조심스레 말을 건넸다. 이미 가연의 얼굴은 민망함에 붉어져 있었다.

"사정이 있으신 것 같아 도움을 드린 것뿐입니다. 너무 괘념치 마세요."

물론, 사정이야 있다. 그 사정을 어찌 말로 다 할 수 있을까. 나오는 한숨을 삼키며 가연은 아랫입술을 지그시 물었다.

'어쩜, 이리도 잘나셨을까······.'

가연은 남녀가 유별한 것도 잠시 잊은 채 선비를 똑바로 바라보았다. 팔척장신에 가까운 키와 짙은 눈썹, 곧게 뻗은 콧날과 두껍지도 얇지도 않은 입술이 사내다운 인상을 그대로 보여 주었다.

"사시는 곳을 일러 주시면 아랫것을 시켜 돈을 갚도록 하겠습니다."

가연은 돌아서려던 선비의 발걸음을 급히 잡았다.

"그러실 필요 없습니다."

"소녀, 상인의 여식입니다. 신용을 담보로 거래하는 제가 이리 빚을 질 수는 없는 일이지요. 갚을 수 있도록 해 주십시오."

가연은 살짝 고개를 숙이며 간곡히 청했다.

"명일이 아버님 생신이라 집 안이 북적일 것 같습니다. 아무리 아랫것을 보내신다 하더라도 보는 이들이 많을 것이니, 명일 이 시각에 예서 뵙는 것은 어떠시겠습니까?"

다시 보자는 선비의 말에 가연은 심장이 벌렁거렸다. 초면에 민망한 짓은 다 저질러 놓고도 올라가는 입매를 감출 수 없었다.

"그러시다면⋯⋯ 할 수 없지요."

표정과 달리 말은 어쩔 수 없다는 듯 뱉어 낸 가연은 살짝 고개를 돌려 부끄러움을 감췄다. 반가의 여인보다 바깥출입이 잦은 가연은 그동안 많은 사내를 봐 왔지만 이렇듯 반듯하고 잘난 사내는 처음이었다. 해서 쉽게 발걸음을 옮길 수 없었다.

"허면, 명일 다시 뵙지요."

대과준비를 하느라고 절에 머물다 내려온 길에 가연과 마주한 그가 바로 병판의 외아들 문이겸이다. 아비와 달리 성품도 용모도 어미를 닮아 어디에 내놓아도 손색없는 일등 신랑감이었다. 이런 이유로 사대부에서 다들 눈독을 들이고 있었으니 매파가 문턱이 닳도록 드나듦을 이겸 자신은 알지 못했다.

땅거미가 질 무렵 가연은 집으로 돌아왔다. 마음 같아서는 집에 들어오고 싶지 않았으나 어찌하겠는가. 여인이 밖에서 잠을 청한다는 것은 벼락 맞을 일이라 가연은 안채 문을 천천히 열었다.

두 손으로 치맛자락을 살포시 들고 살금살금 걸어가는 폼이 흡사 도둑고양이처럼 보였다. 심지어 정자 앞을 지나칠 때는 허리까지 숙이고 걸어 뉘가 본다면 웃지 않고는 못 견딜 모양새였다. 그렇게 정자를 지나쳐 가던 가연은 순간 정자 위를 확인하고 싶다는 생각이 들었다. 볼까? 말까? 의 갈림길에 서서 발걸음을 떼지 못하고 있던 가연은 밤바람 소리에 냅다 달리기 시작했다. 대청 위에 올라서며 벗어 던진 비단신이 섬돌 아래로 굴러떨어지는 것도 모르고 방 안으로 뛰어든 가연은 재빨리 방문을 걸어 잠갔다.

"참말, 이리는 못살겠다."

숨을 고르며 철퍼덕 주저앉은 가연은 머리를 벽에 기대고 두 눈을 감았다. 헌데, 이런 상황에서 어찌 낮에 보았던 선비의 얼굴이 머릿속에 그려지는가. 가연은 그의 모습을 하나하나 되새기며 눈을 떴다.

"아씨, 향금이어요."

향금의 목소리에 방문을 조심스레 연 가연은 고개를 살짝 내밀며 주위를 살폈다.

"어찌 그러셔요?"

"아니다. 혹…… 정자 위에 사람이……."

사람이 아니니 보았느냐 물어볼 수도 없는 노릇이었다. 해서 가연은 말끝을 흐렸다.

"말씀하신 나뭇가지하고 팥이어요."

"이리 다오."

"헌데, 어디에다 쓰시려고 이 밤에 가져오라 하십니까?"

"너는 알 것 없다. 그만 돌아가 쉬어라."

향금이 들고 있던 것을 건네받고 문을 닫은 가연은 서둘러 등잔불을 밝혔다. 이부자리를 펴고 복자가 시킨 대로 베갯머리에 복숭아 나뭇가지를 놓아둔 가연은 천천히 옷고름을 풀었다. 쉽게 잠을 청할 수야 없겠지만, 마음 졸이고 앉아 밤을 보내는 것보다 낫지 않겠는가. 가연은 언제든 던질 준비가 되어 있다는 마음가짐으로 팥을 가까이에 두었다.

삐거덕, 삐거덕. 나무가 뒤틀리는 소리에 가연은 벌떡 일어나 앉았다. 분명 누군가 대청에 올라 걷는 소리였다. 가연은 마른침을 삼키고 방문을 뚫어지랴 응시했다. 그리고 천천히 팔을 뻗어 손안에 팥을 가득 움켜쥐었다.

'세게, 아주 세게, 있는 힘껏 던지셔야 할 겁니다.'

복자가 해 준 말을 똑똑히 떠올리며 가연은 숨을 참았다. 얼마나 세게 팥을 움켜쥐었는지 팔이 저릿할 정도였다. 그렇게 가연은 서서히 자신에게 다가오는 공포를 온몸으로 느끼며 어금니를 꽉 물었다.

덜컹! 방문이 열림과 동시에 가연은 팥을 던졌다. 뉘냐고 묻지 않았고 똑바로 바라보지도 않았다. 너무 무서워 목구멍이 막힌 것 같아 소리조차 지를 수 없는 상태에서 가연은 오로지 있는 힘껏 팥을 던질 뿐이었다.

"아야! 아!"

가연의 목소리가 아닌 사내의 목소리가 안채를 울렸다.

"잠시만…… 악! 내 말 좀…… 앗, 따가워!"

요리조리 몸을 움직였지만, 사방에서 날아오는 팥을 무슨 수로 피할 수 있겠는가 말이다. 더구나 말을 할 때마다 입안으로 들어오는 팥의 개수는 점점 더 많아졌다. 수호령은 두 손을 쫙 펴고 얼굴을 가리려다 팔을 쭉 뻗어 아래로 향하게 하였다. 그가 가린 것은 입이 아닌 아랫도리 물건이었다.

"알았다. 간다고, 가!"

머리가 산발이 되고 나서야 가연은 던지는 것을 멈췄다. 얼마나 미친 듯이 던졌는지 속저고리 옷고름도 풀어져 있었다. 가연은 자신의 매무새가 어찌 되었든 이불 속에서 빠져나와 방문부터 걸어 잠갔다. 향금이 다녀간 뒤, 문 잠그는 걸 잊어버린 가연은 그제야 긴장감이 풀려 문고리를 잡은 채로 앉아 잠이 들었다.

첫닭이 우는 소리에 가연은 무거운 눈을 뜨고 방 안을 둘러보았다. 방 안에는 온통 팥들이 굴러다녔고 밤새 무슨 일이 벌어졌는지 말하지 않아도 알 수 있었다. 가연은 갑자기 느껴지는 갈증에 방문을 열고 나왔다.

"아악!"

단 한 발짝 내딛고 난 가연은 비명과 함께 털썩 주저앉았다. 다름 아닌 그 사내가 아니 그 잡귀가 대청에 대자로 누워 자고 있는 것이 아닌가. 가연은 달달 떨리는 몸을 끌고 다시 들어가려 하였지만 손가락조차 움직이지 못했다.

"아함. 왜 이리 시끄러운 게야."

눈을 비비며 일어나 앉은 수호령은 가연과 눈이 딱 마주쳤다. 그의 한쪽 입꼬리가 삐딱하게 올라갔다.

"일찍 일어났구나. 헌데, 야밤에는 그 무슨 발광이냐?"

뭐라 말은 하고 싶었으나 입술이 달달 떨려 가연은 단 한 마디도 할 수 없었다.

"베개 좀 빌리려고 하였더니만."

"분명…… 팥을 던지면……."

"팥? 네가 던진 것이 팥이었느냐? 허면, 어찌 던진 것이야?"

영문을 모르겠다는 표정으로 가연을 바라보던 수호령은 무엇인가 떠올랐는지 눈썹을 추켜세웠다.

"설마하니, 그 팥으로 나를 떼어 낼 수 있다 생각한 것은 아니겠지?"

가연에게서 답이 없자 수호령은 연신 혀를 차며 한심한 듯 바라보았다.

"어찌 설명해 줘야 할까나……. 나는 말이다. 네가 알고 있는 그런 잡귀가 아니다. 이승에 한이 많아 떠나지 못하는 원귀가 아니라고. 나는 저 위 상제님께 임무를 하달받은 수호령이란 말이지.

해서, 너희 인간들이 하는 귀신을 물리치는 의식 따위로는 나를 이기지 못한다고."

수호령은 기지개를 켜며 자리에서 일어났다. 더는 이상한 짓 말라는 표정으로 가연을 매섭게 노려보던 수호령은 섬돌을 내려서다 말고 다시 돌아섰다.

"앞으로 던지려거든 거 뭣이냐…… 얼굴은 피해서 던져다오. 이래 봬도 내가 좀 잘난 용모를 자랑하는 수호령이란 말이지. 게다가, 얼굴보다 더 중한 것을 가려야 하기에 작일 밤은 무방비 상태였으니 서로 지켜야 할 예는 지키며 지내자꾸나."

이 한마디를 툭 던져 놓고 수호령은 홀연히 안채를 빠져나갔다.

북촌 시전은 늘 사람들로 북적였다. 이른 아침부터 해 지는 저녁까지 물건을 파는 이들과 사는 이들이 뒤엉켜 사람 사는 냄새를 풍기는 곳이 바로 이곳이었다. 더구나, 다른 시전과 달리 북촌은 사대부들의 가옥들이 즐비해 있어 물건의 질도 좋고 종류도 다양하거니와 오가는 이들 또한 많았다.

이리 정신없는 면주전에 가연이 넋을 놓고 앉아 있었다. 평상에 앉아 장부를 들여다보고 있었지만 가연의 머릿속에는 하나 들어오지 않았다. 장부를 펼치고 난 뒤 단 한 장도 넘길 수 없었던 가연은 향금의 부름에 비로소 정신을 차렸다.

"아니 가셔요?"

"응?"

가연이 무슨 말이냐는 듯 바라보자 향금은 몸을 숙여 목소리를 낮췄다.

"금일 선비님과 만나기로 하셨잖아요."

"아, 참! 그랬지. 서둘러야겠다."

가연이 장부를 덮으며 자리에서 벌떡 일어나자 향금이 그녀의 뒤를 쫄레쫄레 따라나섰다.

"너는 예 있거라."

"예?"

향금은 가연의 말에 눈을 동그랗게 뜨고 깜박였다. 남녀가 유별하거늘 어찌 홀로 만나신다 하는가. 향금은 당장에라도 가연 앞을 가로막고 설 기세였다.

"금일 칠복이가 돌아오는 날이 아니더냐. 두 달이나 떨어져 있었는데 얼굴은 보아야지."

"아씨는…… 별걸 다 기억하십니다."

가연의 말에 향금은 얼굴을 붉히며 고개를 돌렸다. 향금과 칠복은 혼례를 약속한 사이라 뻔히 이곳부터 찾아올 것을 알기에 가연은 향금을 데리고 나갈 수 없었다. 물론, 혼자 가고 싶은 마음도 없지 않아 있었다.

그렇게 향금이 우물쭈물하고 있는 사이 가연은 면주전을 나섰다. 떨리는 마음을 애써 감추며 면주전 옆 골목으로 들어선 찰나 뜻하지 못한 이와 딱 마주하게 되었다.

"에구머니나!"

못 볼 것을 보았는지 가연의 몸이 절로 주저앉을 판국이었으나 다행히 치맛자락에 흙을 묻히는 불상사는 피했다. 마주하고 싶지 않았던 이가 가연의 팔을 잡아 주었으니까.

"어…… 어찌…… 예까지……."

"귀신이라도 본 듯한 표정이구나?"

허면! 댁이 귀신이지 사람이오! 라고 외치고 싶었으나 시전거리에 지나는 이들은 많았다. 가연은 주위를 살피며 낮게 중얼거렸다.

"뭐 하러 오셨습니까?"

"일하러 왔지. 수호령은 한시도 모시는 주인과 떨어져서는 아니 된다."

기가 찬 가연은 헛웃음이 절로 나왔다. 이것이 어찌 모시는 것인가. 괴롭히는 것이지. 가연은 그와 잠시도 함께 있고 싶지 않았다.

"갈 곳이 있사와 이만."

고개를 살짝 숙이며 수호령의 눈길을 피한 가연은 서둘러 발걸음을 재촉했다.

"허면, 같이 가자."

"!"

가연의 발걸음이 순간 멈췄다. 자신 앞에 큰 장벽이라도 있는 것처럼 가연은 온몸이 굳어 버린 채 정면을 응시하고 있었다.

"앞장서거라."

가연 옆에 나란히 선 수호령이 접힌 접선을 쫙 펴며 유랑이라도 하겠다는 양 여유롭게 말했다. 하지만 가연의 발걸음은 쉬 떨어지지 않았다. 아니, 몸을 움직여 걸을 수가 없었다. 마음은 몸보다 더 무거웠다.

살랑살랑 불어오는 바람에 가연의 옷고름이 날렸다. 비록 시원한 바람은 아니었지만 비탈길을 올라가는 지금은 이마저도 감지덕지했다. 연분홍 치맛자락을 살포시 들고 발걸음을 옮기던 가연은 간혹 뒤를 돌아보며 한숨을 내쉬었다. 면주전을 나설 때만 하더라도 설레던 마음이 뒤따라오는 이로 하여금 반감되었다. 나불거리는 입만이라도 닫아 주면 고마우련만 요란하게 접선을 흔드는 손만큼 수호령의 입은 잠시도 쉬지 않았다.

"덥다, 더워. 이 더위에 도대체 어딜 가자는 게야?"

말하는 본새 좀 보소. 뉘가 같이 가자 했는가 말이다. 수호령은 꼭 가연이 그를 끌고 온 것처럼 투덜거렸다.

"아직 멀었냐? 이러다 쓰러지겠다."

사람이든 신이든 그래도 사내일진대 어찌 엄살은 아이보다 심했다. 해서 앞서 걷는 가연은 두 귀를 막고 싶었다.

"이쪽입니다."

멀지 않은 곳에서 들려오는 사내의 목소리에 가연은 주위를 두리번거렸다. 가연은 소나무 그늘 밑에 의젓한 모습으로 서서 자신을 바라보고 있는 사내를 알아볼 수 있었다. 이미 가연은 무엇에 이끌리듯 발걸음을 나무 그늘 쪽으로 옮겼다. 당연히 입 나온 수호령도 가연을 따라 터덜터덜 걸었다.

"제가 늦었나 봅니다."

"아닙니다."

두 사람은 잠시 서로 마주 보다 시선을 피했다. 구실을 만들어 마주하기는 했으나 딱히 나눌 말이 없어 두 사람 사이에는 어색한 침묵만이 가득했다. 하지만 이도 잠시, 가만히 입을 닫고 있을 수호령이 아니었다.

"후딱 일 보고 내려가자꾸나."

한쪽에 쪼그리고 앉아 가연을 바라보는 수호령의 시선은 '잘들

논다.'라는 뜻이 가득 담겨 있다 못해 차고 넘쳤다. 당연 가연뿐 아니라 이겸을 바라보는 시선 또한 곱지 못했다.

"우선 빌려 주신 돈부터 드려야지요."

말을 꺼낸 가연은 전낭부터 찾았다. 헌데…… 이를 어찌한다? 급한 마음에 나선 길이라 전낭을 두고 나온 가연의 표정은 빠르게 어두워져 갔다.

"어찌 그러십니까?"

이겸의 다정스런 목소리는 참으로 듣기 좋았으나 가연은 차마 얼굴을 들지 못하고 입을 닫았다. 이제 식은땀까지 흘러내리는 것 같았다.

"안 가져온 게지. 쯧쯧."

어찌 없어도 되는 눈치는 저리 빠를까. 가연은 곁눈질로 수호령을 노려보았으나 그에게 말을 던질 상황은 아니었다.

"그리 더우십니까?"

가연의 이마에 송골송골 맺힌 땀을 보자 이겸은 소맷자락에서 작은 무명천을 꺼내 건넸다. 선뜻 받지 못하고 머뭇거리는 가연의 작은 손에 이겸의 시선이 한동안 머물렀다.

"내가 닦아 주랴?"

수호령의 말이 끝남과 동시에 무명천이 이겸의 손바닥 위에서 날아가 바닥으로 떨어졌다. 더 정확히 말하면 수호령 앞에 떨어졌다 하는 것이 맞을 것이다. 바람 한 점 없던 차에 이런 일이 벌어지니 이겸은 고개를 갸웃거리며 자신의 빈 손바닥을 내려다보았다.

"제가 줍겠습니다."

혹시나 이겸이 눈치채지 않을까 하여 가연은 급히 무명천을 주우려 하였다. 하지만 수호령이 검지를 한 바퀴 돌리자 무명천은 바람에 날리듯 가연에게서 멀어졌다. 키득거리는 수호령의 얄미운 웃음소리가 가연의 귓가에 들렸다.

"바람이 심술을 부리나 봅니다."

이겸은 가연 대신 무명천 가까이 다가갔다.

"바람의 심술이라면 다행이지요."

가연은 수호령을 바라보며 눈에 힘을 주었다.

"알았다. 그만하마."

가연의 눈초리에 말은 이리하였지만 수호령의 검지가 또 한 번 움직였다. 이번에는 무명천이 흙먼지와 함께 이겸의 얼굴로 돌진했다. 흙먼지를 들이마신 탓에 헛기침하며 무명천을 얼굴에서 떼어 낸 이겸의 표정이 순간 일그러졌다.

"고운 얼굴에 괜찮으실지 모르겠습니다."

이겸이 흙먼지를 탈탈 털기는 했지만 가연에게 건네는 손이 부끄러웠다.

"별말씀을 다 하십니다."

이겸이 건네는 무명천을 두 손으로 꼭 쥔 가연의 시선은 수호령에게 향해 있었다. 감시와 경고의 눈초리가 확실했다.

"내 얼굴 뚫어진다."

가연의 눈빛이 무서워 들고 있던 접선으로 얼굴을 반쯤 가린 수호령은 두 사람에게서 살짝 돌아섰다.

"좀 전에 하시려던 말씀이……."

이겸의 목소리에 그제야 가연의 시선이 돌아왔다.

"그러니까……."
"어려워 마시고 말씀해 보세요."
"제가 전낭을 놓고 왔는지라……."
"받은 걸로 하겠습니다."
"아니 됩니다."

꼭, 갚겠다는 표정으로 그를 바라보았지만, 또다시 말문이 막혀 버렸다. 어찌 사람으로 태어나 이리 잘난 용모를 가질 수 있을까 하는 생각에 해야 할 말을 모조리 잊어버렸다.

"침 떨어진다."

이런 가연의 모습이 마뜩잖아 수호령은 접선으로 더운 바람을 연신 만들었다.

"제가 북촌 시전에서 면주전을 하고 있습니다. 언제든 그곳으로 오시면 돈을 갚겠습니다."

"낭자의 마음이 정 그러시다면 어머니에게 어울릴 만한 고운 비단을 권해 주시지요. 사내라 그런지 도통 그런 쪽으로는 무지한 편이라."

"그럼요. 걱정 마시고 들러 주셔요."

오겠다는 이겸의 말에 가연의 얼굴은 환한 미소를 짓고 있었다. 이와 반대로 수호령의 표정은 울상이었지만.

"허면 어찌 찾아가야 할지."

"북촌 시전에서 여인이 하는 면주전은 한 곳밖에 없습니다. 제 명자를 물어보시면 손쉽게 찾으실 수 있을 겁니다. 아름다울 가에 연꽃 연 자를 써, 가연(佳蓮)이라 하지요."

신이 난 가연은 들뜬 아이처럼 이겸에게 주절주절 늘어놓았다.

"아니, 왜? 말이 나온 김에 사는 집도 알려 주시지."

가연의 처신에 콧방귀가 절로 나왔다. 조신한 여인의 모습은 조금도 찾아볼 수 없었다. 아무리 상인의 여식이라지만 사내 앞에서 묻지도 않은 명자까지 알려주는 모습이 수호령의 눈에는 한심해 보였다.

"이 사람은 이겸(莉謙)이라 합니다."

통성명까지 마친 두 사람은 눈까지 마주치며 얼굴에 웃음을 가득 지어 보이고 있었다. 제법 잘 어울리는 두 사람이었지만 수호령의 눈에는 꼴불견이 따로 없어 보였다.

"아버님 생신이라 이만 내려가야 할 것 같습니다."

"그러세요. 가 보셔야지요."

"그래, 후딱 가라."

다정한 이겸의 눈길과는 달리 가연을 바라보는 수호령의 눈길은 노려본다는 것에 가까웠다.

가연은 오로지 이겸밖에 보이지 않는 것처럼 그에게서 시선을 떼지 않았다. 귀는 막을 수 없으나 눈은 고정할 수 있었으니 보고 싶은 이만 보리라 마음먹은 가연은 수호령의 존재를 깡그리 무시하기로 했다.

"그놈 참, 사내가 저리 굼떠서야."

돌아서 가는 이겸의 뒷모습을 바라보며 수호령의 눈초리가 곱지 못했다.

"가벼운 이보다야 낫지요."

"사내 보는 눈이 그리 낮아서 시집이나 가겠냐?"

"사내 보는 눈은 낮을지 몰라도 사람과 귀신은 구분합니다."

"거, 참! 귀신이 아니라 신이라니까!"

"귀신이든, 신이든 사람이 아닌 것은 확실하지 않습니까?"

수호령은 한마디도 지지 않는 가연의 말대답에 화가 발바닥부터 머리끝까지 올라오는 느낌이었다. 그러나 한편으로 이런 생각이 들었다. 이틀 동안 자신을 볼 때마다 놀라는 가연을 어찌해야 하나 한참 고민에 빠져 있던 수호령이었다. 그렇다고 안 보며 지낼 수도 없는 노릇이라 부딪쳐 보기로 마음먹고 따라나선 길이었는데 생각보다 나쁘지 않은 결과를 얻어 다행이다 싶었다. 하지만 마음 한구석이 찜찜한 것은 무엇 때문일까? 사내를 만나 그러한가? 하나를 풀고 나니 다른 하나가 마음속에 똬리를 틀고 앉아 답답한 마음은 매한가지였다.

해가 지니 가연이 지내고 있는 안채는 조용했다. 홀로 그 큰 곳을 다 쓰고 있는 터라 어떨 때는 외롭다는 생각마저 들었지만 당분간 이런 생각은 들지 않을 것 같았다. 혼자가 아니니 말이다.

"어찌 못 들어가게 하는 것이야!"

"허면, 여인이 홀로 있는 방에 들어와 자겠다는 말이 가당키나 한 말입니까?"

"난 수호령이다. 수호령은 잘 때도 주인 곁을 지켜 주어야 하거늘 어찌 이러느냐!"

방문을 사이에 두고 안에서는 가연이 문고리를 붙잡고 있었으며 밖에서는 수호령이 문고리를 당기고 있었다. 한 사람은 '들겠다' 하고 다른 한 사람은 '아니 된다' 하니 이 야밤에 무슨 해괴한 짓거리인가 말이다. 작일 밤도 그러하더니만 금일 밤도 영락없이 문고리를 붙들고 잠들 판이라 가연은 한숨부터 나왔다.

"내가 널 잡아먹기라도 할 것 같아 그러느냐?"

"귀신하고 나란히 잠을 청할 수는 없는 일입니다."

"잡귀 취급하지 말라 했지! 이 몸은 너의 수호령이라고!"

"사람은 아닌 게지요. 하니, 방으로 들일 수 없습니다."

"허면, 사람은 여인이든 사내든 들이겠다는 게야?"

문고리를 붙잡으니 이제 말꼬리까지 붙잡고 늘어지는 수호령이었다. 이쯤하면 포기할 만도 하건만 굳이 안으로 들겠다는 수호령의 고집을 가연은 이해할 수 없었다. 어찌 되었든 그의 존재를 인정하지 않았는가. 허면, 더는 자신을 이리 몰아가지 않았으면 했다. 가연에게는 아직 시간이 필요했다.

"일 좀 하자. 일 좀!"

"그런 일은 안 하셔도 됩니다."

"안 하면 난 저 윗분께 벌을 받는다."

"그 또한, 그쪽 사정인 게지요."

환장할 노릇이었다. 금일 밤은 분명 잡귀들이 판을 치고 다니는 날이었다. 가연처럼 수호령을 볼 수 있는 이들은 잡귀들이 더 쉽게 달라붙기에 자신의 영력으로 지켜 주어야 했다. 더구나 이 영력이라는 것이 머리맡에 자리를 잡고 있어야 온전히 몸을 감싸 줄 수 있는 것이라 빠른 위치 선정이 그 무엇보다 중요한 것이었지만 이것을 어찌 다 말로 설명해 주랴. 수호령은 답답해 미칠 것 같았다.

"시간 없다. 그만하자."

"예, 제가 바라는 바입니다. 제발 그만하세요!"

지켜 주려는 자신의 마음도 모르고 이 무슨 섭섭한 말인가. 그러다 보니 수호령의 입에서 헛말이 흘러나왔다.

"날 그새 사내로 보는 게야?"

순간 말이 끝나기가 무섭게 덜컹하고 방문이 열리자 문고리를 당기고 있던 수호령은 뒤로 벌러덩 드러누웠다.

"아이고, 허리야. 참으로 일찍도 열어 준다."

아픈 허리를 한 손으로 짚으며 몸을 일으킨 수호령은 어찌할 틈도 없이 날아든 물건에 머리를 정통으로 맞고 다시 드러누웠다. 작일 밤과 다르지 않게 무방비 상태에서 날아든 것은 베개였다.

"헛소리 그만하시고, 이거나 받으시어요."

또다시 덜컹하는 소리가 수호령의 귓가에 들렸다. 굳이 일어나 확인하지 않아도 열린 방문이 도로 닫혔음을 알 수 있었다.

"제 탓 아닙니다. 하니, 벌을 주시려거든 수호령을 개떡으로 아는 저 여인에게 주십시오!"

쿠궁! 야밤에 또 한 번 내려친 벼락은 당연 수호령에게 향했고, 인간의 삶을 내다볼 수 있는 수호령의 신력은 역시나 사라지고 말았다.

격자무늬 창으로 들어오는 햇빛에 눈을 뜬 가연은 자신이 누워 있다는 것을 깨닫고 눈썹을 추켜세웠다. 이상타. 분명 문고리를 잡은 상태로 벽에 기대어 잠이 들었던 것 같은데 어느새 이불 속으로 기어 들어온 것인가? 하지만 몹쓸 기억력이다. 이 부분에 대해서는 머릿속에 아무것도 남아 있는 것이 없었다. 굳이 기억해 내려 애쓸 필요까지는 없었으니 가연은 두 팔에 힘을 주고 일어나려

했다.

"!"

갑자기 가연의 눈이 동그랗게 떠지며 눈앞에서 움직이는 검은 물체에 숨 쉬는 것을 멈췄다. 다름 아닌 수호령의 머리가 가연의 얼굴을 향해 내려왔다 다시 올라가기를 반복하고 있었다. 이는 자신이 잠든 사이 그가 방으로 들어왔다는 설명이 된다. 더구나 지금은 자신의 머리맡에 앉아 무거운 머리를 가누지 못하고 졸고 있어 바로 일어났다가는 서로의 입술이 부딪칠 수도 있었다.

"천천히…… 조심조심……."

낮게 중얼거리던 가연은, 수호령을 응시하며 조심스레 몸을 옆으로 움직였다. 그가 어찌 방으로 들어왔는지는 차후 따져 물으면 될 것이고 지금은 서둘러 몸을 피하는 것이 먼저 아니겠는가. 하지만 가연의 생각처럼 일은 쉽게 흘러가지 않았다.

"읍!"

참변은 벌어지고 말았다. 퍽! 아! 쿵! 그리고 가연의 비명이 마지막으로 방 안에 울려 퍼졌다.

'이럴 수가!'

서로의 입술이 부딪치며 놀란 가연이 상체를 벌떡 일으키자 입술에 이어 서로의 이마가 세게 부딪쳤다. 그러나 가연은 이마가 아픈 줄도 모르고 두 손으로 자신의 입술을 가리기 바빴다.

'갑자기 어이해서 별이 보이지?'

아주 정확히 가연의 입술을 덮쳐 버린 수호령은, 가연과 부딪치고 난 뒤 짧은 외마디 비명과 함께 고개를 젖히다 뒤통수를 벽에 박았다. 수호령은 비몽사몽간에 울리는 머리를 한 손으로 받쳐 들고 정신을 차렸다. 그러자 자신 앞에 어깨를 들썩이며 식식거리는 가연의 얼굴이 한눈에 들어왔고 쫙! 소리와 함께 가연의 손이 수호령의 뺨을 갈랐다.

"귀신 주제에 감히 사람을 농락하다니!"

"주제? 농락? 내가?"

맞은 뺨을 한 손으로 가리며 수호령은 기가 막힌 듯 가연을 노려보았다. 밤새 열심히 잡귀들에게서 지켜 주었건만 감사하다는 말은 고사하고 뺨을 맞다니. 이같이 기막힌 상황에 수호령은 버럭 소리를 질렀다.

"널 지켜 주느라고 내 영력을 홀라당 다 써 힘이 쪽! 빠졌건만 이리해도 되는 것이야!"

수호령은 힘이 쪽 빠졌다는 대목에서 어깨를 축 늘어트리고 혀까지 내미는 시늉을 해 보았다. 물론 그 모습이 썩 가연의 가슴에는 와 닿지 않았다.

"너도 눈이 있으면 똑똑히 보아라. 네 옷고름이 풀린 것도 아니거니와 네 옆에 나란히 누워 잔 것도 아닌데 어이 이러는 게야? 적어도 어찌 된 영문인지 먼저 묻는 것이 도리가 아니겠느냐."

수호령의 말에 가연은 자신의 옷매무새를 확인했다. 그의 말처럼 흐트러진 곳은 없었다. 하지만 자신의 입술을 덮친 것은 변하지 않는 사실이니 가연은 그것에 관한 책임을 묻고 싶었다.

"해서 지금 제 입술을 훔쳐 놓고 잘했다 하시는 겁니까?"

"내가 그랬어?"

당연 수호령의 기억에는 없을 것이다. 잠이 깨기도 전 가연에게 일방적으로 맞았으니 무슨 정신이 있으랴. 수호령은 손을 저으며 강하게 부인했다.

"내 본심은 아니었다. 허고, 내 기분도 그다지 좋은 것만은 아니니 너무 몰아세우지 말거라."

가연은 헛웃음이 절로 나왔다. 뉘에게 하소연도 못 할 일을 만들어 놓고 오히려 수호령은 큰소리를 치고 있었다. 게다가 자신도 내키지 않았단다. 이것이 가연을 더욱 초라하게 만들었다.

"저는…… 저는……."

"너 뭐?"

가연은 처음이었다. 귀신이든 사람이든 사내와 입술을 나눈 것이 처음인데 이 같은 소리를 듣고 있으려니 억장이 무너졌다. 억울하고 분하고 원통하여 괜한 눈물이 먼저 앞을 가렸다.

"처음이란 말입니다!"

가연은 이 한마디를 던져 놓고 방을 나가 버렸다.

"뉘는 뭐 처음 아닌가?"

애써 태연한 척했지만 사실 수호령의 심장도 콩닥콩닥 뛰기는 마찬가지였다. 가연의 매운 손에 맞아 정신이 없는 와중에도 묘한 입술 감촉을 잊지 않으려는 자신의 감정에 수호령은 적잖이 놀라고 있었다. 도대체 무엇으로 지금의 심정을 설명해야 하는지 이해가 가질 않았다.

'복잡한 건 싫은데…….'

딱히 받아들일 수 없는 자신의 감정을 외면하며 수호령은 자리를 털고 일어났다.

밥이 입으로 들어갔는지 코로 들어갔는지 몰랐다. 온통 머릿속에는 수호령과의 참변이 떠나질 않았고 나오는 것은 한숨뿐이었다. 시전에도 나가지 않고 대청에 앉아 있던 가연은 이겸이 건네준 무명천을 꺼내 보며 마음을 다독였다.

'언제쯤 다시 뵐 수 있을까……'

수호령과의 일을 잊으려 이겸을 떠올렸지만, 기약 없는 기다림에 가연의 마음이 더 내려앉았다. 행복은 짧고 불행은 길다 했던가. 좋은 만남의 여운이 채 가시기도 전에 이런 일을 당하고 보니 이겸의 반듯한 언행이 수호령과 비교가 되었다. 달라도 너무 다른 두 사내를 머릿속에 그리며 가연은 고개를 저었다. 그때 가연은 안채 문이 열리는 소리에 놀라 무명천을 급히 뒤로 숨겼다.

"금일은 면주전에 안 나가 보느냐?"

여식이 크고 난 뒤 좀처럼 발걸음을 하지 않았던 임 행수 천만이 금일은 안채 문턱을 넘었다. 가연은 아비의 모습에 조금 놀라기는 했지만 서둘러 섬돌 아래로 내려섰다. 무슨 일인지는 모르나 아비의 표정이 어두운 것을 알아차린 가연은 대청에 마주 앉으며 조심스레 말문을 열었다.

"이번에는 병판대감께서 얼마를 말씀하시더이까?"

"장사꾼 여식이라 눈치 하나는 빠르구나."

아비가 껄껄 웃기는 하지만, 그 웃음 속에 담긴 의미가 쓰린 속을 대신해 주고 있음을 가연은 알고 있었다.

"말씀해 보셔요."

"천 냥이다."

수호령에게 듣기는 하였으나 가연은 설마 설마 했다. 아무리 욕심 많은 병판이라 할지라도 그리 터무니없는 돈을 내놓으라 할 사람 같지는 않았다. 하지만 칼을 든 도적보다 더한 이가 병판임을 가연은 이제야 몸소 느꼈다.

"해서, 주실 참이십니까?"

"그래야겠지."

"아버님!"

가연은 자신도 모르게 목소리가 올라갔다. 지금까지는 아비의 뜻에 따랐으나 이것만은 아닌 것 같아 말리고 싶었다. 언제까지 병판에게 끌려다닐 수만은 없지 않은가. 그러기에 가연은 이쯤에서 병판과의 관계를 끊는 것이 상단을 위해 옳은 일이라 생각했다.

"가연아, 장사치는 말이다. 신용만 가지고는 상단을 이끌 수 없단다."

"신용이 중하다 하신 분은 아버님이십니다."

"그랬지. 허나, 때론 뒷거래도 필요하다는 게야."

"소녀는 이해할 수 없습니다."

듣지 않겠다는 듯 가연은 아비 앞에 고개를 돌렸다.

"너무 곧고 단단하면 부러지는 법이야. 불어오는 바람에 몸을 맡길 줄도 알아야지."

"해서, 그것을 배우라 하시는 겁니까? 신용 하나로 상단을 이끄는 것이 못마땅하시어 눈을 돌리라 그리 말씀하시고 싶은 게지요."

가연은 더러운 세상이라 말하며 등을 돌리고 싶었으나 언젠가는 이 세상에 물들어 갈 자신을 예측할 수 있었다. 지금은 그저 정석이 아닌 것을 받아들일 수 없는 가연의 오기였다.

"당장, 모든 것을 받아들이라는 것은 아니다. 하지만 마음은 언제든 열어 두어야 함이야."

천만은 더 해 줄 말이 없기에 자리에서 일어나 섬돌로 내려섰다.

"훗날에는 도둑질도 가르쳐 주시겠습니다."

여식의 쓴소리를 어찌 쉽게 넘기랴. 아비인 자신을 질타하고 있음을 천만은 잘 알고 있었다. 하지만 여식의 말이 틀렸다 할 수 없으니 천만은 애써 넘기려 하였다.

"그런 세상까지는 아니 오겠지."

모든 것이 아비의 탓만은 아닐진대 말이 곱게 나오질 않았다. 가연은 그렇게 멀어지는 아비의 뒷모습을 바라보며 자신을 책망했다.

담벼락 아래 털썩 주저앉은 수호령은 여기저기 저녁밥 짓는 냄새가 솔솔 풍기자 돌아가고 싶다는 생각이 절로 들었다. 아침나절 그런 일이 있은 후, 가연을 마주하기 불편했던 수호령은 말도 없이 집을 나왔다. 물론 가연이 묻지도 않았지만, 딱히 갈 곳도 없어 이리저리 도성 구경을 한 참이었다. 그러나 금강산도 식후경이라 했다. 온종일 먹지도 않고 돌아다녔더니 다리가 풀릴 지경이었다. 사실 이만큼 걸어 다닌 적이 없어 익숙지 않은 것도 있었다.

"인간계는 넓지만 갈 곳은 없구나."

신세 한탄을 하던 수호령은 끝내 자리에서 일어났다. 비록 기다려 줄 이는 없지만 비비고 들어갈 곳은 있었다. 터덜터덜 무거운 발걸음이 가연의 집으로 향했다.

'어찌 나와 있을꼬? 설마 날 기다린 게야?'

집 앞에 당도하니 이리저리 왔다 갔다 하며 누군가를 찾는 듯한 가연의 모습이 보였다. 그 모습이 어찌나 어여쁘던지 수호령의 발걸음이 성큼성큼 가연에게 다가갔다.

"날 기다렸느냐?"

"어머니! 놀래라. 벌써 오십니까?"

'벌써?'

좋았던 감정이 일순간 땅으로 꺼지는 기분이었다. '벌써' 라는 말 한마디가 지금의 상황을 대변해 주기에 충분했다.

"예서 무얼 하고 있는 게야?"

"제가 뭘 했다고 그러십니까."

향금이에게 대문 앞에서 서성거리는 사내가 있다 전해 들은 가연은 한걸음에 달려 나왔다. 하지만 그새 사라져 사내의 그림자는 보이지 않았다. 혹여나, 집을 알고 이겸이 찾아온 것은 아닌가 하는 기대감이 수호령의 등장으로 깨져 버렸다. 당연, 향금이 수호령을 보고 전한 말은 아니었을 테지만 그의 등장은 여전히 가연의 마음에 들지 않았다.

"그놈이라도 기다린 게야?"

"그놈이라니요! 그분께 어찌 그런 몰상식한 말을……."

나라님에게 쌍욕이라도 한 이처럼 자신을 바라보는 가연의 눈빛에 수호령은 기가 찼다. 뭐,

'놈' 이라는 말이 정중한 말은 아니지만 그렇다고 몰상식한 것도 아니라 생각했다. 사내들 세계에서는 심심치 않게 쓰는 말이라 수호령은 짧게 혀를 차며 가연을 바라보았다.

"그놈이 그리 좋더냐?"

"이보시오!"

가연은 수호령의 언사에 몸을 파르르 떨었다.

"나?"

"허면, 뉘겠습니까!"

"아니, 내 분명 그놈보다 너를 더 일찍 알았거늘. 어찌 이리 섭섭하게 하느냐? '이보시오'는 너무하다 생각지 않는 게야?"

"저는! 그쪽 명자를 알고 싶지도 않……."

"화윤(華尹)이다."

가연의 말이 끝나기도 전에 수호령이 먼저 말문을 열었다. 지금 이리 말해 주지 않으면 영영 물어볼 것 같지 않아 던진 말이었지만 가연은 화가 난 표정이었다.

"허고, 다 큰 처자가 제집 대문 앞에서 사내를 찾는 것은 입방아에 오를 일이다. 후딱, 들어가자."

행여 이겸이 주위에 있을까 하는 노파심에 화윤은 가연을 끌고 안으로 들어갔다. 하지만 얼마 후 가연의 집 대문이 다시 열리며 화윤이 고개를 살짝 내밀었다.

'진짜 그놈이 왔다 간 것은 아니겠지?'

한참을 지켜보고 나서야 안심이 되었는지 화윤은 대문을 닫아걸었다.

2. 은행나무도 마주 서야 연다

  잠시 머리도 식힐 겸 방에서 나온 이겸은 일 년 전 약방에서 있었던 일을 떠올리며 소리 없이 부드럽게 웃었다. 그날 감모(감기의 옛말)에 걸려 고생하시는 어머니의 약재를 받으러 약방에 간 이겸은 그곳에서 한 여인을 보게 되었다. 연분홍 치마저고리를 곱게 차려입고 금박물린 빨간 댕기를 한 여인의 뒷모습이 이겸의 시야에 가득 들어왔다. 하지만 이겸의 눈이 그 여인에게 고정된 이유는 고운 마음씨 때문이었다.

  "이분에게도 약재를 내어 주시구려."

  "하지만……."

  "내가 이분 약재 값도 치르리다."

  돈이 없어 의원 다리를 붙들고 늘어지던 아이 아비의 모습이 눈물겨워 여인은 서슴없이 약재 값을 치렀다.

"이리해도 될는지······."

의원이야 돈만 받으면 그만일 터, 의원은 두말없이 약재를 내어 주었다.

"감사합니다. 감사합니다. 아씨."

중년의 사내는 여인에게 몇 번을 감사하다 고개를 숙이고 약방에서 사라졌다. 하지만 잠시 후 여인은 곤란한 상황에 닥치고 말았다. 사내의 약값을 치르고 나니 본인 약값을 치를 돈이 모자란 것이다. 해서 그 값을 대신 치른 이가 이겸이었다.

"초면에 이리 신세를 지게 되어 어찌합니까."

여인은 쓰개치마로 얼굴을 가리며 이겸에게 돌아섰다.

"아닙니다. 그 고운 마음씨에 비하면 아무것도 아니지요."

"사시는 곳을 일러 주시면 아랫것을 시켜 돈을 갚도록 하겠습니다."

여인은 돈을 갚겠다 했고 이겸은 마다했다. 그렇게 헤어진 뒤로 다시 마주하지는 못했지만 문득 그 여인이 떠오를 때가 있었다. 금일처럼 글이 머릿속에 잘 들어오지 않거나 연분홍 치마저고리를 입은 여인을 보게 되는 날이면 더욱 생각이 났다. 이겸이 고작 기억하는 것은 쓰개치마를 두른 옆모습뿐이었지만 여인을 떠올릴 때마다 가슴이 설레는 것은 항시 같았다.

'다시 만날 수 있다면 좋으련만······.'

부질없는 기대임을 알면서 달을 올려다보던 이겸은 인기척 소리에 고개를 돌렸다. 밝은 달빛 아래 어머니의 모습이 보였다.

이겸의 어머니인 정씨는 열다섯에 시집와 지금껏 안주인 노릇을 톡톡히 하였다. 하지만 흠잡을 데 없는 정씨도 돌아가신 시부모 앞에서는 고개를 들 수 없었다. 자식을 이겸 하나밖에 두지 않은 터라 여인의 본분을 다하지 못했다는 생각이 마음 한구석에 늘 가득했다. 그나마 다행이라면 그 하나뿐인 자식이 여식이 아닌 아들이라는 점이나 워낙 손이 귀한 가문에는 턱없이 부족한 자손이었다.

"아버지가 찾으신다. 들자꾸나."

"예? 아버님께서요?"

부자지간에 대화가 없기로 유명한 집이 바로 이 댁이었다. 워낙 집안일보다 바깥일을 중시하던 병판은 하나밖에 없는 아들마저 등한시하였다. 더구나 항시 청탁을 넣으려는 이들로 북적이기에 아들과 도란도란 말을 나눌 시간도 많지 않았다. 그런 아버지가 자신을 찾다니……. 이겸은 조금 의아하다는 표정으로 어머니를 따라 사랑채에 들었다.

"찾아계셨습니까."

아버지 앞에 공손히 무릎을 꿇은 이겸은 시선을 내리깔았다. 분명 이제 절로 올라가라 하실 테니 '예' 하고 한마디만 하면 될 것이었다. 허면, 더는 아버지와 나눌 말이 없었다. 하지만 이것은 어디까지나 이겸의 생각이었다.

"예? 지금 뭐라 하셨습니까?"

"뭘 그리 놀라는 게야. 혼인하라는 것이 놀랄 일이더냐?"

"대감!"

말문이 막힌 이겸 대신 어머니 정씨가 말문을 열었다.

"갑자기 혼인이라니요. 아직 대과도 끝내지 않은 아이에게 혼인하라 하시니 이겸이 놀라는 것은 당연합니다."

"참한 규수가 있으니 놓치기 전에 해야지요."

"참한 규수라 하시면 뉘 댁 여식을 말씀하시는 겁니까?"

"이판대감의 여식인 혜신입니다."

"이판대감댁이요?"

정씨와 이겸은 한목소리로 물었다. 사실 이리 묻는 이유는 바로 병판과 이판의 사이가 좋지 않음에 있었다. 서로 물고 뜯는 사이는 아니나 가는 길이 달라 같은 배를 탈 수 없는 사이가 이들이었다. 헌데, 이런 두 사람이 사돈을 맺겠다 하니 천지가 개벽할 일이었다. 정씨와 이겸은 이판의 여식보다 이판을 사돈으로 고른 병판의 생각이 더 궁금했다.

"흠흠. 어찌 그런 눈으로 나를 보시오?"

병판은 정씨와 눈이 마주치자 헛기침을 하며 시선을 피했다.

"몰라 물으십니까?"

"아니, 뭐…… 이판대감이 썩 마음에 들지는 않으나 가문으로 따지자면 이겸의 짝으로 모자란 것은 없지 싶소. 여식은 혼례를 올리면 우리 집 사람이니 이판과 얼굴을 붉히는 일은 없겠지요."

여식만 쏙 데려올 심사인지 병판은 전혀 문제 될 것이 없다는 표정이었다.

"허면 매파를 보내오리까?"

"매파는 무슨. 이겸이 대과를 치르고 나면 바로 혼례를 올릴 것이니 부인께서는 준비나 해 주시구려. 이겸이 너는 아무 생각 말고 대과에만 전념하도록 하고."

이런 상황에서 어찌 대과에만 전념할 수 있겠는가. 하루아침에 정혼자가 생겼으니 이겸은 머리가 다 어지러웠다. 해서 선뜻 그러겠다 답하지 못하고 있었다.

"어찌 답이 없는 게야?"

재차 묻는 아버지의 물음에 난감해하던 이겸은 결정을 내린 듯 고개를 들었다.

"알겠습니다."

"그래야지. 반가의 혼례는 무릇 가문을 위한 것임을 잊어서는 아니 된다."

더는 그곳에 앉아 있을 이유가 없기에 이겸은 사랑채를 나왔다. 선선한 밤바람이 이겸의 마음을 더욱 쓸쓸하게 만들었다.

'인연이 없나 보다.'

약방 여인을 다시 볼 수 있다는 장담은 할 수 없었다. 하물며 그 여인을 다시 본다 하여도 무슨 말을 해 줄 수 있을까. 비록 마음 한구석에는 미련으로 남을지 몰라도 어쩌면 이렇게 잊는 것이 나을 거라는 생각이었다.

"다른 곳을 보고 있구나."

정씨가 사랑채를 나서며 하늘을 바라보는 이겸에게 넌지시 물었다. 하지만 정작 이겸은 어머니가 던진 말뜻이 무엇인지 몰라 입을 열지 못하고 있었다.

"혹, 마음에 둔 이가 따로 있더냐?"

어찌 아셨을까? 이겸은 아버지에게 혼인하라는 말을 들었을 때보다 더욱 놀란 표정을 지었다.

"어미에게 말해 보거라. 네 마음을 내어 준 여인이 있다면 어미는 네 편에 설 것이야."

하나밖에 없는 아들의 마음을 어미가 어찌 모를까. 정씨는 아들의 눈동자만 보아도 무슨 생각을 하는지 알고 있었다. 어려서부터 하고픈 말을 마음에 담아 두는 아이가 이겸이었다. 혹여 자신의 그릇된 생각과 말이 나랏일을 하시는 아버지에게 누가 될까 하여 말을 아끼는 아이였다. 고민이 있어도 가벼이 말을 꺼내지 않기에 정씨가 먼저 물은 것이다. 허나, 이겸이 어떠한 답을 할지는 정씨도 알 수 없었다.

"아닙니다."

"진정 아니라 답할 수 있느냐?"

흔들리는 아들의 눈동자를 보며 정씨는 아픔이 전해지는 듯했다.

"이겸아."

"차라리 잘 되었습니다. 헛된 꿈이었는지도 모르지요. 아직 시작하지 않은 마음이니 소자는 괜찮습니다. 심려치 마시옵소서."

이 모든 것이 하늘의 뜻이라 이겸은 그리 생각했다.

"혼인은 인륜지대사라 했다. 쉽게 접을 마음은 아니니 잘 생각해 보아라."

"은행나무도 마주 서야 연다 하지 않습니까. 다시 볼 수 없는 여인이라 훗날을 기약할 수 없음입니다."

이 한마디를 던져 놓고 돌아서는 아들의 뒷모습은 처량해 보이기까지 했다. 하니 정씨의 마음은 그보다 몇 배 더 갈기갈기 찢어졌다.

북촌의 책방은 크게 둘로 나누어져 있었다. 시전 중앙에 있는 가장 큰 책방에는 다양한 종류의 서책들이 있어 찾는 이들이 많았다. 사내들이 보는 역사서나 유학서는 물론이요, 아녀자들이 즐겨

본다는 소설책까지 갖추고 있는 이 책방은 늘 사람들로 북적였다. 이와 반대로 시전에서 조금 벗어난 곳에 헌책을 파는 작은 책방이 하나 있었다. 주로 가난한 선비들이 싼값으로 책을 구입하기 위해 이곳을 찾았다. 낡고 허름하여 아녀자들은 거의 찾아오지 않는 이곳에 가연이 들어섰다. 당연 가연을 따라 화윤도 책방의 문턱을 넘었다.

"가까운 곳에 넓고 좋은 책방을 두고, 이 무슨 고생인지."

퀴퀴한 종이 냄새가 화윤의 코를 찌르자 인상이 절로 구겨졌다. 한 사람이 겨우 지나갈 수 있는 좁은 통로는 쓸지도 않는지 먼지가 쌓여 굴러다녔다. 행여 옷에 묻을까 조심스레 걷던 화윤은 서책을 눈으로만 훑고 있었다.

"귀찮게 하지 마시고 나가 계십시오."

가연은 자기 뒤를 졸졸 쫓아다니며 투덜거리는 화윤의 존재가 불편했다.

"입 다물고 있을 터이니 일 봐라."

나가라는 한 마디에 입을 꾹 다문 화윤은 딱히 할 일이 없어 가연의 행동을 따라 했다. 가연이 걸으면 자신도 걷고, 가연이 서책을 펼치면 화윤도 서책을 들어 넘겼다. 그러다 가연의 옆모습으로 시선이 움직였다. 윤기 나는 머릿결과 넓은 이마, 오똑한 콧날을 지나 붉은 입술에 시선이 고정되었다. 소리 없이 달싹거리는 가연의 입술이 화윤의 심장을 펄떡거리게 하였다. 마른침이 절로 삼켜졌다.

"서책을 들고 어찌 절 보십니까?"

"응?"

아차! 너무 빤히 바라보았나 보다. 가연과 눈이 마주친 화윤은 괜한 헛기침만 하였다.

"그러니까…… 이 서책이 읽을 만하더구나."

펼친 서책을 덮고 가연 앞에 내민 화윤은 받으라는 시늉을 했다.

"중용이 아닙니까. 지금 이 서책이 읽을 만하다고요? 이런 책도 보십니까?"

알 턱이 있나. 천상계에서도 서책을 멀리했는데 인간들이 보는 서책은 거들떠본 적도 없었다. 하니, 가연의 물음에 해 줄 말이 없었다.

"그냥 봐 둬라. 봐서 나쁠 건 없지 않느냐."

"물론 그렇기는 하지만 저에게는 너무 어려운 책입니다."

화윤이 준 책을 제자리에 올려놓은 가연은 다시 다른 서책을 펴 들었다.

'그냥 나가자.'

불순한 생각이 자꾸 드는 탓에 가연을 두고 책방을 나서려던 화윤은 안으로 들어서는 사내 때문에 놀라지 않을 수 없었다. 더욱이 사내가 가연이 있는 통로 쪽으로 발걸음을 옮기자 화윤의 입이 삐딱하게 올라갔다. 화윤은 가연에게 향하는 이겸을 바라보기만 하였다.

"가연 낭자가 아니십니까?"

자신을 부르는 목소리에 가연의 고개가 절로 사내에게 향했다. 사내를 알아본 가연은 놀라움과 반가움에 입을 다물지 못하고 있었다.

"먼지 들어간다."

좋아라 하는 가연의 모습이 못마땅하여 툭 던진 말이었다. 허나, 화윤의 말은 가연의 귀에 하나도 들어오지 않았다.

"이런 곳에서 다 뵙네요."

"그러게 말입니다. 책을 사러 오셨습니까?"

"예. 그러는 도련님께서는 시전의 큰 책방을 두고 어찌 예까지 오셨습니까?"

책 종류를 따지자면 큰 책방에 비할 바가 못 되는 곳이었다. 더욱이 헌책을 사서 봐야 할 정도로 이겸의 차림새가 없어 보이지도 않았다. 굳이 이곳을 찾아오는 이유가 있을까 하는 생각에 가연이 물었다.

"헌책을 사서 읽다 보면 더러 전 사람이 책에 써 놓은 것을 보게 됩니다."

"낙서를 말씀하시는 겁니까?"

가연의 말에 이겸은 잔잔한 미소를 보이며 말을 이었다.

"낙서도 있을 터이나 때론 옛 성인의 말씀에 자신의 생각을 적어 놓은 것도 있지요. 그렇게 같은 책을 보면서도 나와 다른 생각을 접하게 되면 이해하는 폭이 넓어질 때도 있습니다. 이만하면 낭자의 물음에 답이 되었습니까?"

언제 들어도 다정하고 자상한 목소리였다. 또한, 책을 대하는 마음마저 깊다 생각하니 가연의 마음이 동하지 않을 수 없었다. 가연은 지성과 인품을 두루 갖춘 이겸의 모습에 순간 매료되고 말았다.

'꿈보다 해몽이 좋다더니.'

이겸의 말을 듣고 있자니 화윤은 기가 찼다. 본문을 이해하는 것도 어려울 텐데 남이 끼적여 놓은 내용을 뭐 하러 읽는단 말인가. 쓸데없는 짓이라 생각한 화윤은 팔짱을 낀 채로 한심하게 이겸을 바라보았다.

"그러는 낭자께서는 이곳을 어찌 아시고 오셨습니까?"

"저는…… 종일 북적이는 시전에 앉아 있다 보니 때론 이렇게 한적한 곳이 좋을 때가 있습니다. 이곳에 오면 편히 책을 고를 수도 있고 생각을 정리할 수도 있어서요."

서로의 눈을 맞추며 미소가 떠나질 않는 두 사람을 바라보는 화윤의 속이 뒤틀렸다. 우연이라 하기에는 참으로 묘한 인연같이 느껴져 불안한 마음이었다.

"좋단다. 아주 좋아 죽는구나."

끝내 참고 있던 입이 열렸다. 그러나 가연의 시선은 여전히 이겸에게 고정되었다. 떠나갔던 임이 돌아온 것처럼 기뻐하는 가연을 보자 괜한 심술이 슬금슬금 올라왔다. 해서 팔짱을 스르륵 풀며 양손을 뒤로 숨겼다.

"그만 가자."

귀를 닫아 버렸는지 시선조차 주지 않는 가연을 바라보며 화윤의 화가 부글부글 끓어올랐다. 더는 두 눈 뜨고 볼 수 없어 등 뒤로 숨긴 손가락이 서책을 가리켰다. 서책을 가리킨 손가락을 이겸 쪽으로 움직이자 신기하게도 책이 하나둘 이겸을 향해 날아갔다.

"아!"

갑자기 날아드는 책들에 놀란 이겸이 몸을 숙이고 자신의 두 팔로 머리를 감싸자 가연은 그제야 시선을 화윤에게 옮겼다. 아이처럼 재미있어 하는 화윤을 잡아먹을 듯이 노려보던 가연은 저도 모르게 이겸에게로 가까이 다가갔다.
"낭자!"
다가오는 가연을 자신 품에 가둔 이겸은 등을 돌려 날아오는 책을 막았다. 본의 아니게 이겸 품에 쏙 들어간 가연은 심장이 터질 것 같았다. 이를 보고 있는 화윤 또한 미칠 것 같았다.
'안 돼!'
비명이라도 지르고 싶은 화윤은 손을 거두고 자신의 머리를 감싸 쥐었다.
"떨어져. 당장! 떨어져."
화윤이 옆에서 온갖 호들갑을 다 떨고 있었지만 두 사람은 쉽게 떨어지지 않았다. 가연은 자신이 이겸 품에 있다는 사실이 믿어지지 않아서였고, 이겸은 어찌 책이 날아왔는지 이해할 수 없어 멍한 정신이었다.
"괜……찮으십니까?"
먼저 정신을 차린 이겸이 가연을 품에서 놓아 주며 물었다.
"예."
조금 아쉬운 듯 고개를 숙인 가연은 금세 얼굴이 붉어졌다. 이 같은 일을 벌인 화윤이 고맙기까지 했다.
"다치신 곳은 없으십니까?"
"아픈 곳이 없으니 그런 것 같습니다."
"다행입니다."
책방 주인이 다가와 두 사람 사이에 끼어들며 바닥에 떨어진 서책을 줍자 더는 말을 나눌 수 없었다. 분주하게 서책을 올려놓는 주인을 뒤로하고 이겸과 가연은 책방을 나왔다.

'아이고, 내 발등을 내가 찍었네.'

이 무슨 날벼락인가. 두 사람을 따라 책방을 나선 화윤은 한 손으로 자신의 가슴을 내려치며 분개하고 있었다.

"허면, 저는 이만 가야 할 것 같습니다."

멋쩍었는지 이겸이 먼저 가겠다 청하자 붙잡고 싶은 가연의 마음이 다급해졌다. 다시 보자는 말도 없이 가려는 이겸의 태도에 가연은 우물쭈물하기만 했다.

"가라 해라. 안 그러면 이번에는 물벼락이라도 내릴 것이야."

화윤의 엄포에 살펴 가시라 인사를 한 가연은 집으로 돌아오는 내내 단 한마디도 하지 않았다.

"아씨, 어찌 그러셔요. 석반은 드셔야지요."

"되었다 하지 않느냐. 물리거라."

"조반도 뜨는 둥 마는 둥 하셔 놓고 이리하시면 쓰러지십니다."

방에 틀어박혀 있는 가연 때문에 향금은 몸이 달았다. 무슨 이유에서 이러는지 안다면 덜 답답하련만 가연의 입이 좀처럼 열리지 않아 향금은 한숨만 내쉬고 있었다.

"청승 그만 떨고 밥이나 먹자."

조용히 있는가 싶었다. 하지만 화윤의 입은 겨우 한 시진을 넘기지 못하고 열렸다.

"너 아니 나오면, 사내를 향한 외사랑에 식음을 전폐하고 있다 소문…… 윽!"

갑자기 방문이 열리며 화윤을 향해 날아든 것은 역시나 베개였다. 베개는 이마를 향해 날아왔고 정확도는 완벽했다.

"에구머니나!"

이 상황을 이해 못 하는 이는 향금이었다. 대청에 앉아 가연을 달래고 있던 향금은 가연의 행동에 놀라 얼어 있었다.

"아……씨……."

방을 나와 대청에 서 있는 가연의 모습을 올려다보며 향금은 어깨를 움츠리고 있었다.

"너에게 화를 낸 것이 아니니 신경 쓰지 마라."

가연의 시선은 다른 곳을 보고 있었지만 안채에 자신밖에 없음을 향금은 알고 있었다. 하니, 가연의 말을 곧이곧대로 믿을 수 없었다. 당연 그 화가 자신을 향한 것이라고 향금은 굳게 믿었다.

"이만 물리겠습니다."

향금이 기어 들어가는 목소리로 고하고 밥상을 들려는 순간 벌러덩 누워 있던 화윤의 상체가 벌떡 일어났다.

"먹는 것을 저리 버리면 벌 받는다."

가연은 화윤의 말을 듣고 이런 생각이 들었다. 화윤은 자신을 지켜 주는 수호령이 아니라 밥 귀신이라고 말이다. 늘! 여전히! 밥을 찾는 화윤을 보며 가연은 믿음이 가질 않았다.

"먹을 터이니 두고 가거라."

"예?"

안 먹을 것처럼 베개까지 던져 놓고 이제야 먹겠다 하니 향금은 가연의 행동을 이상하다 여겼다. 무슨 변덕을 이리 부리실까 하면서도 향금의 발걸음은 대청에서 점점 멀어졌다.

"먹자."

향금의 모습이 안채에서 사라지자 화윤은 기다렸다는 듯 수저를 들었다. 사실 화윤도 종일 먹지 못해 배가 등가죽에 붙을 판이었다. 헌데, 이런 상황에서 가연이 밥상을 물리겠다 하여 화윤의 눈이 돌아갈 지경이었다.

"안 먹는 게야?"

밥상 앞에 앉아 멀뚱히 먼 곳을 응시하는 가연을 보며 화윤은 답답한 듯 물었다.

"안 넘어갑니다."

"뉘가 보면 하늘이 무너진 줄 알겠다."

"무너지기는 했지요. 이 마음이."

화윤은 가연의 표정에서 그리움을 읽을 수 있었다. 또한 그 그리움이 뉘를 향한 것인지도 알 수 있었다. 하지만 왜 자신의 마음이 꺼림칙한지는 알지 못했다.

"사내가 그놈 하나더냐? 정신 차려라."

"사내는 많지나 마음이 가는 사내는 단 한 분이겠지요."

"답답하기는."

화윤의 말에 가연의 시선이 그를 향했다.

"마음이 가면 그다음은 어쩌려고?"

그다음? 가연은 순간 고개를 갸웃거렸다. 그다음은 생각지 않았기에 해 줄 말이 없었다.

"혼인이라도 할 생각인 게야?"

"예? 무슨 그런 말씀을!"

가연은 이겸을 보며 그가 중인일 거라는 생각은 하지 않았다. 반듯한 언행이 그러했고, 단정한 용모도 그러했다. 그가 양반이 아닐 거라는 생각을 하는 이는 단 한 명도 없을 것이니 가연의 마음이 무겁게 내려앉았다.

"허면, 접는 것이 옳지 않겠느냐. 마주할 시간이 오래될수록 헤어짐의 아픔은 더 큰 법이다. 너와 그 사람은 맺어질 수 없어."

"그럴 테지요."

답하는 가연의 목소리가 가라앉았다. 하, 이리 허무할 수가. 아주 잠시 무엇을 가슴에 품었는지 가연은 이제야 깨달았다. 감히 가질 수 없는 이를 바라보았고 그것은 자신의 심장을 도려낼 칼날과 같았다. 이 세상은 가연에게 변하지 않을 더러운 세상이었다.

"어떤 길도 너무 멀리 가면 되돌아올 길을 잃어버리기 마련이다. 네 자리를 알아야 가는 길이 평탄할 것이야."

구구절절 옳은 말뿐이었다. 해서 듣고 있는 가연의 가슴을 더욱 모질게 후벼 파고 있었다. 어찌 그리 미련한 짓을 했을꼬. 가연은 쓴웃음을 보이며 애써 아픈 마음을 감추려 하였지만 이미 눈물은 그렁그렁 맺히고 말았다.

"연정에 가슴이 아파 우는 것이 아닙니다. 이 세상이 더러워 우는 것입니다. 진정 그뿐입니다."

"난 아무 말도 안 했다."

"하지만 저를 바라보는 그 눈빛에는 이미 많은 말을 담고 있겠지요. 답답하고, 한심하고, 불쌍한 여인을 바라보는 그 눈빛 말입니다."

"나도 이 더러운 세상을 탓하고 있었다."

밥맛이 없는지 수저질을 멈춘 화윤은 자리에서 일어나 섬돌로 내려섰다. 갑자기 무슨 생각을 하는 걸까? 가연은 화윤을 바라보며 그의 머릿속이 궁금했다.

"시작하지 않은 연정은 그리움으로 남을 수 있는 법이다. 하지만 이루어지지 않은 연정은 아픔이지. 하니, 너무 억울해 마라. 어찌 보면 이 모든 것이 다 너를 위한 일일 수도 있다."

"평상시대로 하십시오. 그리 무게를 잡으니 다른 사람…… 아니 제가 알고 있는 수호령이 아닌 것 같습니다."

"이 세상은 모두 양면성을 가지고 있지. 그것이 꼭 사람에게만 국한되어 있는 것은 아니니 나를 그런 눈으로 볼 필요 없다."

지금까지 알고 있는 화윤이 아니었다. 말투도 진중함도 모두 그와 어울리지 않았지만 또 다른 그의 모습을 본 것 같아 새로웠다. 사람은 겪어 보아야 알고 물은 건너 보아야 안다는 말을 새삼 절실히 느끼며 가연은 자신에게서 멀어지는 화윤의 발걸음을 잡고 싶었다.

"어디 가십니까?"

자연적으로 튀어나온 말에 가연은 스스로 놀랐다. 그러나 표정으로 드러내지는 않았다.

"마음을 좀 식혀야겠다."

"예?"

정작 자신이 해야 할 말을 던져 놓고 화윤은 안채를 나갔다. 밥을 반이나 남겨 놓고 나간 화윤을 이상하게 생각하며 가연은 상을 들었다 내려놓았다. 다시 돌아올 그를 생각하니 차마 치울 수가 없었다.

어찌 된 일일까? 수호령의 직분으로 단 한 번도 감정에 흔들린 적이 없었다. 늘 얼마만큼의 거리는 항시 유지했고 그 이상도 그

이하도 아니었다. 하지만 가연의 눈을 보고 나니 금일만큼은 감정 조절이 되지 않았다. 제삼자처럼, 남 일 보듯 그렇게 넘길 수 없어 주절주절 말이 길어졌다.

'지켜 주는 이의 감정에 어찌 이리 흔들리는가. 슬픔도, 기쁨도 같이 느껴서는 아니 된다.'

해서 그동안 가연에게 투박스런 말을 던지고, 가볍게 다가갔다. 하지만 금일은 이 모든 것들이 한순간 우르르 무너지고 말았다. 가연의 감정에 물들어 어느새 자신의 감정도 그리움과 아픔을 가득 담고 있었으니 화윤은 좀처럼 이 사실을 받아들일 수 없었.

그리고 이것이 시작임을 화윤도, 가연도 알지 못했다.

비가 내리고 난 뒤, 지면에서부터 이어지는 홍예(虹霓, 무지개) 다리를 오르면 구름 위로 하얀 성문이 보인다. 항시 열려 있는 높고 넓은 성문을 지나 안으로 들어서면 천상의 낙원이 눈앞에 펼쳐진다. 진귀한 동물들이 뛰어다니고 악기보다 더 고운 소리를 내는 새들이 날아다니며 색색의 꽃들이 들어오는 이들을 반기는 이곳은 근심과 걱정이 어울리지 않았다. 하지만 이런 천상계에 근래 들어 한숨 소리가 늘어 갔다. 금일도 상제는 어김없이 인간계를 보여 주는 우물을 들여다보며 혀를 차고 있었다.

"저런…… 저런. 팥으로 맞더니 그도 모자라 이제는 베개인 게야? 어찌 저리 둔하고 못났을꼬. 쯧쯧쯧."

"내쫓아 놓고 걱정은 되십니까?"

"흠흠."

하얀 수염을 한 손으로 쓸어내리던 상제는 서왕모가 구름을 타고 다가오자 무안한 듯 헛기침을 하며 시선을 돌렸다.

"걱정은 무슨……."

말은 이리하였으나 상제는 모른 척 지낼 수 없었다. 일곱 명의 여식을 두고 간신히 얻은 아들이다. 태어나면서 용모도 신력도 뛰어났으나 천성이 한량이라, 놀고먹는 것에 빠지지 않았으니 천상계의 골칫덩어리가 아닐 수 없었다. 해서 고심 끝에 특단의 조치를 취한 것이었으나 하는 짓은 예 있을 때와 별반 다를 것이 없어 상제의 주름은 날로 늘어 갔다.

"뉘가 보면 자식이 아들 하나인 줄 알겠습니다. 여식은 자식 아닙니까?"

구름 위에서 사뿐히 내린 서왕모는 둥근 모양의 부채를 천천히 부치며 우물을 힐끔 들여다보았다. 역시나 금일도 기대를 저버리지 않는 아들의 모습에 서왕모의 표정도 일그러졌다.

"이대로 보고만 있으실 참이십니까?"

"직접 확인하시고도 그런 말씀이 나오시오?"

"저리 둔다 해서 나아질 것이 없으니 하는 소리입니다. 차라리 불러올리시어 옆에 두고 가르치소서. 그편이 더 낫지 않겠습니까?"

물론 안 해 본 것은 아니었다. 어려서부터 책을 쥐여 주면 꾸벅꾸벅 졸았고, 천상계의 법도에 관해 물으면 엉뚱한 소리를 하는 이가 화윤이었다. 자신의 넘쳐 나는 신력을 조절하지 못해 간혹 인간계는 가뭄과 홍수를 반복하였고, 신들의 물건을 몰래 훔치다 들켜 백 일 동안 석상이 된 적도 있었다. 매일 구름을 타고 신선놀음을 하며 선녀까지 끼고 놀았으니 어찌 그런 것은 가르쳐 주지 않아도 그리 잘할까. 이제 제 아들이라 다른 신들 앞에 내놓기도 부끄러울 지경이었다.

"불러올리다니요! 아직 멀었습니다."

"고작 아들 하나를 가르치지 못해 이 사달을 만드셨습니까?"

천상계는 인간계와 다른 점이 많았다. 그중 하나가 바로 자식 훈육이다. 대대로 여식은 어미의 가르침을 받았고 아들은 아비의 가르침을 받았다. 해서 서왕모는 여식 일곱을 모두 선녀로 키워 다른 이들의 칭송을 받았으나 상제는 그러지 못했다. 하니, 서왕모 앞에서 상제의 자존심은 무너질 수밖에 없었고 아들과의 사이는 더욱 멀어졌다.

"하나밖에 없는 아들을 저리 만든 분은 상제이십니다. 이만하면 부자지간 화해를 하실 때도 되었습니다."

이제야 서왕모가 자신을 찾아온 이유를 알게 된 상제의 입안에서 '끙' 하는 소리가 새어 나왔다. 상제는 아직도 그때의 일을 떠올리면 치가 떨렸다.

천상계의 전대미문으로 남아 있는 사건의 전말은 이러했다. 상제가 잠시 자리를 비운 사이 화윤은 상제만 볼 수 있다는 출생부에 장난을 쳤다. 즉, 태어날 이들의 순서를 나름 조리 있게 손봤다 할 것이니 이 때문에 천상계가 발칵 뒤집혔다. 태어난 이들의 부모와 형제자매는 물론이요, 시대도 다르게 태어났음이라. 이를 바로잡기 위해 상제는 머릿골을 싸매고 근 한 달을 틀어박혀 뒤처리를 해야 했다. 사실 이 출생이라는 것이 이미 태어났으면 원상복귀가 안 되는 일이기에 태어난 이들의 삶을 짜 맞추느라 상제는 곤혹스러웠다. 일을 처리하는 동안 폭삭 늙었다 해도 과언이 아니었다. 벌써 오십 년도 더 된 일이었다.

"난 지금도 용서가 되질 않소."

"예, 물론 그러시겠지요. 허나, 이만큼 하셨으면 되었습니다. 화윤이도 깨달은 바가 있겠지요."

"보고도 그런 말을 하십니까?"

보란 듯이 상제는 한 손으로 우물을 가리켰다.

"정이 깊은 아이입니다. 저리 인간계에 오래 머물다가는 더 큰 사달이 날 수도 있습니다."

앞일을 내다보기라도 했는지 서왕모는 우물을 내려다보며 걱정스러운 표정이었다. 하지만 이와 반대로 상제는 뒷짐을 지고 콧방귀를 뀌었다.

"정은 무슨. 괜한 걱정은 안 하셔도 됩니다."

화윤이 고생을 더 해야 한다는 생각에 상제는 서왕모의 말을 허투루 흘려들었다. 그러나 서왕모의 이런 걱정은 얼마 되지 않아 현실로 나타났다.

"금일도 가는 게야?"

벌써 열흘째 가연은 과수원으로 향했다. 차마 가지 말라 잡을 수 없었던 화윤은 묵묵히 가연의 뒤를 따랐지만 마음이 편치는 않았다. 그곳에 도착하고 나면 가연의 실망스런 표정을 봐야 했기에 화윤의 감정도 같이 내려앉아 버렸다.

"따라오실 필요 없습니다."

화윤에게 매번 같은 말을 던지는 가연이었다. 그러나 말은 필요 없다 하면서도 속으로는 화윤이 곁에 있어 주길 바라고 있었다.

근래에는 가벼운 그의 입이 간혹 자신의 마음을 위로해 주기에 허전함이 채워지는 기분이었다. 이런 마음에 뒤를 따르는 화윤의 걸음을 굳이 막지 않았다.

"부질없는 짓임을 알고 있습니다."

북촌을 빠져나와 한적한 외길로 접어드니 가연의 무거운 입이 먼저 열렸다.

"알면 됐다."

"혹시나 하는 마음에 가는 겁니다."

"알고 있다."

"곧 잊을 수 있습니다."

"장담 마라."

갑자기 앞장서 걷던 가연의 발걸음이 멈추자 따르던 화윤의 발걸음도 멈춰 버렸다. 한동안 움직이지 않고 서 있던 가연이 화윤을 향해 천천히 돌아섰다. 화윤의 얼굴에는 무엇인가 하고픈 말이 많은 표정이었다.

"잊을 수 있다 생각했으면 오지 말았어야지. 이미 넌 그를 잊지 못해 이곳으로 오지 않았느냐. 하니, 애써 감출 필요 없다."

"허면, 못난 모습을 보여도 모른 척해 주시겠습니까?"

벌써 가연의 목소리가 울먹이고 있었다. 참고 참았던 눈물이 금방이라도 쏟아져 내릴 것만 같았다.

"내가 모른 척해 주길 바라느냐?"

가연은 대답 대신 고개를 저었다. 모른 척해 달라는 말은 자신의 진심이 아니었기에 가연은 어금니를 꽉 물었다.

"네가 토해 낸다면 받아 주마."

화윤의 이 한마디에 가연은 쭈그리고 앉아 무릎 위로 얼굴을 묻었다. 끝내 참았던 눈물이 쏟아졌고 입 밖으로 울음소리까지 새어 나왔다. 그런 가연 옆에 화윤은 나란히 앉았다.

"눈물은 말이다. 인간이 슬픔을 이기고 살 수 있도록 신이 만든 선물이다. 그런 선물을 꼭꼭 감춰 두기만 한다면 신은 슬퍼할 것이야. 이겨 내라 준 선물이니 부끄러워 말고 사용하거라. 그리해서 슬픔을 이겨 내면 그것이 신께 보답하는 길인 게야."

 가연은 부끄럽고 창피했다. 자신이 한심스럽고 답답하게 보인 다는 것도 알고 있었다. 하지만 이곳으로 향하는 발걸음을 돌릴 수는 없었다. 조금은 미련하게 보일지 몰라도 이겸을 다시 볼 수 있다면 그 정도는 얼마든지 감내할 수 있다 생각했다. 그러나 이겸은 이곳에 없다. 가연은 그 허전함과 그리움을 이길 수 없었다. 미련하고, 답답하고, 한심스러운 자신의 모습 또한 감당할 수 없었다.

 '넌 울면 된다지만 난 어찌해야 하느냐.'

 화윤은 꼬박 열흘을 가연과 함께 슬픔에 잠겨 있었다. 가연이 먹으면 같이 먹고, 가연이 걸으면 같이 걷고, 가연이 먼 곳을 응시하면 같은 곳을 바라본 이가 화윤이었다. 엉켜 버린 자신의 감정을 풀지 못한 채 화윤은 가연에게 물들어 갔다.

 "못났지요?"

 어느새 울음을 멈추고 무명천으로 눈물을 닦던 가연은 슬쩍 화윤의 표정을 살폈다. 전처럼 자신을 놀리고 면박을 줄 것 같아 먼저 던진 말이었다.

 "허면, 고와 보일 줄 아느냐?"

여전하다. 잠시나마 화윤에게 고마운 마음을 가졌던 가연은 눈을 흘겼다.

"어느 사내에게든 우는 모습이 고운 여인은 내 여인밖에 없다. 하니, 네가 내 눈에 어여뻐 보일 일이 있……으면 아니 되지. 다시는 내 앞에서 울지 마라."

자리를 털고 일어난 화윤은 접선을 쫙 펴며 자신의 얼굴을 가렸다. 사실 가연이 무릎 위에 얼굴을 묻고 울 때는 살포시 안아 주고 싶었다. 들썩이는 어깨를 감싸 주고 등을 토닥여 주면 슬픔으로 가득한 마음이 조금은 진정될 것 같았다. 이런 마음을 애써 누르고 마음을 다잡았건만 자신을 바라보는 가연의 눈빛이 고와 보여 순간 마음이 흔들렸다.

"서둘러 내려가자꾸나. 이리 꾸물거리다가는 해가 지겠다."

"예."

이제 앞서 걷는 이는 화윤이었으니 가연은 결코 그의 이상한 표정을 볼 수 없었다.

북촌 뒤로는 낮은 바위산이 하나 있었다. 봄에는 매화와 개나리가 만발하고 여름에는 가파른 절벽에서부터 떨어지는 물줄기가 더운 여름을 식혀 주었다. 가을은 색색으로 물든 단풍이 오르는 이들의 눈을 즐겁게 해 주었고 겨울에는 바위산이 설화에 뒤덮여 절경을 이루는 곳이기도 했다. 조선 초기 서산이라 불리다 세종 때부터 조선을 수호한다는 뜻을 담아 인왕산으로 불리게 된 이곳은 사대부뿐 아니라 백성들까지 찾는 이들이 많았다. 하지만 이곳을 찾는 이들은 모두 큰 절로 향했고 산 중턱에 작은 암자가 있다는 것은 잘 알지 못했다. 이렇게 작고 조용한 암자에 한 여인이 들어서고 있었다.

"아씨, 이곳은 어찌 알고 오셨습니까?"

앞서 걷는 여인에게 쓰개치마를 건네받은 몸종은 주위를 두리번거리며 뒤를 따랐다.

"삼 년 전 어머니를 따라 한 번 와 본 곳인데 변한 것이 없구나."

연분홍 치마를 곱게 차려입은 여인은 곧장 법당으로 향했다.

"도련님 급제를 위해 불공을 드리러 오셨으니 큰 절로 가시어요. 이곳은 너무 허름하옵니다."

"그리 부산스러운 곳에서 무슨 불공을 드리겠느냐. 난 이곳이 더 좋단다."

인왕산에는 유명한 절이 한 곳 있었다. 사대부들의 시주가 끊이질 않아 절은 날로 커졌고 그로 인해 찾는 이들 또한 많았다. 둘만 모여도 남 얘기에 빠져 시간 가는 줄 모르는 사대부가의 여인들은 더러 불공을 구실 삼아 절에 올라 꽃놀이를 하기도 하였다.

"너는 스님을 찾아 시주하거라."

"예."

몸종이 발길을 돌리자 여인은 비단 꽃신을 벗고 법당 안으로 들어섰다. 경건한 마음으로 불상 앞에 절을 올리기 시작한 여인의 이마에는 어느새 땀방울이 송골송골 맺혔다.

방문과 창을 모두 열고 서책을 읽던 이겸은 버릇처럼 먼 곳을 응시하였다. 혹여나 집에 머물고 있으면 미련이 남을까 하여 서둘러 이곳으로 돌아왔지만 몸만 왔나 보다. 이내 읽던 책을 덮고 방을 나선 이겸은 심란한 마음에 암자 안을 거닐었다. 작은 돌탑을 지나 법당 앞을 지나던 이겸은 절을 하고 있는 여인의 모습에 저절로 고개를 돌렸다. 지금까지 이곳에서 지내며 불공을 드리는 여인을 본 적이 없기에 아니 찾아오는 이도 없었기에 신기한 듯 법당 안을 들여다보았다. 그리고 연분홍 치마저고리가 이겸의 두 눈을 번쩍 뜨게 만들었다. 진정 같은 여인일까 하였다. 그때 여인이 돌아서 비단 꽃신을 신고 법당을 나왔다. 눈이 마주친 두 사람은 무엇에 이끌렸는지 서로의 시선을 피하지 않고 있었다.

"혹…… 일 년 전 약방에서 이 사람을 보신 적이 없는지요. 옆모습이 본 듯하여……."

다급한 마음에 결례임을 무릅쓰고 이겸은 서슴없이 말을 뱉었다. 지금 확인하지 않으면 후회할 것 같았다.

"여인의 모습을 기억에 담아 두시다니요. 선비의 마음가짐으로는 어울리지 않을 듯합니다."

뼈가 있는 여인의 말에 이겸은 할 말을 잃었다. 이곳에 온 이유가 무엇인가. 좀 더 학문에 열중하고자 함인데 이렇듯 마음이 흔들려 이런 소리를 듣고 말았으니 사내로서 고개를 들 수 없었다.

"이만, 길을 비켜 주시지요."

법당으로 올라서는 계단을 막고 서 있던 이겸은 여인의 말에 몸을 돌려 한쪽으로 비켜섰다. 여인이 자신 앞을 지날 때 나는 꽃내음이 이겸의 심장을 더욱 두근거리게 하였다. 이대로 보내는 것이 옳은가. 아니면 잡아야 하는가. 이겸은 자신에게서 멀어지는 여인의 뒷모습을 한없이 바라보았다.

"아씨! 아씨, 같이 가요."

멀리서 부산스럽게 뛰어오는 몸종을 보며 여인은 혀를 내둘렀다.

"어디 있다가 이제 오는 게야?"

"벌써 끝나셨어요? 배가 아파 뒷간에."

"알았으니 쓰개치마 다오."

"예."

몸종에게 쓰개치마를 건네받은 여인은 가던 길을 재촉하였다.

"헌데, 혜신 아씨. 이 암자가 작기는 하지만 주변 경치는 좋은데요. 저쪽으로 돌아가면 북촌이 다 보입니다."

"배가 덜 아팠나 보구나. 경치 구경을 다 하고."

혜신의 말에 몸종은 입을 꾹 다물고 말없이 뒤를 따랐다.

혜신 아씨? 돌아서 가던 이겸의 발걸음이 멈췄다. 어디선가 들어 본 이름이 아니던가. 이겸은 암자 입구를 나서는 혜신을 바라보며 낮게 중얼거렸다.

둥근 보름달이 정자를 비추는 야밤, 찻상을 마주하고 가연과 화윤이 앉아 있었다. 며칠 전만 하더라도 서로를 보며 으르렁대던 사이가 어느새 아픈 마음을 위로해 주고 있어 가까워지는 계기가 되었다.

"금일 따라 유독 달이 밝습니다."

가연이 찻잔을 들어 한 모금 마시고는 달을 올려다보았다. 둥근 보름달 위로 이겸의 얼굴이 겹쳐 보이자 가연의 눈매가 천천히 내려앉았다.

"달이 눈에 들어온다는 것은 그리운 이가 있다는 뜻이다."

"그냥 해 본 소리입니다."

무안한 듯 가연은 찻잔을 내려놓으며 고개를 살짝 돌렸다.

"며칠 전만 하더라도 방으로 쏙 들어가 문고리 걸어 잠그기 바빴던 네가 이 야밤에 나와 차를 마신다? 허! 장족의 발전이군."

화윤은 벌러덩 드러눕더니 두 팔로 머리를 받치며 정자 위를 올려다보았다. 화윤은 씁쓸했다. 이겸이 아니었다면 이리 마주 앉아 담소를 나눌 일이 없지 않았겠는가. 해서 이 자리가 썩 내키지 않았다.

"잘해 드려도 그러십니다."

가연은 그동안 화윤에 대해 곡해한 점이 있다는 것을 인정했다. 사람이 아니라는 이유로 그를 피하며 그의 말에 귀 기울이지 않았던 것을 반성했다. 더구나 이번 일을 겪고 나니 가연은 화윤에게 고마운 마음마저 들었다. 비록 사람은 아닐지라도 그에게 위로를 받았기에 조금은 잘해 주고픈 마음이었다.

"달을 보며 떠오르는 이가 있다는 것은 좋은 일이나 그 마음이 오래가면 그리움이 원망으로 바뀐다. 그런 추한 모습은 보이지 마라."

그리움이 원망으로 변한다……. 가연은 그럴지도 모르겠다는 생각을 했다. 어느 순간 그리움이 커지면 누군가를 원망하고 싶을 터이니 화윤의 말처럼 자신이 추한 모습으로 변할 것만 같았다.

"세 번 보고 그리움이 원망으로 바뀐다면…… 한심하고 미련한 여인이지요?"

"몇 번을 마주했는지가 중하겠느냐. 남녀 사이는 한 번을 마주해도 가슴을 울리는 사람이 있느니라. 해서 가는 마음을 잡을 수가 없는 게지."

지금까지 수호령의 직무를 수행하며 화윤은 이런 결론을 내렸다. 인간은 신들보다 정이 깊고 나약하다는 것을 말이다. 이루어질 수 없음을 알면서도 마음이 가는 것을 어찌하지 못하고 끝내 가슴을 치는 이들을 지켜보며 화윤은 하나같이 다 바보 같다는 생각을 했다. 하지만 어느덧 인간계에 머문 지 오십 년이 훌쩍 넘어 버리자 자신도 점점 인간의 감정에 물들어 같이 웃고, 슬퍼하고, 고민하고 있다는 것을 깨달았다. 어쩌면 그런 인간들을 지켜보았기에 연정의 감정을 느껴 본 적 없는 화윤이 이토록 많은 사실을 쏟아 내고 있는지도 모른다. 화윤은 아직도 가연에게 해 줄 말이 많았다.

"연정에는 세월만 한 약이 없어 지금은 가슴에 사무칠지 몰라도 잊을 수 있을 게다. 다만……."

"다만, 무엇입니까?"

"애쓰지 마라. 빨리 잊으려 할수록 가슴에 멍울만 진다."

"꼭, 그런 아픔이 있으신 분처럼 말씀하십니다."

"수호령은 다 안다."

그동안 자신이 지켜 주었던 인간들을 떠올리며 화윤은 옛 생각에 빠졌다. 자신을 버린 사내를 잊지 못해 자결한 여인도 있었고, 노비의 신분으로 양반의 규수를 사모한 사내는 야반도주까지 하였다. 뉘의 잘못이고, 뉘를 벌해야 하는가. 연정은 양쪽 모두에게 행복일 수 있으며 불행일 수도 있음을 화윤은 그때 알게 되었다.

"진정 다 알고 계십니까?"

"당연……."

화윤은 말을 하다 말고 마른침을 꼴깍 삼켰다. 화윤이 잠시 옛 생각에 잠겨 있는 사이 쪼르르 옆으로 다가온 가연은 말똥말똥한 눈방울로 그를 바라보았다. 무엇인가 기대에 찬 가연의 표정이 얼마나 어여뻐 보이던지 한없이 정신을 놓고 올려다보았다.

"어이…… 이러느냐?"

묻는 화윤의 목소리가 미세하게 떨리더니 심장이 벌렁벌렁 뛰기 시작했다.

"혹…… 제 배필이 뉘인지도 아십니까?"

가연의 물음에 순간 김이 빠진 화윤은 짧은 한숨을 내쉬었다. 무엇을 기대하고 있었는가 말이다. 화윤은 잔뜩 골이 난 표정으로 벌떡 일어나 앉았다.

"고작! 그걸 묻고 싶은 게야? 그것도 전지전능한 나에게?"

말을 툭 뱉어 놓고 화윤은 슬쩍 하늘을 올려다보았다. 사실 전지전능은 자신이 아니라 위에 계신 그분이실 터이니 또 한 번 벼락이 내리칠까 걱정이 되었다.

"다 알고 있다 하시니 묻는 게지요."

"모른다!"

화윤은 가연에게서 몸을 휙 돌려 앉았다.

"모르시면서 다 안다고 거짓부렁을 하십니까?"

"알아도 모르니 다시는 묻지 말거라!"

정자 계단을 내려가는 화윤의 뒷모습을 바라보며 가연은 무슨 사내 마음이 저리 좁을까 라는 생각을 했다. 조금 다정히 다가오는가 싶더니 이내 토라진 모습이 철없어 보이기까지 했으나 이는 시작에 불과했다. 잠시 후 화윤을 따라 가연도 대청에 올라섰다.

"이 무슨 짓입니까?"

대청에 베개 하나를 덩그러니 던져 놓은 화윤은 방문을 쾅 하고 닫아 버렸다.

"며칠 대청에서 잤더니 허리가 아파 죽겠다. 죽어도 나와 합방은 못 할 테고, 이 방법밖에는 없지 않느냐."

"예?"

기가 차다 코가 막힐 지경인 가연은 벌어진 입을 다물 수가 없었다. 굴러 온 돌이 박힌 돌을 빼도 유분수지. 자신의 처소를 온전히 내 줄 생각을 하자 가연은 아찔해 오기까지 했다.

"지금 저에게 심술을 부리시는 겁니까?"

덜컹 방문이 열리더니 화윤의 성난 표정이 가연의 시야에 가득 들어왔다.

"진정 내 심술을 보고 싶은 게야? 보여 줄까?"

가연은 다시 닫히는 방문을 멀뚱히 바라보고 있었다.

"밤바람이 선선하니 감모 들지 않게 조심해라."

진정 대청에서 잠을 청해야 하는가? 아니다. 이것은 아니었다. 어느 뉘가 귀신에게 방을 내어 준단 말인가. 해서 가연은 성큼성큼 방문으로 다가가 문고리를 잡아당겼다. 물론, 사내 힘을 가연이 이길 수는 없었다.

"문 여십시오! 제 방입니다."

"누가 내 방이라 했느냐. 하루만 대청에서 자라는 말이다."

"어찌 여인에게 밖에서 자라 하십니까!"

"허면! 사내는 밖에서 자도 된단 말이야? 그런 법은 천상계에도 없다."

방문이 조금 열렸다 닫혔다 반복하며 쉴 새 없이 말다툼하는 두 사람의 목소리는 한동안 안채를 쩌렁쩌렁하게 울렸다.
　"이리 나오실 겁니까? 그만 이 문 여십시오!"
　"그리 들어오고 싶으면 합방을 하던가."
　"그걸 지금 말이라고 하십니까?"
　"난 착한 수호령이다. 마음에도 없는 여인을 탐하는 그런 질 나쁜 신이 아니니 믿지 못하겠음 대청에서 자고."
　문고리를 잡아당기던 가연의 손에 힘이 쭉 빠지고 말았다. 어딜 봐서 착하다 하는지 몰라도 도저히 인정할 수 없는 말임은 확실했다.
　"내 작일 밤 아흔아홉 개까지 별을 세었으니 너도 그 정도 세다 보면 잠이 올 게야."
　충고를 빙자한 말이 방 안에서 들려왔다. 어찌나 마음을 써 주시는지 가연은 감개무량할 따름이었다. 결국 방에 들어가는 것을 포기한 가연은 베개를 품에 안고 잠이 들었다.
　첫닭이 울기 전 빠끔히 방문을 연 화윤은 목을 길게 빼고 얼굴만 내밀었다.
　"진정 자는 게야?"
　살그머니 방문을 닫고 나온 화윤은 잠든 가연 옆에 다가와 앉았다. 간밤에 단 한숨도 잠을 이룰 수 없었던 화윤은 자신의 언행이 과했음을 잘 알고 있었다. 더욱이 몸을 잔뜩 움츠리고 잠이 든 가연을 바라보며 조금 미안한 마음이 들기도 했다.
　"그러게 괜한 말은 던져서 내 심사를 뒤틀어 놓은 게야. 물어볼 것이 그리도 없었더냐? 빈말이라도 나에 대해 물어볼 것이지."

입으로는 내내 주절거리며 자신도 모르게 손은 가연의 볼을 천천히 어루만지고 있었다.
'내가 지금 무슨 짓을!'
자신의 행동에 화들짝 놀란 화윤은 서둘러 손을 거두고 주위를 두리번거렸다. 자신을 보는 이가 없을 터인데도 화윤은 괜스레 얼굴이 붉어졌다.
'이러다 진짜 감모 들겠다.'
주섬주섬 일어나 방 안에서 이불을 가지고 나온 화윤은 가연의 몸을 덮어 주려 하였지만 부스스 눈을 뜨는 가연과 눈이 딱 마주쳤다.
"헉! 으흠."
어쩜 그리도 동작이 빠르던지. 가지고 나온 이불을 다시 방 안으로 휘리릭 던진 화윤은 접선을 쫙 펴고 애먼 부채질만 내리 하였다.
"벌써 일어나셨습니까?"
해가 중천에 떠 있도록 자던 이가 날이 밝기도 전에 일어나 앉아 있어 가연은 신기하게 그를 올려다보았다. 하지만 화윤의 표정은 간혹 이런 날도 있다는 듯 보였다.
"간밤에 별은 세었느냐?"
가연은 고개를 끄덕이며 천천히 몸을 일으켜 앉았다.
"아함……. 그러니까…… 백…… 여든셋?"
잠이 덜 깬 표정으로 자신이 묻는 말에 답하는 가연을 보자 화윤은 피식 웃음이 나왔다. 아니 보려고 했지만 자꾸 가연에게 눈길이 가는 것은 어쩔 수 없었다.

"고생하였으니 이만 들어가 자라."

자리를 털고 일어나 섬돌로 내려서는 화윤을 보며 가연은 고개를 갸웃거렸다.

"이 새벽에 어딜 가십니까?"

"산보나 하련다."

화윤이 안채를 나서자 가연은 엉금엉금 기어서 자신의 방 안으로 들어갔다.

"그래, 자금은 준비해 왔는가?"

천만이 자리를 잡고 앉기도 전에 급한 성품인 병판 숙현의 입이 먼저 열렸다.

"그렇습니다. 대감."

"하하하, 암 그래야지. 그래야 하고말고."

흡족한 듯 수염을 쓸어내리던 숙현은 아랫것을 시켜 술상을 거하게 한 상 차려 내었다. 하지만 천만은 그 술상이 달갑지 않았다. 이는 서로 나눌 말이 남았다는 뜻이었기에 이 자리가 불편할 따름이었다.

"자, 내 술 한잔 받지."

숙현의 술을 받고 잔을 비운 천만은 잔뜩 인상을 찌푸렸다. 목으로 넘어가는 술맛이 어찌나 쓰던지 안주에 절로 손이 갔다.

"사실 반신반의한 마음이었는데 이렇듯 내 기대를 저버리지 않아 임 행수를 다시 보게 되는군."

"마음에 드셨다니 다행입니다."

천만은 무릎을 꿇고 두 손으로 술병을 들어 숙현의 술잔을 가득

채웠다.

"편히 앉게나. 우리 사이에 어려워할 것이 무에야."

숙현의 말은 천만의 가슴을 서늘하게 만들었다. 어느 천지에 양반과 중인을 우리라는 말로 엮을 수 있겠는가. 이는 우리가 아닌 수족으로 두겠다는 뜻이었으니 천만에게 결코 실보다 득이 크다고 할 수 없는 일이었다.

"만만한 자금이 아니었을 터인데 임 행수의 능력이 대단하구만."

빈 잔을 내려놓으며 숙현은 천만의 표정을 세세히 살폈다.

"나랏일을 하시니 소인 같은 장사치보다야 더 요긴하게 쓰실 터이지요. 그것으로 되었습니다."

"어디에 쓰는지 묻지도 않겠다? 궁금하지도 않은가?"

"제 손을 떠나면 더는 제 것이 아니라 했습니다. 돈이든 여인이든 말이옵니다."

"하하하. 돈이든 여인이든 내어 주면 내 것이 아니라 물을 필요도 없다? 이런 명언이 있을 줄이야."

세상을 다 가진 듯 한참을 호탕하게 웃던 숙현은 순간 표정을 바꾸고 천만을 바라보았다. 그 눈빛은 필시 매의 눈매와 같았다.

"내 자네의 능력이 어느 정도 되는지 던진 말인데 이리도 나를 흡족하게 만들어 주었으니 내 어찌 자네를 놓아줄 수 있겠는가. 자네가 가지고 있는 화수분이 어디까지 토해 낼 수 있는지 지켜봄세."

천만의 심장이 덜컹 내려앉았다. 사람의 욕심은 끝이 없다 했던가. 이는 바로 병판을 두고 하는 말 같았다. 곳간에 넘쳐 나는 재물들을 쌓아 놓고도 더 많은 것을 가지려 하니 이러다 나라님보다 더한 재물을 손에 쥘 것 같았다. 하지만 이런 씁쓸한 표정은 병판 앞에서 숨겨야 했다.

"이만 물러가겠습니다."

불편한 마음에 앉아 있을 수가 없었던 천만은 은근슬쩍 자리에서 일어나 고개를 숙였다.

"여식이 있다지?"

갑자기 이 무슨 하문이신가? 천만은 문 앞에서 몸을 돌려 숙현을 바라보았다. 그는 여전히 빈 술잔을 채우며 느긋한 표정이었다.

"올해 몇인고?"

"미천한 소인 여식의 나이는 어찌 물으십니까?"

"북촌 시전에 소문이 자자하더군. 곱다고 말이야."

천만은 병판의 심중을 알 수가 없어 뭐라 대답을 못하고 그의 눈치만 살폈다.

"좋은 혼처가 있으면 다리를 놓아 줄까 하여 그러네만, 자네 표정은 내키지 않나 보군."

"어미 없이 키운 아이라 여인으로서 해야 할 일을 모릅니다. 아직 출가를 시키기에는 부족함이 많습니다."

"그야 가르치면 될 것을."

문제 될 것이 전혀 없다는 표정으로 숙현은 빈 술잔을 상 위에 내려놓았다. 천만의 심장은 또 한 번 바닥으로 꺼지는 기분이었다.

"그만 가 보게나."

"예. 허면, 편히 쉬십시오."

서둘러 사랑채를 나선 천만은 몇 발자국 걷다 뒤를 돌아보았다. 안에서 비추는 불빛으로 병판의 그림자가 창문에 드리워졌다. 천만은 그 그림자를 쏘아보며 아랫입술을 지그시 깨물었다. 느낌이 좋지 않았다.

석반을 치우고 정자 위에 서안을 올려놓은 가연은 호롱불을 켰다. 아직 호롱불을 켜기에는 조금 이른 시간이지만 장부를 보려면 어쩔 수 없는 일이었다.
"멀쩡한 방을 놔두고 이리 나와서 보느냐?"
"귀신하고 한방에 앉아 있는 것이 쉬운 일인 줄 아십니까?"
톡 쏘아붙이는 가연의 말에 화윤은 입을 삐죽거렸다. 며칠 전 화윤에게 방을 빼앗긴 것이 못내 분했는지 말이 곱지 못했다. 하지만 이런 가연의 행동에 신경 쓸 화윤이 아니었다.
"나야 탁 트인 곳에 있으면 더 좋지."
말이 끝나기가 무섭게 벌러덩 드러누운 화윤은 다리까지 꼬고 흥얼거렸다. 어쩜 저리 천하태평일 수 있을까. 가연은 화윤을 보면 이런 생각을 했다. 근심도 걱정도 없을뿐더러 아무런 생각도 없는 이처럼 보였다. 하니, 화윤의 행동에 항시 한숨부터 나왔다.
"할 일이 그리도 없으십니까?"
"내 일이 널 지키는 것 아니야. 해서 이리 밤낮없이 곁에서 보필하고 있건만 나의 고충이 보이지 않는 게야?"
도대체 어딜 봐서 고충이라는 말을 입에 올리는지 가연은 알 수 없었다. 적어도 고충이라 하면, 귀신과 함께 지내는 자신에게 더 어울리는 말이 아니겠는가. 이런 마음에 가연은 누워 있는 화윤을 노려보았다.
"보고 싶지 않은 귀신을 볼 수밖에 없는 고충보다는 덜 할 테지요."

"네가 고충이 있을 것이 무에야? 잘난 내가 이리 널 잡귀들에게서 지켜 주는데. 배부른 소리 마라."

그와 말을 섞지 않는 것이 가장 현명한 방법임을 알면서도 늘 이렇듯 때늦은 후회를 하는 자신을 탓하며 가연은 장부를 폈다.

"보면 뭘 좀 아느냐?"

화윤의 말투는 자신과 놀아 주지 않아 토라진 아이 같았다.

"상단 일을 시작한 지 올해로 삼 년입니다. 심심하여 펴 든 장부가 아닙니다."

"고작 삼 년 가지고 돌아가는 이치를 어찌 다 알까."

"아버지만큼은 아니어도 지금까지 일을 하면서 상단에 실이 된 적은 없습니다."

"알았다. 계속하여라."

가연의 목소리가 점점 높아지자 화윤은 꼬리를 내리고 등을 돌려 옆으로 누웠다. 벌써 며칠째인가. 아비가 병판 댁에 다녀온 뒤로 가연은 장부와 씨름을 하였다. 장부만 들여다본다 해서 나간 재물이 다시 돌아오는 것도 아니건만 석반을 먹고 나면 으레 장부를 펼쳐 들었으니 가연과 많은 말을 나누지 못하는 화윤은 이것이 불만이었다.

삐이걱! 그때 안채 문이 활짝 열렸다.

"아버지, 어인 일이셔요?"

아버지? 안채로 들어서는 천만을 두 눈으로 확인한 화윤은 누워 있다 갑자기 벌떡 일어섰다. 심지어 천만이 정자 계단에 올라서자 화윤은 허리까지 숙여 인사를 했다. 평상시와 다른 화윤의 행동에 가연은 고개를 갸웃거렸다.

"허리가 아파서……."

괜스레 허리를 굽혔다 폈다 하며 몸을 이리저리 뒤틀던 화윤은 가연의 시선을 피했다. 자신이 생각해 보아도 이해가 가질 않았다. 가만히 누워 있다 한들 천만의 눈에 자신이 보일 리 없지 않은가. 화윤은 자신의 행동에 그저 어리둥절할 뿐이었다.

"앉자꾸나."

"예."

천만이 먼저 자리를 잡고 앉자 가연도 따라 앉았다. 하지만 여전히 화윤의 행동은 부자연스러웠다. 천만 앞에 무릎을 꿇고 앉아 있는 모습이 흡사 죄지은 이처럼 보이기까지 했다. 가연은 화윤의 행동을 이해할 수 없어 빤히 바라보았다.

가연과 눈이 마주친 화윤은 자신의 모습에 화들짝 놀랐다. 당황스런 표정으로 급히 다리를 풀기는 하였지만 민망함에 얼굴이 뜨거워졌다.

"어딜 보는 게야?"

가연의 시선을 따라 천만의 시선도 움직였다. 그리고 그곳에 앉아 있던 화윤과 눈이 마주쳤다. 하지만 천만의 눈에는 안채 뜰만 보일 뿐이었다.

'이분 좀 어찌 해 봐라.'

화윤은 가연에게 도움의 눈초리를 보냈으나 다시 천만과 눈이 마주친 화윤은 그대로 얼어 버렸다. 꼭, 여식을 보쌈하려다 그 아비에게 들킨 이처럼 화윤은 마른침을 꼴깍 삼키고 있었다.

"무슨 일이십니까? 수심이 가득하십니다."

그런 화윤의 모습이 한심한 듯 짧게 혀를 찬 가연은 시선을 아비에게 돌렸다. 덕분에 천만의 시선이 돌아서자 화윤은 안도의 한숨을 내쉬었다.

"그리 보이느냐?"

"예."

"이 아비가 상단 일을 하면서 처음으로 후회를 하고 있구나."

아비의 말뜻을 읽지 못한 가연은 아무런 대답 없이 멀뚱히 바라만 보았다.

"병판대감의 욕심을 다 채워 줄 수 있을지 심히 걱정이다."

가연은 고개를 숙였다. 아비가 무엇을 걱정하고 있음인지 알고 있었으나 이는 답을 찾을 수 없는 일이었다. 이미 이번 일로 병판의 신임을 얻은 아비는 그의 손아귀에서 빠져나올 수 없음이라. 가연은 목 안으로 한탄을 삼켜야 했다.

"인삼에 손을 뻗을까 한다."

천만의 말에 숙이고 있던 가연의 고개가 절로 들어 올려졌다.

"쉽지 않은 일입니다. 이미 인삼 쪽을 잡고 있는 상단들이 자리를 내어 주겠습니까?"

"방도를 찾아봐야지. 하지만 당분간 비싼 값에 인삼을 매입해야겠다. 인삼을 쥐고 있는 상단이 우리에게 싼 값을 부르지는 않을 테니 말이야."

"지금은 밑천이 넉넉지 못합니다."

"첫술에 배부르겠느냐. 조금씩 하다 보면 자리를 잡겠지."

아직 상단의 주인은 아비였다. 해서 가연은 아비의 결정에 토를 달지 않았다. 지금은 잘잘못을 따질 때가 아니라 상단의 득을 우선으로 생각할 때이기에 가연은 아비의 뜻을 따르기로 마음먹었다.

"자금은 모아 보겠습니다."

"급할 것 없으니 천천히 하거라."

"예."

어려운 결정을 내리고 일어서던 천만은 정자 계단을 내려가다 발걸음을 멈췄다. 그저 병판의 말을 흘려버리자니 노파심에 그럴 수 없었다. 천만은 가연에게 다시 돌아섰다.

"혹, 만나는 사내가 있더냐?"

"예! 아…… 아닙니다. 없……습니다."

갑작스러운 아비의 물음에 가연은 손사래까지 치며 말을 더듬었다. 하지만 뉘가 보아도 어색하기 그지없었다.

"티 난다. 아주 많이."

조용히 넘어간다 했다. 가연은 자신 옆에 서 있는 화윤을 노려보았으나 그의 시선은 천만에게로 향해 있었다.

"진정 믿어도 되겠느냐?"

"그럼요. 믿으셔도 됩니다."

"믿지 마십시오."

어느새 정자 계단을 쪼르륵 내려가 천만 옆에 선 화윤은 접선으로 자신의 입을 가리며 새살거렸다.

"사내를 만나기는 했지요. 첫눈에 반해 정신을 못 차리고 있다가 만날 수 없게 되니 몇 날 며칠을 울더이다. 하니 여식을 저리 두시면 아니 됩니다."

"듣지 마셔요! 다 거짓부렁입니다."

화윤의 말을 똑똑히 들은 가연은 목소리를 높이며 두 눈을 부릅떴다. 당장에라도 화윤의 멱살을 잡고 싶었으나 그럴 수 없는 자신의 두 손이 부르르 떨렸다.

"거짓부렁이라니? 네 말을 믿지 말라는 게야?"

가연만큼 놀란 천만은 씩씩거리는 여식을 올려다보았다. 도대체 무슨 말을 하는 것인지 도통 감을 잡을 수가 없었다.

"아니, 저…… 그것이 아니라…… 다른 이의 말은 귀담아들으실 필요가 없다는 게지요. 어디서 무슨 말을 들으셨는지 모르나 제가 아니라 하질 않습니까. 믿으셔요."

가연은 애써 화를 눌렀지만 표정까지 다 감출 수는 없었다.

"믿는 도끼에 발등 찍힌다 했습니다. 여식이라고 너무 믿지 마십시오."

화윤은 느긋하게 부채질을 하며 지금의 상황을 즐겼다.

"알았으니 앞으로도 몸가짐을 바로 하여라."

"예."

천만이 돌아서 안채를 나서자 가연은 기다렸다는 듯 계단을 바람처럼 내려와 화윤 앞에 섰다. 가연의 눈빛은 활활 타오르고 있었다.

"아이고, 무서워라."

화윤은 가연의 뜨거운 눈빛에 눌려 접선으로 자신의 얼굴을 가렸다. 그러나 우악스러운 그녀의 손에 접선은 아래로 휙 내려졌다.

"잘못한 것은 아십니까!"

"내가 뭘 그리 잘못했다고 언성을 높이느냐. 난 사실을 말했을 뿐이다."

"내 분명 사내는 입이 무거워야 한다 하질 않았습니까!"

"너처럼 거짓부렁을 말한 것도 아닌데 이리 나오면 아니 되지. 사실을 말한 이와 거짓을 말한 이 중 뉘의 잘못이 더 크겠느냐. 나냐?"

가연은 말문이 막혔다. 자신이 아비 앞에서 거짓을 말한 것은 잘못된 일이나 그렇다고 사실을 알려 줄 필요는 없지 않겠는가. 가연은 자신의 가슴을 한 손으로 쿵쿵 내려치며 이맛살을 찌푸렸다.

"때론! 모르는 것이 약일 수도 있습니다."

"하니, 거짓을 말씀드려도 된다? 그것은 너의 구차한 변명일 터이지."

가연은 발까지 동동 굴렀다. 어찌 이리도 억울할까. 이겸은 스쳐 지나가는 바람일 것이라 가연은 믿고 있었다. 조금만…… 조금만 더 시간을 보내면 아무 일도 없었다는 듯 지낼 수 있었는데 어찌 이리 자신에게 정리할 시간도 주지 않고 몰아가는지 화윤의 행동을 가연은 용서할 수 없었다.

"밉다 밉다 이리 미운 신은 난생처음입니다!"

"암, 처음일 터이시. 이리 바른말을 하는 수호령은 천상계에도 몇 없단다."

"하!"

"내가 조잘거린다고 해서 들리는 것도 아닌데 이리 화를 낼 것이 무에야."

화윤의 오만한 표정이 너무도 보기 싫었던 가연은 순간 두 팔로 그를 힘껏 밀쳤다. 그러자 팔을 휘저으며 뒤로 넘어지지 않으려던 화윤은 가연의 팔을 덥석 잡았다. 두 사람은 어찌할 새도 없이 한데 엉킨 채 요란스런 소리를 내며 뒤로 넘어가 버렸다.

"아이고! 나 죽네."

가연 밑에 고스란히 깔린 화윤은 오만상을 쓰며 숨을 토해 냈다.

"어머나!"

그제야 자신이 화윤 위로 엎어졌다는 것을 안 가연은 벌떡 일어나 앉았다.

"어허! 생각 좀 하고 움직여라. 자세가 더 거시기 하지 않느냐."

두 손으로 화윤의 가슴을 짚고 일어나 앉은 가연은 자신의 엉덩이 밑에서 느껴지는 요상한 물건에 얼굴이 불덩이가 되었다. 더구나 처음에 물컹물컹했던 물건은 점점 딱딱해져 가연을 긴장하게 만들었다. 가연은 차마 민망하고 부끄러워 움직이지도 못하고 굳어 있었다.

"흠흠. 빨리 내려가지 않으면 내 의지와는 상관없이 흉한 것을 보게 될 게야."

화윤은 난처한 표정으로 가연의 정신을 깨워 주었다.

"내…… 내려갑니다."

화윤의 몸에서 떨어진 가연은 치맛자락을 털며 그에게서 돌아섰다.

"애먼 저는 왜 붙들고 그러십니까."

"허면, 넘어가는데 앞에 있는 이가 여인이든 사내든 붙잡고 볼 일이지. 밀어 놓고 딴소리는."

화윤은 여기저기 옷자락에 묻은 흙을 털며 투덜거렸다.

"아무리 아니 들린다 해도 아버지 앞에서 그런 말은 하지 마십시오. 못난 여식의 모습은 몰랐으면 합니다."

"난 내 목소리가 어르신께 들렸으면 한다."

"진정 이리 나오실 겁니까?"

"그래야 내가 다 위로해 줄 수 없었던 네 마음을 그 어르신께서 해 주실 수 있으시겠지."

"무슨 말씀이십니까?"

열을 내던 가연은 갑자기 멍해지는 기분이었다. 도대체 화윤이 자신에게 하고 싶어 하는 말이 무엇인지 궁금했다.

"신의 위로보다는 따듯한 사람의 위로가 더 필요할 것 같아 하는 소리다."

이 말을 던져 놓고 돌아서 가는 화윤을 보며 가연은 가슴에서 찡한 그 무엇을 느꼈다. 가연은 그것이 화윤의 정이라 믿고 싶었다.

'근래 아파하는 널 보면 이런 생각을 한다지. 내가 사람이었으면 하고 말이다.'

가연 앞에서 내뱉지 못한 말이 화윤의 입안으로 삼켜졌다.

3. 가랑비에 옷 젖는 줄 모른다

 작일까지만 하더라도 시전거리는 오가는 사람들이 적었다. 꼭 필요한 것 외에는 다들 구경조차 나오지 않았으니 상인들은 죽을상을 하고 앉아 상전을 지켜야 했다. 그동안은 이득을 남기는 것보다 현상유지를 하는 것으로 만족했지만 금일은 어쩐 일인지 상인들의 표정이 밝았다. 연유인즉슨, 선선한 바람이 불자 모처럼 놀이패가 찾아와 사람들로 북적였기 때문이다. 해서 북촌 시전거리는 간만에 활기를 띠었고 그 속에 혜신도 있었다.
 "아씨께서 어쩐 일이십니까?"
 면주전을 찾은 혜신을 보고 가연이 한걸음에 달려 나왔다.
 "잘 지냈느냐?"
 가연의 면주전은 북촌 시전에서도 제법 큰 상전에 속했다. 주로 소상인들과 양반들을 상대로 하기에 물건의 종류가 많아 혜신처럼 반가의 여식들이 이곳을 자주 찾았다.

"그럼요. 어서 안으로 드시어요."

가연이 옆으로 비켜서자 혜신은 익숙한 듯 면주전 안으로 들어갔다. 혜신은 상전 한쪽에 마련되어 있는 평상 위로 올라앉았다.

"안 그래도 지금 막 차를 우려내던 참이었는데 잘 오셨습니다."

잠시 후 가연은 혜신 앞에 찻상을 내밀고 마주 앉았다.

"금일은 시전이 시끌벅적하구나."

"예, 놀이패가 와서 그런가 봅니다."

두 사람은 전혀 거리낌 없이 서로의 눈을 마주치며 일상적인 말을 주고받았다. 벌써 일 년째 혜신과 가연은 인연을 이어 가고 있었다. 처음 두 사람은 상인과 손님으로 마주했다. 그러다 정직하게 물건을 파는 가연의 모습에 면주전을 찾는 혜신의 발걸음이 잦아졌고 가연 또한 괜한 트집을 잡으며 오만하게 구는 반가의 여식들과 다른 혜신의 성품에 마음이 끌렸다. 그리 서로에게 호감을 느끼고 지내던 중 뉘가 먼저라 할 것 없이 서로의 마음을 터놓기 시작했다. 친동기간이 없던 가연은 두 살 어린 혜신을 그 뉘보다 아꼈다.

"오래 계시지는 못하시지요?"

"아랫것이 오면 일어나야지."

바깥출입이 가연처럼 자유롭지 못한 혜신은 집안일을 구실 삼아 면주전에 들렀다. 간혹 비단을 사러 오기도 했지만 대개는 몸종에게 심부름을 시키고 혜신은 가연과 함께 있었다. 잘난 척을 하며 서로 헐뜯기 좋아하는 반가의 여식들보다 진중한 가연이 더 편했기에 혜신은 이 시간을 늘 기다렸다. 서책에서는 찾을 수 없는 세상의 이치를 가연에게 들으면서 혜신은 또 다른 세상을 경험하는 듯했다. 이런 이유로 혜신은 가연의 말에 귀를 기울이고 있었다.

"내 면주전을 닫는 한이 있어도 댁하고는 거래하지 않겠다! 못을 박았지요."

"배짱 하나는 여전하구나."

"그런 배짱도 없으면 사내들과 어찌 거래를 하겠습니까. 사실 상단 일을 배우면서 목소리만 커졌습니다. 이러다 혼삿길 막히는 것은 아닌지 걱정입니다."

"별소리를 다 한다. 이리도 고운데 어느 사내가 마다할까."

혜신의 말에 가연은 씽긋 웃어 보였다.

"헌데, 아씨 안색이 어두워 보이십니다. 혹, 몸이 불편하십니까?"

"요 며칠 불공을 드린다고 절에 다녔더니 고됐나 보다."

혜신은 별일 아니라는 표정으로 찻잔을 들어 입안을 축였다. 하지만 가연의 눈에는 혜신의 표정이 마음에 걸렸다. 가연은 혜신의 말을 곧이곧대로 믿지 않았다.

"나보다 네 몰골이 더 핼쑥해 보이는구나. 넌 괜찮은 게야?"

"그럼요."

혜신의 말에 가연은 서둘러 찻잔을 내려놓았다.

"나는 이만 가야겠다."

"예? 벌써요?"

혜신을 따라 일어선 가연은 아쉬운 듯 뒤를 따랐다. 어느새 면주전 앞에는 혜신의 몸종이 서 있었다.

"다음에 또 보자꾸나."

"예. 살펴 가셔요."

혜신은 고개를 끄덕이며 면주전에서 멀어졌다. 가연은 늘 혜신의 모습이 보이지 않을 때까지 면주전 앞에 서서 바라보았다. 어김없이 금일도 혜신의 뒷모습을 바라보고 있던 차 멀리서 한 사내가 눈에 들어왔다. 느긋한 팔자걸음에 접선을 부치며 주위를 두리번거리는 사내가 점점 가까워지자 가연은 한쪽 눈썹을 추켜세웠다. 당연 화윤이었다. 가연은 어슬렁거리며 걸어오는 화윤의 팔을 낚아채 한적한 골목으로 들어섰다.

"이제 외박도 하십니까?"

가연과 정자 아래로 구른 작일 밤 화윤은 집에 들어오지 않았다. 무슨 이유에서인지 대청에서 화윤의 코 고는 소리가 들리지 않자 가연은 잠을 이룰 수 없었다. 그가 걱정되기도 했지만 그새 익숙해져 버렸는지 주위가 너무도 고요해 잠이 오질 않았다. 아니, 고요함 속에 무서웠다는 표현이 더 정확했다.

"날 기다렸더냐?"

"기다리다니요? 무슨 곡해를 그리 심하게 하십니까? 말 꺼낸 사람 무안하게."

화윤과 같이 지내면서 가연의 말주변도 많이 늘었다. 가만히 가연의 말을 듣고 있던 화윤은 한쪽 입술을 삐뚜름하게 올렸다.

"허면, 그런 말은 어이 한 게야?"

"몰라 물으십니까? 키우던 개도 집을 나가면……."

"집을 나가면?"

"아주 조금은 걱정이 되는 법입니다."

"그 말은 기다리지 않았으나 걱정은 좀 되었다?"

"뭐…… 그리 생각하십시오."

"내가 개란 말이냐! 잡귀도 모자라 이제 개와 나를 동일 선상에 놓겠다는 게야!"

가연을 향해 버럭 소리를 지른 화윤은 눈까지 부라렸다. 하지만 가연은 전혀 무섭지 않다는 듯 콧방귀를 뀌며 화윤을 흘겨보았다. 이제 제법 화윤에게 익숙해졌다.

"집에나 들어가 보세요. 방에 밥상 차려 놓고 나왔습니다. 지금까지…… 아무것도 못 드셨을 것 아닙니까."

화윤의 화가 순간 사그라졌다. 말은 이리해도 분명 밤새 자신 걱정을 했으리라 생각하니 입가에 잔잔한 미소가 번졌다.

"혼자 먹기 싫다. 밥은 됐고, 놀이패 구경이나 가자."

"예? 면주전은 어쩌고 갑니까?"

"일하는 이들 있지 않느냐. 자! 어서 가자. 이리 꾸물거리면 좋은 자리 못 잡는다."

그리 화윤의 손에 이끌려 공터까지 온 가연은 어리둥절하였다. 이미 놀이패들은 거하게 판을 벌여 구경꾼들을 모으고 있었다. 꽹과리와 징을 치며 분위기를 돋우니 사람들이 우르르 몰려들었다. 놀이패들의 신명 난 가락에 맞춰 남녀노소 가릴 것 없이 어깨를 들썩이던 이들은 노래까지 부르며 몸을 움직였다. 그 무리에 화윤과 가연도 뒤섞여 있었다.

"정신이 하나도 없습니다."

사람들은 저마다 춤사위에 취해 가연의 말을 귀담아듣지 않았다. 심지어 놀이패의 악기 소리가 점점 커져 가까이 있는 화윤에게조차 가연의 말이 잘 들리지 않을 정도였다. 그리 춤을 추는 사람들 속에 묻혀 있던 가연은 화윤의 팔을 꼭 잡고 있었다. 혹여나 사람들에게 치여 넘어질까 봐 화윤을 놓지 못했다. 이런 가연과 달리 화윤의 표정은 여유로워 보였다.

"너도 한번 가락에 몸을 맡겨 보아라. 허면, 답답했던 마음이 조금은 트일 것이야."

가연에게 잡힌 팔을 빼며 화윤은 한 걸음 뒤로 물러섰다. 가연은 의지할 것이 없어 그런지 불안한 표정이었다.

"자, 나처럼 이리하면 된다."

지금까지 춤은 여인의 전유물이라 생각했다. 물론, 놀이패에는 사내들도 있었으나 여인의 몸동작을 따라가지는 못한다 생각했었다. 하지만 금일에야 비로소 이런 자기 생각이 틀렸음을 가연은 깨달았다. 한 마리의 나비가 되고, 학이 되고, 떨어지는 꽃잎이 되기도 하는 화윤의 춤사위를 보며 가연은 잠시 감상에 빠져들었다.

천천히 한쪽 다리를 들고 어깨를 들썩이던 화윤은 이내 빙그르르 몸을 돌렸다. 두 팔을 공중에서 크게 휘저으며 허리춤으로 내려온 두 팔은 나비가 날갯짓을 하듯 다시 어깨 위로 올라갔다. 이번에는 반대쪽 다리를 살짝 들었다 내렸다 하며 뒷걸음질치다 빠른 걸음으로 가연 앞까지 온 화윤은 순간 농작을 멈추고 가연을 지그시 바라보았다. 그 모습에 가연은 숨을 쉴 수가 없었다. 금실로 수가 놓인 하얀 도포를 입고 춤을 추는 화윤을 보자 가연의 입이 절로 벌어졌다. 가연의 눈에는 기녀가 추는 아니 선녀가 추는 춤보다 더 매혹적으로 다가왔다. 더구나 코앞까지 다가온 화윤의 입술로 그의 날숨이 이마에 닿았다.

"어렵지 않단다."

가연의 귓가에 대고 속삭이는 화윤의 목소리에 심장이 쿵쾅거렸다. 달달하면서도 야릇한 감정이 가연의 심장에서 터져 나와 발끝까지 닿는 느낌이었다.

"한 번도 해 본 적이 없어……."

 말은 이리하였지만 이미 두 손은 화윤의 손을 잡고 있었다. 화윤이 이끄는 대로 몸을 맡긴 가연은 치맛자락을 휘날리며 몸을 돌렸다. 손을 마주 잡고 서로 눈을 맞추며 방긋 웃기까지 하던 두 사람은 잠시 모든 것을 잊고 춤사위에 젖어 있었다. 하지만 그때!

"어머나!"

 가락이 점점 잦아들자 화윤이 가연의 팔을 잡고 냅다 뛰기 시작했다. 영문도 모른 채 화윤의 손에 끌려 뛰기 시작한 가연은 작은 언덕이 나오고서야 멈출 수 있었다.

"갑자기…… 어이 그러…… 십니까? 심장이 터질 것 같습니다."

 나무에 등을 기대고 턱까지 차오른 숨을 내쉬며 가연이 물었다.

"가락이 잦아드니 하나둘 널 보는 이들이 많더구나. 처자가 놀이패 장단에 맞춰 그리 춤을 추는 것을 보면 필시 말이 나올까 하여 뛰었다. 다들 너를 보면 미쳤다 하지 않겠느냐?"

 사실 화윤의 속마음은 이것이 아니었다. 주위를 둘러싸고 있던 사내들의 시선이 가연에게 향하자 순간 마음이 언짢아졌다. 자신만의 나비를 탐하는 그들의 눈초리가 싫어 화윤이 그곳을 빠져나온 것이다. 그러나 이런 화윤의 마음을 가연이 어찌 알까. 화윤의 말에 어이없다는 표정으로 바라보던 가연은 여전히 숨을 고르고 있었다. 여인의 몸으로 사내의 보폭을 쫓아 온 가연은 마른침을 삼키며 말을 이어 나갔다.

"그러면서 춤을 추라 하셨습니까?"

"그리해야 네가 웃을 것 같아 그랬지."

"예?"

"네 웃는 모습이 보고 싶어 그랬다고."

화윤은 작일 밤 차가운 바위 위에 앉아 곰곰이 생각했다. 어찌하면 가연을 웃게 할 수 있을지 말이다. 좀처럼 말로는 가연을 웃게 할 수 없어 화윤은 밤새 고민을 해야 했다. 그렇게 날이 훤히 밝아 올 때까지 방법을 찾지 못했던 화윤은 북촌 시전거리에 접어들다 놀이패를 발견했다. 혹시나 하는 마음에 가연을 무작정 데리고 왔으나 충동적인 자신의 행동에 화윤도 당황스럽기는 마찬가지였다. 하지만 자신이 먼저 진심으로 그녀에게 다가가자 가연도 마음을 열었다. 이렇듯 가연의 미소를 볼 수 있어 마음이 한결 편안해졌다.

"어찌 그리도 저에게 마음을 쓰십니까?"

"내가 수호령 아니냐. 하니, 내 너를 챙기는 것은 당연하지."

"진정 그 마음뿐이십니까?"

화윤은 가연의 물음에 대답할 수 없었다. 자신도 정말 가연을 향한 마음이 수호령으로서 지켜 주고 싶은 마음뿐인지 확실하게 알지 못했다. 다만, 지금까지 지켜 준 인간들보다 가연에게 애착이 가는 것은 사실이었다.

"어이 답을 못하십니까?"

"흠흠. 뭐! 무슨 답을 원하는 게야? 내 너를 마음에 담고 있을까 하여 그러느냐?"

"설마 수호령께서 하찮은 인간을 마음에 담기야 하겠습니까."

"당연 아니지."

"헌데……."

"헌데, 뭐?"

"분명 그런 마음은 아니실진대, 너무 따듯하게 위로해 주시고 감싸 주시니 신이 아니라 사람같이 느껴집니다. 해서, 지금 너무도 행복합니다."

아……. 이것을 바라고 그리 가연에게 마음을 썼나 보다. 화윤은 행복하다는 가연의 말에 몸이 공중으로 붕 뜨는 느낌이었다.

"제 웃는 모습을 보고 싶다 하셨지요?"

"그랬지."

가연은 그 어느 때보다 밝게 미소를 지었고 그 모습이 화윤의 눈에는 뉘보다 어여뻐 보였다. 잠도 이루지 못하고 차가운 바위 위에 앉아 고심한 결과가 있는 듯해 화윤의 입가가 절로 귀에 걸렸다.

"이제 더 마음 쓰지 않으셔도 됩니다. 이만하면 하실 만큼 하셨습니다. 제 마음 하나 추스르지 못해 그런 것을 어찌 이리 신경을 쓰신단 말입니까. 더 해 주시면 진정 마음이 동하여 찡하게 가슴이 울릴 것 같습니다. 그만하셔요. 정이 그리운 이가 접니다. 훗날 제 욕심에 보내 드리지 못하면 어찌합니까."

가연은 마음 써 주는 이가 곁에 있다는 것이 이리도 의지가 되는지 전에는 몰랐다. 혜신과의 만남도 좋았지만 신분의 벽으로 더 가까워질 수 없음을 알고 있었다. 어쩌면 사람이 아닌 신과의 거리는 혜신과의 거리보다 더할 터인데 가연은 처음으로 화윤에게 정을 느낄 수 있었다. 신이 아닌 사람처럼 다가오는 그의 따듯한 마음에 흔들리는 자신을 잡아 달라 손을 내밀고 싶을 정도였다.

"가지 말라 하면 되지 않느냐."

"그러면 아니 가셔도 됩니까?"

또 한 번 화윤의 말문이 막혔다. 이는 화윤이 선택할 수 있는 문제가 아니었다. 더욱이 지금까지 수호령의 직분으로 지켜 준 이들은 모두 본래 예정되어 있던 것보다 일찍 세상에 태어난 사람들이었다. 화윤의 장난으로 인간계에 내려온 이들은 유독 가연처럼 영이 맑거나, 약한 이들이 많았다. 해서 상제는 화윤에게 그들을 지켜 주라는 벌을 내린 것이다. 화윤 자신도 언제쯤 천상계로 올라갈지 알 수 없었으나 확실한 사실은 하나 있었다. 일찍 세상에 태어난 이들 중 가연이 마지막이라는 것 말이다. 즉, 가연을 끝으로 화윤에게 주어졌던 수호령의 책무는 끝이 나는 것이었다.

"지금 답을 해야 하느냐?"

"예? 아니 뭐…… 꼭, 답을 하시라는 뜻으로 드린 말씀은 아닙니다."

"허면, 기다려다오. 지금은 확답을 줄 수 없으나 내 빠른 시일 안에 답을 하겠다."

"아닙니다."

"내가! 답을 준다 하지 않느냐!"

버럭 화를 내는 화윤의 목소리에 놀란 가연은 한 발 뒤로 물러섰다. 지금까지의 장난스런 표정이 아닌 진지한 그의 모습에 가연은 다른 이를 보는 듯했다.

"내가 답을 할 때까지 어떠한 결정도 하지 말거라."

"무슨 결정 말입니까?"

"떠나보낼 준비를 한다든지, 홀로 남는 것이 두려워 돌아선다든지, 그도 모자라 훌쩍 떠난다든지. 그런 한심하고 우스꽝스러운 짓은 하지 말란 말이다."
"안…… 합니다."
"허면, 되었다."
화윤은 조금 씁쓸한 표정으로 가연에게서 돌아섰다.

화윤은 집에 돌아오자마자 밥상을 끼고 폭풍 수저질을 하였다. 말도 없이, 숨도 쉬지 않고 밥을 입안으로 밀어 넣는 모습을 바라보며 가연은 조용히 밥상 위에 수저를 내려놓았다. 순간 밥맛이 뚝 하고 떨어졌다.
"참말 알다가도 모르겠습니다."
"나 말이냐?"
화윤이 입을 열기는 하였지만 사실 정확히 알아듣기는 어려웠다. 워낙 입안에 든 것이 많아서 가연은 고개를 살짝 돌리며 말을 이었다.
"예. 하루에도 열두 번은 고운 정이 들었다가 미운 정이 들었다 합니다."
"고…… 든…… 미정…… 데…… 이 무에야."
알아들은 말이라고는 '무에야'가 전부. 가연은 숭늉을 화윤 앞에 건네고 턱을 위로 올렸다 내려놓았다. 가연의 몸짓은 마시라는 뜻일 터, 화윤은 가연에게 숭늉을 받아들고 시원하게 목 안으로 넘겼다. 그제야 제대로 말을 하는 화윤이었다.
"고운 정이든 미운 정이든 다 같은 정인데 고민할 것이 무에 있냐고."

"그래도 미운 정보다 고운 정이 낫지요."

"낫기는 하지만 고운 정보다 미운 정이 더 떼기 어려운 법이다. 명심해라."

대단한 명언이라도 던져 준 것처럼 의기양양한 화윤은 어깨를 한번 으쓱하더니 이내 먹는 일에 열중했다. 당장 전쟁이 일어난다 해도 밥상을 싹 비우기 전에는 움직이지 않을 위인 같아 보였다.

"헌데, 춤사위는 언제 배우셨습니까?"

천상에서 가무는 화윤을 따라올 자가 없었다. 그러나 내세울 만한 자랑은 아니어서 화윤은 못 들은 척 시선을 밥상에 고정했다.

"몸짓을 보아하니 타고난 춤꾼 같아 보였습니다."

"흠흠. 내가 또 못 하는 것이 없질 않느냐."

"예, 예. 없으시지요. 허나, 그리 잘난 분이 저에게는 하나 도움이 아니 되시니 문제지요. 아니 그렇습니까?"

"그랬던가?"

오리발 내미는 것은 천상에서나 지상에서나 선수급이었다. 화윤은 가연의 시선을 요리조리 피하며 밥상을 밀었다.

"그만 드실 참이십니까?"

화윤의 행동에 놀란 가연이 눈을 동그랗게 뜨고 그를 바라보았다.

"더 먹으면 체할 것 같아 그런다. 치우거라."

오래 지내고 볼일이다. 밥상을 들고 대청을 내려가는 가연은 화윤을 곁눈질로 힐끔 쳐다보았다. 하지만 화윤은 먹을 만큼 먹었는지 자신의 부른 배를 어루만지고 있었다. 참으로 행복한 표정이 아닐 수 없었다. 이런 화윤의 모습에 가연은 짧게 혀를 차며 섬돌을 내려왔다.

"따듯한 차 한잔하자."

화윤의 목소리에 밥상을 들고 걸어가던 가연의 발걸음이 멈췄다. 뉘가 뉘를 모시는 것인가. 가연은 한마디 쏘아 붙이고 싶었으나 입을 닫았다. 화윤과 함께 지내면서 부처가 되어 가는 느낌마저 들었지만 늘 그렇듯 가연은 투덜거리면서도 찻상을 들고 다시 안채 문턱을 넘었다.

"여기다."

대청에 있을 줄 알았는데 어느새 정자 위로 자리를 옮겨 앉은 화윤은 나무기둥에 등을 기대고 있었다. 진정 천상계와 인간계를 통틀어 이런 한량은 없으리라, 가연은 믿어 의심치 않았다.

"내 너에게 할 말이 있다."

낮은 화윤의 목소리에 찻상을 내려놓던 가연의 두 팔이 미세하게 떨렸다. 무슨 말을 꺼내려는 것일까? 가연은 천천히 찻상을 내려놓으며 화윤과 마주 앉았다.

"잠시 네 곁을 떠나 있어야겠다."

"!"

생각지도 못한 소리에 너무 놀란 가연은 입만 빠끔거릴 뿐 아무 말도 하지 못했다. 불길한 예감이 가연의 온몸을 감싸고돌았다. 분명 화윤이 잠시라고 했다. 하지만 그 잠시가 과연 얼마만큼일까? 하루? 이틀? 아니면 보름? 가연은 잠시의 기준을 어찌 정해야 할지 몰라 머릿속이 복잡했다. 누군가 이 잠시의 기준을 일깨워 주었으면 하는 바람까지 있었다.

"왜 말이 없는 게야?"

"아…… 예. 헌데…… 어이해서……."

묻는 가연의 목소리는 화윤의 귀에 띄엄띄엄 들렸다.

"윗분을 좀 뵙고 와야겠다. 명일 비가 올 것이니 내 후딱 다녀오마."

윗분은 또 뉘이며 명일 비가 오는 것과 무슨 상관이 있을까만 가연은 가겠다는 화윤의 의지에 뭔지 모를 섭섭함을 느꼈다. 아니, 벌써 공허함이 가연의 가슴을 가득 메웠다. 아마도 자세히 말해 주지 않는 화윤의 태도에 더욱 이런 생각이 드는지도 모른다. 가연은 화윤의 시선을 피한 채 차만 마셨다.

"언제 돌아오는지 묻지도 않을 참이더냐?"

"잠시라…… 하시지 않으셨습니까."

"그래, 잠시다. 그리 믿거라."

허나, 올라가 봐야 알 수 있는 일. 정확히 돌아올 날짜를 일러 줄 수 없었던 화윤은 입을 닫았다. 화윤 역시 묻지 않는 가연에게 섭섭함이 밀려왔다. 자신에게 관심도 없어 보이는 가연의 태도에 그동안 같이 지낸 시간이 허무하게 느껴졌다. 이렇듯 서로 말을 하지 않으면 어찌 속마음을 알까. 두 사람은 그저 차만 홀짝홀짝 마시고 있었다.

"나 없다 해서 풀죽은 강아지처럼 앉아 있지 말고 잘 지내야 한다."

"뉘가 뉘 걱정을 하십니까. 집을 나가는 이는 제가 아니라 수호령이십니다. 굶지 마시고 밥이나 잘 챙겨 드십시오."

너 아니면 뉘가 내게 밥을 줄까. 화윤은 잠시 이런 생각을 하며 피식 웃고 말았다.

"헌데…… 나를 언제까지 그리 부를 참이냐?"

"귀신보다야 수호령이 더 낫지 않습니까."

"둘 다 싫다."

화윤은 딱 잘라 말했다. 듣고 있던 가연이 조금 무안해지기까지 했다.

"허면…… 뭐라 부르오리까?"

"내 이름이 있지 않느냐. 화윤."

이름을 몰라 부르지 못하는 것이 아니질 않는가. 귀신을 사람처럼 칭할 수 없어 가연은 그것을 난감해하고 있었다.

"다시 보는 날 도련님이라 불러 줄 수 있는 게야?"

한껏 들뜬 마음으로 화윤은 가연에게 물었다. 가연이 자신을 신이 아닌 사람으로 받아들여 줬으면 하는 생각에 괜한 억지를 부리고 있음을 스스로도 알면서도 화윤은 답을 기다렸다.

"예."

가연은 마지못해 대답하는 것처럼 고개까지 끄덕였지만 이리 정리가 되니 마음이 한결 편해졌다. 그동안 화윤과 지내며 서로 불편한 것이 한둘이 아니었다. 이제 어느 정도 맞춰 가면서 지내고 있기는 하지만 여전히 호칭은 두 사람이 서로 다른 존재임을 인지시켜 주는 문제였다. 이제 앞으로 더는 이런 문제로 그를 부를 때 고민하지 않아도 된다 생각하니 가연의 입가에 잔잔한 미소가 번졌다.

"명일 길을 떠나셔야 하니 이만 쉬시어요."

침묵이 길어지자 가연은 무안한 듯 자리에서 일어났다. 그러나 겨우 한 발자국을 내딛고서 가연은 온몸이 석상처럼 굳어 버렸다. 다름 아닌 화윤에게 손목이 잡혀 움직일 수 없었다. 따듯한 그의 온기가 잡힌 손목을 통해 심장까지 전해지는 것 같았다.

"어찌 이리도 나에게서 돌아서는 네 발걸음이 가볍단 말인가. 내가 이겸이었다 해도 이리 돌아설 수 있더냐?"

화윤은 가연에게 어떠한 답도 들을 수 없었다. 가연의 손목을 잡고 있던 손에 힘이 빠졌다. 그렇게 천천히 손목을 놓아 주던 화윤은 다시 보드라운 가연의 손을 꼭 잡았다. 할 말이 남아 화윤은 아직 가연을 보내 줄 수 없었다.

"신도 외로움을 느낀단다. 가슴이 저리다는 것도 알고 아픔이 무엇인지도 안단 말이다. 하니, 그리 매몰차게 돌아서지 마라. 비수가 내 심장에 박히는 것 같다."

선선한 추풍이 두 사람 사이를 스쳐 지나갔다.

인왕산 정상에는 인간들이 모르는 계곡이 하나 있었다. 아니 더 정확히 말하면 인간들 눈에 보이지 않는 계곡이라 하는 것이 정확할 것이다. 인간계와 천상계를 이어 주는 홍예다리가 존재하는 이곳은 오로지 천상계에 사는 이들만 알고 있는 은밀한 장소였다. 하지만 이 홍예다리가 마냥 있는 것이 아니라 비가 그치고 난 뒤 출몰하기에 이곳에는 작은 정자가 하나 세워져 있었다. 천상계로 올라가려는 이들에게 비가 그칠 때까지 기다릴 수 있도록 마련해 놓은 곳이라 신들은 이곳을 홍예정이라 불렀다.

"적당히 좀 하시지."

정자에 앉아 그치지 않고 내리는 빗줄기를 한없이 바라보며 화윤이 투덜거렸다. 일찍 돌아오려는 마음에 새벽부터 서둘러 부지런히 산을 올랐건만 굵은 빗줄기가 화윤의 발걸음을 붙잡고 말았다. 대자로 드러누워 이제나저제나 비가 그치기를 기다리던 화윤은 조금씩 몰려오는 졸음에 스르륵 눈이 감겼고, 이내 깊이 잠들었다.

"아함."

한숨 잘 자고 일어난 화윤은 두 팔을 위로 쭉 펴며 주위를 두리번거렸다. 어느새 비가 그쳤는지 주위는 조용했고 빗물을 한껏 머금은 식물들은 생기가 돋아 있었다.

"때마침 잘 일어났구나."

하지만 화윤의 이런 생각은 오래가지 못했다.

"아악! 이런 젠장!"

어느 한 곳을 응시하던 화윤은 갑자기 정자에서 뛰어 내려와 내달리기 시작했다. 다름 아닌 홍예다리가 스멀스멀 사라지고 있었으니 어찌 다급하지 않겠는가 말이다. 화윤은 숨이 턱까지 차오르는 것을 참으며 홍예다리에 발을 디뎠다.

"하하, 아이고…… 숨차. 내가 기다리고 있다는 걸 빤히 알면서도 다리를 거두시는 게야? 아니 왜? 이분이 나이가 드시면서 심술만 느셨나. 더구나! 그 심술을 어찌 항상 나한테 부리시냐고!"

홍예다리에 올라서자마자 쉼 없이 지껄이던 화윤은 갑자기 뒤로 벌러덩 넘어질 뻔하였다. 홍예다리가 사라질 때는 지면에서 가까운 곳부터 천천히 사라지기에 올라섰다 해서 무사히 천상계를 밟을 수 있는 것은 아니었다. 이미 밟고 있던 홍예다리 끝 부분이 사라지고 있었으니 화윤은 또 한 번 뜀박질을 해야 했다. 넋 놓고 천천히 걸어가다가는 중간도 못 가 바닥으로 뚝 떨어질 판이었다.

"아! 미치겠네."

화윤은 정말 열심히 뛰었다. 아마 지금까지 살아오면서 이리 열심히 뛰어 본 적은 없는 것 같았다. 그도 그럴 것이, 천상계에서는 구름을 타고 다녀 사실 땅을 밟고 다닐 일도 없었다. 하지만 벼락 한 번 맞고 나서 이 무슨 개고생인가. 화윤은 뛰면서도 입을 닫지 않았다.

"뭐! 내가 도움이 안 된다고? 나도 너 만나고 되는 일이 하나 없거든!"

작일 밤 도움이 되질 않는다는 가연의 타박을 떠올리며 화윤은 더 빨리 뛰었다. 사라지는 홍예다리의 끝을 아슬아슬하게 달리며 화윤은 천상계 성문 앞에 당도했다. 물론 상태는 정상이 아니었다. 한참이 지나서야 화윤은 숨을 고르며 옷매무새를 정돈했다.

"자! 이제 들어가 보실까."

천천히 천상계의 성문을 지나는 화윤은 은은한 미소를 머금고 여유로운 태도를 보였다.

"어머! 천왕랑(天王郞)님이 아니십니까?"

"천왕랑님!"

"인사 올립니다."

"그동안 무탈하셨습니까?"

여기저기 화윤을 알아보고 달려드는 이들은 모두 여인들이었다. 한때 같이 천상계를 주름잡았던 이들이었으니 어찌 모를까. 바로 화윤과 함께 천상계에서 가무라 하면 빠지지 않는 위인들이었다.

"다들 잘 지냈더냐?"

화윤은 다정한 목소리로 한 사람, 한 사람 눈을 맞추었다.

"잘 지내기는요. 천왕랑님이 아니 계시니 하루가 얼마나 지루하던지 사는 낙이 없을 정도였습니다."

"예, 예. 맞습니다."

"이제 아주 오신 것입니까?"

여전히 여인들은 화윤에게 찰싹 달라붙어 콧소리를 내고 있었다. 화윤의 용모가 천상계에서는 통하는 편이라 여인들의 관심을 한몸에 받고 있었다.

"잠시 들렀다. 다시 내려가야지."

"예? 내려가신다고요? 그냥 예 계십시오."

"쫓겨난 몸이라 오래 있을 수도 없다. 있게 두실 분도 아니시고."

화윤은 아버지인 상제의 모습을 머릿속에 떠올리며 고개를 절레절레 흔들었다.

"허면, 저희도 데리고 가시어요."

"허허, 저 아래 세상은 말이다. 살기가 너무도 힘든 곳이어서 조용히 예서 지내는 것이 고운 너희에게는 더 나을 것이야."

화윤은 데려가 달라는 여인의 코를 살짝 비틀며 웃어 주었다. 하지만 이내 여인은 볼멘소리만 늘어놓았다.

"천왕랑님도 버티시는데 저라고 그곳에서 지내지 못할 것이 무에 있겠습니까?"

"나야 어디 가도 잘 지내는 이고. 더구나 돌봐 줄 이들이 많아 내 바빠서 너희와 놀아 줄 시간도 없다."

화윤은 조금 귀찮은 듯 손사래를 치며 여인들 틈을 비집고 나가려 했다. 그때였다.

"네 이놈! 왔으면 냉큼 와 인사나 올릴 것이지 뭐하는 게야! 성문 앞에서 시간을 다 보낼 참이더냐!"

쩌렁쩌렁한 상제의 목소리가 천상계를 뒤흔들자 화윤에게 달라붙어 있던 여인들은 하나같이 고개를 숙이고 무릎을 꿇었다. 상제의 모습이 나타난 것도 아니건만 여인들은 발발 떨기까지 했다.

"갑니다. 가요."

화윤은 입을 삐쭉거리며 상제가 머물고 있는 성 안으로 성큼성큼 들어갔다.

"어찌 왔느냐."

화윤을 보자마자 상제가 던진 말이었다. 인사를 올리려고 허리를 굽히던 화윤의 입가가 한쪽으로 삐딱하게 올라갔다. 오랫동안 서로 마주하지 못했음인데 그 흔한 안부를 묻는 인사도 없었다. 딱히 기대한 것은 아니지만 섭섭한 마음이 드는 것은 어쩔 수 없었다.

"우물물 좀 떠 가야겠습니다."

"뭐 하려고?"

"수호령의 직분을 다하려고 그러시요."

지상을 내려다볼 수 있는 천상의 우물물을 인간이 먹게 되면 신비한 일이 벌어졌다. 몸이 아픈 이는 씻은 듯이 낫고, 마음이 아픈 이는 슬픔에서 벗어날 수 있었다. 가연의 아픔을 낫게 해 주고 싶었던 화윤의 배려였다.

"구실 한번 좋다. 내 그 여인에게 먹이려는 것을 모를까 봐서?"

"허면, 알면서 왜 물어보십니까?"

"알아도 모른다, 이놈아!"

버럭 목소리부터 높인 상제는 주먹을 불끈 쥐었다. 인간 여인에게 푹 빠져 천상의 우물물까지 퍼 가려는 화윤이 상제의 눈에는 한심해 보였다.

"이 아비에게 할 말이 그것 하나뿐이냐?"

'나이가 드시니 눈치만 느시나?' 하는 생각에 화윤은 한 손으로 머리를 긁적였다. 쉽게 꺼내지 못한 말이 입안에서 맴돌았다.

"기다리다 숨넘어간다."

상제의 재촉에 화윤이 입을 열었다.

"저 여인 곁에 좀 더 있어야 할 것 같습니다."

"아니, 왜? 좀 더 있으면 연정이라도 이루어질 것 같더냐?"

비꼬는 듯한 상제의 말투에 화윤의 기분이 불쾌해졌다. 꼭 그런 마음으로 곁에 있겠다 한 것은 아니지만 절대 그런 일은 있을 수 없다는 상제의 생각에 괜한 반항심만 커졌다. 당연히 답하는 화윤의 말투 또한 곱지 못했다.

"아니 될 것도 없지요."

"아이고, 두(頭)야."

이렇듯 화윤과 말만 조금 섞기라도 하면 이내 다음 순서는 머리를 잡는 일이었다. 금일은 오십 년 만에 마주했으니 좀 나아졌나 싶었다. 하지만 어찌 저리 변한 것이 하나 없는지 상제는 혀를 차며 고개까지 저었다.

"남녀 사이 연정은 작은 불씨에도 활활 타오르는 법입니다. 장담은 마십시오."

"차려 주는 밥상만 앉아서 받아먹고 있는 주제에 얼어 죽을 연정은!"

"보셨습니까? 이제 제법 그 여인이 알아서 잘 챙겨 줍니다. 해서 지내기는 어지간합니다."

이제 상제는 자리에서 벌떡 일어나 부들부들 손을 떨며 화윤을 가리켰다. 이런다고 서로 간에 대화가 통하는 것은 아니지만 화를 누를 길이 없어 상제의 속은 시커멓게 타고 있었다. 더는 연정에 대해 논하고 싶지 않았다.

"왔으니 신력이나 연마하고 내려가거라."

"안 됩니다!"

"저놈이! 예나 지금이나 뭐만 하라면 안 한다는 말이 입에 붙어서는."

"제가 예 더 있으면 상제님 흰 머리만 느십니다."

"죄다 흰머리라 더 늘 것도 없다. 이놈아!"

"빠지시면 아니 되니 하는 소리지요."

상제의 말문이 떡하고 막혔다. 말이라도 못 하면 얼마나 좋겠는가. 뚫린 입이라 청산유수처럼 지껄이는 화윤을 바라보며 상제는 옥좌에 철퍼덕 앉았다. 시름시름 앓는 소리가 화윤에게까지 들렸다.

"허면, 저 이만 내려갑니다."

정중히 허리를 숙여 인사를 올린 화윤은 뉘가 잡을세라 그곳을 빠져나왔다. 그러나 무슨 이유에서인지 다시 걸음을 멈췄다. 갑자기 멈춘 화윤의 뒷모습을 바라보고 있던 상제는 뜨끔하였다. 저놈이 또 무슨 말을 던지려고 저러나 하는 생각에 불안하기까지 했다. 그냥 가던 길 가라 떠밀고 싶을 정도였다.

"뵈었으니 한 말씀 더 올리지요."

하지 마! 상제는 돌아서 자신을 바라보고 있는 화윤의 시선을 피했다.

"수호령 중에 두 발로 걸어 다니는 이는 저밖에 없을 것입니다. 창피하여 어디 가서 아버님 아들이라 말도 못 합니다."

"그건 아비도 마찬가지다."

"신력을 다시 돌려 달라 청하지는 않겠으나 미안한 마음은 가지십시오."

"허! 뭐라? 네 이놈을 당장!"

또 한 번 상제의 목소리가 쩌렁쩌렁 천상계를 울렸다.

인간계에서 시위라 하면, 유생들이 궐문 앞에 모여들어 고개를 조아리고 한목소리를 내는 것이 보통이었다. 하지만 천상계에서 시위라고는 이제까지 단 한 번도 없었다. 감히 상제 앞에서 시위할 간 큰 이들도 없을뿐더러 상제께서 딱히 들어주실 요구도 없기에 이 같은 일은 벌어지지 않았다. 그러나 이 기록은 화윤에 의해 무참히 깨지고 말았다.

"진정! 금일도 아니 보내 주실 참이십니까?"

화윤은 삼 일째 성문 앞에 벌러덩 드러누워 고래고래 소리를 지르고 있었다. 홍예다리가 나타나야 지상으로 내려갈 수 있음인데 도통 비를 내리지 않으시니 어찌할 것인가. 천상계에 발이 꽁꽁 묶여 버린 화윤은 눈이 돌 지경이었다.

"어이구, 내 속이야."

화윤은 속이 타다 못해 뭉그러지는 것 같았다. 자신의 가슴을 한 손으로 쿵쿵 내려치던 화윤은 이내 벌떡 일어나 앉았다. 이제 하다하다 이런 유치한 짓까지 하신다 생각하니 화윤은 어이가 없었다. 상제의 위신은 다 어디로 갔더란 말인가. 아들 하나를 어쩌지 못해 힘으로 누르는 못난 아비의 모습이라 화윤은 그리 생각했다.

"에이, 못 참겠다. 얼굴이라도 봐야지."

그동안 가연의 얼굴을 볼 수 없었던 화윤은 자리를 털고 일어나 성문 안으로 들어갔다. 금일도 비가 내리기는 글렀다 생각한 화윤은 풀숲이 우거진 쪽으로 발걸음을 돌렸다.

"이쪽이던가? 아님 저쪽인가?"

너무 오랜만에 들어와서 방향을 못 잡고 풀숲을 헤매던 화윤은 하얀 돌로 쌓은 우물을 발견하자 걸음이 빨라졌다.

"찾았다."

화윤은 맑은 우물 안을 들여다보다 이내 정신을 가다듬었다. 상제님이야 손 한번 휙 저으면 원하는 것이 다 비치나 아직 화윤은 그 정도의 신력을 쌓지 못했다. 해서 정신을 집중하고 원하는 것을 마음속으로 간곡히 빌어야지만 겨우 볼 수 있었다. 잠시 후 화윤의 손이 우물 위를 천천히 스쳐 지나갔다.

"보인다!"

우물 안에 비친 여인은 가연이었다. 잠을 이루지 못하고 대청에 나와 앉아 있는 가연의 모습을 보자 화윤의 입가에 잔잔한 미소가 번졌다.

"어이 나와 있는 게야. 밤이 깊었는데……."

말은 이리하면서도 자는 모습이 아닌 깨어 있는 모습을 보자 화윤은 기쁜 내색을 감추지 못했다. 비록 자신을 바라보는 것은 아니었지만 눈이 마주칠까 하여 가슴이 설레기까지 했다.

"잠시라고 하시더니 그곳이 더 좋은가 보다."

가연이 낮게 중얼거리는 말이었다. 고작 삼 일이 지났음인데 화윤이 없는 안채는 밤바람처럼 썰렁했다. 화윤이 누워 자던 대청이 허전하고 같이 앉아 밥을 먹고 차를 마시던 정자 위가 허전했다. 나란히 거닐던 안채 뜰이 허전하고 문고리를 붙잡고 승강이를 벌이던 방 안도 허전함이 가득했다. 어이해서일까……. 잠시 자신의 감정이 무엇인지 갈피를 잡지 못하고 있던 가연은 안채 문만 뚫어져라 바라보았다. 지금이라도 화윤이 저 문을 열고 들어올 것 같아 잠을 이룰 수 없었다. 하지만 시간이 지나도 안채 문은 열리지 않았다.

이런 가연을 바라보며 화윤은 깊은 한숨을 내쉬었다. 못 가는 이의 마음은 알아주지도 않고 아니 온다는 타박만 하는 것 같아 화윤은 서운함이 밀려왔다. 마음이야 당장에라도 내려가고 싶지만 자신의 힘으로 어찌할 수 있는 것이 아니니 가연보다 더 속 타는 이는 당연 화윤이었다.

"저곳 어디쯤 계실까?"

가연은 안채 문에서 시선을 올려 밤하늘을 올려다보았다. 윗분을 만나러 가겠다 했으니 저 하늘 어느 곳에서 자신을 내려다보고 있을 것 같았다. 이리 바보처럼 앉아 기다리는 자신을 보며 분명 웃고 있을 것이라 짐작은 하지만 방 안으로 들어가기는 싫었다. 화윤의 빈자리가 크다는 것을 느끼며 가연의 눈가가 촉촉이 젖어갔다.

'뉘를 생각함이더냐. 이겸일까, 아님 나일까? 이 우물이 네 마음까지 비춰 준다면 좋으련만······.'

가연의 말이 화윤에게는 들리지 않아 서로 그리면서도 알지 못했다.

'그러다 또 울겠다.'

가연의 촉촉한 눈을 보았을까? 화윤은 갑자기 벌떡 일어나 주위를 두리번거렸다. 한동안 정신없이 무엇인가 찾던 화윤은 하얀 매화꽃을 발견하자 굵은 가지 하나를 꺾어 우물 앞으로 가지고 왔다. 인간계에서는 매화꽃이 봄에 피지만 천상계의 일기는 늘 봄이라 만물이 솟아나고 꽃들이 만개하는 곳이었다. 해서 딱히 꽃이 지는 시기가 없어 원하면 언제나 어떤 꽃이든 만개한 모습을 볼 수 있었다.

'너를 위해 내가 해 줄 수 있는 것이 이것밖에 없구나.'

가지에서 매화꽃을 딴 화윤은 우물 위에 하나 둘 뿌리기 시작했다. 그러자 가연이 있는 곳에는 신기한 일이 벌어졌다.

'갑자기 이 무슨 조화인가?'

밤하늘을 올려다보던 가연은 너무 놀라 섬돌로 내려섰다. 자신이 잘못 보았나 하는 마음에 눈까지 껌벅거렸지만 끝없이 내리는 하얀 꽃잎에 가연은 입을 다물지 못하고 있었다. 하늘에서는 하얀 꽃비가 내리고 있었다.

"어쩜 이런 장관이······."

태어나 꽃비는 처음이었다. 아니, 앞으로 살면서 다시 볼 수 있을까 하였다. 만지고픈 욕심에 가연이 손을 내밀자 그 위로 꽃잎이 사뿐히 내려앉았다. 부드러운 꽃잎의 감촉에 가연의 얼굴에는 미소가 가득했다.

"이 정도면 그 마음 달랠 수 있겠느냐."

저 모습을 보자고 이리 신력을 썼나 보다. 화윤은 꽃비를 맞으며 즐거운 듯 빙글빙글 제자리를 돌고 있는 가연을 한없이 바라보았다.

"지금 네가 생각하는 사람이 내가 아니어도 좋다. 그러니 울지는 마라. 이리 먼 곳에서 나보고 어찌하라고 그런 슬픈 눈을 하느냐. 내 속 좀 그만 태우면 아니 되는 게야."

가연에게 이 마음이 전해지면 얼마나 좋을까. 이성은 아니라 한다. 연정이 아니라 수백 번, 수천 번 외친다. 하지만 마음은 이미 가연에게 가고 없었다. 다만 인정을 하고 싶지 않을 뿐, 화윤은 애써 자신의 마음을 숨기고 있었다.

이틀 뒤가 돌아가신 어머니의 생신이었다. 생신일이 다가오면 가연은 암자에 올라 늘 향을 피웠다. 가연은 금일도 바쁜 아버지를 대신해 홀로 암자를 찾았다.

"오랜만에 뵙습니다."

가연을 알아보고 스님이 다가오자 가연은 고개를 숙이며 합장을 했다.

"그간 많이 소홀하였습니다. 어머니의 생신일이 다가와야 겨우 발걸음을 합니다."

"오지 못한다 하여 어머니를 생각하는 마음이 없다 할 수는 없지요."

스님과 짧은 인사를 나눈 가연은 돌탑 쪽으로 발걸음을 옮겼다.

항시 돌탑을 돌며 가연은 아버지의 만수무강을 빌었다. 자신에게 가족이라 함은 아버지가 전부였다. 비록 어머니의 정은 모르고 자랐으나 아버지의 정은 그 뉘보다 듬뿍 받지 않았는가. 가연은 아버지가 오래오래 자신 곁에 있어 주길 간곡히 바랐다.

"면주전 전주(廛主)가 아닌가?"

갑자기 들리는 고운 여인의 목소리에 가연이 뒤를 돌아보았다. 연분홍 치마저고리를 차려입은 혜신의 모습이 시야에 가득 들어왔다.

"아씨……."

서로의 모습을 위아래로 훑어보던 두 사람은 똑같은 옷차림에 웃음을 참지 못했다. 치마 밑단에 놓은 수가 조금 다를 뿐 같은 비단으로 만들었으니 세심히 살피지 않으면 모를 정도였다.

"그 옷을 입은 널 보는 것이 오랜만이구나. 그때처럼 고와 보인다."

일 년 전 연분홍 치마저고리를 입고 면주전에 나왔던 가연을 보고 혜신은 참으로 곱다는 생각을 했다. 해서 가연이 입고 있던 것과 똑같은 비단을 구입하여 옷을 지어 입었다.

"저보다 아씨에게 더 잘 어울리십니다."

가연은 반가의 여식만큼 옷이 많았다. 면주전을 하고 있으니 곱게 옷을 차려입고 있어야 비단을 구입하는 이들의 마음을 사로잡을 수 있었다. 한 달 전 옷장을 정리하다 꺼내 입은 옷이었다. 물론, 이 옷을 처음 입고 만난 이가 이겸이었으니 가연은 그 이후로도 연분홍 옷을 자주 입었다.

"어머! 아씨, 저기 선비님이십니다."

혜신 뒤에 서 있던 몸종이 지나가는 이겸을 보고 호들갑을 떨었다. 몸종의 목소리가 얼마나 큰지 지나가던 이겸이 두 사람에게 고개를 돌렸다. 이겸은 똑같은 옷차림을 하고 자신을 바라보는 두 여인의 시선에 그만 얼어 버렸다. 이겸의 머릿속이 빠르게 복잡해져 갔다.

"그때는 알아뵙지 못하여 송구하옵니다."

용기를 낸 혜신이 먼저 말문을 열었다. 바로 이겸을 향해 던진 말이었다. 당시에는 사내가 말을 걸어와 놀라고 당황스러웠지만 암자를 내려가며 이겸의 말을 되씹어 보았다. 혜신이 일 년 전 약방에서 있었던 일을 떠올리는 것은 어렵지 않았다. 해서 그때의 빚을 갚기 위해 혜신은 암자를 다시 찾았다.

'두 분이 아는 사이였던가?'

처음 몸종의 말에 이겸을 알아보고 가연은 날듯이 기뻤다. 다시는 만날 수 없을 것이라 생각했지만 다시 만나니 인연일지도 모른다는 생각을 했다. 그러나 이런 기대감은 혜신의 말에 무참히 깨지고 말았다. 멍하니 이겸과 혜신을 바라보던 가연의 마음이 조금씩 불안해지고 있었다. 더구나 이겸이 아직 어떠한 말도 하지 않아 가연의 궁금증은 커져 갔다.

"기억나셨습니까? 다행입니다."

이 자리에 가연은 없는 것처럼 이겸의 시선은 오로지 혜신에게 향해 있었다. 기다렸던 이를 다시 만나 기쁨에 가득 찬 이겸의 얼굴을 바라보며 가연의 궁금증은 풀렸다. 이겸의 인연은 자신이 아니라 혜신이라는 것을······. 눈앞에 보이는 사실에 가연은 자신이 초라하게만 느껴졌다.

"내 그럴 줄 알았다."

우물을 들여다보며 가연의 모습을 살피던 화윤의 입에서 혀 차는 소리가 들렸다. 어찌 이리도 답답하고 멍청할까. 화윤은 다시 만나 기뻐하는 이겸과 혜신 옆에 멀뚱히 서 있는 가연을 보자 속이 터져 더는 두고 볼 수 없었다. 우물 양 끝을 손으로 꽉 잡고 부르르 떨며 어쩔 줄을 몰라 하는 화윤은 금방이라도 우물 안으로 뛰어들 기세였다.

"그러다 빠져 죽는다."

한 발을 우물 안으로 밀어 넣은 화윤의 목덜미를 뒤에서 잡아당긴 상제는 고개를 저었다. 어찌 이리도 앞뒤 분간을 못하고 뛰어드는지. 화윤을 바라보는 상제의 눈이 곱지 못하였다.

"언제까지 붙잡아 두실 참이십니까?"

"나도 너랑 오래 있고 싶지는 않다만 잠시 예 있어야겠다. 네가 끼어들 일이 아니니라."

인연이 얽힌 이들이 한자리에 모였으니 분명 마음 다치는 이가 나오기 마련이었다. 이는 가연이 세상에 태어나면서 정해진 것이라 화윤이 끼어들어 좋을 것이 없었다.

"내려가야겠습니다. 제가 알고 있는 여인은 다른 이들보다 마음이 약한 여인입니다. 해서, 제가 필요합니다."

"그 또한 그 여인이 이겨 내야 할 일. 끼어들지 말라 했다."

상제는 짐짓 엄한 목소리로 화윤에게 일갈했다. 하지만 화윤의 귀에는 전혀 들리지 않는 듯 보였다.

"당장 저 불편한 자리에서 데리고 나와야겠습니다. 제힘으로 내려갈 터이니 그리 아십시오."

화윤은 모르고 있었다. 자신이 가연 앞에 나타난 그 이후부터 가연과 이겸, 혜신의 인연이 얽혀 버렸다는 것을 말이다. 그 중심에 자신이 있음을 화윤은 감지하지 못했다.

"네 이놈! 지금 뭐라 했느냐! 네 힘!"

화윤의 신력은 지금까지 그 어느 신보다 막강했다. 하지만 그 힘을 조절하지 못해 항시 인간계에 큰 화를 불러일으켰고 상제는 늘 이것을 걱정했다. 이것만은 피해야 했다.

"조절도 못 하는 신력으로 감히 인간계를 혼란스럽게 만들 참이더냐!"

"지금은 한 여인만 생각하렵니다. 용서하세요."

이 한마디를 남겨놓고 화윤은 천상계의 성문 쪽으로 달리기 시작했다. 아무것도 두렵지 않았다. 자신의 신력으로 인해 어떠한 결과가 나올지 생각하고 싶지도 않았다. 그저, 오로지, 가연 곁으로 가고 싶다는 바람뿐이었다. 가서 가연을 데리고 멀리 아주 멀리 도망가고 싶었다. 이겸과 연이 닿지 않는 곳으로, 마음 다치지 않는 곳으로 같이 떠나고 싶었다. 이런 생각에 사로잡혀 있는 사이 화윤은 성문 앞에 당도했다. 두 팔을 공중에서 휘저으며 주문을 외우자 그의 양손 위로 물줄기가 흐르는 동시에 둥근 원이 그려졌다. 화윤은 그 원을 한곳으로 모아 구름 안으로 밀어 넣었다. 잠시 후 구름 안에서는 폭발이라도 난 것처럼 강한 굉음이 들렸고 하얀 구름은 차차 검은색으로 변하기 시작했다. 화윤은 서서히 바람을 따라 움직이기 시작한 가장 큰 구름 위로 뛰어올랐다. 화윤은 그렇게 비구름을 몰고 인간계로 내려갔다.

"못난 놈! 미련한 놈! 고약한 놈!"

상제의 쩌렁쩌렁한 목소리가 천상계를 울리자 또 다른 구름이 화윤의 뒤를 따라 움직였다.

갑자기 암자에는 천둥과 벼락을 동반한 굵은 비가 쏟아지기 시작했다. 하늘에 구멍이라도 난 것처럼 폭우가 내리자 산에서부터 내려오는 계곡물은 금세 불어났고 여기저기 흙탕물이 넘쳐흘렀다. 심지어 풀과 작은 나무는 굵은 빗줄기에 쓸려 암자까지 내려왔다. 멀뚱히 서 있다 갑자기 내리는 비를 피해 법당 안으로 들어선 네 사람은 무서움에 떨어야만 했다.

"아씨, 어찌 내려간대요?"

"그러게 말이다. 비가 그친다 하더라도 내려가는 길이 수월하지만은 않겠구나."

혜신과 몸종이 나누는 말을 옆에서 조용히 듣던 가연은 덜컥 겁이 났다. 홀로 산에 오른 자신의 경솔함을 탓하며 비가 그치기를 간절히 바라고 있었다.

"가자!"

"!"

법당 앞에 떡하니 나타나 가연에게 소리를 지르는 이는 화윤이었다. 이 빗속을 뚫고 그가 어찌 왔단 말인가. 너무 놀란 가연은 화윤의 모습에 입만 떡하니 벌리고 있었다.

"가자니까!"

"갑자기 나타나시어 어딜 가자는 것입니까?"

다행히 가연에게 시선을 보내는 이는 아무도 없었다. 혜신과 몸종은 법당 안쪽에 조용히 앉아 있었고 이겸은 가연에게 등을 돌리고 혜신을 바라보았다. 해서 가연은 최대한 목소리를 낮추고 화윤에게 말을 건넸다.

"집에 가자고, 나 배고파."

무작정 손목을 잡아끄는 화윤의 힘에 못 이겨 법당을 나선 가연은 또 한 번 놀라지 않을 수 없었다. 하늘이 미친 것인가? 아님 내가 미친 것인가? 그리 거세게 쏟아붓던 비구름은 온데간데없이 사라지고 청명한 가을 하늘이 머리 위로 펼쳐졌다. 갑작스런 화윤의 등장만큼 기가 막힐 일이 아닐 수 없었다.

"저…… 낭자……."

뒤쪽에서 들리는 이겸의 부름에 뭐라 답할 틈도 없이 가연은 화윤에게 이끌려 산을 내려갔다.

"이 손 좀 놓고 내려가셔요."

"미끄러진다. 괜히 넘어져 후회하지 말고 얌전히 따라오너라."

두 식경 동안 내린 비의 양은 실로 대단했다. 여기저기 흙이 파이고 질퍽해진 산길 때문에 가연의 치맛자락은 온통 진흙투성이였다. 계곡물도 많이 불어난 상태라 여기저기 흘러가는 물소리가 크게 들렸다. 가연은 두 다리에 힘을 꽉 주고도 걷기 힘들어 화윤의 손에 의지하여 산을 내려가고 있었지만 그가 전혀 고맙지 않았다.

"다시 암자로 돌아가야 합니다."

가연이 손목을 뿌리치며 하는 말은 화윤의 마음을 저리게 만들었다. 천상계를 발칵 뒤집어 놓고 내려왔건만 돌아가겠다는 가연의 한마디에 억장이 무너지는 것 같았다. 무엇을 위해, 뉘를 위해 비구름을 몰고 예까지 왔을까. 바보 같은 자신의 모습이 초라하여 화윤은 가연을 바라볼 수 없었다.

"가서 무슨 말을 들으려고? 무슨 말을 듣고 싶어 돌아가겠다는 게야."

낮고도 슬픈 화윤의 목소리가 가연의 귓가에 들렸다.

"모릅니다. 그분이 제게 무슨 말을 하실지, 제가 그분께 무슨 말을 듣고 싶은지 모르겠습니다. 허나, 돌아가 다시 마주하고 싶은 마음은 변함이 없습니다."

이것을 외사랑이라 하던가. 화윤의 심장이 철렁했다. 조금은 이겸에게서 마음이 돌아섰다 믿었다. 아주 조금은 자신에게 좋은 감정이 있다 믿었다. 하지만 가연은 여전히 이겸을 잊지 못했고 그의 모습에 이렇듯 마음이 흔들렸다. 이런 가연을 화윤은 이해할 수 없었다.

"하나만 묻자. 겨우 세 번 마주한 사내다. 무엇이 그리도 애절하여 돌아서지 못하느냐?"

가연은 한동안 말을 하지 못하고 암자 쪽을 바라보았다. 가연 자신도 이겸의 어떤 면에 마음이 끌리는지 알지 못했다. 그러나 답은 너무도 쉽게 나왔다.

"반듯한 그 모습이 좋았고, 다정한 목소리가 좋았습니다. 저를 바라보는 시선에 가슴이 뛰었고, 웃는 입매에 제 심장이…… 녹아내리는 것 같았습니다. 또한, 그분께 따듯한 정을 느꼈습니다."

"정?"

"예. 곤란한 상황에서 절 구해 주신 그 마음에 오라버니 같은 정을 느꼈습니다. 한 번도 마주한 적이 없는 제게 아무런 조건도 없이 선뜻 전낭을 여신 분이십니다. 그런 마음을 가진 분이시니 어찌 마음이 가지 않겠습니까."

 가연의 말을 가만히 듣고 있던 화윤은 불안했다. 가연이 이대로 이겸에게 달려간다면 그의 품에 덜컥 안길 것 같아 돌려보내고 싶지 않았다. 단순히 수호령으로서 인간에게 연민의 감정을 느낀 것이 아님을 화윤은 이제야 깨달았다. 가연에게 향한 자신의 마음이 연심임을 인정한 화윤은 굳은 결심을 했다.

 "네가 전에 물은 적이 있었지. 네 배필이 뉘냐고 말이다."

 화윤의 말에 가연은 마른침을 삼켰다. 과연 자신에게 무슨 말을 던질지 궁금하기도 하면서 한편으로는 두려웠다. 하지만 알고 싶었기에 화윤의 입술만 뚫어져라 바라보았다.

 "너와 이겸은 연이 없다. 이승뿐 아니라 저승에서도 연이 없으니 그 마음 접는 것이 좋을 것이야."

 가연은 갑자기 숨을 쉴 수가 없었다. 연이 없단다. 심지어 저승에서도 이어질 수 없는 인연이라 똑똑히 들었다. 허면, 이제 자신은 어찌해야 하는가. 연이 없는 사내에게 지금까지 무엇을 기대하고 있었단 말인가. 한심하고 미련한 자신의 모습에 가연은 헛웃음만 나왔.

 천천히 가연의 몸이 땅으로 내려앉았으나 화윤의 두 팔이 그녀를 잡아 주었다.

 "확실한 것입니까? 진정 그분과 제가 연이 없습니까?"

 떨리는 가연의 목소리가 화윤의 양심을 뒤흔들어 놓았다.

 "없다."

 "그 말 참이십니까?"

"참이다."

가연의 눈이 스르륵 감겼다. 애써 아랫입술을 물고 있었지만 떨림까지 숨길 수는 없었다. 눈물이 볼을 타고 흘러내렸다.

'어찌해야 저 여인을 다시 웃게 할 수 있단 말인가.'

멍하니 대청에 앉아 있는 가연을 바라보며 화윤은 자신이 던진 말에 후회하고 있었다. 암자로 돌아가겠다는 가연의 말에 순간 거짓을 말했다. 가연의 마음속에서 이겸을 밀어내기 위해 자신이 얼마나 비겁한 짓을 했는지 잘 알고 있었다. 신이 평범한 인간을 질투하다니. 화윤은 자신의 모습에 피식 웃고 말았다. 하지만 아무리 후회해도 꺼낸 말을 주워담기에는 이미 늦었지 않은가. 슬픔에 잠겨 있는 가연의 모습은 화윤의 가슴에 그대로 박혀 버렸다.

"밤이 깊었다. 들어가 자라."

화윤이 가연 옆에 나란히 앉으며 던진 말이었다. 그러나 가연은 화윤에게 시선조차 주지 않았다. 그저 별이 촘촘히 박힌 밤하늘만 올려다보고 있었다.

'내가 네 곁에 있는데 뉘를 그리워하는 게야.'

직접 가연에게 이리 물을 수 있다면 얼마나 좋을까. 화윤은 가연을 따라 밤하늘을 향해 시선을 돌렸다.

"내게 가장 힘든 일이 무엇인 줄 아느냐?"

가연의 시선이 화윤에게 향했다. 하지만 여전히 가연의 눈빛은 공허해 보였다.

"널 웃게 하는 일이다."

가연은 잠시 고개를 숙이고 화윤의 시선을 피했다. 자신을 걱정하고 있음을 모르지 않았지만 쉽게 마음을 다독일 수는 없었다.

"한 가지 더 가르쳐 준다면 네가 가장 쉽게 할 수 있는 일도 있단다."

"무엇입니까?"

"날 웃게 하는 일."

"그것이 어찌 쉬운 일입니까."

"네가 웃으면 나도 웃으니까. 이 세상에서 가장 쉽게 할 수 있는 일이지."

물론 그것은 화윤의 말처럼 가장 쉬운 일이다. 하지만 가연은 지금 가장 쉬운 일을 할 수가 없었다.

"송구합니다."

"하긴, 뭐 네 정신에 날 웃겨 줄 여유가 있겠느냐. 다만, 모든 것이 다 끝났다는 그 표정은 거두어라. 설마 네 인연이 그 사내뿐이겠느냐. 찾아보면…… 기다리다 보면 또 오겠지. 그 인연이라는 것이 말이다."

화윤은 억지로 가연을 일으켜 방 안으로 밀어 넣었다. 이리하지 않으면 대청에 앉아 꼬박 밤을 지새울 것 같았다. 가연이 들어갔다 해서 편히 잠을 청하지는 않을 테지만 딱딱한 나무 바닥보다야 폭신한 이불 위가 낫지 싶었다. 밤새 고민을 하고 울더라도 가연에게 방 안이 좀 더 편할 것 같았다. 더욱이 금일은 차마 가연의 눈물을 보고 싶지 않았다.

"그 인연을 너무 멀리 찾지 마라. 항시 인연은 가까이 있다 하지 않느냐. 가까이…… 아주 가까이."

닫힌 방문의 문고리를 붙잡고 화윤이 건네는 말이었다. 잠시 후 가연의 목소리가 나지막이 들렸다.

"그분보다 더 좋은 인연이 제 생에 또 오겠습니까."

가연의 푸념은 또 한 번 화윤의 가슴을 내려쳤다.

뜬눈으로 밤을 지새운다는 말을 절실히 경험한 화윤은 뻑뻑한 눈을 손바닥으로 비비며 일어나 앉았다. 밤새 촉각을 세우고 방 안을 살폈더니 이내 머리까지 아팠다. 차라리 울음소리라도 들리면 걱정이 덜 되련만 쥐죽은 듯 아무 소리도 들리지 않아 화윤은 미칠 지경이었다. 이 짓을 몇 번 더 했다가는 온몸에 피가 말라비틀어질 것 같았다.

"벌써 일어난 게야?"

방문을 열고 나온 가연의 모습에 화들짝 놀란 화윤은 대청에서 벌떡 일어났다. 하지만 화윤은 가연의 퉁퉁 부은 눈을 보며 밤새 방 안에서 무슨 짓을 했는지 짐작할 수 있었다.

"그새 소리 없이 우는 법이라도 터득한 게야?"

"예."

너무나 담담히 답하는 가연을 보자 화윤은 할 말을 잃었다.

"아이고! 배고파 죽겠다. 작일 내내 굶었더니 배가 등가죽에 떡 하니 붙었네. 네 기분을 생각해서 잔소리를 하지 않았다만 며칠 만에 마주해 놓고 이리 대접하면 섭섭하다."

물안개처럼 가라앉은 분위기를 바꿔 보려 화윤이 핀잔을 주었다.

"해서, 조반 올리려고 일찍 일어나지 않았습니까. 조금만 기다리셔요."

"어……. 그래."

섬돌로 내려서는 가연의 뒷모습을 바라보며 화윤은 자신의 입을 접선으로 내려쳤다. 도대체 무슨 말을 꺼내야 한단 말인가. 평상시처럼 말을 꺼내 보았으나 돌아오는 대답은 한겨울 살얼음판 같았다.

"드시어요."

가연이 조반상을 대청 위에 내려놓고 마주 앉았다. 가연의 눈치를 살피며 천천히 수저를 든 화윤은 차마 음식을 뜨지 못하고 있었다. 배에서는 꼬르륵 소리가 요란하게 들렸지만 마음 다친 이를 앞에 두고 어찌 수저질을 하겠는가. 화윤에게 조반상은 그저 그림의 떡이었다.

'어라, 먹네?'

안 먹을 줄 알았다. 하지만 가연은 화윤보다 먼저 수저질을 했다. 비록, 맛있게 먹지는 않았지만 의외의 행동이 아닐 수 없었다.

"허면, 잘 먹으마."

가연이 먹는 것을 보고 난 후 화윤은 밥을 한 숟가락 가득 떠 입안으로 밀어 넣었다. 어찌 이리도 꿀맛일까. 화윤의 입가가 절로 올라갔다.

"그리 드시다 얹히십니다."

가연은 화윤 앞에 물 사발을 건넸다. 자신이 먹지 않으면 화윤도 상을 물릴 것 같아 가연은 억지로 몇 수저 뜨는 시늉을 했다. 그를 생각하는 가연의 작은 배려였다.

"잘 먹었다."

마지막 남은 반찬그릇마저 깨끗이 비운 화윤은 세상을 다 가진 듯한 표정이었다. 역시 끼니는 거르면 안 된다는 생각을 하며 화윤은 가연의 밥그릇을 바라보았다.

 "나만 먹은 게야?"

 전혀 줄지 않은 것은 아니었지만 가연이 잘 먹지 않았음은 남은 밥이 말해 주었다. 그제야 자신이 얼마나 한심한 짓을 했는지 알게 된 화윤은 쥐구멍에라도 숨고 싶었다. 어찌 그리 먹는 것 앞에 나약하단 말인가. 화윤은 가연이 상을 들고 안채를 나서자마자 대청을 떼굴떼굴 굴렀다.

 '이 바보!'

 화윤은 한참 동안 자신을 자책하며 가연을 기다렸다. 하지만 가연은 다시 안채 문턱을 넘지 않았다.

 가연의 집에서 나루터로 가는 길은 두 갈래가 있었다. 평탄하지만 빙 돌아가야 하는 길과 험하지만 질러가는 길이었다. 간혹 배가 당도하는 시간에 맞추기 위해서 가연은 험한 길을 이용하였다. 금일도 첫 배가 들어오는 시간에 좋은 물건을 사야 했던 가연은 향금이와 집을 나섰다.

 가연은 화윤에게 아무 말도 없이 나와 조금 찝찝한 기분이었다. 이곳에 온다 하면 따라나설 것 같아 가연은 굳이 화윤에게 알리지 않았다. 더욱이 자신을 생각해 아무렇지 않은 듯 말을 던지는 그의 모습이 고맙기도 하고, 안쓰럽기도 해서 같이 있을 수가 없었다. 앞으로 일에만 열중하겠다 결심한 가연은 부지런히 나루터로 향했다.

"아씨는 힘들지도 않으십니까?"

연신 하품을 하며 뒤따라오던 향금이 물었다. 작일 많은 비가 쏟아져 그런지 저번보다 급류가 거세져 돌다리를 건너는 것이 힘들었다. 그러나 가연은 힘든 내색을 하지 않았다. 초행길도 아닐뿐더러 산새 소리와 물소리가 어우러져 있는 이 길을 즐겼다. 사람들로 북적이는 북촌을 벗어나 한적한 이 길이 가연의 마음을 평온하게 만들어 주었다.

"익숙해질 때도 되었는데."

"예? 그런 말씀 마십시오. 이 길이 말처럼 쉽게 익숙해지려면 매일 다녀야 할 겁니다."

"허면, 나와 그리하련?"

"아이고, 차라리 쇤네를 잡아 잡수시어요."

한차례 향금의 투덜거림을 받아 준 가연은 돌다리를 무사히 건너 꼬불꼬불한 풀숲을 지나고 있었다.

"다 왔다."

어느새 가연 앞에는 나루터가 펼쳐졌다. 서둘러 발걸음을 재촉한 가연의 눈에 멀리서 배가 들어오는 것이 보였다.

"아이고, 여전히 부지런하십니다."

이런 경우가 한두 번이 아니었는지 뱃사공은 가연을 보고 알은체를 하였다. 가연은 짧게 미소로 화답했다.

잠시 후 배에서 물건들이 쏟아져 나오자 더 받으려는 이와 덜 주려는 이들의 목소리가 뒤섞여 시끌벅적하였다. 더구나 뒤늦게 도착한 다른 상인들까지 모이니 북촌 시전과 별반 다를 것이 없었다.

모처럼 맘에 드는 물건을 싼값에 구매한 가연은 흡족한 마음으로 병구아재를 기다렸다. 짐꾼들과 수레를 끌고 와야 하는 병구아재는 평탄한 길로 오기 때문에 가연이 거래를 성사시키고 난 뒤에야 당도하였다.

얼마 지나지 않아 병구아재의 모습이 보였고 향금이 두 팔을 쭉 뻗어 흔들었다. 있는 곳을 확인시켜 주려는 의도였지만 답하는 이는 병구아재가 아닌 화윤이었다. 가연은 갑자기 나타난 그 때문에 당황스러웠다.

"어딜 갔나 했더니 여기냐? 가면 간다고 말을 할 것이지."

가연은 용케도 병구아재를 따라나선 그의 선택에 감탄하고 있었다. 진정 수호령이 맞는지 말을 하지 않아도 근래에는 자신이 있는 곳을 잘 찾아내었다.

"향금이 너는 병구아재를 따라가거라."

"예? 아씨는요?"

"들를 데가 있어 그런다."

짐꾼들에게 이것저것 지시하고 있던 병구아재가 가연의 말을 듣고 고개를 돌렸다.

"어머니 산소에 가 볼 참이더냐?"

"예."

나루터로 왔던 험한 길을 따라 조금만 올라가면 어머니의 산소가 있었다. 높지는 않았지만 앞이 탁 트인 곳이어서 힘차게 흐르는 강줄기가 내려다보였다. 상인의 신분에 배를 자주 타는 아버지를 지켜보고 싶으셨으니 그곳에 묻어 달라 하셨단다. 해서 가연도 나루터에 나오는 날이면 종종 산소를 찾았다.

"어찌 홀로 가신다 하십니까."

"너는 서둘러 집으로 돌아가 아버지 시중이나 들거라. 내 걱정은 말고."

가연이 먼저 돌아서 발걸음을 옮기자 멀뚱히 서 있던 화윤도 따라나섰다. 그렇게 두 사람은 북적이는 나루터를 떠나 산길을 오르기 시작했다.

"아이고. 가연아, 힘들어 죽겠다. 쉬었다 가자."

산을 오를수록 두 사람 사이는 점점 멀어졌다. 여인의 몸으로 긴 치맛자락을 끌며 산길을 오르는 이도 있는데 화윤의 엄살은 향금이보다 더 했다. 가연은 못 들은 척 앞만 보고 걸었다.

"쉬었다 가자니까!"

"다 왔습니다."

먼저 도착한 가연은 산소 주변부터 살폈다. 한동안 찾아오지 않아 여름 내내 자란 잡풀이 가득했다. 가연은 저고리 소매를 걷어 올리고 분주하게 잡풀을 뽑았다. 어느 정도 정리가 되고 나서야 가연은 큰절을 올렸다.

'어머니, 저 왔어요. 잘 지내셨지요?'

가연은 어머니의 얼굴조차 기억하지 못했다. 너무 어려서 돌아가신 탓에 어머니와 함께한 추억이 가연에게는 조금도 남아 있지 않았다. 해서 이리 산소를 찾아올 때면 막연한 그리움만 가슴에 가득했다.

시간이 지나면 어머니에 대한 그리움이 무뎌질 줄 알았다. 하지만 현실은 그와 반대였다. 혼례를 앞둔 처자가 어머니와 면주전을 찾을 때면 가연의 마음은 그 어느 때보다 허전했다. 아버지가 계시나 절대 채워질 수 없는 어머니의 정. 앞으로도 받을 수 없다 생각하면 가연의 마음은 한없이 땅으로 꺼지는 기분이었다.

"명당일세."

뒤늦게 도착한 화윤이 강줄기를 내려다보며 감탄을 쏟아 내고 있었다. 강줄기를 거슬러 올라가는 배와 양쪽으로 높게 솟은 절벽이 한 폭의 산수화를 연상케 하였다.

"이만, 내려가야겠습니다."

가연이 화윤 옆에 나란히 서서 던진 말이었다.

"뭐? 난 지금 올라왔는데?"

화윤은 어이가 없다는 표정으로 가연을 바라보았다. 아직도 다리가 저릿하건만 자신은 조금도 생각해 주지 않는 것 같았다.

"면주전에 들러 품목을 다시 확인하려면 서둘러야 합니다."

이 한마디를 남겨 놓고 가연은 올라온 길을 내려가기 시작했다. 매정하고 무심하다 투덜거리면서도 화윤은 마지못해 발걸음을 옮겼다.

산 중턱쯤 내려오던 가연은 사슴 한 마리가 풀숲에 앉아 있는 것을 보았다. 사냥꾼을 피해 여기까지 내려왔는지 많이 지쳐 보였다. 사슴이 놀라지 않도록 천천히 다가가 살피자 다리에 상처까지 있었다. 모른 척 지나칠 수 없었던 가연은 가지고 있던 무명천을 꺼내 다친 다리를 꼭 묶어 주었다.

"걱정 마라. 피는 곧 멈출 거야."

사슴의 머리를 쓰다듬으며 자신의 온기를 나눠 주던 가연은 멀리서 들리는 목소리에 몸을 돌렸다. 뒤따라 내려오던 화윤이 자신을 부르는 소리였다.

"이쪽입니다."

풀숲에서 일어나 화윤에게 손을 흔들어 위치를 알려 준 가연은 다시 사슴에게 시선을 돌렸다. 하지만 눈 깜짝할 사이에 사슴은 사라지고 없었다. 가연은 무엇에 홀린 듯한 표정으로 주위를 둘러보았다.

"예서 뭘 찾는 게야?"

정신없이 주위를 살피는 가연을 바라보며 화윤이 던진 말이었다.

"분명 좀 전까지만 하더라도 사슴이……."

"사슴?"

"예. 다리에 피를 흘리고 앉아 있는 사슴이었는데."

"피? 어디? 바닥은 깨끗하고만."

화윤의 말처럼 사슴이 앉아 있던 자리에는 피 한 방울 떨어져 있지 않았다. 참으로 기이한 일이 아닐 수 없어 가연은 정신을 차리지 못하고 있었다.

"면주전에 들러야 한다 하지 않았느냐. 어서 가자."

화윤이 앞장서 풀숲을 빠져나가자 가연도 덩달아 따라나섰다. 하지만 자꾸 뒤를 돌아보게 되는 것은 어쩔 수 없었다.

"아!"

연신 뒤를 돌아보다 앞에 있던 돌부리를 미처 피하지 못한 가연은 그대로 넘어지고 말았다.

"뭐야! 왜?"

가연의 비명에 몸을 휙 돌린 화윤은 한걸음에 다가왔다.

"다친 게야? 어디?"

가연이 발목을 가리키자 화윤은 서슴없이 치맛자락을 들췄다. 민망함에 가연은 고개를 돌렸다.

"이런, 심상치 않다."

심하게 삔 모양인지 발목은 크게 부어올라 있었고, 시큰한 통증에 가연의 얼굴은 잔뜩 찌푸려졌다.

"이 발목으로는 못 내려가지 싶다."

가만히 가연의 발목을 바라보던 화윤은 치맛자락을 내렸다. 그리고 가연 앞에 자신의 등을 보였다.

"뭐 하시는 겁니까?"

"업혀."

"예?"

"설마 지금 내외하자는 것은 아니겠지?"

머뭇거리는 가연을 돌아보며 화윤은 빨리 업히라는 고갯짓을 하였다. 이러지도 저러지도 못하고 망설이던 가연은 갑자기 자신의 양팔을 잡아당기는 화윤의 힘에 끌려 등에 업히고 말았다.

"사람이 없는 곳까지는 내 너를 업고갈 수 있지만 그다음부터는 어찌해야 할지 모르겠다. 내려가면서 차차 생각해 보자."

성큼성큼 화윤의 발걸음이 옮겨졌다. 불편한 자세로 화윤의 등에 업혀 있던 가연은 뭐라 말도 못하고 입을 꾹 다물었다. 그렇게 화윤은 가연을 업은 채로 한참을 걸었다.

"무겁지요?"

힘들어하는 화윤의 숨소리를 들으며 가연은 기어 들어가는 목소리로 조심스레 물었다.

"허면, 깃털처럼 가벼울 줄 알았느냐?"

"치."

예상한 대답이 나오기는 했지만 막상 듣고 나니 기분은 좋지 않았다. 그래도 가연은 화윤의 이마에 송골송골 맺힌 땀을 저고리 끝으로 닦아 주었다.

'정이 많은 분임을 알고 있습니다. 금일 일은 잊지 못할 것입니다.'

차마 입 밖으로 뱉지 못하는 말이었다. 화윤의 따듯한 온기를 가슴으로 느끼며 가연은 어느새 편안해진 마음으로 가만히 업혀 있었다. 마치 도닥이는 듯 흔들리는 등 위에서 가연의 두 눈이 스르륵 감겼다.

"더는 못 가겠다. 예서 잠시 쉬었다 가자."

소나무 밑 넓은 바위가 보이자 화윤은 그 앞에 걸음을 멈췄다. 하지만 가연이 어떠한 미동도 하지 않아 화윤은 고개를 갸웃거렸다.

"가연아, 자는 게야?"

화윤의 물음에 답이라도 하듯 가연의 두 팔이 뚝 떨어졌다. 화윤은 깊은 한숨을 내쉬었다.

"잠이 오냐? 잠이 와?"

심술궂게 말은 이리 뱉으면서도 화윤은 혹여 가연이 깰까 조심조심 바위 위에 내려놓았다. 작일 밤, 눈물로 밤을 새우고 이른 새벽부터 길을 나서서 그런지 가연은 깊은 잠에 빠져 있었다. 화윤은 가연 옆에 나란히 앉아 한없이 떨어지는 가연의 머리를 자신의 어깨에 살포시 기대었다. 쌔근쌔근 자는 가연의 숨소리가 화윤의 목을 간질였다.

'환장하겠네.'

가연 쪽으로 고개를 살짝 돌리니 앵두 같은 붉은 입술이 화윤의 눈에 가득 들어왔다. 주체할 수 없는 떨림에 고개를 돌리기는 했으나 자꾸 눈길이 가는 것은 막을 수 없었다.

'이제 하다하다 별짓을 다 한다. 이 와중에 자는 넌 뭐고, 네 숨소리에 가슴이 떨리는 난 또 뭐냐.'

입술을 훔칠 용기가 없었던 화윤은 가연의 작고 뽀얀 손을 어루만졌다. 화윤은 이대로 시간이 멈췄으면 했다.

"이만하면 합격이지요?"
"그렇구나."

멀리서 가연과 화윤을 훔쳐보던 칠 선녀들이 키득거리며 즐거워했다. 좀 전까지만 하더라도 사슴으로 변해 있던 선녀는 가장 맏언니인 월에게 찰싹 달라붙어 설명을 늘어놓았다. 나머지 선녀들도 고개를 끄덕이며 귀를 기울였다.

"허면, 앞으로 어찌하실 생각이세요?"

여섯 선녀의 시선은 모두 월에게 향했다.

"동생을 아끼는 누이의 마음을 보여 줘야 하지 않겠느냐."
"지당하신 말씀이세요."

이렇게 만장일치로 칠 선녀의 마음이 모였으니 화윤에게 앞으로 어떠한 일이 펼쳐질지 알 수 없었다.

4. 갑작 사랑 영 이별

 다친 발목으로 인해 며칠 집 안에만 있었던 가연은 여간 답답한 것이 아니었다. 더구나 면주전 장부가 맞지 않아 가연은 머리를 싸매고 있었다. 이런 가연이 모습이 안쓰러웠는지 화윤이 슬쩍 운을 떼었다.
 "내 좋은 곳을 알고 있는데 구경이라도 가련?"
 "제 표정이 산수구경을 할 만큼 좋아 보입니까. 지금은 가고 싶지 않습니다."
 장부를 들여다보는 가연의 표정이 잔뜩 찌푸려 있었다.
 "가서 고맙다는 말이나 하지 말거라."
 "예?"
 가연의 의사는 깡그리 무시한 채 그녀를 끌고 나온 화윤은 인왕산으로 향했다. 사람들이 다니는 산길이 아닌 풀숲을 한참 동안 헤집고 도착한 곳은 그야말로 낙원이었다. 당연 가연의 눈이 휘둥그레졌다.

"이런 곳이 인왕산에 있었단 말입니까?"

분명 이곳은 인왕산이 맞을 것이다. 하지만 주위를 둘러본 가연은 고개를 갸웃거렸다. 계절이 분명 가을이건만 이곳은 봄이라 말하고 있었다. 아니, 봄이라는 것도 정확하지 않았다. 주변에는 사계절에 볼 수 있는 온갖 나무와 꽃들로 가득했다. 딱히 한 계절을 꼽아 설명할 수가 없었다. 가연은 싱그럽게 피어 있는 꽃과 절벽에서 떨어지는 물줄기를 바라보며 입을 다물지 못하고 있었다.

"이곳은 천상계로 올라갈 수 있는 관문인 셈이다. 해서 인간들 눈에는 절대 보이지 않지. 뭐, 더 정확히 말하면 인간들은 이곳을 찾지도 못할 것이야."

"허면…… 제 눈에는 어찌 보입니까?"

물음은 화윤에게 향한 것이나 가연의 시선은 여전히 주변 경관에 꽂혀 있었다.

"내가 보이니 이곳도 보이겠지. 저쪽으로 가서 앉자."

화윤이 가연을 데리고 향한 곳은 절벽에서 떨어진 물이 작은 호수를 만든 곳이었다. 평평하고 넓은 바위 위에 나란히 앉아 호수를 내려다보며 가연의 입가에 미소가 지어졌다.

"이리 맑은 물은 처음 봅니다."

호수 바닥을 들여다보며 신기한 듯 가연이 뱉은 말이었다.

"당연하지. 천상에서 떨어지는 물줄기이니까."

"참이십니까?"

"넌 내가 무슨 말만 허면 참이냐 묻더라."

기분이 상했는지 화윤의 말투는 조금 꼬여 있었다.

"저 위를 봐라. 내 말이 거짓이 아님을 알 게야."

화윤이 절벽 위를 가리키자 가연의 입에서 탄식이 새어 나왔다. 하늘이 낮은 것인지 절벽이 높은 것인지 몰라도 물줄기가 구름 위를 뚫고 내려왔다. 가연은 자신이 본 것을 믿지 못하고 한없이 바라만 보았다. 보고 또 봐도 신기할 따름이었다.

"이제 믿겠느냐?"

"예. 인왕산에 이런 곳이 있었다니 믿어지지가 않습니다. 진정 이곳은 인간들이 들어올 수 없습니까? 제가 처음입니까?"

"처음이자 마지막일 테지."

이곳으로 들어오면서 화윤은 결계를 쳤다. 어째서 결계를 쳤을까 하겠지만 사실 천상계로 올라갈 수 있는 이곳을 이용하는 이들은 많았다. 해서 화윤은 인간들이 아닌 이곳을 오가는 다른 신들이 들어오지 못하도록 결계를 친 것이다. 달리 말해 이곳을 몽땅 '훔쳤다'고 해야 하나? 상제의 소유가 맞으니 결계가 사라지기 전까지 훔쳤다고 하는 것이 맞을 것이다. 당연 가연을 위해서 말이다. 간 큰 짓이 아닐 수 없었다.

한동안 물줄기에 정신을 팔고 있던 가연의 손을 화윤이 슬쩍 잡았다. 놀란 가연이 손을 빼려 하였지만 화윤은 놓아 주지 않았다. 뉘가 봐도 간이 배 밖으로 나온 행동이었다.

"손은 어찌……."

"네가 저 호수 속으로 뛰어들까 해서 잡았다. 보기보다 깊으니 괜한 생각 말라고. 들어가면 죽어."

"그런 바보 같은 짓은 안 합니다."

"그래야지. 이승에 아버지를 홀로 남겨두고 세상 하직한 못난 여식이 되어서야 쓰겠느냐. 허나, 마음이라는 것이 순간 동하는 것이라. 연정에 쉽게 흔들리는 것만큼 죽음도 마찬가지다. 해서 잡는 것이니 뿌리치지 마라."

화윤은 가연의 손을 잡은 채로 바위 위에 벌러덩 드러누웠다. 다른 손으로 머리를 받치며 하늘을 올려다본 화윤은 짧게 한숨을 내쉬었다.

"더 좋은 걸 보여 주랴?"

누워 있는 화윤을 내려다보며 가연은 이보다 더 좋은 것이 어떤 것일까 궁금해졌다. 주변은 온통 신기한 것들뿐이라 더는 놀랄 일이 없을 것 같았다.

"누워 봐라."

"예?"

화들짝 놀란 가연은 눈을 흘기며 다른 한 손으로 자신의 옷고름부터 잡았다.

"너 반응이 이상하다. 왜? 내가 네 옷고름이라도 풀까 봐서? 아서라. 나, 눈 높다."

눈 높다는 이가 가연을 콕 찍어 놓고 뻔뻔하게 말은 잘도 둘러댔다.

"거, 참. 빨리 누워 봐. 후회할 일 없을 테니까."

마지못해 나란히 누운 가연은 입에서 탄성이 절로 나왔다. 눈앞에 펼쳐진 것이 사실인가 하는 마음에 손을 뻗어 구름을 잡아 보려 하였지만 손안에 잡히는 것은 아무것도 없었다.

"볼 만하지?"

"볼 만하다니요. 그런 말씀 마세요. 장관입니다."

누워서 하늘을 보니 구름 하나하나가 산이 되고, 나무가 되고, 동물이 되어 병풍처럼 펼쳐졌다. 사람이 손으로 그려도 저리 잘 그릴 수 있을까? 가연은 이런 생각에 뻗은 손을 내리지 못하고 있었다.

"저 윗분이 그림에 소질이 좀 있으신 분이다. 가끔 구름으로 장난을 하시지."

"저것이 장난이란 말씀입니까?"

"저 정도는 나도 한다."

가연은 화윤의 허풍에 그만 피식 웃고 말았다.

"이제 웃네. 어렵다. 너 웃게 하는 일."

누워서 고개를 돌린 화윤은 그윽한 눈빛으로 가연을 바라보았다. 어찌나 웃는 모습이 보기 좋던지 화윤의 입매도 올라가 있었다.

"이렇게까지 하실 필요 없습니다."

가연은 미안함에 화윤의 눈을 마주할 수가 없었다. 하지만 화윤이 가연의 턱을 돌려 자신 쪽으로 향하게 하자 한동안 두 사람은 말없이 서로의 눈을 응시했다.

"이리하지 않으면 웃지 않을 너다."

"사람이 어찌 매일 웃겠습니까."

"허면, 내가 해 주는 대로 받으면 될 것 아니냐. 그 어떤 이유도 들지 말고 받기만 하면 되는 것이야. 넌 그럴 자격이 충분히 있다."

'내가 택한 여인이니까.'

차마 뱉지 못한 말이 화윤의 입안으로 삼켜졌다. 무엇에 이끌린 듯 가연의 턱을 잡고 있던 화윤의 엄지손가락이 가연의 입술을 천천히 어루만졌다. 가연은 숨도 쉬지 못하고 얼어 있었다.

"곱다."

입술을 훔칠 수 있다면 얼마나 좋을까. 마음도 훔칠 수 있다면 얼마나 좋을까. 상제의 소유인 이곳도 훔치는데 어찌 이 여인은 훔칠 수 없을까. 곁에 두고 싶고 만지고 싶었다. 할 수 있다면 이 결계 안에 가두고 싶었다. 나만 바라보라 강요하고 싶었지만 가연은 아직 화윤의 소유가 될 수 없는 여인이었다.

"얼씨구, 저러다 입술 도장이라도 찍겠다."

우물 안을 들여다보며 상제가 코웃음을 쳤다. 조금 전 천상계는 화윤이 쳐 놓은 결계 때문에 한바탕 소동이 벌어졌다. 천상계를 오가는 길목을 딱 막아 놓고 태평하게 누워 있는 화윤을 보자 상제는 울화통이 터졌다. 지금 지상으로 내려가야 할 이들도 천상계로 올라와야 할 이들도 모두 발이 묶인 채 동동거리고 있었으니 공적인 곳에 말도 없이 결계를 친 화윤을 상제는 용서할 수 없었다. 그때 꽃같이 어여쁜 여인이 다가와 상제에게 아뢰었다.

"급히, 백두산 쪽으로 임시 관문을 열어 두었습니다."

"그쪽으로 다니라 일러두었느냐?"

"예. 말은 그리 전하였지만 원인을 묻는 이들이 많습니다. 어찌 답하오리까?"

"인왕산 쪽은 잠시 공역(工役, 토목이나 건축 따위의 일)을 한다 하여라."

멀쩡한 곳을 공역이라니. 상제는 자신이 말을 던져 놓고도 헛웃음이 흘러나왔다. 더구나 믿을 이들이 많지 않다는 것도 문제였다.

어느새 서왕모가 상제 곁으로 다가오고 있었다. 분명 화윤이 결계를 친 사달을 듣고 온 길이었으니 꼭, 일이 터진 후에 만남이라 그리 반갑지는 않았다.

"아들이라고 감싸 주기는 하십니다."

"모든 이들이 알아 좋을 것이 무에 있겠소."

"그럼요. 좋은 일은 아니지요."

서왕모는 우물 안을 들여다보며 화윤을 주시했다.

"화윤을 볼 때마다 느끼는 거지만 참으로 상제를 많이 닮았습니다. 인간 여인에게 연정을 품는 그 마음이 말입니다."

상제는 뜨끔하였다. 뉘를 향한 말인지 알고 있기에 서왕모의 얼굴을 똑바로 바라볼 수 없었다. 상제는 잠시 옛 생각에 잠겨 있었다. 정확히 언제였는지 기억도 가물가물하였다. 모처럼 인간계에 내려가 이곳저곳을 둘러보던 차 한 여인을 만났다. 상제인 자신을 볼 수 있는 인간 여인. 처음에는 많이 당황했으나 두 사람은 짧은 시간 동안 같이 지내며 깊은 연정을 마음에 담았다. 그러다 상제는 천상계로 돌아가기 전날 그 여인을 품었고 열 달 후 여인은 건강한 사내아이를 낳았다. 그 아이가 바로 화윤이었다. 신력을 가지고 태어난 아이는 인간계에서 살 수 없었으니 화윤은 태어나자마자 어미와 떨어져 천상계로 오게 되었다. 비록 신력을 가지고 태어났으나 조절하지 못하는 이유가 이것이었다.

"내 아픔을 아들에게까지 물려주고 싶지는 않소이다."

죽어 가는 여인을 지켜보며 상제는 가슴을 쳤다. 그리고 아직도 그 여인을 그리워하는 상제는 지쳐 있었다. 감히 신이라 할지라도 인간의 수명을 좌지우지할 수 없는 일이었다. 수명을 다하고 죽은 여인이라면 어찌어찌 해서라도 자신 곁에 두련만, 아이를 천상계로 보내고 그리움에 사무친 여인은 스스로 자결을 택했다. 해서 두 사람은 두 번 다시 마주할 수가 없게 되었다. 아직도 지옥에서 자결한 자신의 죗값을 치르고 있는 여인을 보며 상제는 늘 죄책감에 사로잡혀 있었다.

"어찌 아픔이라 생각하십니까. 화윤에게는 아픔이 아닌 행복일 수 있습니다."

"지금은 그러겠지요. 허나, 그다음은 나와 같을 것이니 하는 소리입니다."

"상제의 말씀을 듣자니 아직도 그 여인을 마음에 담고 계시나 봅니다."

대답 없는 상제를 바라보며 서왕모는 씁쓸한 미소를 지었다. 처음부터 연정이 있어 부부의 연을 맺은 것은 아니었지만 여인으로서 겪고 싶지 않은 일이기도 했다. 하지만 뉘를 탓할 문제가 아니었다. 인간들이 가지고 있는 감정들은 나약하기에 생기는 것들이라 신들은 인간들보다 더 냉정하고 이성적일 수밖에 없었다. 서왕모 자신이 화윤의 존재를 쉽게 받아들인 이유도 여기에 있었다. 그들의 자식들은 그저 인간계와 천상계를 다스릴 또 다른 신들일 뿐, 연정을 품어 자식을 낳는 인간들의 감정과는 차원이 달랐다.

"찾아보면 길은 얼마든지 있겠지요. 꼭, 상제와 같은 길을 갈 것이라 장담하지 마십시오."

"정이 깊을수록 그리움이 배가 된다는 것을 모르니 저러는 것 아니겠소. 스스로 느낀다면 분명 저 여인에게서 돌아설 것이라 나는 믿소이다."

"알고 계시면서 상제도 인간 여인에게 돌아서지 못하셨습니다. 반은 인간의 피를 가지고 태어난 아이입니다. 허니, 상제보다 더 마음이 여리겠지요."

서왕모의 말에 상제는 반박하지 못했다. 사실이었으니까.

"깊이 잠들었나 봅니다."

고이 잠들어 있는 가연을 내려다보며 맨 끝에 서 있던 여인이 입을 열었다. 일곱 명의 여인들은 색만 다를 뿐 하나같이 똑같은 옷을 입고 서서 가연의 이목구비를 요기조기 뜯어보았다. 가연의 얼굴을 살피고 서로의 귀에 새살거리던 여인들은 가장 안쪽에 있는 여인이 어깨높이로 손을 들자 잡담을 멈췄다.

"곱다만 천상계의 여인들에 비하면 내세울 만한 미색은 아니구나."

"언니도 그리 생각하시오? 나도 같은 생각이오."

"허나, 빠지는 미색은 아닙니다."

처음 입을 연 여인의 말에 다들 고개를 끄덕이더니 이내 침묵이 흘렀다. 그러나 눈빛은 여전히 잠든 가연에게 고정되어 있었다.

"이제 어찌하실 참이십니까?"

"예까지 왔으니 화윤을 위해 선물 하나 주고 가야지."

선물을 주겠다고 한 이는 바로 칠 선녀 중 가장 으뜸인 달의 선녀였다. 사적으로는 화윤의 큰 누님이었다.

"예?"

다들 이해를 못 하겠다는 눈빛으로 첫째 언니를 뚫어져라 바라보았다. 선물을 줄 이가 절대 아니었으니 이상하게 생각하는 것도 무리는 아니었다.

"수호령이 어떤 위치더냐?"

수호령은 신 중 가장 하급 신이었으니 사실 신이라고 할 수도 없었다. 신들의 등급은 인간과 가장 가깝게 있는 이들부터 맨 하위 등급으로 정해져 있었다. 첫째 언니가 이것을 모르고 묻는 말이 아닐지니 나머지 여섯 명의 선녀들은 고개를 갸웃거렸다.

"화윤의 일을 좀 덜어 주어야겠다. 이리하면 한 달은 편히 지낼 수 있을 게야."

자신의 품에서 작은 구슬을 꺼낸 선녀는 잠들어 있는 가연에게 다가가 이마에 구슬을 올려놓았다. 그러자 구슬은 밝은 빛을 내며 서서히 이마 안으로 모습을 감추었다. 이 모습을 지켜보고 있던 선녀들은 그제야 서로의 눈빛을 맞추며 웃음을 참았다.

"적어도 한 달 동안은 잡귀들이 다가오지 못할 터이니 이만하면 선물이 아니겠느냐. 다만, 하급 신인 수호령도 가까이 다가올 수 없는 것이 단점이긴 하지."

"벌써부터 몸 달아하는 화윤의 모습이 그려집니다."

사실 화윤이 어릴 적에는 우애가 좋았다. 지금도 나쁘다 할 수는 없지만 따로 산 지가 오래되어 좀 서먹해졌을 뿐 서로 아끼는 마음은 변하지 않았다. 화윤이 아장아장 걸어 다닐 때는 선녀 옷을 입혀 짓궂은 장난도 하던 누이들이었다. 그런 화윤이 철이 들고 사내 티를 내면서 서로 멀어지기는 했으나 여전히 칠 선녀들에게는 마냥 어린 동생이었다. 그런 화윤이 인간 여인에게 홀딱 빠져 천상계를 발칵 뒤집어 놓고 내려갔다 하니 어찌 가만히 앉아 있겠는가. 조용히 물러간다면 화윤의 누이들이 아니었다. 적어도 누이들이 왔다갔다는 티는 내고 가는 것이 예일 것 같아 이런 일을 저질렀다. 그럴 필요가 전혀 없는데 말이다. 참말 동생을 끔찍이 생각하는 누이들이 아닐 수 없었다.

"이만 올라가십시다. 이리 몽땅 자리를 비운 것을 아시면 어머니께서 가만히 계시지 않으실 거예요."

여섯째의 말에 고개를 끄덕이던 선녀들은 서둘러 방 안을 나가려 하였다. 하지만 한 명도 아닌 일곱 명이 우르르 빠져나가려니 방 안은 당연 시끄러울 수밖에 없었다. 더구나 다들 아까부터 키득거리며 말을 주고받고 있었기에 가연이 눈을 뜨는 일은 어쩌면 당연한 결과였다.

"으음."

부스스한 몰골로 일어난 가연은 자신이 꿈을 꾸고 있는 줄 알았다. 어찌 이 방 안에 여인들이 이리도 많을 수 있단 말인가? 물론, 꽃같이 어여쁜 여인들이기는 했으나 놀라지 않을 수 없었다. 놀라기는 선녀들도 마찬가지였다.

"뉘…… 시오?"

목소리를 쥐어짜며 더듬더듬 물어보다 가연은 손가락을 들어 천천히 여인들을 세어 보기 시작했다. 하나, 둘, 셋…… 넷……. 여인들의 수가 많다는 것을 확인하자 가연의 손가락이 달달 떨렸다.

"우리를 어찌 소개해야 할까나? 칠 선녀보다 시누들로 소개하는 것이 인간들은 더 잘 알아들을 수 있겠지?"

가연에게 해 주는 말이 아니었다. 여섯째가 일곱째한테 묻는 말이었다. 여섯째는 시누이란 말을 인간 여인들이 얼마나 싫어하는지 알기에 장난을 친 것이었다. 하지만 가연은 온전히 알아듣지 못하고 있었다. 칠 선녀는 무엇이고, 시누들은 또 무슨 뜻인가. 알아듣지 못하니 다가오는 것은 두려움뿐이었다.

"아악!"

"어머나, 깜짝이야. 갑자기 멀쩡히 있다가 어찌 소리를 지르는 게야?"

"아이고! 이러다 들키겠어요. 후딱 올라갑시다."

가연의 목소리로 더욱 놀란 이들은 칠 선녀들이었다. 서둘러 자리를 뜨지 않으면 곤란한 상황이 벌어질 터, 칠 선녀들은 후다닥 방 안을 빠져나갔다.

"이건 또 무슨 소리야!"

정자 위에서 단잠을 자고 있던 화윤은 가연의 외침에 눈을 떴다. 가연을 걱정하다 겨우 잠이 들었건만 이리 잠을 깨니 정신이 몽롱하기까지 했다. 그러나 이내 가연의 목소리가 틀림없다 생각한 화윤은 벌떡 일어나 정자 위에서 뛰어내려 내달렸다. 대청으로 한 번에 뛰어올라 방문을 벌컥 연 화윤은 이불을 덮고 달달 떠는 가연을 볼 수 있었다. 방 안에는 가연 외에 아무도 없었다.

"무슨 일이냐?"

덮고 있던 이불을 젖히고 가연의 어깨를 잡은 화윤은 순간 강한 힘에 밀려 방문 쪽으로 나가떨어졌다. 퍽 소리와 함께 벽에 등과 머리를 부딪친 화윤의 입안에서 앓는 소리가 새어 나왔다. 고개를 세차게 흔들며 몸을 이리저리 뒤틀던 화윤은 이상하단 생각을 했다. 가연의 힘이 이 정도로 세었던가? 참으로 이상한 일이 아닐 수 없었다.

"괜찮으십니까?"

가연도 어찌 된 영문인지 몰라 어리둥절할 뿐이었다. 소리를 지른 후 이불을 뒤집어쓰고 엎드려 있던 것이 전부였는데 눈을 떠 보니 화윤은 방문 옆에 괴로운 표정으로 너부러져 있었다. 모든 일이 다 삽시간에 일어난 일이라 정신을 온전히 차릴 수가 없었다.

"너 도대체 무슨 짓을 한 게야?"

화윤은 엉금엉금 기어 가연에게 가까이 다가갔다. 머리를 세게 부딪쳐 그런지 아직도 띵하게 울리는 것 같아 도저히 걸을 수가 없었다.

"아무 짓도……."

"아무 짓도? 내가 나가떨어졌는데 아무 짓도 안 했다고? 나 몰래 밤사이 힘이 세지는 약이라도 먹…… 어헉!"

기어가다 가연의 얼굴을 본 화윤은 뒤로 벌러덩 누우며 비명을 질렀다. 무엇인가 가연의 이마에서 반짝반짝 빛나는 것이 보였다.

"너…… 너, 그 이마에……."

검지를 들어 가연의 이마를 가리킨 화윤은 말까지 더듬고 있었다.

"예?"

자신의 양손으로 이마를 만져 보던 가연은 이상한 것을 발견할 수 없었다. 면경에 자신의 얼굴을 비춰 보았지만 도대체 뭐가 문제인지 알 수가 없어 눈알만 요리조리 굴렸다.

"아무것도 없는데 어찌 그러십니까?"

평상시 얼굴과 다를 것이 없었다. 다만, 자다 일어난 얼굴이라 좀 부어 있을 뿐, 화윤이 놀랄 만큼 이상한 점은 찾을 수 없었다.

가연의 표정을 주의 깊게 살피던 화윤은 이상한 기운을 느낄 수 있었다. 방 안에 남아 있는 기운은 분명 인간의 것이 아니었다. 잡귀라고 하기에는 너무나 센 기운에 무엇인가 번뜩 떠오르는 것이 있었다. 화윤은 천천히 가연의 이마로 자신의 손을 가져갔다. 그리고 한동안 화윤은 말이 없었다.

"도대체 무슨 일이어요?"

가연의 목소리가 갈라져 나왔다.

"너, 비명은 어찌 지른 것이야? 무엇을 보기라도 했느냐?"

"아! 봤지요."

화윤에게 온통 정신이 팔려 잠시 잊고 있었던 여인들에 대해 가연은 숨김없이 모두 털어놓았다. 어여쁜 일곱 명의 여인들과 자신들을 시누들이라 설명했던 부분까지 말이다. 다 설명을 하고 나서야 가연은 마른침을 삼키며 숨을 크게 내쉬었다.

"젠장."

일곱 명이라는 말에 이미 화윤의 심장은 덜컹 내려앉았다. 화윤이 어릴 적에도 워낙 장난을 즐겨하던 누이들이었다. 오랜만에 그 누이들이 동생을 찾아왔으니 조용히 올라가실 분들이 아니었다. 아마 지금쯤 이 일을 지켜보며 호호, 하하 즐거워하고 있을 것이 자명했다. 그러나 문제는 좋아하고 있을 누이들이 아니었다. 가연의 이마에 박힌 구슬이 문제라. 아무리 머리를 굴려도 해결책은 없는 듯 보였다.

"지금 제게 일어난 일들이 무엇인지 다 알고 계신 게지요? 설명해 주셔요."

 뭐라고? 훗날 네 시누가 될 분들이라고? 하나같이 시집도 안 간 시누들이 무려 일곱이라 어찌 말할까. 아마 이 사실을 입 밖으로 꺼내자마자 가연은 버선발로 도망갈 것이라 믿어 의심치 않았다. 더구나 자신의 마음조차 가연에게 밝히지 못한 상황에서 시누니 뭐니 하고 떠들어 댄 그녀들을 대체 뭐라 설명해야 할 것인가. 그러니 화윤은 입을 꾹 닫고 가연의 이마만 뚫어져라 바라볼 수밖에 없었다.

 '하필…… 저것이란 말인가. 에이…….'

 화윤의 입에서 한숨이 절로 나왔다. 앞으로 한 달 동안 가연의 털끝도 건드릴 수 없었다. 화윤은 이미 누이들의 의도를 알고 있었다. 그것도 뼈저리게.

 "답답합니다. 진정 말을 아니 해 줄 참이십니까?"

 "잡귀들을 본 게야. 신경 쓸 것 없다."

 우르르 쾅쾅! 갑자기 내려치는 벼락에 놀란 가연은 다시 몸을 잔뜩 웅크린 채로 엎드렸다. 멀쩡한 하늘에 무슨 벼락인가 하겠지만 다 이유가 있음이라. 바로 화윤이 누이들을 잡귀 취급해 버린 것이 화근이었다.

 "하고픈 말이 있으시면 제게 하십시오. 그리 벼락만 치지 마시고!"

 가연의 모습을 안쓰럽게 바라보던 화윤이 창을 열고 소리를 질렀다. 당연 돌아오는 대답은 벼락뿐. 입을 닫는 것이 상책임을 화윤은 아직도 모르는 것 같았다.

 "괜찮다. 잠시 윗분이 노하셔서 그러니 놀랄 것 없다."

가연의 등을 쓰다듬어 주려고 화윤의 손이 움직였지만…….

"에헤이."

가연의 등에 손바닥이 살짝 스치자마자 저릿한 느낌이 손끝을 타고 심장까지 전해졌다. 잠시 가연의 몸에 구슬이 박혀 있다는 것을 잊고 있었던 화윤은 요란스레 손목을 흔들며 인상을 구겼다.

"허면, 편히 자라."

같이 있어 봤자 가연을 도와줄 수 없다 생각한 화윤은 자리를 털고 일어나려 하였다. 하지만 살짝 옷깃을 잡아끄는 손에 엉덩이가 바닥으로 다시 내려앉았다.

"이리 두고 가십니까? 무서워 어찌…… 홀로 있겠습니까. 예, 계셔요."

하! 미치고 팔짝 뛸 일이다. 그토록 바라던 기회가 왔음인데 가연의 털끝 하나 건드리지 못한다. 화윤은 누이들이 준 선물에 탄식하며 이를 바득바득 갈았다. 어찌 자신 주위에는 죄다 적군들뿐인가. 밀어줘도 될까 말까 한 이 연정 앞에 나오는 것은 한숨이 전부였다.

"저기…… 너 혼자 자도 아무 문제없으니 걱정 말아라."

"예? 어찌 그리 무심한 말씀을 하십니까. 수호령이라 하셨잖습니까. 허면, 지켜 주셔야지요."

"그러니까 내가 없어도 네 이마에 박힌 그것이……."

말을 하다 만 화윤은 잠시 천장을 올려다보았다. 그 구슬이 잡귀뿐 아니라 자신도 가까이 오지 못하게 한다 말해야 하나 생각 중이었다. 또한, 이 사실을 알고 난 뒤 가연의 반응이 궁금하기도 했다. 좋아할지, 아님 실망할지 말이다. 하지만 좋아할 거라는 쪽에 화윤의 마음이 더 기울었다.

"저 잠들 때까지 예 계실 터이지요?"

차마 가연의 청을 뿌리칠 수 없어 자연적으로 화윤의 고개가 끄덕여졌다.

이내 아무 일도 없었다는 듯 밤하늘은 고요했다. 가연 역시 잠이 들어 딱히 화윤이 할 일은 없었다. 그러니 어찌 밤이 길지 않겠는가. 길어도 너무 긴 밤을 화윤은 뜬눈으로 지새워야 했다. 화윤은 자신에게 이보다 더한 고문은 없으리라 장담했다.

추수가 끝나자 어느새 과거시험 기일이 이틀 뒤로 다가왔다. 그동안 암자에서 지내던 이겸은 집으로 내려가기 위해 이른 아침부터 짐을 싸고 있었다. 작일 아랫것을 시켜 서책들은 이미 모두 가지고 내려간 터라 짐이라고 해 봤자 옷가지가 전부였다. 괴나리봇짐을 어깨에 두르고 방을 나선 이겸은 법당 앞을 지나다 잠시 발걸음을 멈췄다. 불공을 드리고 있는 여인의 뒷모습이 이겸을 붙잡고 말았으니 바로 혜신이었다. 불공을 다 드리고 법당을 나선 혜신은 자신을 바라보고 있는 이겸과 눈이 마주쳤다. 마지막임을 서로 알아서일까? 두 사람은 한동안 애틋한 눈길을 주고받았다.

"이제 내려가십니까?"

치맛자락을 살포시 들고 법당 앞 계단을 내려온 혜신이 이겸 앞에 서서 물었다.

"예. 낭자께서도 이제 이곳에 오실 일이 없으시겠지요."

"예."

짧게 답한 혜신의 목소리에는 아쉬움이 가득 담겨 있었다.

"하늘이 원망스럽습니다."

혜신에게 호감을 느끼고 있으나 혼처가 정해져 있어 더는 가까이 다가갈 수 없음을 빗대어 한 말이었다. 반가의 혼례란 무릇 가문을 위함이 많았다. 또한, 자신도 그에 따라야 한다는 것을 이성적으로 알고 있었지만 마음은 여전히 혜신에게 향해 있었다. 참으로 엇갈린 인연이라는 생각만 머릿속에 가득했다.

"저도 그러합니다."

갑자기 쏟아지는 비를 피해 법당으로 들어간 그날이었다. 가연이 갑작스레 사라지고 몸종이 자리를 비운 사이 두 사람은 많은 말을 나누었다. 약방에서의 첫 만남 이후 일 년 동안 지내면서 서로 가끔 그리워했다는 것을 털어놓았고 두 사람은 더욱 가까워졌다. 그러나 혼처가 정해졌다는 이겸의 말에 혜신은 한순간 헛된 꿈을 꾼 자신이 초라했다. 금일이 마지막임을 암묵적으로 알고 있었다.

"나를 한번 믿어 보시겠소?"

"무슨 말씀이신지……."

"내 아버님께 혼례를 없던 일로 해 달라 청할 참입니다."

도저히 혜신에게 가는 마음을 접을 수 없었다. 단아한 자태와 고운 마음씨를 가진 약방 여인이 혜신임을 알게 된 뒤로는 마음이 더욱 동했다. 반가의 혼례가 가문을 위한 일임을 어찌 모르겠는가. 하지만 이겸은 혜신을 이리 보낼 수 없었다. 마음에도 없는 여인을 자신 곁에 두고 한평생 다른 여인을 그리며 살 자신이 없던 이겸은 혜신을 택하기로 결심했다.

"언제가 될지는 장담할 수 없습니다. 그러나 낭자 곁에 돌아오겠다 확답을 해 줄 수는 있습니다. 이 약조만으로도 나를 기다릴 수 있겠습니까?"

혜신의 심장이 미친 듯 뛰었다. 심장이 뛰는 소리가 얼마나 큰지 혜신의 귓가에 천둥소리처럼 들렸다. 혜신은 잠시 몽롱해진 정신을 차리고 입을 열었다.

"못 오신다는 말만 하지 마셔요. 꼭, 돌아오시겠다 하시니 소녀 그 말씀만 믿겠습니다."

혜신의 두 손을 덥석 잡은 이겸은 고맙다는 말을 멈추지 않았다.

"이것이 다 무슨 말이더냐?"

점잖은 중년 여인의 목소리에 혜신은 섬뜩했다. 뉘가 자신들의 말을 엿듣고 있을 거라는 생각은 미처 하지 못했다. 하지만 충격은 이것이 전부가 아니었다.

"어머니!"

중년 여인을 어머니라 부르는 이겸의 목소리에 혜신의 다리가 후들거렸다. 차마 똑바로 바라볼 수도 없어 고개를 푹 숙이고 말았다.

"아버지를 설득할 자신이 있어 그런 약조를 하느냐? 사내가 지키지 못한 약조는 여인에게 독일 수 있느니라. 그리 함부로 뱉을 말이 아니다."

이겸 가까이 다가온 정씨 부인은 두 사람을 번갈아 바라보았다. 여전히 혜신은 고개를 들지 못하고 있었다.

"잠시 마음이 동하여 한 약조가 아닙니다. 수십 번, 수백 번을 생각해 보아도 이 여인을 소자가 놓아줄 수 없습니다. 이번만은 아버님의 뜻에 따르지 않겠습니다."

지금까지 단 한 번도 부모의 뜻을 거스른 적이 없는 아들이었다. 하지만 이처럼 한 여인을 간절히 원하고 있는 아들의 모습을 보며 정씨 부인은 가슴이 철렁 내려앉았다. 앞으로 집안이 시끄러워짐은 물론이요 아들의 연정이 아비의 고집 앞에 무너져 내릴까 걱정이었다. 정씨 부인은 잠시 말을 않고 생각에 잠겼다. 그리고 이내 혜신에게로 시선을 돌렸다.

"뉘 댁 여식인가?"

마음 같아서는 이겸 자신이 대신 말해 주고 싶었으나 혜신에 대해 아는 것이 없어 지켜볼 수밖에 없었다. 어쩔 줄 몰라 하는 혜신의 모습을 보며 이겸은 입이 바짝 마르는 것 같았다.

"소녀, 이조판서 대감의 장녀 혜신이라 하옵니다."

"낭자! 지금 뭐라 하시었소?"

너무 놀란 이겸은 혜신의 어깨를 잡고 자신 쪽으로 돌려세웠다. 사실 그동안 이겸은 자신의 정혼자가 이판대감의 여식이라는 것만 기억하고 있었다. 이겸이 이리 기억하고 있는 것도 무리는 아니었다. 이판대감댁과 사돈을 맺겠다는 아버지의 말에 너무 놀라 이름은 잊어버리고 말았다. 더구나 이름을 알고 있다 한들 달라지는 것이 무에 있을까 하는 생각에 이겸은 알려고 들지도 않았다. 하지만 이 사소한 것이 이처럼 허무맹랑한 일을 만들어 낼 줄은 몰랐다. 허면, 도대체 자신이 그동안 한 고민은 다 무엇이란 말인가? 너무 어이가 없고 기가 차 이겸은 할 말을 잃었다.

"이런, 이런. 인연은 인연인가 보다. 이제 고민할 필요도 없겠구나."

정씨 부인이 흐뭇하게 미소를 지으며 두 사람을 바라보았다. 두 사람은 더 이상 아비를 원망하거나 하늘을 원망할 필요가 없게 되었다. 인연이었으니까.

명일이 과거시험일이라 책을 펴 들기는 했으나 머릿속에는 하나도 들어오지 않았다. 오로지 혜신의 고운 얼굴만 가득해 도저히 책장을 넘길 수가 없었다. 한참을 고심하다 방을 나선 이겸은 마당을 거닐었다. 뒷짐을 지고 천천히 발걸음을 옮기며 마음을 다독이던 이겸에게 정씨 부인이 다가왔다.
"잠을 못 잔 모양이구나."
속마음을 들킨 것이 못내 쑥스러워 이겸은 머리를 긁적였다.
"어미와 면주전에 가겠느냐?"
"예? 아닙니다. 이제 방으로 들어가 서책을 보려던 참이었습니다."
"그래? 이런, 혜신낭자가 섭섭하겠다. 너와 같이 나간다는 기별을 넣었는데 말이야."
순간 이겸의 마음이 흔들렸다. 한가롭게 여인이나 만나고 있을 때가 아니니 이겸은 차마 가겠다 말을 못하고 있었다. 이런 아들의 마음을 모를 정씨 부인이 아니었다.
"금일 서책을 본다 하여 시험에 붙고, 떨어지는 것은 아니겠지. 보는 이들이 많아 오래 있지도 못할 터, 잠시 보고 오는 것이 낫지 않겠느냐."
서로 그리워하는 그 마음이 어여뻐 정씨 부인은 이겸을 부추겼다.

"허면, 잠시만……."
이겸은 그렇게 정씨 부인을 따라 면주전으로 향했다.

 금일 따라 한껏 차려입은 혜신은 그 어느 때보다 마음이 들떠 있었다. 단지 안면이 있는 사내가 아닌 앞으로 지아비가 될 분을 마주한다 생각하니 여인으로서 잘 보이고 싶은 마음이 간절했다. 몸종에게 과하지 않으냐 몇 번이나 확인하고 나서야 집을 나선 혜신은 이겸보다 먼저 면주전에 도착했다.
"오랜만이다."
"오셨습니까."
 평상에서 장부를 보던 가연은 한걸음에 내려와 혜신에게 다가갔다.
"그날은 잘 내려갔느냐? 말도 없이 사라져 걱정했었다."
"아, 예."
 그날 갑자기 나타난 화윤 때문에 인사도 못 하고 내려왔던 가연은 마땅히 둘러댈 말이 없었다. 그저 어색한 미소만 지어 보였다.
"필요한 것이라도 있으십니까?"
"아니다. 내 금일 여기서 누구를 좀 만나기로 했다."
"누굴 말씀이십니까?"
"비단이 필요하다고 같이 보러 가자 하신 분이 계셔서 내 이곳을 추천해 드렸지. 하니, 질 좋고, 잘 어울릴 만한 것으로 부탁한다."
 가연과 함께 비단을 고르는 혜신의 표정은 행복 그 자체였다. 자신의 것을 고를 때보다 더 신중하게 이것저것 따져 보는 혜신의 손길이 분주했다.

"기다리시는 분이 아씨에게 중한 분이신가 봅니다. 이리도 꼼꼼히 따지시는 걸 보면 말입니다."

혜신이 한쪽으로 골라 놓은 비단들을 가지런히 정리하며 가연이 물었다.

"내가 너무 티를 내었나?"

"예. 해서 뉘인지 궁금해 죽겠습니다."

"너도 마주한 적이 있는 사람이다. 그리고 나에게는 아주 귀한 분이시지."

마주한 적이 있다? 가연은 누구일까 하는 고민에 빠졌다. 면주전을 하고 있어 아는 이들이 많은 가연은 혜신과 엮을 만한 인물이 있는지 생각해 보았다. 하지만 워낙 혜신이 조용한 편이라 다른 이들과 어울리는 것을 본 적이 없어 쉽게 찾을 수는 없었다.

"오셨구나."

혜신의 한마디에 생각을 끊어 낸 가연은 정씨 부인과 마주하게 되었다. 면주전 전주답게 공손히 인사를 올리고 자신을 소개한 가연은 정씨 부인의 후덕한 인상에 까다로운 손님이 아님을 짐작할 수 있었다. 가연은 혜신이 직접 골라 놓은 비단을 보여 주며 안목이 있다고 칭찬을 아끼지 않았다. 그러나 정씨 부인의 표정이 썩 내키지 않는 눈치였다.

"마음에 들지 않으십니까? 다른 것을 보여 드릴까요?"

상인의 여식답게 마음을 꿰뚫은 가연은 정씨 부인의 얼굴을 세세히 살폈다.

"아니다. 내 신경 쓸 일이 있어 비단이 눈에 들어오지 않아 그런다."

이리 말한 정씨 부인의 시선은 길모퉁이 쪽으로 향했다. 가연의 시선도 정씨 부인을 따라 움직였다.

"언제까지 그러고 있을 게야. 이리 오너라."

정씨 부인의 한마디에 모습을 보인 이는 바로 이겸이었다. 가연은 이겸의 모습을 확인하고 화들짝 놀라 한 발 뒤로 물러섰다. 조금씩 이겸의 모습이 가까워지고 있었다.

"어미가 입을 옷이니 너도 봐 줘야지."

정씨 부인은 어색한 두 사람을 생각해 먼저 운을 뗐다.

"사내인 제가 무얼 알겠습니까. 혜신 낭자가 골라 놓은 것 중에 고르심이 좋을 듯합니다."

"관심이 없는 줄 알았더니 줄곧 지켜보기는 했나 보구나."

"어머니도 참."

'어머니?'

도대체 이들의 관계를 어찌 정리해야 할지 몰라 가연은 멀뚱히 세 사람을 지켜보기만 했다. 정씨 부인을 사이에 두고 양쪽에 나란히 서서 비단을 만지고 있는 두 사람의 그림이 가연의 마음을 심란하게 만들었다.

"이것도 좀 보시어요."

혜신이 조심스레 정씨 부인 앞으로 다른 비단을 보여 주었다. 혜신과 정씨 부인이 비단을 보고 말을 나누는 사이 이겸은 석상처럼 서 있는 가연과 눈이 마주쳤다. 순간 이겸도 조금 놀란 표정을 지었지만 이내 미소를 지으며 가연에게 눈인사를 하였다. 가연은 얼떨결에 이겸과 눈인사를 나누고 고개를 돌렸다.

"이것이 좋겠다. 네 생각은 어떠하냐?"

정씨 부인은 이겸 앞에 비단을 보여 주었다.

"혜신 낭자가 고른 것이니 잘 어울릴 것입니다."

"원 녀석도. 고작 어미에게 해 줄 말이 그뿐인 게야."

다정히 말을 나누며 웃는 모습을 보자 가연의 몸이 순간 휘청했다. 이것은 뉘가 보아도 다 그려지는 그림이었다. 정씨 부인의 눈을 피해 서로 훔쳐보는 혜신과 이겸. 잠시도 시선을 떼지 않으려고 애쓰는 두 사람의 모습이 가연의 심장을 멈추게 하였다.

"허면, 이것으로 해야겠다."

정씨 부인은 가연 앞에 고른 비단을 내밀었다. 그제야 가연은 정신을 차릴 수 있었다.

"예."

당황스러운 표정을 숨기려고 서둘러 비단을 들고 돌아선 가연의 두 손이 미세하게 떨렸다. 어찌해야 좋을지 몰라 우왕좌왕하는 가연을 멀리서 지켜보던 화윤이 보다 못해 성큼성큼 다가왔다.

"어찌 떠는 게야."

보는 이들이 많아 가연은 화윤의 말에 어떠한 대꾸도 할 수 없었다. 그저 다급한 눈빛만 화윤에게 보내고 있었다.

"바보 같은 표정 하지 마라. 저들은 저들이고 넌 너다. 내가 옆에 있지 않느냐."

화윤의 한마디가 이리도 큰 위로가 될 줄은 몰랐다. 가연은 살짝 고개를 끄덕이고 세 사람에게 돌아섰다.

"좋은 것을 고르셨습니다. 다음에도 또 오셔요."

밝은 표정을 지으며 세 사람을 보낸 가연은 다리에 힘이 빠져

평상에 주저앉았다.

"인연이 네가 아닌 게지."

"예, 알고 있습니다."

화윤에게 누차 들은 말이었다. 하지만 직접 보고 느끼고 받아들이는 것은 또 다른 문제였다. 가연은 초라한 자신의 모습을 당장 숨기고 싶었다. 항상 화윤에게 이런 모습만 보여 주는 것이 이제 싫었다.

"울지 마라. 모양새 빠진다."

"울기는요. 저는 혼자가 아닙니다. 뉘가 그러더이다."

화윤을 보며 쌩긋 웃는 얼굴을 보여 준 가연은 자신의 마음을 토닥이고 있었다.

"이제야 너답다."

이겨 낼 수 있고, 잊을 수 있다, 노력하는 가연의 모습이 화윤의 마음을 울렸다. 한 번에 다 내칠 수 없는 마음이겠지만 언젠가는 자신이 들어갈 자리도 있겠다는 희망이 보이자 화윤의 입가가 절로 올라갔다. 그렇게 가연과 화윤은 조금씩 서로에게 다가갔다.

과거시험이 끝나자 여기저기 술판이 벌어졌다. 같이 시험을 봤다는 이유 하나만으로 사내들은 삼삼오오 모여 앉아 술잔을 부딪쳤다. 도성에서 열리는 시험을 보기 위해 지방에서 올라온 이들조차 서둘러 내려가는 이들이 없었다. 그동안 자신들의 노고를 위로라도 하려는지 금일만큼은 모든 것을 잊고 취하려는 듯 보였다. 하지만 술자리가 다 그러하듯 처음에는 수고했다 서로 격려하며 술잔을 주고받았으나 이내 두 패로 갈라졌다. 홀가분한 마음으로 웃는 이들과 낙방을 확신하여 눈물을 보이는 이들이었다. 그렇기에 북촌 시전거리는 웃음소리와 울음소리가 교묘하게 섞여 있었다.

"부어라 마셔라 하는구나."

가연을 따라 면주전에 나온 화윤은 딱히 할 일이 없어 시전거리를 거닐고 있었다. 근래 들어 일에 열중하는 가연에게 방해만 될 뿐이라 화윤은 이편이 더 낫다는 생각이었다.

'나도 술 생각이 절로 난다.'

구슬의 힘 때문에 가까이 갈 수 없는 지금의 상황이 갑갑하여 화윤은 견딜 수 없었다. 성질 같아서는 누이들을 찾아가 따지고 싶었지만 가연과 떨어지는 것이 싫어 이도 못 하는 실정이었다. 가을밤이 화윤에게는 너무도 길었다.

'저놈은 어찌 저기 앉아 있는 게야?'

주막을 둘러보던 화윤의 눈에 이겸이 보였다. 이겸은 혼자가 아닌 동문수학한 이들과 같이 앉아 술잔을 맞대고 있었다. 그런 이겸의 모습에 화윤의 입꼬리가 삐딱해졌다. 더구나 이 주막은 면주전과 가까운 곳에 있었으니 어찌 이겸이 곱게 보일까. 화윤은 획 발걸음을 돌려 면주전으로 향했다.

"가연아! 가연아!"

화윤은 가연을 찾아다니다 뒷마당 광문이 열려 있는 것을 확인하고 걸음을 옮겼다. 아니나 다를까, 장부를 들고 물품을 하나하나 확인하던 가연과 눈이 마주쳤다. 화윤은 가연을 찾았다는 안도감에 씽긋 웃어 보이기까지 했다.

"어찌 또 이러십니까?"

뉘도 듣지 못한다 해서 격하게 가연을 부르는 화윤의 목소리는 우렁차다 못해 귀청이 떨어질 정도였다. 이제는 화윤의 목소리만 들어도 그의 심사가 뒤틀려 있다는 것은 충분히 짐작할 수 있었다. 광문 앞에 서 있는 화윤에게 다가와 목소리를 낮춘 가연의 표정은 잔뜩 일그러져 있었다. 하지만 화윤은 전혀 개의치 않았다.

"너만 쫓아다녔더니 답답하다. 단풍놀이나 가자."

"시전구경 나가신 분이 한 식경 만에 돌아오시어 갑자기 단풍놀이가 웬 말입니까?"

가끔, 엉뚱한 소리를 잘하는 화윤을 흘겨보며 가연은 입안에서 혀를 찼다. 참으로 얼토당토않은 말이었다.

"날 위해 그 정도도 못 해 주겠다는 게야?"

"지금은 좀 바쁘니 다음에 가시어요."

"언제? 단풍 다 지고 눈 구경 가자고?"

팔짱까지 끼고 가연을 노려보던 화윤의 속마음은 단순히 단풍이 보고 싶어 가연을 데리고 나가려는 것이 아니었다. 사실, 가까운 곳에 이겸이 있다 생각하니 마음이 다급해졌다. 가연의 이마에 박힌 구슬만 없다면 끌고라도 나갈 터인데 하는 생각이 화윤의 머릿속에서 떠나질 않았다.

"아니 가면, 보쌈이라도 한다."

가연의 털끝 하나 건드리지도 못하는 주제에 화윤의 허풍은 날로 늘었다.

"단풍놀이 못 간다고 여인을 보쌈하는 그리 못난 사내가 어디 있습니까?"

"예 있다."

화윤의 대답은 늘 할 말을 잃게 하였다.

"금일은 못 갑니다. 이미 시작한 일이라 도중에 덮으면 처음부터 다시 해야 하니, 혼자 다녀오셔요."

"사내가 단풍놀이 가자 하는 연유를 몰라 혼자 다녀오라는 게야?"

"사내가 건네는 말이라면 당연 알겠지만 수호령이 사람에게 단풍놀이 가자 하는 연유는 알 턱이 없지요."

이 말뜻이 무엇인가? 자신은 사내가 아니라는 뜻인가? 순간 화윤의 속이 확 뒤집혔다.

"됐다! 허면, 네 원대로 이 어두운 광에 콕 처박혀 있어 주지."

쾅! 소리와 함께 광문을 닫은 화윤은 심통이 잔뜩 난 표정으로 가연을 바라보았다. 광문을 닫자 안은 어두웠다.

"광문은 어이 닫으셔요? 장부가 보이질 않습니다."

광 안은 작은 창으로 들어오는 빛줄기가 전부였다. 해서 광문이 닫힌 채로는 장부를 보며 일을 계속할 수 없었다. 이 같은 화윤의 행동은 일하지 말라는 뜻과 같았다.

"마음대로 하십시오."

여전히 문 앞에 서서 꼼짝도 하지 않는 화윤을 보다 가연은 이내 포기를 했다. 창으로 들어오는 빛줄기 쪽으로 장부를 든 가연은 더디지만 천천히 일을 계속하였다. 이런 가연의 모습은 화윤의 고집도 꺾게 만들었다.

"내 한발 물러설 터이니 일이 끝나는 대로 가자. 그리는 해 줄 수 있지?"

어느새 가연 옆으로 다가온 화윤의 목소리는 부드러웠다. 게다가 화윤의 손바닥 위로 둥근 불빛이 만들어져 광을 비추고 있었다. 가연은 이럴 때면 화윤이 사람이 아니라는 것을 새삼 깨달았다.

"가자. 응?"

화윤이 이렇게까지 나오니 더는 가연도 고집을 부릴 수 없었다. 그동안 그가 자신을 위해 무엇을 해 주었는지 잘 알고 있었다. 화윤의 말대로 그를 위해 그깟 단풍놀이 한번 못 가겠는가. 그리 어려운 일도 아니니 가연은 고개를 끄덕였다. 이런 가연의 확답에 화윤은 아이처럼 좋아했다.

"장부 이리 다오. 네가 품목과 수량을 말하면 내 확인하마."

가연에게서 장부를 빼앗은 화윤은 환하게 웃고 있었다. 덩달아 가연의 입매도 올라갔다.

얼마나 시간이 흘렀을까? 한동안 장부를 들여다보던 화윤은 둘둘 말아 놓은 멍석 위에 앉아 졸고 있었다. 천상계에서도 서책만 펴면 졸던 그가 아닌가. 장부라고 다를 것이 없었다. 그래도 서책에 비하면 꽤 오래 장부를 들여다보고 있었으니 장족의 발전이었다.

"참말 알면 알수록 기이한 분이시다."

화윤의 손바닥 위에서 장부를 천천히 빼낸 가연은 나란히 멍석 위에 앉았다. 이리 끄덕, 저리 끄덕이는 화윤의 머리를 자신의 어깨에 살포시 얹고 가연은 낮게 읊조렸다.

"제 곁에 있는 분이 이겸 도련님이라면 얼마나 좋을까 하는 생각을 했습니다. 미련한 생각임을 알면서도 쉽게 떨쳐 버릴 수 없었던 마음이었지요. 하지만 지금은 수호령께서 제 곁에 계시어 다행이라는 생각을 합니다. 그리고…… 무섭습니다. 사람이 아닌 신에게 정을 느끼는 것이. 언젠가는 떠나셔야 하실 분이시니 미련한 짓은 말아야겠지요."

가연의 입을 통해 나온 말은 고스란히 화윤의 귓가에 들렸다. 가연의 손길에 잠이 깬 화윤은 어찌해야 좋을지 몰라 잠든 척을 하고 있었지만 사실 화윤에게 중한 것은 이것이 아니었다. 분명 지금 가연과 자신이 접촉하였음에도 아무런 증상이 나타나지 않고 있었다. 자신이 알고 있는 구슬의 힘이라면 가연의 손이 자신의 몸에 닿자마자 휙 날아가는 것이 정상인데 멀쩡했다. 도저히 지금 이 상황을 이해할 수가 없어 화윤의 머릿속은 뒤엉켜 있었다.

"안에 계시어요?"

밖에서 들리는 향금의 목소리에 화들짝 놀란 가연이 벌떡 일어났다. 그 바람에 무방비 상태로 머리를 벽에 박은 화윤의 입에서 '아!' 소리가 절로 나왔다.

"괜찮으십니까?"

너 같으면 괜찮겠냐? 화윤의 표정은 딱 이러했다.

"이만 나가야 할 것 같습니다."

정분 난 남녀가 함께 있다 들키기라도 한 것처럼 얼굴이 발갛게 달아오른 가연은 광문을 활짝 열었다. 밖은 벌써 어둑해지고 있었다.

"광문을 꼭 닫고 여태 무얼 하셨습니까?"

향금이 안을 들여다보며 묻는 말이었다. 하지만 향금의 눈에 화윤이 보일 리가 없었다.

"재고를 살핀 것이다."

고개를 돌려 화윤을 바라본 가연은 이내 시선을 거두었다. 많이 아픈지 두 손으로 뒤통수를 문지르고 있는 화윤의 표정은 좀처럼 펴지질 못하고 있었다. 가연은 미안한 마음이 살짝 들었다.

"문을 닫고요? 보이긴 하셨습니까?"

"보였으니 있었겠지. 너 먼저 집으로 가거라. 내 문단속하고 가마."

"예. 허면, 먼저 가 석반 준비해 놓을 테니 후딱 오셔요."

"알았다."

향금을 그리 보내고 그제야 화윤에게 다가온 가연은 쭈그리고 앉아 그와 눈높이를 맞췄다. 화윤의 눈앞에 어여쁜 가연의 얼굴이 보였다.

"아직도 많이 아프십니까?"

"아니, 하나도 안 아프다."

조금 전까지만 하더라도 오만상을 쓰고 있던 인상이 가연의 얼굴을 보자 쫙 펴졌다. 어찌 이리도 못나 보일까. 화윤의 표정은 여인에게 폭 빠진 사내의 모습이었다.

"날이 이리 어두워 단풍놀이는 다음에 가야 할 것 같습니다."

"날이 금일뿐이더냐. 괘념치 마라."

너그럽게 인심이라도 베푸는 이처럼 자리를 털고 일어난 화윤은 뭐가 그리 좋은지 광문 턱을 가뿐히 넘었다. 가연에게 단풍놀이를 청한 이유가 이겸 때문이라, 두 사람이 마주치지 않은 것만으로도 화윤에게는 큰 득이었다. 금일은 이래저래 일이 잘 풀린다 생각하며 가연과 함께 면주전을 나서려던 차에 아뿔싸! 이 무슨 운명의 장난일까. 이겸이 면주전 앞을 시나치고 있었다. 화윤의 마음은 좋

172

다 말았다.

"가연 낭자."

"도련님……."

두 사람이 서로를 바라보는 눈길에 화윤은 접선을 펴고 쉼 없이 부채질을 하였다. 선선한 바람이 불어도 화윤의 몸은 급격하게 뜨거워졌다. 때문에 부채질을 하는 손이 더욱 빨라졌다.

"이제 들어가십니까?"

"예. 헌데, 시전에는 무슨 일로 나오셨습니까?"

"시험도 끝났으니 벗과 함께 술 한잔했습니다."

"그러셨군요."

얼굴을 마주한 것도 환장할 노릇인데 말까지 섞고 있는 걸 지켜보자니 화윤의 속이 부글부글 끓어올랐다. 그리도 이겸과 마주치게 하지 않으려고 광 안에 종일 틀어박혀 있었건만 헛수고가 되고 말았다. 화윤은 억울해 죽을 것 같았다.

"시험은 잘 치르셨습니까?"

"나쁘지 않았습니다."

"가연아, 가자꾸나."

가연의 손을 잡아당기려 했던 화윤은 구슬의 강한 힘에 손바닥이 얼얼해졌다. 아무것도 모르고 잡았다면 영락없이 나가떨어졌겠지만 혹시나 하는 마음에 조심했던 것이 천만다행이었다. 도대체 저놈의 구슬이 미치지 않고서야 어찌 이리 왔다 갔다 한단 말인가. 얼얼한 손을 공중에서 흔들며 화윤의 머릿속은 답을 찾기 위해 바빴다.

"저…… 도련님, 잠시 시간을 내어 주실 수 있으십니까?"

"왜?"

가연의 물음에 답한 이는 이겸이 아닌 화윤이었다. 우연히 마주한 것뿐인데 무슨 말을 하려고 시간을 내어 달라 하는지 불안했다.

"시간 없다고 해. 집에나 가라고!"

이겸에게 소리치는 이 또한 화윤이었다. 가연이 청했으니 이겸이 거절했으면 하는 마음에서 나온 말이었다. 하지만 이겸은 고개를 끄덕였다.

"우라질!"

욕 한번 걸쭉하게 하신 화윤의 시선은 이제 가연에게 향했다. 그러나 그 자리에 화윤이 없기라도 한 것처럼 가연의 시선은 이겸에게 고정되었다. 답답한 일이 아닐 수 없었다. 잠시 후 두 사람은 면주전 안쪽에 있는 평상에 마주 앉았다. 물론 가연 옆자리는 화윤의 차지였다. 허나, 가연의 옆자리를 꿰찼음에도 화윤의 마음은 떨떠름하였다. 가연의 시선을 한 몸에 받고 있는 이는 이겸이었으니까.

"하고픈 말이 무엇입니까?"

"이것을 돌려드려야 할 것 같아……."

"무엇을 말입니까?"

가연이 이겸에게 건넨 것은 무명천이었다.

"이것을 여태 가지고 계셨습니까?"

"버릴 수는 없었습니다."

이것을 버리면 이겸에 대한 가연의 마음이 거짓이라는 뜻과 같았다. 비록 외사랑이기는 하였지만 돌려주는 것이 옳다 생각되었다.

"한때 제가 오르지 못할 나무를 바라보았습니다. 너무도 다정하시고 듬직한 모습에 마음이 흔들렸지만 저보다 더 좋은 분을 만나 행복해하시는 도련님의 표정에 모든 걸 내려놓았습니다. 혜신 아씨는 제게도 소중한 분이시니까요."

짧지만 연정을 품었다는 가연의 고백에 이겸은 할 말을 잃었다. 이겸은 가연의 말이 어처구니없거나 황당하여 말을 못하는 것이 아니었다. 가연의 마음이 진심으로 다가와 괜스레 미안할 뿐이었다. 무명천을 돌려받는 자신의 손이 부끄럽게 느껴졌다.

"잠시나마 도련님을 만나고 그리며 가슴이 설렌다는 것을 느꼈습니다. 못나고 부끄러움도 모르는 여인이라 하셔도 할 말은 없습니다."

"그리 생각하지 않습니다. 오히려 고맙다는 말을 전하고 싶군요."

"예? 고맙다니요?"

"낭자의 말처럼 나는 그리 대단한 사내가 아닙니다. 화도 내고, 소심한 성격에다가 안 좋은 일은 마음에 담아 두는 편이지요. 이런 날 다정하고 듬직하다 해 주니 내가 부끄러울 따름입니다. 해서 고맙다는 말을 하는 겁니다."

마지막까지 이겸은 가연의 마음을 아련하게 만들었다. 자신이 사람은 잘 보았구나 하는 생각에 가연은 살짝 미소를 지었다. 그동안 이겸에게 가졌던 마음이 하나 부끄럽지 않았다.

가연과 눈인사를 나누자 이겸은 자리에서 일어났다. 돌아서 가는 이겸의 발걸음이 가벼워 보여 조금 섭섭하기는 했지만 마음은 홀가분해졌다.

"너처럼 뻔뻔한 여인은 처음이다."

이겸에게 모두 다 털어놓은 가연이 못마땅하여 화윤의 투덜거림이 시작되었다. 팔짱을 끼고 가연을 노려보는 화윤의 품새가 가관이었다.

"미련 없이 보내 드렸거늘 어이 그러십니까?"

"무명천만 건네주면 될 것이지. 설레고 흔들렸다는 말은 할 필요 없지 않느냐."

"뭐라 하셔도 저는 후회 없습니다. 저런 분을 마음에 담은 제가 더 대단한걸요?"

방긋 웃기까지 하며 말대답을 꼬박꼬박 하는 가연의 모습에 화윤은 혀를 찼다. 여인의 마음은 알다가도 모를 일이었다.

"다른 이는 아니 보이지?"

화윤은 사실 자신 좀 보아 달라 하고 싶었지만 차마 그런 용기는 없었다. 해서 빙 둘러 말하는 화윤이었다.

"글쎄요. 요즘 보이다 말다 합니다."

"응? 보이다 말다 해? 그건 또 무슨 뜻이냐?"

"그러게요. 무슨 뜻일까요."

궁금해 죽겠다는 표정으로 옆에서 팔딱팔딱 뛰는 화윤을 바라보며 가연은 면주전 문을 닫았다. 이겸이 떠나고 없는 자리에는 항시 화윤이 있었음을 가연은 이제야 깨달았다.

"아씨, 저분은?"

면주전 모퉁이에 서서 아랫것이 혜신에게 묻는 말이었다. 한 손에 무명천을 들고 나서는 이겸의 뒷모습을 보자 혜신의 눈빛이 흔들렸다. 또한, 면주전 평상 위에 이겸과 마주한 이가 가연임을 혜신은 똑똑히 보았다. 지금 이 상황을 어찌 받아들여야 하는가? 애써 더 많은 상상을 하지 않으려고 해도 여인의 마음이 그러지 못함이라, 절로 마른침이 삼켜졌다.

"어서 오게나, 임 행수. 자, 이리로 앉게."

금일은 기생집이었다. 숙현이 권하는 자리에 앉아 기녀가 따라 주는 술잔을 받아 든 천만의 표정은 밝지 못했다. 한동안 두 사람 사이 왕래가 없었을뿐더러 더는 마주할 이유가 없다 생각했다. 하지만 이렇듯 자신을 다시 찾는다는 것은 원하는 것이 있음이라. 금일따라 유독 목구멍으로 넘어가는 술이 썼다.

"듣자하니 근래 인삼을 사들이고 있다지?"

천만은 병판이 모르고 있을 거라 생각하지 않았다. 다만, 생각보다 너무 빨리 감지하여 마음이 편치 못할 뿐 거짓을 말할 생각은 전혀 없었다.

"아직 매입은 하지 못하였고 이러저리 알아보고만 있습니다."

"그거 잘 되었군."

잘 되었다? 순간 숙현의 말에 천만의 심장이 철렁 내려앉았다. 무엇인가 기다리고 있었다는 숙현의 표정은 천만을 긴장하게 하였다.

"내 사적으로 인삼을 크게 하는 상단을 알고 있어 그러니 거래를 터 보겠나?"

병판이 자신에게 의사를 묻는 말이 아님을 알고 있었다. 당연

거절하지 못할 것이라 믿고 꺼낸 말이었으니 어찌 이 상황을 넘겨야 할지 암담했다. 분명 그 상단에서도 뒷돈을 챙겼을 병판이었다. 하니, 그 상단은 이번 거래에서 이문을 많이 남기려 들 터였다. 게다가 천만도 이리 다리를 놓아 준 병판에게 뒷돈을 찔러 주어야 했으니 자신에게는 득보다 실이 많은 거래임이 틀림없었다. 상단의 행수로서 손해 보는 거래를 할 수는 없었기에 답은 나와 있었다.

"이토록 상단을 걱정해 주시어 몸 둘 바를 모르겠으나 나랏일도 바쁘신 병판대감께서 나서실 만한 일이 못 되는 줄 아옵니다. 앞으로 사소한 상단 일은 소인이 알아서 하겠습니다."

술잔을 든 숙현의 손이 공중에서 멈췄다. 알아서 하겠다는 임 행수의 말뜻이 무엇이겠는가. 이제 자신과 마주하지 않겠다는 뜻이었기에 절로 코웃음이 흘러나왔다.

"알아서 하겠다? 하하하, 과연 임 행수답군. 상단의 행수가 자네임을 내 어찌 모르겠는가. 해서 자네의 결정을 무시할 수는 없지만 입안이 씁쓸하군. 부디 심사숙고하여 내린 결정이길 빌겠네."

숙현은 임 행수가 한없이 자신에게 고개를 조아리는 이들과 다르다는 생각을 했다. 맺고 끊음이 분명한 임 행수를 보며 짧은 시간 안에 상단을 키운 능력을 이제야 인정할 수 있었다. 하지만 상거래와 정치판은 다르지 않은가. 이리 엮인 연을 한쪽에서 일방적으로 끊을 수는 없었다. 더구나 감히 상인 나부랭이가 먼저 돌아서는 것은 있을 수도, 있어서도 아니 되는 일이었으니 쉬 물러날 숙현이 아니었다.

"바쁜 사람 불러 놓고 시간을 너무 뺏었군. 그만 돌아가게나."

더는 자리를 차지하고 앉아 있을 필요가 없었다. 천만은 서둘러 일어나 정중히 고개를 숙이고 돌아섰다. 하지만 나지막이 던지는 병판의 말이 천만의 발걸음을 무겁게 만들었다.

"또 봄세."

다시 보자는 말이 천만의 가슴을 짓눌렀다.

"보기 좋게 당하셨습니다."

천만을 보내고 숙현 앞에는 기녀가 앉아 있었다. 세상 돌아가는 이치야 뉘 못지않게 꿰고 있는 이들이 기녀 아니겠는가. 기녀는 비어 있는 숙현의 술잔에 술을 채우며 야릇한 웃음을 짓고 있었다.

"내가 임 행수를 쉽게 놓아줄 거라 보느냐?"

"병판대감께서 쉬 물러나실 분이 아니심은 알지요. 허나, 임 행수에게는 약점이 없습니다. 신용 하나로 상단을 키웠기에 패리(悖理)는 찾아보기 어렵지요. 대감께서도 알고 계시지 않습니까?"

"상단 일에는 약점이 없을지 모르나 찾아보니 큰 것이 하나 있기는 하더구나. 잘만 이용한다면 평생 곁에 둘 수도 있음이야."

술잔을 비운 숙현의 표정은 먹잇감을 찾은 호랑이의 눈빛과 같았다.

화윤은 집으로 돌아와 가연에게 화를 내고 있었다. 자신에게 던진 말뜻이 무엇이냐 물었으나 가연은 입을 꾹 다물고 있었다. 가연의 묵묵부답에 화윤의 속이 시커멓게 타들어 가고 있었다.

"뉘 속 터져 죽는 꼴을 보고 싶어 이러는 게야!"

소리도 지르고, 살살 달래 보기도 하였지만 여전히 가연의 입은 닫혀 있었다. 이제 화윤은 슬슬 지쳐 갔다.

"내가 너랑 있다가 제 명에 못 살지 싶다."

"신도 수명이 있습니까?"

신기하다는 듯 가연은 화윤에게 시선을 고정했다.

"묻는 말에 답이나 할 것이지. 말을 돌리기는."

"진정 궁금해서 묻는 것입니다."

"나도 대답 아니 하련다."

"그러십시오."

되받아치는 가연의 말에 울컥 화가 치밀어 뒷목이 뻣뻣해졌다. 정말 환장할 노릇이었다. 더는 가연과 함께 있을 수 없었던 화윤은 대청에 앉아 있다 벌떡 일어났다.

"이 늦은 시각에 어딜 가십니까? 향금이가 석반 차려 올 터인데요."

석반? 생각해 보니 금일 따라 먹은 것이 부실하였다. 더구나 집까지 오면서 내내 가연과 입씨름을 하여 더 허기가 졌다. 차마 밥을 외면할 수 없었던 화윤은 도로 대청에 궁둥이를 붙였다.

"너란 여인은 정말……. 내게는 악인이다. 아느냐?"

화윤은 먹는 것 가지고 자신을 옴짝달싹 못하게 만든 가연의 심술이 괘씸했다. 자신에 대해 너무 많은 것을 알고 있다 생각하니 가연이 조금 두려운 존재로 다가왔다.

"헌데, 진정 괜찮은 게야?"

대청에 나란히 앉아 떨어지는 낙엽을 보는 가연의 표정에는 허전함이 가득했다. 연분이 아님을 알고 보내 주기는 했지만 한순간 모든 것을 잊기에는 아직 부족하단 생각이 들었다. 화윤은 걱정스런 마음에 묻지 않을 수 없었다.

"무엇이 말입니까?"

애써 시치미를 떼려고 눈꼬리를 살짝 올렸으나 화윤의 진지한 표정에 그만 가연은 피식 웃고 말았다. 말은 얼마든지 둘러댈 수 있어도 아직 표정까지 숨기기에는 부족했나 보다. 가연은 자신을 바라보는 화윤의 눈빛에 모든 것을 털어놓았다.

"사실 배가 좀 아픕니다."

"배? 왜? 나 몰래 뭘 먹은 게야?"

"그런 배앓이가 아닙니다. 샘이 난다고요."

답답하다는 표정으로 화윤을 바라본 가연은 하늘을 올려다보았다. 해가 짧아진 탓에 하늘은 벌써 어두워지고 있었다.

"혜신 아씨는 모든 것을 다 가지고 있지 않습니까. 남부럽지 않은 가문과 빠지지 않는 미색, 그리고 이제 일등 신랑감까지 얻으셨으니 그분의 팔자가 참으로 탐이 납니다."

모르는 사이였다면. 그래, 진정 모르는 사이였다면 두 사람과 대면해도 당황하지 않았을 것 같았다. 잘 어울리신다는 말을 백 번이라도 할 수 있었고, 행복하시라 빌어 줄 수도 있었다. 하지만 속 좁은 여인의 마음이 그러지 못했다. 가연은 씁쓸한 미소를 지으며 허공에서 발을 저었다.

"못난 자신을 잘 봐주어 고맙다는 도련님의 말씀이 아직도 머릿속에 가득합니다. 그런 분이 마음에 담은 혜신 아씨는 얼마나 행복할까 하는 생각도 합니다. 하지만…… 딱 여기까지입니다."

"좀 알아듣기 쉽게 말해라."

여기까지라는 뜻을 전혀 이해할 수 없었던 화윤의 표정이 일그러졌다. 종일 답답함의 극을 달리는 기분이었다. 풀었던 팔짱을 다시 끼고 입술을 삐딱하게 올리는 화윤에게 가연의 얼굴이 다가왔다.

"전 혼자가 아니니까요."

귓가에서 속삭이는 가연의 숨결이 느껴지자 온몸에 소름이 돋았다. 갑자기 안 하던 짓을 하는 가연을 바라보며 화윤은 고개를 갸웃거렸다. 사람이 변하면 죽을 때가 되었다 했던가. 이제 가연의 행동은 한 술 더 떠 화윤의 손등에 자신을 손을 포개고 있었다.

"이리 곁에 있어 주는 것만으로도 제게는 행복임을 이제야 알았습니다. 더한 욕심은 버리렵니다."

가연은 아마 이것도 욕심일지 모른다는 생각을 했다. 하지만 이 마저도 자신의 인생에 욕심이라면 이겨 낼 수 없을 것 같았다. 신을 연모하는 것은 욕심일지 모르나 잠시 기댈 수 있게 그를 붙잡아 두는 것은 허락해 달라 속으로 빌고 있었다.

"날 아프게 하려고 너란 여인이 내게 왔나 보다."

화윤은 아무것도 하지 못하게 만드는 가연이 너무도 미웠다. 가연이 아파하면 자신은 더 아팠다. 가연이 웃으면 자신은 더 행복했다. 가지 말라 이리 잡으면 단 한 걸음도 떼지 못하는 이가 자신이었다. 가연의 말 한마디 표정 하나에 이렇듯 흔들리는 자신이 한심했으나 돌아설 수는 없었다. 이마저도 곁에서 지켜볼 수 있다는 것에 감사했으니까.

"네가 먼저 청한 것이니 놓지 마라."

포갠 손을 치우려 하자 이제는 화윤의 간절한 목소리가 가연의 마음을 울렸다.

"내 손 놓지 마라. 내가 널 잡지 못하니 너라도 날 잡아야 한다. 이 손 놓으면 난…… 미쳐 버리고 말 게야."

'하니, 잡아라. 내가 미쳐서 널 천상계로 데려가기 전에.'

다하지 못한 말이 화윤의 입안에서 삼켜졌다. 구슬의 힘 때문에 화윤은 가연을 잡을 수 없었다. 해서 가연이 자신의 손을 놓는다면 천상계로 데려가 신력을 써서라도 구슬을 부숴 버릴 것 같았다. 그리고 다시는 상처 많은 인간계로 가연을 돌려보내지 않을 것이다. 가연이 있어야 할 곳이 인간계임을 알면서도 말이다.

이런 화윤의 마음이 가연에게 전해졌을까? 가연은 화윤의 손을 꼭 잡았다.

'네 손을 잡는 것도 이리 힘들진대 네 마음을 갖는 것은 나 자신을 받아들이는 것보다 더 많은 시간을 기다려야겠지. 그래도…… 나는 가지련다.'

세상 그 어디에도 비밀은 지속될 수 없는 법. 반은 인간의 몸으로 태어난 자신을 인정하고 받아들이는 데 긴 시간이 걸렸다. 신과 인간의 사이에 존재하는 단 하나의 인물. 화윤은 자신을 그렇게 생각했다. 어느 세계에도 속하지 못한 이방인. 하지만 가연과 있을 때면 이런 현실을 잊어버리게 된다. 가연을 따라 자신도 인간이 된 기분이었다.

"제 손이…… 많이 차지요?"

한동안 말이 없는 화윤을 바라보며 가연이 입을 열었다. 무슨 생각을 그리 골똘히 하고 있을까 라는 생각에 그의 관심을 자신 쪽으로 돌리고 싶었다. 항시 화윤의 관심이 자신임을 모르고 말이다.

"그래, 네 마음인 것 같아 더 시리다."

미안함에 손을 놓으려 했던 가연은 따가운 화윤의 눈초리에 꼼작도 할 수 없었다. 가연은 난처해하며 화윤의 시선을 피했다.

"놓지 말라 했다."

"허나 불편하시면……."

"내가 뱉은 말에 신경 쓰지 마라. 금일은 내 입에서 좋은 말 아니 나갈 터이니."

"그리도 제가 미우십니까?"

"말로 다 표현할 수 없을 정도지. 훗날 나를 이리 바보로 만든 죄를 물을 것이야."

가연의 입이 삐쭉 나오고 말았다. 듣기 좋은 소리만 할 분이 아니라는 것쯤은 알고 있었지만 벌까지 내린다 하니 섭섭한 마음이 아닐 수 없었다.

"이번 한 번만 잡는 것이어요. 다시는 귀찮게 하지 않을 것이니 너무 노여워 마십시오."

앞으로 잡지 않는단다. 해도 해도 너무하단 생각을 한 화윤은 가연의 말에 기가 찼다. 어찌해야 자신의 속을 까 보일 수 있을까. 이 여인 앞에 신이란 존재는 아무짝에 쓸모없는 것임을 화윤은 절실히 느꼈다.

한참 말이 없더니 가연은 화윤의 어깨에 살포시 고개를 기대고 잠이 들었다. 자신이 베개도 아니고 이 무슨 생 고문인가. 불끈불끈 솟아오르는 아랫도리 물건을 도포 자락으로 가리며 화윤은 헛기침만 해대고 있었다.

"금일 네가 나에게 한 짓을 똑똑히 기억해 둘 것이야. 그리고 다 되갚아 줄 것이다. 밤새 내 품에 가두고 괴롭혀 줄 터이니 놓아 달라 사정을 해도 소용없다. 어디 두고 보자."

이런 꿈이라도 꾸지 않으면 화윤은 미쳐 버릴지도 모른다는 생각을 했다. 이미 가연에 대한 화윤의 마음이 차고 넘친 상태여서 참아 보라 하기에는 억지가 있었다.

"헌데, 누이. 나 좀 봅시다."

달을 올려다보며 눈썹을 추켜세운 화윤의 표정은 고까움을 가득 담고 있었다. 하지만 누이에게서는 어떠한 답도 없었다.

"아니 오시면 제가 갑니다. 가면 시끄러워진다는 것을 알고 계시지요? 누이가 한 짓을 낱낱이 상제께 고하는 일이 벌어지지 않도록 해 주시지요."

역시 협박은 화윤의 특기 중 하나였다.

밤새 부동자세로 앉아 있던 화윤이 집을 나선 것은 늦은 아침나절이었다. 가연이 일어나 방으로 들어가는 것을 확인하고 나서야 화윤은 자신의 목적지로 향할 수 있었다. 인왕산 호수 앞에 앉아 구름 위에서 떨어지는 물줄기를 바라보던 화윤은 치맛자락이 보이기 시작하자 자리를 털고 일어났다.

"오랜만입니다. 큰 누이."

"다급하기는 했나 보구나. 날 이곳까지 불러 내리고."

땅 위로 사뿐히 내려앉은 선녀는 화윤을 지나쳐 정자 위로 올라앉았다.

"하! 누이가 준 선물은 감사히 받았으니 인사치레는 해야지요."

큰 누이를 따라 정자 위로 올라선 화윤은 어이가 없었다. 급할 것이 전혀 없다는 듯 금을 타고 있는 누이를 보자 속이 부글부글 끓어올랐다. 잠시 잊고 있었다. 누이 중에서도 큰 누이가 가장 짓궂다는 것을 말이다. 화윤은 얼마큼의 인내심을 가지고 누이와 말을 이어야 할지 벌써 암담했다.

"정자가 무너지기라도 할까 봐 그리 서 있는 게야?"

가느다란 손가락으로 금을 타는 누이의 자태는 사내들의 마음을 홀리고도 남았으나 누이를 잘 알고 있는 화윤의 눈에는 전혀 아름답게 보이지 않았다.

"으흠. 도대체 구슬에다가 무슨 요상한 짓을 하신 겝니까?"

"벌써 알았느냐? 사내가 맞긴 한가 보구나."

"누이!"

"큰 소리로 말하지 않아도 다 듣고 있으니 진정 좀 하렴. 네가 화를 낸다 해서 다 알려 줄 내가 아니질 않느냐."

아, 뒷골이 뻣뻣하게 굳어지는 느낌이었다. 몇 마디나 나누었다고 이리 나오시는가. 금일 모든 것을 다 말해 주지 않을 참인지 누이는 의미심장한 미소를 짓고 있었다.

"구슬이 전에 것과 다르니 설명이나 해 주시오."

"음…… 다 설명하자면 길어지는데?"

"그냥 딱 잘라 간략하게 말하면 될 것 아닙니까!"

"너무 어려운 것을 누이에게 청하는구나. 그 구슬이 탄생하기까지 내 얼마나 많은 노고를 들였는데 그리 말하면 섭섭하다."

환장할 노릇이었다. 이겨 먹을 수 있는 막내 누이도 아니고 감히 큰 누이에게 성질을 부릴 수는 없었으니 어이 답답하지 않겠는가. 더구나 지금 자신의 모습을 즐기는 누이의 표정이 화를 더욱 돋우고 있었다. 가연 때문에 미치나 누이 때문에 미치나 미치기는 매한가지일 터. 온전한 정신으로 산에서 내려가는 것은 힘들 것 같았다.

"나 바로 상제님한테 가오."

"친한 척하기는. 여태 물과 기름처럼 지냈으면서. 알았다. 말해 주마."

화윤의 예상대로 그 구슬의 힘은 이렇단다. 화윤 자신은 가연을 만질 수 없으나 가연은 화윤을 만질 수 있었다. 또한, 가장 중요한 것은 한 달이라는 시간 안에 가연의 마음을 얻지 못하면 그 구슬은 영영 가연의 몸 안에 박히고 만다는 사실이다. 그렇게 되면 화윤은 영원히 가연을 가까이할 수 없었고 두 사람은 바라볼 수도 없는 사이가 된다는 것이 요지였다. 이 무슨 개 같은 경우인가. 장난으로 한 일 치고 너무 과하다는 생각이 안 들 수 없었다.

"허나, 만약 네가 한 달 안에 가연의 마음을 얻게 된다면……."

"된다면? 그다음은 무엇입니까?"

갑자기 화윤의 표정이 밝아졌다. 기대에 찬 목소리로 누이 가까이 다가가 앉은 화윤은 눈동자도 굴리지 않았다.

"그 구슬이 가연의 몸에서 빠져나와 너와의 연이 이어질 것이야."

"지금 뭐라 하셨습니까? 연이 이어져요? 진정 신과 인간이 연을 맺을 수 있단 말입니까?"

"물론, 그러니 상제께서도 인간 여인과 연을 맺으셨겠지."

"그야 상제시니 가능하셨지요."

"너를 낳아 준 분이 뉘인지 알았구나."

누이의 말에 화윤은 순간 뜨끔하였다. 놀라며 그런 일이 있었느냐 반문을 해야 했는데 너무도 당연한 듯 받아들였으니 눈치 빠른 누이가 알아채고 말았다. 화윤은 당황하여 어찌해야 좋을지 모르고 있었다.

"해서 힘들었더냐?"

다정한 누이의 목소리가 화윤의 불안한 마음을 평온하게 해 주었다. 짓궂기는 해도 여전히 자신을 아끼고 있음을 짐작할 수 있었다.

"어찌 알게 되었는지는 묻지 않으마. 허나, 네 존재를 인정하지 않는 그런 부덕은 저지르지 말거라. 너를 부정한다는 것은 우리 모두를 부정하는 것과 같으니 말이다."

"저를 미워하시는 것이 옳습니다."

"아니, 미워할 수 없단다. 우린 신이니까. 인간들처럼 정에 얽매여 있지 않기에 이성적인 이들이 신이다. 비록 네 눈에는 이런 우리가 차가워 보일지 몰라도 신이 인간들처럼 정에 약하다면 절대 두 세계가 공존할 수 없음이야."

금을 타던 누이의 손이 멈췄다. 누이도 이런 대화가 썩 내키지 않았나 보다. 자신을 바라보는 눈동자가 흔들리더니 처음으로 누이의 눈시울이 붉어지는 것을 보게 되었다. 애써 못 본 척 고개를 돌렸지만 화윤의 마음이 먹먹해졌다.

"오랜만에 마주해서 나눌 말은 아닌 것 같구나. 이쯤 하자. 누이는 이만 올라가 봐야겠다."

어색함에 자리를 뜨려는 누이를 화윤은 잡지 않았다. 누이의 마음도 자신만큼 아릴 테니까.

"아! 한 가지 말해 주어야 할 것이 있구나."

"무엇입니까?"

화윤은 날개옷을 펄럭이며 두 발이 땅에서 떨어진 누이를 올려다보고 있었다.

"그 구슬이 가연의 몸속에서 빠져나오면 네가 가지고 있는 것 중 귀한 것을 잃게 될 것이야. 하나를 얻으면 하나는 포기해야 함이니 놀라지 말거라. 부디…… 아파하는 일이 없기를 바라마."

누이의 모습은 어느새 구름 속으로 사라지고 없었다.

한 달…… 한 달이라……. 화윤은 집으로 돌아오는 내내 자신에게 주어진 시간을 되새겼다. 한 달 안에 가연의 마음을 돌려야 했다. 하지만 어찌해야 가연의 마음을 얻을 수 있단 말인가. 꽃비도 내려 주고 천상계로 통하는 관문도 보여 주었다. 항시 곁에 있으며 잡귀도 막아 주고 따듯하게 위로도 해 주었다. 헌데, 정작 화윤 자신은 가연에게 사내로 비치지 않고 있어 이것이 문제였다. 안채 문턱을 넘으며 화윤은 땅이 꺼져라 한숨을 내쉬었다.

"이제야 오십니까?"

대청에 올라앉은 화윤을 바라보며 가연은 바느질함을 한쪽으로 밀었다.

"면주전에서 일찍 돌아왔구나."

"예. 헌데 어딜 다녀오신 길이십니까? 말도 없이 나가시어 걱정했습니다."

"네가 내 걱정을? 하! 오래 살고 볼 일일세."

왠지 모르게 화윤의 심사가 뒤틀려 있음을 가연은 알 수 있었다. 답하는 말투도, 표정도 모든 것이 꼬여 있는 화윤을 가연은 더 다정히 대해 주었다.

"작일 밤, 저 때문에 한숨도 못 주무셨지요?"

"알고 있으니 다행이다."

가연에게 잘 보여도 시원찮을 판인데, 화윤의 마음과 달리 입에서 나오는 말들은 모두 퉁명스러웠다. 속 좁은 자신의 마음을 숨기며 차가운 대청에 벌러덩 드러누운 화윤은 지는 노을을 바라보고 있었다. 어쩌면 지는 노을도 저리 자신을 닮아 처량해 보일까. 마음에 담은 여인이 가까이 있어도 외로움이 온몸으로 느껴졌다.

"네가 생각하는 사내란 무엇이냐?"

"예?"

뜬금없는 화윤의 물음에 가연은 답을 못하고 있었다. 그저 눈만 껌벅거리며 누워 있는 화윤을 내려다볼 뿐이었다.

"재력이 있다든지, 다정다감하다든지, 아님 용모가 출중한 사내를 원한다든지 말이다."

"딱히 생각한 적은 없지만 말씀하신 것처럼 세 가지 모두를 갖춘 사내라면 금상첨화겠지요. 그런 사내를 마다할 여인이 어디 있겠습니까."

"세 가지 다! 무슨 사내에 대한 욕심이 그리 많은 게야."

벌떡 일어나 앉은 화윤은 가연에게 눈을 부라리며 목소리를 높였다. 자고로 인간의 욕심이란 끝이 없음을 진즉부터 알고 있었지만 가연마저 이리 나올 줄은 몰랐다. 화윤은 실망스런 눈빛으로 가연을 흘겨보았다.

"그런 사내가 있겠습니까?"

쓸데없는 걸 묻는다는 표정으로 가연은 바느질감을 다시 잡았다. 하지만 화윤의 한마디에 내려놓고 말았다.

"나."

"나라니요?"

"나란 사내가 네가 말한 세 가지를 모두 갖추었다고."

"아…… 예."

가연의 입안에서 짧은 탄식이 흘러나왔다. 어디서 나오는 자신감일까 하다가도 화윤이라면 가능하다는 생각이 들었다. 허나 다른 조건은 몰라도 다정다감함에는 절대 동의할 수 없었다.

"표정이 왜 그 모양인 게야? 인정을 못 하겠느냐?"

"예. 못 합니다."

한 번의 망설임도 없이 내뱉은 가연의 말에 화윤은 어이가 없었다. 그동안 자신이 얼마나 잘해 주었는지 잊어버린 사람 같아 보였다. 다시 상기시켜 줘야 하나? 이런 생각마저 들기까지 했다.

"혹, 신과 인간이 연을 맺을 수 있을지도 모른다는 생각은 하지 않느냐?"

"가당치도 않습니다."

가끔 화윤은 가연과 자신 사이에 넘지 못할 큰 산이 버티고 있는 것 같았다. 절대 인간과 신은 연을 맺을 수 없다는 가연의 무식한 생각을 어찌 깨우쳐 줄지가 가장 큰 문제였다. 물론 화윤도 이 무식한 생각을 금일 누이를 만나고 나서야 깨 버렸지만.

"네가 잘못 생각하고 있는 것이 있는데 말이다. 신과 인간은 금일부터 맺어질 수 있게 되었다. 하니, 어디 가서 그런 무식한 말은 입에 담지도 마라."

하고많은 날 중에 어찌 금일부터일까. 하지만 이것은 가연에게 중하지 않았다.

"허나, 신과 인간이 맺어진다면 참으로 슬픈 일이 아닐는지요."

아니, 왜? 화윤의 표정은 딱 이러했다.

"둘 중 하나는 자신의 세계를 버려야 하지 않겠습니다. 가족도 있을 터이고, 추억도 있을 터인데 그것이 어찌 쉬운 일이겠습니까. 연정이 깊어 연을 맺는다고 하지만 꼭 잘된 일이라 할 수는 없겠지요. 일방적으로 한쪽의 희생이 필요하지 않겠습니까?"

차근차근 설명하는 가연의 말에 화윤은 고개를 끄덕였다. 인정하고 싶지는 않으나 반박할 수는 없었다.

"너라면 어찌하겠느냐?"

"예?"

"너라면…… 어느 쪽을 택하겠느냔 말이다."

화윤의 물음은 가연이 아닌 바로 자기 자신한테 묻는 말이었다. 과연 천상계를 미련 없이 떠날 수 있을까? 가연의 말대로 그곳에는 가족도 있고, 추억도 있었다. 천상계를 떠난다 해서 그곳을 그리워하지 않을 거라는 확신도 없었다. 어쩌면 하나를 얻고, 다른 하나를 그리며 살아가야 할지도 모르는 자신의 삶이 일순간 애처롭게 느껴졌다.

"저라면…… 보내 드리겠습니다."

가연의 대답에 화윤의 정신이 번뜩 돌아왔다. 보내 준다는 말이 어찌나 충격적이던지 가슴에 콕 박히는 것 같았다.

"희생한 이의 괴로운 마음을 바라보느니 보내 드립니다."

"보내는 네 마음도 아플 터인데?"

"한 번 다친 마음인데, 두 번 다친다 해서 무에 달라지겠습니까. 저만 아파하면 될 터이지요. 전에 제게 해 주신 말씀처럼 시간이 지나면 그리는 마음도 무뎌지지 않을까 합니다."

"아니, 분명 네가 보낸 이도 아파할 것이야. 널 그리워해야 할 테니까."

화윤의 마지막 말이 가연의 가슴을 울렸다. 널 그리워한다는 말이 무슨 뜻인가? 지금까지 나눈 말이 모두 우리 두 사람에 관한 이야기인가? 알 수 없는 물음은 많아지고 답은 좀처럼 찾기 어려웠다. 당황스러움에 입은 자연적으로 벌어졌지만 목소리는 전혀 나오지 않았다. 가연의 모습은 꼭, 말 못 하는 벙어리가 '아' 소리를 내기 위해 애쓰는 것같이 보였다.

"생각 좀 해 보아야겠다. 천상계를 그리워하며 사는 것과 널 그리며 사는 것 중 어느 쪽이 덜 아픈지 말이다. 너도 생각해 보아라. 날 보낼 수 있을지."

두 사람의 시선은 서로 다른 곳을 바라보았다. 무슨 생각을 그리 골똘히 하고 있을까 싶지만 쉽게 답을 내릴 수 있는 물음이 아니기에 생각의 꼬리는 점점 길어져 갔다.

날이 밝자 가연은 서둘러 면주전으로 향했다. 금일 해야 할 일이 산더미여서 가연의 발걸음은 빨라졌다.

"이제 나오는 게야."

"아씨……?"

혜신이 몸종도 없이 면주전 앞에 서서 가연을 바라보고 있었다. 갑작스런 혜신의 등장이 가연을 당황스럽게 하였다.

"어찌 이리 일찍 나오셨습니까?"

혜신은 가연의 물음에 대답 대신 미소만 지었다.

"우선, 안으로 드시어요."

마냥 혜신을 밖에 세워둘 수 없었던 가연은 면주전 문을 열고 평상으로 안내했다.

잠시 후 두 사람 사이에는 작은 찻상이 놓였다. 찻잔을 들고 한 모금 들이켠 혜신의 표정이 어두웠다. 도대체 무슨 말을 듣자고 예까지 왔을까. 잠시 한심한 생각을 한 자신을 탓하며 혜신은 가볍게 웃어넘겼다.

"하실 말씀이라도 있으십니까?"

눈치가 빠른 가연이 먼저 입을 열었다.

"아니다. 곧 오라버니 혼례가 있어 옷감을 사러 왔다."

아주 틀린 말은 아니었다. 열흘 뒤가 오라비 혼례 날이었다. 사실, 작일 보았던 일을 가연에게 묻고 싶은 마음도 있었지만 쉽게 입이 떨어지지 않았다.

"허면, 예 조금만 앉아 계세요. 좋은 것으로 골라 오겠습니다."

새로 들어온 것 중에서 혜신에게 잘 어울리는 색을 골라 온 가연은 비단을 평상 위에 쭉 늘어놓았다. 저고리 색과 치마 색을 겹쳐 놓으며 이것은 어떠냐, 저것은 어떠냐, 묻던 가연은 혜신이 몇 가지를 고르자 다른 것들을 한쪽으로 밀어 두었다.

"이러다 아씨가 더 빛나시겠습니다."

비단을 혜신의 어깨에 걸치고 가연이 흡족해하며 뱉은 말이었다.

"설마 혼례복을 입은 신부보다 고와 보이려고."

"아닙니다. 아씨의 하얀 피부색과 붉은 저고리가 너무도 잘 어울립니다."

"그렇다면 아껴두었다 내 혼롓날에 지어 입을까?"

들고 있던 비단을 내려놓은 가연은 놀라기는 했지만 이내 잘 되었다 생각했다. 더는 미련이 남지 않아 쉽게 잊을 수 있을 것 같았다.

"혼례 날짜는 언제입니까?"

"빨라야 내년 봄이지 싶구나."

"어느 댁인지는 몰라도 아씨를 데려가는 댁은 복덩어리를 얻는 것과 같을 것입니다. 그러나 혼례를 올리고 나면 당분간 바깥출입이 자유롭지 못할 것이니 자주 볼 수 없겠지요?"

"그럴 터이지. 섭섭하더냐?"

혜신의 물음에 가연은 답하지 못하고 있었다. 섭섭할 것 같기도 하지만 한편으로는 차라리 잘 되었다는 생각이 들었다. 행복해하는 혜신의 모습을 보며 자신이 얼마나 견딜 수 있을지 장담할 수 없기에 가연은 대답을 회피했다.

"이 비단 값은 받지 않겠습니다."

"장사를 그리해서 쓰겠느냐. 놔두어라."

"선물이라 생각하셔요. 이 정도도 못하는 사이는 아니질 않습니까."

그래, 그런 사이인데 이리 꼬였을까. 혜신은 바삐 움직이는 가연을 물끄러미 바라보았다. 어찌 된 사연인지 모르니 몹쓸 상상은 하지 않으려고 했으나 이내 이곳까지 오고 말았다. 혹여 묻고 나면 감당하지 못할 사연이 쏟아져 나올까 봐 혜신은 두려웠다.

"이만 가야겠다."

더 있다가는 서로의 가슴에 상처가 남을 것 같아 혜신은 자리를 털고 일어났다. 인사도 없이 서둘러 면주전을 나서는 혜신의 뒷모습이 가연의 마음을 아프게 만들었다.

"내 누차 말하지 않았느냐. 천천히 좀 가라고. 그러다 또 넘어……."

쌓인 일이 많다며 먼저 면주전으로 향한 가연을 따라 뒤늦게 도착한 화윤은 그 앞에 서서 투덜거렸다. 그러다 자신 앞을 지나가는 이가 혜신임을 알고서 말이 멈춰 버렸다. 잠이 덜 깼나 하는 생각까지 들었다.

"아니, 예가 무슨 방앗간도 아니고 이른 아침부터 행차하셨을꼬?"

하루도 가연의 마음이 편치 않을 것 같았다. 이리 번갈아 찾아와 가연의 마음을 헤집고 돌아가는 이겸과 혜신을 보며 화윤의 입가가 삐딱해졌다. 때로는 무관심이 서로에게 좋으련만. 화윤은 가연과 얽힌 이들의 인연을 끊어 주고 싶을 정도였다.

"내년 봄이면 혼례를 올린다 하십니다."

"그래? 듣던 중 반가운 소식……까지는 아니어도…… 하긴 해야지."

슬쩍 가연의 눈치를 살핀 화윤은 급히 말을 돌렸으나 늦었지 싶었다. 가연의 아픈 곳을 제대로 후벼 판 화윤은 가벼운 자신의 입을 탓하며 후회를 했다.

"저와 단풍놀이나 가시어요."

"뭐? 나?"

"예."

방긋 웃는 가연의 표정에 화윤은 할 말을 잃었다. 진정 제정신으로 자신에게 던진 말인가 하여 고개까지 살짝 저었다. 사실 이런 상황에서 가연이 던질 말은 아니지 싶었지만 잘못 들은 것 같지는 않았다.

"지금 가자는 게야?"

"예."

"면주전은?"

화윤의 물음이 많아지자 가연은 귀찮다는 표정을 지었다.

"아니 오시면 혼자라도 갑니다."

"간다니까."

먼저 나서는 가연을 바라보며 화윤은 얼떨결에 발걸음을 옮겼다. 그리 면주전을 나서자마자 일하는 이들이 가연에게 인사를 하며 하나둘 면주전 안으로 들어섰다. 그제야 화윤은 마음 놓고 가연을 따라나섰다.

도성 성문 쪽으로 좁은 산길을 따라 올라가면 작은 언덕이 나온다. 오가는 이들이 적어 언덕은 자연을 그대로 품고 있었다. 청명한 가을 하늘과 색색이 물든 단풍나무가 어울려 오색빛깔을 만들었다. 아무리 흉내 내려 하여도 인간은 자연의 색을 만들 수 없을 것 같았다. 가연은 작은 언덕 위에 올라서서 아래를 내려다보며 이런 생각에 잠겨 있었다.

"아니, 단풍놀이를 꼭 예서 해야 하느냐?"

근래에 산을 너무도 많이 오른 화윤의 표정은 울상이었다. 사실

산이라 하기에도 미흡한 언덕마저 화윤에게는 고난의 길이 아닐 수 없었다.

"허면, 밭에서 단풍놀이를 합니까?"

화윤이 괴로워하는 것을 즐기며 가연은 언덕 아래로 시선을 옮겼다. 도성을 오가는 이들의 모습이 아주 작게 보였다.

"우선 좀 앉자."

도성이 잘 내려다보이는 곳에 나란히 앉은 두 사람은 자연에 취해 한동안 말이 없었다. 이제 서로 말을 나누지 않아도 어색함은 없었다.

"이 언덕은 여인들이 떠나간 임을 기다리는 곳으로 유명하지요. 해서 눈물의 언덕이라 부르기도 합니다."

"갈 곳이 그리도 없었더냐."

이 언덕에 붙은 이름의 유래를 듣고 나니 굳이 이곳을 찾은 가연의 선택이 마음에 들지 않아 화윤은 인상을 찌푸렸다. 그 좋던 장관도 눈에 들어오지 않았다.

"제가 살면서 뉘를 그리워하는 마음에 이곳을 다시 찾는 일이 있을까요?"

"없어야지."

단호한 화윤의 말투에 가연은 피식 웃고 말았다. 심통이 난 화윤의 표정이 이제는 친근함으로 다가왔다.

"허면, 제가 이곳을 찾지 않도록 해 주실 수 있으십니까?"

가연은 누군가를 자신 곁에서 떠나보내기 싫었다. 그렇게 이겸을 보내고 이제 혜신도 보내야 했다. 더는 허전함을 이길 수 없을 것 같아 가연은 용기를 냈다. 바보처럼 이곳에 앉아 화윤을 그리워하고 싶지는 않았으니까.

"곁에 있어 달라 청하는 것이야?"

묻는 화윤의 목소리가 떨리고 있었다.

"신을 욕심내면 벌을 받겠지요. 허나, 단 하루만이라도 더 같이 할 수 있다면 받겠습니다. 그 벌……."

순간 화윤의 정신이 저 하늘 위로 날아가는 것 같았다. 얼마나 바라고 바라던 일이던가. 화윤은 꿈인가 하여 자신의 볼을 꼬집어 보기까지 했다. 아픔이 온몸으로 전해졌다. 꿈은 아니다.

"욕심이지. 암, 욕심이고말고. 허나, 네가 그리도 욕심을 부리는 신의 능력이 위대하여 벌은 받지 않아도 된다. 내가 그런 일 없게 만들 테니까."

화윤의 약속이었다. 벌은 고사하고 마음 다치지 않게 해 주겠다 화윤은 그리 다짐했다.

"이제 내게도 마음 한 자락 내어 주는 것이야?"

"제가 무엇이라고 수호령님을 밀어내겠습니까. 다만……."

"다만 무엇이냐?"

"활활 타오르는 연정보다 정이 더 무섭다는 것을 이제야 알았습니다. 재력이 있고, 다정다감하고, 용모가 출중한 사내보다 가진 것 없고, 매사 투덜대고, 용모는 출중한 그런 신이 더 좋습니다."

하, 이런 고백을 과연 고백이라고 해도 되는지, 또 이런 고백을 받고 좋아해야 하는지 싫어해야 하는지 잘은 모르겠지만 가연의 마음속에서 이겸이 사라졌다는 것은 확실했다. 이제 주인 없는 마음을 거머쥐면 그만일 터. 화윤은 승자의 미소를 지으며 한껏 들떴다. 금일 따라 모든 것들이 화윤의 눈에 아름다워 보였다.

해가 지고 나서 안채로 들어선 가연은 나무기둥에 머리를 기대고 먼 곳을 응시했다. 잠시 멍한 정신으로 앞을 내다보던 가연의 시야에 화윤의 모습이 들어왔다. 조심스레 무엇인가 들고 오는 모습이 낯설어 보이기까지 했다.

"이것이 무엇입니까?"

화윤은 소세 물을 담는 용기에 뜨거운 물을 가득 담아 가연 발 아래 내려놓고 대청에 올라앉았다. 행복한 표정으로 화윤은 가연을 바라보았다.

"버선이나 벗어라."

"예?"

"답답하거나 머리가 복잡할 때는 뜨거운 물에 몸을 담그는 것이 최고이니라. 내 천상계에 있을 때 종종 이리하였는데 머리도 맑아지고 좋더구나. 뭐, 그렇다고 내가 네 목간 물을 받아 줄 수는 없으니 이것으로 대신하자."

어서 발을 담그라는 시늉을 하는 화윤을 바라보며 가연은 멈칫거렸다. 아무리 수호령이라 해도 사내 아니겠는가. 그 앞에서 버선을 벗자니 부끄러운 일이 아닐 수 없었다.

"아니 벗으면 내가 벗긴다."

마지못해 버선을 벗고 치맛자락을 살포시 든 가연은 뜨거운 물에 발을 담갔다. 처음에는 물이 너무 뜨거운 것 같아 쉬 발을 넣지 못했지만 이내 두 발 모두 물에 담갔다.

"뜨거우냐? 찬물을 좀 섞어 줄까?"

"아닙니다. 딱 좋습니다."

환하게 웃으며 가연이 수줍게 말을 건넸다.

"한동안 그리 있으면 기분이 좋아질 게야."

이제야 마음이 놓이는지 화윤은 두 팔을 위로 쭉 올리며 몸을 비틀었다. 뉘를 시킬 수도 없는 처지라 직접 불을 지펴 물을 데웠다. 사실 천상계에 있을 때는 시키기만 했지 손수 해 본 적이 없어 화윤에게는 여간 힘든 일이 아니었다. 그러나 발을 꼼지락거리며 아이처럼 좋아하는 가연을 보니 힘든 몸이 사르륵 녹아내리는 것 같았다.

"이리 누군가에게 위로와 관심을 받는 것은 처음입니다. 수호령님이 곁에 계시니 마음 다치는 것도 나쁘지 않습니다."

"해 달라면 매일 해 줄 터이니 그런 소리는 마라."

아무리 위로를 해 주고 잘해 준들 마음의 상처가 쉬 아물겠는가. 화윤은 자신이 해 줄 수 있는 것에 한계를 느끼며 씁쓸한 표정으로 캄캄한 밤하늘을 바라보았다.

"고생 후에 낙이 온다고 살만 한 세상이구나."

"예. 아주 모진 세상은 아닙니다."

같은 곳을 바라보며 두 사람은 마음을 나눴다. 그 마음이 연심인지 정인지는 중요하지 않았다. 지금 이렇게 같이 있다는 사실이 중요할 뿐이었다.

"가연아, 우리 한 달 안에 끝내자."

"예? 무엇을 말입니까?"

생뚱맞은 화윤의 말에 가연은 고개를 갸우뚱거렸다. 도통 무슨 뜻인지 짐작도 하지 못했다.

"오라버니가 지아비가 되고, 때론 정이 연심으로 변하는 진리.

그 진리를 무시하고 질질 끌면 진짜 벌 받는다. 명심해라."

"……?"

화윤의 아리송한 말에 가연은 대꾸도 하지 못했다. 그저 별 구경에 빠진 화윤의 옆모습만 바라보았다.

"내 얼굴 닳겠다. 그만 봐라."

민망함에 고개를 돌린 가연은 물속에 잠긴 자신의 발을 내려다보며 입을 삐쭉거렸다. 그렇게 밤은 깊어 갔다.

5. 달도 하나, 임도 하나

 이겸과 혜신을 마주한 뒤로 가연에게는 조용한 나날이 이어졌다. 상단 일로 하루가 바삐 돌아가 정신이 없었지만 화윤이 항시 곁에서 떨어지질 않아 외로울 틈이 없었다. 덕분에 잠시나마 모든 것을 잊고 일에 몰두할 수 있어 가연은 감사했다. 당연 그 뉘보다 화윤에게 고마운 마음이 들었다. 해서 조금이라도 이 마음을 표현하고 싶었을까? 면주전에서 돌아온 가연은 삼 일째 방 안에 틀어박혀 바느질을 하고 있었다.

"가연아, 얼굴 좀 보고 살자."

 닫힌 방문을 바라보며 화윤은 대청에 앉아 있었다. 집으로 돌아오기가 무섭게 방 안으로 들어가니 섭섭한 마음에 한숨만 늘었다.

"종일 붙어 있었는데 어찌 그러십니까."

 물론 붙어 있기는 했다. 하지만 눈을 마주치거나 많은 말을 나눌 수는 없었다. 철이 바뀌어서 그런지 부쩍 면주전을 찾는 이들이 많았고, 그로 인해 화윤은 가연의 옆모습만 볼 수 있었다. 만약 뉘가 가연의 옆모습을 그리라 하면 눈 감고도 그릴 수 있을 정도였다.

"내가 부담스러워 이러는 게야?"

"아닙니다."

"악!"

화윤의 질문을 부정하며 가연이 방문을 벌컥 열자 문 앞에 앉아 있던 화윤은 이마를 세게 부딪치고 말았다. 엄살의 대가답게 대청을 떼굴떼굴 구르며 두 손으로 이마를 문지르고 있었지만 아픔이 쉬 가시지는 않았다. 그러나 부담스럽냐는 자신의 물음에 아니라 답했으니 마음만은 한결 가벼웠다.

"괜찮으십니까?"

그제야 방 안에서 나와 화윤에게 다가온 가연은 미안한 마음이 아닐 수 없었다.

"말로만 묻지 말고 어찌 좀 해 봐라. 문고리에 콕 찍혀 아파 죽겠다."

마지못해 누워 있는 화윤의 이마를 들여다본 가연은 살짝 혀를 내밀었다. 이마에 조금 자국이 났을 뿐, 멀쩡하지 않은가. 얼마나 아픈지는 모르겠지만 이리 요란스럽게 구를 정도는 아닌 것 같았다. 하니, 화윤을 바라보는 가연의 눈이 곱지 못했다.

"호들갑을 떨 정도는 아닙니다. 일어나세요."

"천상계에서도 알아주는 귀하디귀한 내 인물을 이리 만들어 놓고 뭐가 어쩌고 어째?"

뭐, 한두 번 들어 본 말은 아니지만 어찌 이리도 들을 때마다 눈살이 찌푸려지는지 모를 일이었다. 해서 자연적으로 가연의 발걸음은 방으로 향했다. 더는 듣고 있을 수 없었다.

"알았다. 아니 그러마."

가연이 방문을 닫아 버리면 애써 마주한 얼굴을 또 볼 수 없게 될 것이라, 화윤은 벌떡 일어나 방문을 붙들었다.

"비키십시오."

"다시는 내 출중한 용모에 대해 말하지 않겠다."

끝까지 잘났다는 화윤의 말에 가연은 피식 웃고 말았다. 뉘가 그의 입담을 꺾을 수 있을까. 이 인간계에는 아무도 없을 것 같았다.

"가지고 나올 것이 있어 그럽니다."

가연의 눈치를 살피며 슬금슬금 옆으로 비켜 준 화윤은 혹, 방문이 쾅하고 닫힐까 하여 문고리를 꽉 잡았다. 가연을 방 안으로 들여보내지 않으려는 화윤의 간절한 마음이 그대로 표출되어 안쓰러워 보였다.

"이것이 무엇이냐?"

대청에 앉아 가연이 방 안에서 가지고 나온 물건을 뚫어져라 바라보던 화윤은 어리둥절하였다. 진정 그 물건이 무엇인지 몰라 묻는 것이 아니라 가연이 자신에게 무엇을 줄 것이라고 생각하지 않았기에 당황스러웠다. 이제 화윤의 시선은 가연에게 고정되었다.

"버선입니다. 급히 만든 것이라 맞을지 모르겠습니다."

"날 주는 것이야?"

"예."

"어허, 진정 내 것이란 말인가?"

"자꾸 물어보시면 다른 이에게 넘어갑니다."

"에이, 믿기지 않아 물어본 것이다. 다른 이 준다는 말은 입에 담지도 마라. 심장 떨어진다."

자신이 받지 않으면 이겸에게 넘어가기라도 할까 봐 화윤은 버선을 낚아챘다. 그 모습이 어찌나 날쌔던지 가연의 눈앞에 바람까지 일었다.

"허면, 나중에 신어 보시어요."

화윤이 그 자리에서 바로 버선을 신으려고 하자 부끄러움에 가연은 방으로 들어가 버렸다. 나중에 신어 보라는 데도 굳이 자신 앞에서 신고 있던 버선을 벗어 던진 화윤을 가연은 이해할 수 없었다. 그러나 가연이 방으로 들어와 앉기도 전에 밖에서 화윤의 짜증스런 목소리가 들렸다.

"가연아! 작! 다!"

작아? 그럴 리가 없는데? 가연은 고개를 갸웃거리며 돌아서자 화윤의 손에 의해 방문은 활짝 열리고 말았다. 화윤은 방문을 열고 앉아 한쪽 다리를 앞으로 쭉 내밀었다. 가연에게 작은 버선을 보라는 듯 말이다.

"반도 안 들어간다."

"어머나!"

화윤의 발에 억지로 걸쳐져 있던 버선을 휙 벗긴 가연은 다른 버선을 화윤 앞에 내밀었다.

"이것입니다."

"처음 것은 뭐냐?"

"제…… 것입니다. 같이 놓아두었더니……."

"하하하. 어쩐지 많이 작다 했다. 허면, 너와 내가 같은 천으로 만든 새 버선을 나란히 신는 게야? 아주 좋은 발상이구나."

가연이 건넨 버선을 신으며 화윤은 입이 찢어져라 웃고 있었다. 버선 한 짝에도 이리 기뻐하니 지금 가연에게 바랄 것이 무에 있겠는가. 작은 것에 너무도 좋아하는 화윤의 모습을 보며 가연의 마음도 기뻤다.

"허고……."

"허고? 줄 것이 또 있는 게야?"

"금일부터 방에서 주무셔요. 날이 차 대청에서 그리 주무시다가는 입 돌아가십니다. 건넌방에 이부자리 봐 놓았으니 금일 밤부터는 그곳에서 지내십시오."

"참이냐?"

가연이 고개를 끄덕이자 쏜살같이 달려가 건넌방 문을 연 화윤의 입매가 한없이 양쪽으로 올라갔다. 폭신한 이부자리 위로 그동안 대청에서 베고 잤던 베개가 가지런히 놓여 있었다. 처음 이 집에 왔을 때 저 베개 하나를 얻기 위하여 부단히 애썼던 일을 떠올리며 화윤은 방 안으로 천천히 들어갔다. 대청을 사이에 두고 각자의 방 안에서 서로를 바라보는 두 사람의 눈빛이 허공에서 마주쳤다.

"처음 너와 나 사이가 이 정도였을까?"

화윤은 대청을 바라보며 가연에게 물었다.

"더 멀었지요."

화윤과 함께 보낸 지난날이 고스란히 머릿속에 떠올랐다. 이리 가까워진 것이 믿기지 않아 슬며시 고개를 흔들었다.

"허면, 지금은 얼만큼 가까워졌을까? 이만큼?"

방문 앞에 앉아 있던 화윤은 팔을 앞으로 뻗어 내밀었다.

"그보다는 좀 더 가깝지 않겠습니까?"

"그럼 이만큼?"

이제 팔이 아닌 화윤의 발이 문턱을 넘어섰다. 그 모습이 어찌나 우습던지 가연은 터져 나오려는 웃음을 애써 참고 있었다.

"좀 더 뻗어 보시지요."

"그러면 너를 향한 내 마음만큼 간다."

앉아 있던 화윤이 벌떡 일어나 가연의 방문 앞에 떡하니 자리를 잡고 앉았다. 그 모습이 너무도 진지해 차마 뭐라 말할 수 없었다. 문턱을 사이에 두고 마주한 두 사람은 서로의 눈동자만 응시했다. 그러나 가연은 이내 화윤에게서 돌아앉았다. 얼굴이 화끈거릴 만큼 달아올라 그를 더는 바라보고 있을 수가 없었다.

"문을 닫아 주시어요. 바람이 찹니다."

춥다는 가연을 안아 줄 수 있다면 얼마나 좋을까. 이런 생각에 방문을 닫는 화윤의 마음은 무거웠다.

"가연아 잠이 오느냐? 나는 아니 온다."

방문은 닫았으나 화윤은 제 방으로 들어갈 수 없었다. 대청보다야 건넌방이 좀 더 멀지 않겠는가. 겨우 네 걸음뿐이라지만 화윤에게는 천상계와 인간계의 거리만큼 멀게 느껴져 자리를 뜰 수 없었다. 해서 방문에 비친 가연의 그림자를 손으로 따라 그리고 있었다. 그림자만이라도 어루만지고 싶은 마음이었다.

"밤이 깊었습니다."

"나는 건넌방보다 대청이 더 좋다."

아침이 밝아 오면 이만큼 가까워진 사이가 전으로 돌아갈 것만 같았다.

"날이 쌀쌀합니다. 그만 들어가시어요."

"마음에 부는 한풍만큼 할까. 네 온기를 느낄 수 있는 이곳이 내게는 천상이다."

같이 지내며 화윤에게 진중함은 어울리지 않는다 생각하였다. 또한, 진실성도 찾아볼 수 없다 여겼다. 그러나 그가 변했다. 그가 변하니 가연의 눈에 달리 보이기 시작했다. 아니 어쩌면 그가 변한 것이 아니라 자신이 그의 한쪽 면만을 바라보고 있었는지도 모른다. 화윤에 대해 점점 알아갈수록 잠잠했던 가연의 심장이 마구 뛰기 시작했다. 이 심장의 두근거림이 뭘 의미하는지 아직은 잘 모르겠지만 자신을 향한 화윤의 마음만은 가슴에 와 닿는 느낌이었다.

"내게 마음 열어 주어 고맙구나. 허나, 아직 내 마음은 그것으로 부족하다 한다."

고마워해야 할 사람은 자신인데 화윤에게 오히려 그 말을 듣고 있었다. 어찌 저리도 주기만 하시는가. 가연은 잠시 그가 신이 아니길 간절히 원했다.

긴 밤이 지나가고 아침이 밝았다. 밤새 화윤의 말을 곱씹어 생각하느라고 도통 잠을 이루지 못했던 가연은 무거운 몸으로 방문을 열었다. 그러나 문턱을 넘자마자 가연은 벽에 기대어 잠들어 있는 화윤의 모습을 보고 화들짝 놀랐다. 건넌방에 이부자리까지 봐 두었더니 이 무슨 한심한 짓인가 하였지만 곤히 잠에 빠져 있는 화윤의 모습을 보며 가연의 가슴이 찡하게 울렸다. 작일 밤 가연 역시 방 안에서 벽에 등을 기대고 잠이 들었다. 차가운 벽을 사이에 두고 안과 밖에서 잠든 서로의 모습이 똑같아 가연은 쓴 미소를 지었다. 아주 조금씩 화윤과 자신이 서로 닮아 가는 듯한 착각마저 들었다.

잠든 화윤의 모습을 들여다보고 있던 가연은 깨워야겠다는 생각을 했다. 나쁜 꿈이라도 꾸는지 잔뜩 인상을 쓴 그의 표정에 마음이 쓰였다. 해서 가연은 화윤의 어깨를 살짝 흔들었다. 허나, 화윤은 꿈속에서 쉽게 빠져나오지 못하는 것 같았다.

"일어나 보셔요."

가연의 목소리를 듣고 힘겹게 눈을 뜬 화윤은 정신을 온전히 차릴 수가 없었다. 이상하리만큼 몸도 무겁고 목소리도 잘 나오지 않았다. 그저 뻑뻑한 눈만 간신히 깜박거렸다.

"어이 그러십니까? 아프십니까?"

화윤의 이마에 손을 얹은 가연의 입이 떡하고 벌어졌다. 어찌 몸이 이리 뜨거울 수 있을까 하는 생각이 들 정도로 화윤의 몸은 불덩이였다. 순간 어찌할 바를 모르고 멍하니 바라보고만 있던 가연은 정신을 차리고 화윤을 깨우기 시작했다.

"정신 좀 차려 보셔요."

"고만……해라. 머리……까지…… 흔들……."

말을 다 잇지 못하는 화윤을 애써 일으킨 가연은 낑낑거리며 방 안에 그를 눕혔다. 우선 입고 있던 화윤의 도포를 벗긴 후 버선마저 벗긴 가연은 서둘러 방을 나갔다. 그리고 얼마 뒤 깨끗한 무명천과 찬물을 떠 온 가연은 화윤의 소매를 걷어 올렸다.

"무얼…… 하는…… 게야."

쥐어짜 낸 화윤의 목소리는 지금 그의 상태를 낱낱이 말해 주었다.

"가만히 계십시오. 열이 높아 내려야겠습니다."

급한 마음에 가연의 손놀림이 더욱 빨라졌다. 화윤이 사람이 아니어서 의원을 부른다 해도 진맥을 할 수 없는 상황이기에 가연은 큰 병이 아니길 간절히 바라고 있었다. 그저 날이 쌀쌀하여 감모에 걸렸거니 하는 마음으로 가연은 부지런히 손을 놀렸다. 무명천에 물을 적셔 꼭 짠 가연은 화윤의 얼굴을 먼저 닦아 주기 시작했다. 이마를 시작으로 목과 팔까지 정성 들여 닦았다. 그러나 화윤의 열은 좀처럼 떨어지지 않았고 거친 숨소리를 들을 때마다 가연의 심장은 오그라들었다.

"눈 좀 떠 보셔요."

가연의 간절한 목소리가 화윤의 귓가에 어렴풋이 들렸다. 힘겹게 화윤이 눈을 뜨자 가연의 얼굴이 아련하게 보였다. 가연의 이름을 부르고 싶었지만 입안이 바짝 말라 있어 여전히 말을 제대로 할 수가 없었다.

"의원을 불러 진맥을 할 수는 없지만 약이라도 지어 와야겠습니다. 제가 말하는 곳이 불편하시면 고개를 끄덕여 보세요. 아시겠습니까?"

화윤이 천천히 고개를 한 번 끄덕이자 가연의 물음이 쏟아졌다. 신체 부위를 하나하나 대며 물어보기 시작하던 가연은 어느새 묻는 것을 멈췄다.

"의원에게 물어보고 약을 지어오겠습니다. 서둘러 다녀올 터이니 조금만 참고 계시어요."

"가…… 지…… 마라."

있는 힘을 다해 화윤은 말을 꺼냈다. 마음 같아서는 가연의 손목을 잡고 싶었지만 차마 그럴 수 없는 지금의 상황이 화윤을 더욱 힘들게 하였다. 화윤은 약보다 가연이 옆에 있어 주기를 간절히 바라고 있었다.

"어이 그러십니까? 어디 불편한 곳이라도 있으시어요?"

화윤은 대답 대신 고개만 가로저었다.

"금방 돌아옵니다."

가연은 뜨거운 화윤의 손을 꼭 잡아 주었다. 그의 마음을 알기라도 하듯이 가연은 화윤을 향해 방긋 웃어 보였다.

"약방에만 다녀올 것입니다. 아픈 분을 두고 아무 데도 아니 갈 것이니 마음 놓으셔요. 저 믿으시지요?"

화윤의 입에서 짧은 한숨이 터져 나왔다. 아픈 것은 참을 수 있으나 가연이 없는 것은 참을 수 없었다. 해서 잡고 싶은 마음이었는데 가연이 자신의 마음을 알아차려 버렸다. 마음을 들켜 쑥스럽기는 하였지만 가연을 믿기에 화윤은 고개를 끄덕였다. 그제야 가연은 방을 나설 수 있었다.

안채를 나서자마자 가연은 대문을 열고 들어오는 천만과 마주쳤다. 이 이른 아침에 어디를 다녀오는지 몰라도 가벼이 산책한 것으로 보이지는 않았다. 갓과 도포까지 차려입은 천만의 얼굴에는 피곤한 기색이 역력했다.

"어딜 다녀오신 길이십니까?"

"일이 있어 잠시 나갔다 온 길이다."

분명 가연은 작일 석반을 직접 사랑채로 들였다. 다 드신 것을 확인하고 상을 물렸는데 이른 아침에 집으로 들어서는 아버지를 보자 밤사이 무슨 일이라도 있었나 하는 의구심이 들었다. 무엇인가 자신에게 숨기려는 아버지의 표정이 가연을 더욱 불안하게 만들었다.

"무슨 일이십니까? 상단 일입니까?"

"신경 쓸 거 없다."

가연을 지나쳐 사랑채로 향하던 천만의 발걸음이 순간 멈췄다.

"헌데 너는 어찌 이 이른 시각에 집을 나서느냐?"

다시 돌아선 천만은 여식의 표정을 세세히 살폈다. 자신만큼이나 숨기는 것이 있는 듯한 여식의 표정이 발걸음을 돌아서게 하였다.

"예?"

순간 아비의 물음에 당황한 가연은 바로 답을 하지 못했다. 아직 면주전으로 가기에는 이른 시각이라 가연은 둘러댈 말을 찾기 바빴다. 그러나 가연이 채 말을 꺼내기도 전에 대문이 열리며 병구아재가 들어섰다.

"행수 어르신, 물건은 다 정리해 놓았사온데 이상한 것이 있사옵니다."

"이상한 것?"

서로 무엇인가 말을 꺼내려 했던 두 사람은 약속이라도 한 듯 가연을 바라보다 입을 닫았다.

"으흠. 들어가서 얘기하세."

천만이 먼저 사랑채로 향하자 병구아재도 따라 들어갔다. 가연은 두 사람의 언행이 하 수상하여 들어가고 싶었지만 순간 화윤의 얼굴이 떠올랐다. 떨어지지 않는 높은 열에 괴로워하는 화윤의 모습이 가연의 발걸음을 약방으로 향하게 하였다.

"구슬이 봉인을 시작했나 봅니다."
"가연의 마음이 화윤에게 움직였으니 당연하겠지."

서왕모와 월은 우물에 비친 화윤의 상태를 지켜보며 입을 열었다. 고열에 시달리는 화윤의 모습은 인간의 눈에 감모와 흡사한 증상처럼 보이겠지만 실제로 그가 겪는 고통은 말로 다 표현할 수 없을 정도였다. 입안은 바짝바짝 마르고, 머리에서는 징소리가 쉴 새 없이 울리며, 뼈 마디마디가 틀어지는 고통이 계속되었다. 구슬의 힘에 의해 강제로 신의 능력이 봉인되는 것이니 증상이 없다 하면 이상할 터. 괴로움에 신음하는 화윤을 바라보며 두 사람의 표정은 빠르게 굳어져 갔다.

"견딜 수 있겠지요?"
"그래야지. 그래야 원하는 것을 얻을 수 있지 않겠느냐. 강한 아이이니 이겨 낼 수 있을 게야."
"이리 지켜보는 것 외에는 해 줄 수 있는 것이 없사와 안쓰럽습니다."
"이제 모든 것이 다 화윤의 몫이다. 우리는 그저 이곳에서 화윤의 고통이 오래가지 않기를 빌어 주는 수밖에."

서왕모의 팔이 우물 위를 스쳐 지나가자 화윤의 모습은 사라지고 깨끗한 우물물이 잔잔하게 흔들렸다. 두 사람은 무거운 마음으로 천상계의 정원을 천천히 거닐었다.

"상제께서 모르고 계시지는 않을 터인데…… 너무 조용하십니다."

"해서 불안하더냐?"

"불안하기도 하거니와 궁금하여 그럽니다. 조용히 계실 분이 아니시지 않습니까."

"두 사람의 연정이 이루어지지 않을 것이라 믿고 계실 게다. 해서 굳이 나설 필요가 없다 생각하시는 게지."

서왕모가 들고 있던 부채로 바람을 일으키자 하얀 구름이 두 사람 앞에 다가왔다. 서왕모는 망설임 없이 구름 위로 사뿐히 올라섰다.

"더 있다 오겠느냐?"

올라서지 않는 월을 바라보며 서왕모가 다정히 물었다.

"두 사람의 인연이 이어진다면 불같이 화를 내시겠지요?"

"그냥 넘기실 상제가 아니시지."

상제가 머물고 있는 성을 물끄러미 바라보던 두 사람은 그 자리를 쉬 떠날 수 없었다. 곧 불어닥칠 폭풍을 감지해서인지 두려움이 온몸을 감싸고돌았다.

달빛이 모습을 드러낸 밤, 기방에는 가야금 타는 소리와 남녀의 웃음소리가 뒤섞여 담장을 넘어서고 있었다. 기녀의 야릇한 눈빛에 취하고, 간드러진 목소리에 취하고, 매혹적인 몸짓에 취한 사내들은 밤이 깊어 가는 줄도 몰랐다. 하지만 기방이라 해서 이곳을 찾는 사내들이 모두 이와 같지는 않았다. 기방에서도 가장 안쪽에 자리 잡은 별채에는 기녀 초이와 숙현이 마주 앉아 술잔을 기울이고 있었다.

"고심하시던 일이 잘 풀리시나 봅니다."

숙현의 표정을 유심히 살핀 초이가 빈 술잔을 채우기 위해 가까이 다가와 앉으며 건네는 말이었다.

"허허, 그리 보이느냐?"

"그만한 눈치도 없이 어찌 대감 곁에 있으오리까."

"하하하! 내 이래서 널 찾는 게야."

초이가 따라 준 술잔을 단숨에 비운 숙현은 흡족한 듯 자신의 수염을 한 손으로 쓸어내렸다.

"이제 속 시원히 말씀해 보소서. 무슨 수를 어찌 쓰신 겝니까?"

"쉽게 알려 주면 재미가 없지."

숙현의 손이 은근슬쩍 초이의 옷고름으로 향했다. 그러나 초이의 손이 다가오는 숙현의 손을 잡으며 눈을 흘겼다.

"이년의 옷고름이 그리 쉽게 풀리는 줄 아셨습니까?"

"먼저 청한 이는 네가 아니더냐. 하니, 듣고 싶다면 대가를 치러야지."

"임 행수를 어찌 옭아매셨는지 궁금하기는 하오나 고작 그 사연을 듣자고 옷고름을 풀기에는 이년의 몸값이 너무 아깝지요."

"맹랑한지고."

잡혀 있던 손을 거두며 숙현이 껄껄 웃어넘겼다.

"말씀을 아니 해 줄 참이시면 이년 이만 일어나나옵니다."

"오냐, 오냐. 알았다. 해 주마."

두 잔의 술을 더 마시고서야 입을 연 숙현은 아무것도 아니라는 듯 말을 꺼냈다. 하지만 듣고 있던 초이의 생각은 달랐다. 임 행수가 이만한 일로 쉽게 무릎을 꿇고 들어올 이가 아니라는 생각이 들었다. 해서 숙현의 말에 맞장구를 쳐 줄 수가 없었다. 물론, 이런 초이의 표정을 숙현이 그냥 지나치지 않았다.

"어이 그런 표정을 짓는 게야. 내가 던진 패가 마음에 들지 않더냐?"

"임 행수 그자는 옥으로 걸어 들어가면 모를까, 대감 앞에 고개를 숙일 이가 아닌 것 같아 그러합니다."

"잘 보았다. 나를 먼저 찾아와 살려 달려 청할 이는 아니지."

"허면…… 임 행수가 어찌 나올지 알면서도 패를 던지신 겝니까?"

초이의 물음에 숙현은 대답 없이 빈 술잔만 불쑥 내밀었다. 술을 따르라는 뜻임을 모르지 않았으니 초이의 손이 바삐 움직였다.

"겁도 없이 내 손을 먼저 놓은 그자의 배짱으로는 충분히 그럴 만도 하다만 동아줄로 그자를 묶어 놓고 거래는 다른 이와 하면 된다."

"다른 이라면 뉘를 말씀……."

초이는 말을 하다 말고 문뜩 떠오른 사실에 입을 다물었다. 이제야 숙현의 생각을 알아차린 초이는 혀를 차며 감탄을 하고 있었다.

"금일 밤은 술맛이 좋구나. 오랜만에 네 춤사위 좀 보자."

잠시 후 별채에는 흥겨운 가락이 울려 퍼졌다. 그 장단에 맞춰 춤을 추는 초이의 몸짓은 나비가 날갯짓하는 것과 흡사해 보였다.

때론 요염하게, 때론 수줍게 숙현을 바라보는 초이의 눈빛은 사내의 욕정을 한껏 달아오르게 하였다. 그날 밤, 별채의 불은 새벽녘이 되어서야 꺼졌다.

약을 지어 먹이기는 했으나 화윤에게는 어떠한 차도도 없었다. 좀처럼 열은 떨어지지 않았고 화윤의 숨소리는 더욱 거칠어졌다. 이제 어찌해야 하는가. 화윤을 바라보는 가연의 눈빛은 안타까움에 파르르 떨리고 있었다.

"괜……찮……다."

정신이 없는 와중에도 화윤은 이 말을 되풀이하고 있었다. 가연이 자신을 바라보고 있다는 것을 알고 있는지 정신이 들 때마다 같은 말을 꺼냈다. 하지만 이제 그것마저도 힘들어 한 식경 전부터는 아무 말도 하지 않았다. 가연은 그저 화윤의 두 손을 꼭 잡고 있을 뿐이었다.

"정신 좀 차려 보시어요. 어찌하라고 이리 앓으십니까."

답이 있을 리 만무하지만 애타는 마음에 괜한 물음만 많아졌다. 이 늦은 시각 뉘에게 도움을 청할 수 있을까. 더구나 보이지도 않는 이를 두고 의원조차 부를 수 없으니 지켜보는 가연의 속은 새카맣게 타고 있었다. 그렇게 새벽이 지나 아침이 밝아 왔다.

"으흠……."

꼬박 하루를 앓고 난 화윤이 힘겹게 두 눈을 떴다. 그러나 초점이 잘 맞춰지지 않아 눈앞이 흐릿하게 보였다. 목구멍이 타들어 가는 듯한 느낌에 시원한 냉수가 간절히 생각난 화윤은 있는 힘을 다해 몸을 한쪽으로 돌렸으나 일어날 수는 없었다. 기운이 없기도 했지만 맨바닥에 쪼그리고 누워 있는 가연의 모습이 보였기 때문이었다. 밤새 가연이 자신 옆에서 무엇을 했을지 짐작하고도 남은 화윤은 고마움과 미안함에 마음이 애잔했다.

'이리 잠들어 어쩐다······. 감모 들겠다.'

가연을 바라보는 화윤의 눈빛은 어느새 흔들리고 있었다. 자신도 모르게 가연의 얼굴로 손이 움직였다.

'잠든 모습도 어쩜 이리 고울까.'

하지만 더 이상 다가갈 수 없음을 깨달은 그때, 화윤의 손은 힘없이 바닥으로 내려왔다.

'눈으로 네 입술을 탐하는 것은 괜찮겠지.'

차마 가까이할 수 없는 가연을 바라보며 화윤은 자신이 아픈 것도 잠시 잊었다. 오로지 잠든 가연의 모습이 안쓰러워 두 손으로 있는 힘껏 이불을 당겨 가연을 덮어 주었다.

두꺼운 이불의 무게가 느껴져서일까? 가연은 몸을 살짝 움직였다. 그러다 손등에 닿은 부드러운 촉감에 두 눈을 살포시 떴다. 새벽녘, 화윤의 숨소리가 잦아드는 것을 확인하고 나서야 지친 몸을 벽에 기댔다. 그러나 어느새 자신이 누워 버렸는지 이불까지 덮고 있는 상황에 놀란 가연은 벌떡 일어났다. 물론, 가장 먼저 챙긴 이는 화윤이었다.

"이제 정신이 좀 드십니까!"

가연의 목소리는 묻는 것이 아니라 소리를 지르는 것에 가까웠다. 금방이라도 숨이 넘어갈 것 같았던 화윤이 눈을 뜨고 자신을 올려다보자 가연은 눈물이 빙 돌았다. 간밤 아픈 화윤의 손을 잡고 지켜보는 것밖에 할 수 없던 그 시간이 얼마나 애가 탔는지 눈가에 고인 눈물이 모든 것을 대변해 주었다.

"진정…… 다시는…… 못 일어나시는 줄 알았습니다."

가연이 떨리는 목소리로 내뱉었다.

"울지…… 마라."

눈물도 닦아줄 수 없음인데, 서럽게 울고 있는 가연을 보자 화윤의 마음이 더욱 무거웠다. 어찌 이리도 눈물이 많을꼬. 한없이 볼을 타고 흐르는 가연의 눈물을 화윤은 지켜볼 수밖에 없었다.

"몸은 좀 어떠십니까?"

자신도 이리 아파 본 적이 처음이어서 가연에게 뭐라 해 줄 말이 없었다. 단지 '괜찮다'는 말만 던질 수 있었다. 가연이 믿거나 말거나.

"잠시만 기다리시어요."

남아 있는 약재를 달이려고 가연이 이불을 젖히며 일어났다. 마음 같아서는 방을 나서는 가연을 잡고 싶었으나 화윤은 손가락 하나 까닥할 힘이 없었다. 그리 방문이 닫히고 화윤은 천천히 두 눈을 감았다.

탕약을 마시고 잠든 화윤을 확인한 가연은 면주전으로 향했다. 늦게 나선 길이라 서둘러 발걸음을 옮겼으나 가연을 기다리고 있는 것은 청천벽력 같은 사실이었다. 아니, 사실이라고 믿고 싶지 않은 사건이었다.

"지금 뭐라 하셨습니까? 하옥이요? 아비를 옥에 가두시겠다는 말씀입니까?"

면주전으로 들어서자 가연을 기다리는 이가 있었다. 흑색에 가까운 도포를 입고 평상에 앉아 차를 마시는 사내의 뒷모습을 바라보며 가연은 뉘인가 하였다. 처음에는 이겸인가 하여 당황스러웠지만 일하는 자가 전하길 나이가 지긋하다 하였다. 여인들이 찾아오는 면주전에 사내가 자신을 기다리고 있는 것도 이상한 일이건만 그 사내가 다름 아닌 병판대감이라는 사실에 가연은 더욱 놀라지 않을 수 없었다. 그러나 기함할 일은 따로 있었다.

"형조에서 하는 일을 어찌 병판대감께서 이리 직접 나서시어 전해 주십니까?"

"옛정을 생각하여 왔다 하면 답이 되겠군."

"옛정이라 하셨습니까?"

숙현을 향한 가연의 목소리가 날카로웠다.

"소녀가 알기에는 불과 얼마 전까지만 하더라도 아비를 찾으셨던 대감이십니다. 옛정이라 말씀하시기에는 너무 이르지 않나 싶습니다만."

"하하하, 그리 생각하느냐? 허나, 어쩌누. 네 아비가 먼저 돌아섰으니 그리 말할 수밖에. 괘씸하여 조용히 넘길 수가 없더구나."

숙현이 표정 하나 변하지 않고 말을 이어 갈수록 가연의 머릿속은 복잡했다. 아비가 언제 돌아섰는지는 모르겠으나 함정에 빠졌다는 것은 직감할 수 있었다.

"믿을 수 없습니다. 그리 무모한 짓을 하실 분이 아니십니다."

"네가 믿을 수 없다 하여 변하는 것은 아무것도 없다."

입가에 번지는 숙현의 미소는 가연에게 공포로 다가왔다.

"허면 그리 알고 있거라."

"고작 그 한 말씀을 하시려고 오신 발걸음이 아니실 터인데요?"

가연의 물음에 평상을 내려가던 숙현의 발걸음이 멈췄다. 상인의 여식이라 그런지 상황을 읽는 눈이 빠르다는 생각을 했다. 허나 맞잡은 두 손을 달달 떨고 있는 가연의 모습은 호랑이 앞에 먹잇감처럼 보일 뿐이었다.

"꽤 영특하구나. 그러나 감히 네가 던질 말은 아니지."

"원하시는 것이 무엇이십니까?"

떨리는 목소리를 숨기려 애썼지만 입 밖으로 나온 가연의 목소리는 이내 갈라졌다.

"내가 원하는 것이 무엇인지는 중하지 않음이야. 그것을 네가 받아들이느냐, 아님 못 받아들이느냐가 중할 뿐이지. 아비를 살리고 싶다면 내가 어떠한 거래 조건을 말하든 수용하겠다는 자세를 가져야 할 게다. 또한, 너에게 주어진 시간이 길지 않다는 것을 명심하거라. 내 기다리고 있으마."

이리도 간악한 자의 손에 아비의 목숨이 달려 있다 생각하니 가연은 치가 떨렸다. 자신의 손에 검이 있다면 면주전을 나서는 병판의 목을 단칼에 베고 싶었으나 그럴 수 없는 현실이 가연을 더욱 비참하게 만들었다. 마음 한편에서부터 올라오는 불안감을 끌어안고 가연의 발걸음은 집으로 향했다.

"어찌 이리 안 오는 게야."

대청 나무 기둥에 등을 기대고 안채 문을 바라보던 화윤이 중얼거렸다. 아침나절 가연이 정성스레 달여 온 탕약을 마시고 화윤은 깊은 잠에 빠져들었다. 한나절을 더 자고 나서야 겨우 몸을 일으켜 앉은 화윤은 머리맡에 놓인 미음까지 싹 비우고 방을 나왔다.

비록 걸어 다니기에는 머리가 조금 어지러웠지만 시원한 바깥바람을 쐬니 멍해 있던 정신이 조금 깨어나는 듯했다. 이미 해가 지고 어둑해진 밤이 돼서야 굳게 닫혀 있던 안채 문이 열렸다.

"가연이냐?"

어둠 속으로 물음을 던졌지만 발걸음 소리만 들릴 뿐 대답은 없었다. 잠시 후, 치맛자락이 밝은 달빛 아래 서서히 모습을 드러냈다.

"표정이 어찌 그 모양이냐?"

자신 옆에 나란히 앉은 가연의 표정을 살피며 화윤이 걱정스레 물었다. 그러나 여전히 가연의 입은 닫혀 있었다.

"잡귀라도 본 게야?"

"아닙니다. 몸은…… 괜찮으시어요?"

"뭐, 네 덕에 많이 좋아졌다. 헌데, 너는 죽을 것 같은 안색이다?"

"이만한 일로 죽기야 하겠습니까."

"이만한 일? 무슨 일?"

안채로 들어오기 전 가연은 아버지와 마주했다. 진정 무슨 일이 있었는지 알아야 했기에 가연은 두 귀를 활짝 열고 귀를 기울였다.

사건의 시작은 이러했다. 작일 밤, 밀거래로 싼값에 질 좋은 인삼을 구할 수 있다는 소문을 듣고 아버지가 움직였다. 있는 자금을 모두 긁어 인삼을 사들인 아버지는 큰일을 치른 듯 피곤한 기색으로 새벽녘에 돌아온 것이었다.

그러나 이것이 화근이었다. 병구아재가 인삼을 정리하던 중, 다른 두 가지 품종이 한데 섞여 있는 것을 발견하고는 고개를 갸웃거렸다. 대부분의 경우 인삼은 약재로 많이 쓰인다. 해서 질 좋고 우수한 품종의 인삼은 궐 안 전의감으로 들어가고 그보다 좀 못한 품종이 시전에 풀렸다. 허나 아버지가 가져온 인삼은 윗부분을 빼놓고 모두 최상품의 인삼이었다.

이 사실을 알고 난 후 꼬박 하루 동안 밀거래를 주선한 이를 찾아다녔지만 아무것도 알아낸 것이 없단다. 무엇에 홀리기라도 했는지 그자에 대해 아는 이가 없었음이라. 자신이 돌아와 어찌 된 일인지 물어볼 때까지 아버지는 사태 수습을 못 하고 있었다.

"궐로 들어갈 인삼이 아닐 수도 있는 게지. 허고, 아는 이가 없는데 큰일이야 나겠느냐. 너무 걱정 마라."

말은 이리했으나 화윤의 마음도 찜찜하기는 마찬가지였다.

"병판대감이 알고 있으니 덮을 수 없을 겁니다."

"병판대감!"

가연보다 더 놀란 표정으로 목소리를 높인 화윤은 입을 다물지 못하고 있었다. 이런 화윤과 달리 가연은 덤덤히 말을 이어 나갔다.

"밤사이 무슨 일이 벌어졌는지 다 알고 있다는 듯, 그리 절 찾아왔습니다. 아버지께서도 이제야 본인의 판단이 잘못되었다는 것을 아셨지만 뉘에게 하소연을 하겠습니까. 꼼짝없이 함정에 빠져 목숨을 내놓게 생겼습니다."

"생각 좀 해 보자. 빠져나갈 방도가 있을 게야."

화윤의 말이 끝나기가 무섭게 대문을 부서져라 두드리며 고함을 지르는 소리가 들렸다. 곧이어 대문이 열리고 여러 명의 발걸음

소리가 뒤이어 들려왔다. 안채 밖은 많은 수의 횃불로 대낮처럼 밝았다.

"행수 임천만은 당장 나와 오라를 받으라!"

쩌렁쩌렁한 사내의 목소리가 안채까지 넘어 들어왔다. 순간 너무 놀란 가연이 자리에서 벌떡 일어났지만 단 한 걸음도 움직일 수 없었다. 여기저기 부서지고 깨지는 소리와 사람들의 비명이 뒤섞여 가연에게 공포로 다가왔다. 가연은 무심코 덥석 잡은 화윤의 손을 놓지 못했다.

"가지 마라. 네가 저 문을 나선다 해서 아버지를 구할 수 있는 것은 아니다."

"하지만……."

한 발 내딛던 발걸음이 화윤에 의해 멈췄다. 먼저 손을 잡은 이는 가연이었지만 화윤의 힘이 더 강했다. 절대 놓아 주지 않을 것 같은 표정으로 가연을 바라보는 화윤의 눈빛은 강렬했다. 가연은 그저 떨리는 가슴을 한 손으로 움켜쥐며 아랫입술을 꽉 물었다.

"이곳은 못 들어가십니다. 아녀자가 기거하는 안채에 어찌 들어간다 하십니까."

관군들이 안채 문을 열려 하자 향금이 그 앞을 막아섰다. 허나, 여린 여인의 힘으로 어찌 관군들의 힘을 막을 수 있을까. 이내 짧은 향금의 비명이 들렸다.

"내가 임천만이요. 나만 잡아가면 되지 않겠소. 곤히 잠든 여식이 놀라 깰까 염려되구려."

버선발로 나온 천만은 안채 문을 열려 하던 관군들 앞에 서서 조용히 청했다.

"죄인을 포박하여 압송하라. 증좌가 될 인삼도 남김없이 찾아 압수해야 할 것이야!"

여기저기 아버지를 부르며 울먹이는 목소리가 들리자 가연은 눈앞이 다 아찔했다. 힘이 빠져 서 있을 수가 없는 몸이 절로 화윤에게 기대어졌다.

"아버지께서도 잡혀가는 모습을 너에게 보이고 싶지 않으실 게야. 지금은 죽도록 억울하고 서럽겠지만 참아야 한다. 무모한 짓은 말자."

무슨 힘으로 서 있었는지 모르겠지만 집안은 다시 적막해졌다. 그제야 안채 문을 열고 나온 가연은 눈앞에 펼쳐진 광경을 보고 땅바닥에 털썩 주저앉았다. 광문은 활짝 열린 채로 모든 물품이 흩어져 있었고 방문은 맥없이 떨어져 대청에 나뒹굴었다. 이 기막힌 모습을 바라보며 가연은 차라리 이것이 꿈이길 바랐다. 그러나 여기저기서 흘러나오는 가솔들의 울음소리는 지금 이 상황이 꿈이 아님을 일깨워 주었다.

'그가 내게 준 시간이 이리도 짧았더란 말인가.'

가연이 감당하기에는 너무도 큰 사건이 아닐 수 없었다.

날이 채 밝기도 전에 가연은 옥사로 향했다. 들어갈 수 없다는 문지기에게 돈푼을 쥐여 주고 나서야 겨우 아비의 얼굴을 마주한 가연은 눈물이 앞을 가렸다. 아직 문초가 시작되지 않아 작일 밤 보았던 그대로의 모습을 하고 있었지만 다른 옥사에 갇힌 죄인들의 신음이 가연의 오금을 저리게 만들었다.

"아……버……지……."

천만의 손을 꼭 잡은 가연의 손은 사시나무 떨 듯 떨렸다.

"울지 마라. 운다고 해결할 수 있는 일이 아니니라. 그리고 이제부터 이 아비의 말을 귀담아들어야 한다."

가연은 말없이 고개만 끄덕였다.

"아비를 두고 그 뉘하고도 거래를 해서는 아니 된다. 그리하면 상단은 물론이요, 너에게도 화가 미칠 것이니 아비를 이곳에서 빼내려는 생각은 추호도 하지 말거라."

"어찌 자식 된 도리로 지켜만 보겠습니까. 그리는 못 합니다."

"너에게까지 죄를 묻지 않도록 아비가 막을 터이니 너는 지금 당장 집으로 돌아가 향금이를 데리고 도성을 떠나거라. 지체하지 말고."

천만은 알고 있었다. 이제 자신은 죽은 목숨이라는 것을. 자신이 죄를 인정하지 않으면 여식까지 고초를 겪게 됨을 알기에 가연이라도 화를 피했으면 했다. 지금 천만에게는 가연 외에 그 어떤 것도 중하지 않았다.

"못 갑니다."

"미련하고 아둔한 것 같으니! 겨우 이 정도에 무너질 배포였단 말이냐!"

"아버지……, 세상 그 뉘도 부모를 버릴 배포는 없습니다. 어찌 천륜을 저버리라 하십니까."

가연의 목소리가 슬픔에 잠겨 끊어졌다.

"해서! 생목숨을 내놓기라도 하겠다는 게야! 아비 앞에서 진정 그리 말할 참이더냐!"

먼저 간 아내와 약속했었다. 곱게 키워 좋은 짝을 지어 주겠다고. 허나, 이런 일이 닥치었으니 아내와 한 약속을 지킬 수 없게 되었다. 천만은 어금니를 꽉 물고 마음을 다잡았다. 여식만큼은 살려야 했으니까.

"재물을 가지고 개성으로 가거라. 가서 다시 시작해. 너라면 할 수 있을 게다. 넌 상인의 여식이야. 네가 먹여 살려야 하는 이들이 많음을 잊어서는 아니 된다. 아비를 위해 그리해다오."

마지막을 말하는 아비의 말에 가연은 털썩 주저앉았다. 진정 아무런 방도가 없단 말인가……. 한없이 눈물만 쏟아 내던 가연은 관군들의 억센 힘에 끌려 나와야 했다.

가연은 아비를 만나고 돌아와 꼬박 하루를 방에서 나오지 않았다. 쪼그리고 앉아 무릎을 세우고 머리를 박은 가연은 벌써 세 번째 밥상을 물렸다. 물도 입에 대지 않는 가연을 지켜보며 화윤의 속은 썩어 문드러졌다. 해서 가연을 따라 화윤도 굶었다.

"옥에 있는 아비보다 먼저 굶어 죽기라도 하겠다는 게야?"

위로해 준다는 것이 입에서 엉뚱한 소리가 나와 버렸다. 지금 가연의 모습이 한심하고 답답하기는 하지만 아픈 상처를 건드리고 싶지는 않았다. 그러나 이미 뱉은 말을 주워담기에는 너무 늦어 버렸다.

"하루를 굶었다 하여 죽지는 않습니다."

"물도 먹지 않으니 하는 소리다."

"차마…… 목으로 넘길 수 없사와 그럽니다. 아비가 지금 어떤 고초를 겪고 계실지 알면서 음식을 어찌 삼키겠습니까."

"자식 된 도리를 모르는 바 아니나 굶는 것이 능사는 아닌 게야. 먹어야 생각도 하는 법이다."

밥상을 물릴 때마다 했던 대화를 두 사람은 똑같이 이어 나갔다. 그러나 조금이라도 먹이려는 화윤과 먹지 않겠다는 가연의 입씨름은 큰 진전을 보이지 않고 있었다. 그리 애꿎은 시간만 흘러갔다.

"네 마음대로 해라!"

보다 못한 화윤이 방을 나와 버렸다. 더는 보고 있을 수가 없었다.

"어딜 가려고!"

캄캄한 어둠 속에서 들리는 낯익은 목소리에 놀란 화윤은 섬돌로 내려서던 발걸음을 거두었다. 화윤은 주위를 두리번거리며 어둠 속을 응시했다.

"네가 나설 일이 아니다."

익숙한 목소리의 주인은 화윤의 큰 누이 월이었다. 달빛을 받으며 어둠 속을 뚫고 나온 월의 눈빛은 그 어느 때보다 날카로웠다.

"더는 못 보겠습니다."

화윤의 발걸음이 누이를 따라 정자로 향했다.

"해서 옥에 있는 이를 꺼내 오기라도 하겠다는 게야?"

"가연의 마음이 편안해질 수 있다면 하지요."

"신이 인간의 생에 관여하겠다? 진정 가연의 마음을 얻지도 못한 채 천상계로 끌려가고 싶은 게냐?"

알고 있다. 누이가 자신에게 무슨 말을 하고 싶어 하는지. 신은 절대 인간의 삶에 관여할 수 없다. 더구나 상제도 아닌 자신이 이들의 삶을 바꿔 놓는다는 것은 큰 틀이 깨질 수 있는 일이었다. 하지만 가연을 향한 연정이 차고 넘친 화윤에게는 아무것도 들리지 않았다.

"너는 가연의 마음만 얻으면 된다. 그것 하나에만 열중해도 시간이 모자랄 것이야."

"지금 가연의 눈에 제가 보이기나 하겠습니까? 옥에 있는 아비의 생각으로 머리가 터질 지경인 저 미련한 여인이 지금! 제게 마음을 주겠냐는 말입니다!"

처음이었다. 누이에게 이렇듯 화를 낸 것이. 이 역시 바라던 바는 아니었다.

"신은 인간이 견딜 수 있을 만큼의 시련만 주느니라. 네가 나서지 않아도 이들의 삶은 물 흘러가듯 흘러갈 것이야."

"하! 인간이 견딜 수 있을 만큼의 시련이라 하셨습니까? 어딜 봐서 이것이 견딜 수 있는 시련입니까! 뼈를 깎고 살을 도려내는 아픔입니다. 누이는 견딜 수 있다 생각하시어 그리 쉽게 말을 하십니까!"

화를 내는 화윤을 바라보며 월은 벌써 한쪽 가슴이 무너져 내리는 것 같았다. 자신에게 화를 내는 것이 섭섭해서가 아니었다. 인간의 삶에 물들어 그들 편에 선 화윤이 멀게 느껴져 가슴이 시렸다. 아주 큰 구멍이 뻥하고 뚫려 찬바람이 드나드는 느낌이었다.

"신이 아닌 인간처럼 말을 하는구나."

"애먼 누이에게 화를 냈나 봅니다."

쓸쓸히 내뱉은 누이의 말에 약간 누그러진 말투로 말했으나 여전히 화윤의 마음은 답답한 돌덩이가 떡하니 자리를 잡고 있는 듯했다. 그것을 모를 월이 아니었다.

"뉘보다 네 연심이 이루어지길 바라고 있는 나다. 한순간의 실수로 영원히 가연과 떨어져 지내고 싶지 않다면 생각하고 또 생각한 후에 움직여라. 가연의 마음을 먼저 얻는 것이 순서인 게야."

화윤이 다시 돌아서니 누이가 있던 자리에는 달빛만이 남아 있었다.

등롱을 들고 늦은 밤 대문을 나선 가연의 발걸음이 빨랐다. 주위를 살피며 걷는 걸음은 어딘가 모르게 불안해 보였다. 어둠을 가르고 걷던 가연이 도착한 곳은 대여섯 개의 가옥이 줄지어 늘어선 유곽 앞이었다. 가연은 숨을 크게 들이쉬며 마음을 다잡았다. 기녀들을 손님으로 만난 적은 있으나 그들이 기거하는 기방에 온 것은 처음인지라 불편한 마음이 아닐 수 없었다. 더욱이 여기저기 술에 취한 취객들이 앞가슴을 풀어 헤치고 있어 눈을 어디에 두어야 할지 난감했다.

'이곳인가?'

가장 화려하고 큰 기방 앞에 서서 현판을 확인한 가연은 조심스레 문턱을 넘었다.

"아녀자가 기방에는 어인 일이실꼬. 바람난 서방이라도 잡으러 오셨나?"

취객을 마중하느라 가연의 뒤에 서 있던 기녀는 '네가 올 곳이 못 된다는' 눈빛으로 바라보았다. 가연은 말없이 쓰개치마를 어깨까지 내렸다.

"하! 머리도 올리지 않은 처녀가 기방? 서방이 아니라 오라비를 찾으러 오셨나 보오."

여전히 기녀의 말투는 비꼼이 가득 들어가 있었다.

"병판대감께서 예 계신다 들었소. 어느 방인지 안내해 주시구려."

"병판대감을 만나러 왔다? 소저가 만나고 싶다 하여 쉽게 만날 수 있는 분이 아닐 터인데?"

"면주전 임 행수의 여식이 뵙길 청한다 하면 될 것이오."

잠시 망설이던 기녀는 떨떠름한 표정으로 가연을 안내했다.

기녀를 따라 별채로 들어선 가연의 귓가에 가야금 소리가 들렸다. 방문에 그려진 그림자로 보아 갓을 쓴 병판 맞은편으로 가체를 올린 기녀의 모습이 있었다. 가연의 심장이 미친 듯 펄떡거렸다.

"여화입니다."

가연을 데려온 기녀가 방문 앞에 서서 기녀 명을 올리자 안에서 들리던 가야금 소리가 멈췄다.

"무슨 일이냐?"

사내의 목소리가 아닌 기녀 초이의 목소리가 들렸다.

"임 행수의 여식이 찾아와 뵙기를 청합니다."

술잔을 들던 병판의 손이 공중에 멈췄다. 가야금을 뜯던 초이도 조금 놀랐는지 병판의 얼굴만 바라보고 있었다.

"어찌하오리까?"

초이는 어떠한 답도 하지 않고 술잔을 빙빙 돌리는 병판의 입가를 유심히 살폈다.

"들라."

병판의 허락이 떨어지자 활짝 열린 문 사이로 가연의 모습이 보였다. 가연이 비단신을 벗고 방 안으로 들어서니 밖에서 방문이 닫혔다. 초이는 가야금을 한쪽 벽에 세워 놓고 병판 옆으로 자리를 옮겼다. 가연은 절을 올리기 위해 쓰개치마를 바닥으로 내려놓았다.

"예는 되었으니 그냥 앉거라."

조금 전까지 초이가 앉아 있던 방석 위에 앉은 가연은 병판의 눈을 똑바로 바라볼 수 없었다. 여전히 심장은 터질 듯이 뛰고 있었다.

"내 분명 시간이 길지 않다 했거늘 이리 느긋한 성미인 줄 몰랐군. 아비가 잡혀간 지 이틀이 지나서야 날 찾아왔다? 이틀이면 옥에 갇힌 네 아비의 육신이 온전할 줄 알았더냐?"

마구 뛰던 가연의 심장이 순간 철렁하고 내려앉는 기분이었다. 멀쩡히 걸어 나올 수 있다고는 믿지 않았지만 온전할 수 없다는 말에 정신이 다 아찔해졌다. 이러다 아비의 목숨이 끊어져 시신을 수습해야 하는 것은 아닌가 하는 두려움마저 느껴졌다.

"그래, 뭐든 받아들일 준비는 하고 왔으렷다?"

가연은 병판의 물음에 기어 들어가는 소리로 겨우 답할 수 있었다.

"내 널 소실로 들일 것이니 몸가짐이나 잘하고 있거라."

"예?"

소실이라니? 가연은 고개를 번쩍 들어 올렸다. 가진 것을 모두 내놓으라 할 줄 알았다. 해서 앞으로 아버지를 모시고 어찌 살아야 할지 고심하였건만 이 무슨 말인가. 가연은 너무 놀라 답도 못하고 병판의 음흉스런 표정만 뚫어져라 바라보았다.

"대감!"

가연만큼 놀란 이가 초이였다. 지금껏 병판의 첩이 되기 위해 얼마나 바동거렸던가. 그의 마음을 조금은 가졌다 생각했으나 엉뚱한 여인에게 자리를 내어 준 꼴이 되었으니 자신의 처지가 우습지 않을 수 없었다.

"못 하겠느냐?"

"다른 것을……."

"내가 원하는 것은 오로지 너 하나다. 이 말의 뜻은 아비를 살릴 방도가 너 외에는 아무것도 없다는 뜻이지. 더 설명해 주랴?"

충분하다. 아니, 차고 넘쳤다. 다만 머리로 받아들이는 것이 힘들 뿐이었다.

"네가 계속 이리 시간을 끌 때마다 아비의 목숨은 죽음의 문턱으로 가고 있느니라. 내 아무리 병권을 쥐고 있다지만 형조에서 하는 문초까지 막을 수는 없는 일. 부디 때늦은 후회를 하지 말거라."

한시가 급하다. 그것을 모르지 않는다. 하지만 이것은 쉽게 그러겠다 답할 수 있는 문제가 아니었다. 살면서 마음에 담은 이와 혼인할 수 있을 거라고 생각한 적은 많지 않았다. 그저 아비가 골라 준 좋은 혼처에 시집가 평범하게 살 줄 알았다. 이렇게 자신의 뜻과 달리 누군가의 소실로 들어가게 될 거라고는 꿈도 꾸지 않았다. 이는 가연에게 남은 생이 지옥 같음을 의미하는 것과 다를 바 없었다. 하필이면 다른 누구도 아닌 병판의 소실이라니. 하늘이 무너진다는 것이 어떤 느낌인지 가연은 절실히 느낄 수 있었다.

"네 아직 아비의 몰골을 보지 못해 이리 뜸을 들이는구나. 지금이라도 아비를 보겠느냐?"

 "그리……하겠습니다."

 마지못해 나온 목소리는 갈라졌다. 치맛자락을 꼭 쥔 손이 부르르 떨렸다.

 "하하하! 그래야지. 뉘가 아니냐? 네가 아들이라도 하나 낳아 준다면 정실부인 부럽지 않을 권세를 누릴지 말이다. 네 아비의 목숨과 맞바꾼 것이니 그 정도 값어치는 되어야지."

 병판의 마지막 말을 뒤로하고 어찌 기방 별채를 나섰는지 기억이 나질 않았다. 쓰개치마도 걸치지 않고 어두운 밤길을 걸으며 가연은 온몸을 떨어야 했다. 이 더러운 세상의 권력과 신분에 꽁꽁 묶인 자신의 처지가 너무도 서러웠다. 벗어날 수도 없고 버릴 수도 없는 이 세상. 없는 자가 수긍하고 인내하며 살기에는 가진 자의 횡포가 너무도 가혹했다.

 "도대체 어딜 다녀온 게야! 말도 없이 사라져 찾아다니질 않았느냐."

 대청에 올라서자마자 화윤의 잔소리가 시작되었다. 허나, 다른 때와 달리 이 소리마저 가연의 귀에는 흥겨운 노랫가락처럼 들렸다. 이제 앞으로 화윤과 같이 할 날도 얼마 남지 않았으니 지금 누리는 이 모든 것들이 소중할 뿐이었다.

 "어찌 내 눈을 피하는 것이냐? 너 분명 무슨 짓을 했구나?"

 대답도 없이 방 안으로 들어간 가연은 순간 정신이 아찔하여 털썩 주저앉고 말았다.

 "거 봐라. 내 이럴 줄 알았다. 그리 굶고 돌아다니니 몸이 버티겠느냐!"

화윤의 말에 가연은 피식 웃고 말았다. 세상 모든 것이 다 변한다 하더라도 화윤은 절대 변하지 않을 것 같았다. 목소리도, 성품도, 모습도……. 하나 변하지 않고 그 자리에서 자신을 기다려 줄 것 같은 화윤의 마음에 가연은 양쪽 입꼬리를 올려 미소 지었다.

"왜 이러는 게야? 정신이 오락가락하느냐?"

"예. 그런가 봅니다."

"예? 이럴 게 아니라 뭘 좀 먹어야겠다. 잠시만 앉아 있어라."

부랴부랴 방을 나서는 화윤을 바라보며 가연의 눈매는 슬픔으로 젖어들었다. 어느새 화윤의 존재를 너무도 당연시 받아들이며 말 한마디에 위로를 받는 자신의 모습을 깨달았다. 가연은 과연 자신이 화윤을 잊고 살 수 있을까 하는 생각마저 들었다. 아니, 잊고 싶지 않았다.

"죽을 다 쑤셨습니까?"

화윤이 들고 온 밥상을 확인하며 가연은 놀라지 않을 수 없다. 이런 것도 할 줄 알았나? 라는 생각에 화윤을 다시 보게 되었다.

"너도 참, 물어볼 걸 물어봐라. 아직도 날 모르는 게야? 이런 걸 내가 할 줄 안다면 그때는 신이 아니라 사람인 게지."

혹시나 했는데 역시나. 하지만 그렇다고 화윤이 미워지는 것은 아니었다.

"향금이 아침나절 쑨 죽이다. 난 따뜻하게 데워온 것뿐이니 먹기나 해라."

숟가락을 내민 화윤은 먹기 편하게 가연 앞으로 밥상을 밀어 주었다.

"안 드십니까?"

"너 먹는 거 보고. 나까지 굶어 죽게 만들지 않으려면 이 죽은 다 먹어야 한다."

먹지 않았다 해서 신이 인간처럼 죽지는 않겠지만 자신의 몸을 생각해 억지로라도 먹이려는 화윤의 마음을 가연은 모르지 않았다. 한술 떠 입안으로 밀어 넣으며 가연은 그나마 아버지를 살렸다는 사실에 위안을 가졌다. 상단이 다시 일어설 수 있을지는 아직 모르지만 이 삭막한 세상에 홀로 남지 않게 되었다는 것만으로도 감사해야 했다. 허나, 가슴이 미어지는 것은 어쩔 수 없었다. 아직도 믿기지 않는 병판의 거래조건을 애써 외면하며 가연은 차오르는 눈물을 애써 참고 있었다.

여인으로 사는 삶은 끝이다. 아니 이제 상단의 일도 놓아야 했다. 홀로 지내실 아버지와 다시 볼 수 없는 화윤을 생각하니 죽이 잘 넘어가지 않았다. 가연은 후회를 했다. 자신이 그동안 누리고 있었던 것들에 감사하며 살아야 했건만 너무나 당연히 영원할 것처럼 여겼던 자만심이 부끄러웠다.

"겨우 이걸 먹고 숟가락을 내려놓는 게야?"

그릇에 남은 죽을 확인하며 인상을 잔뜩 찌푸린 화윤의 표정을 가연은 고스란히 가슴에 담았다. 만약 지금 자신 곁에 화윤이 없었다면 이 시련을 다 이겨 낼 수 있었을까 하는 생각이 들어 그의 표정 하나, 말투 하나가 모두 값진 보물 같았다. 고마운 마음에 그에게 무엇인가 해 주고 싶었지만 아무것도 해 줄 것이 없었다. 그저 환하게 웃어 주는 것밖에는.

"하! 밥상 차려 줬다고 상이라도 주는 게냐. 웃지 마라. 심장 떨린다."

살짝 고개를 돌리며 방바닥을 내려다본 화윤은 애먼 옷자락만 털고 있었다.

"제가 좋으십니까?"

대뜸 가연이 던진 물음에 화들짝 놀란 화윤은 꼼짝도 하지 않았다. 뭐라 답을 해야 좋을지 몰라 눈동자만 이리저리 굴리고 있었다.

"어디가 그리 좋으십니까? 웃는 모습이요? 아님 자태가 좋으십니까?"

"갑자기…… 어이 그런 말을 묻는 게야. 쑥스럽게……."

화윤은 여전히 가연을 바라보지 못했다.

'많이 보여 드리고 싶어서요. 그래야 제가 떠난 후에도 잊지 않으실 테지요.'

차마 꺼내지 못한 말이 입안에서 삼켜졌다.

"아니 뭐…… 딱히 어디가 좋다는 것보다 그냥…… 다 좋다. 웃는 모습도 어여쁘고, 착한 마음도 어여쁘고……."

화윤의 말이 채 끝나지도 않았는데 가연이 말을 잘랐다.

"변하지 마시어요."

"뭐라?"

"지금 모습 그대로가 좋습니다. 저는……."

"걱정 마라. 내가 변하면 이 세상이 다 변할 것이다. 아니 천상계도 변할 것이니 그런 시답지도 않은 생각은 접어 두어라."

손사래까지 치며 강하게 부인한 화윤은 이제야 가연을 바라보며 환하게 웃었다. 하지만 왠지 모르게 가연의 눈빛이 슬픔을 가득 담고 있음을 알아챘다.

"너 수상타."

화윤의 말에 가연은 쓴 미소만 지어 보였다.

"몸이 안 좋은 게야? 나한테 옮았나?"

가연의 이마에 자신의 손을 얹고 열이 있는지 없는지 확인한 화윤은 고개를 갸웃거렸다. 그다지 열이 있는 것 같지 않아 손을 떼며 눈썹을 추켜세웠다.

"먹었으니 한숨 자는 게 좋겠다. 이상한 소리 그만하고."

가연이 누워 쉴 수 있도록 이부자리를 펴 준 화윤은 밥상을 들고 섬돌로 내려서다 번뜩 한 가지 사실에 놀라지 않을 수 없었다. 가연을 만질 수 있다?

'갑자기 왜?'

밥상을 들고 멍하니 정면을 응시하던 화윤은 이 같은 상황이 가능한 연유를 찾기 위해 머리를 굴렸다. 하지만 자신이 만든 구슬도 아니거니와 누이에게 전해 들은 바가 전혀 없으니 추측만 난무할 뿐 정확한 답을 내리지 못했다.

'구슬의 힘이 약해졌나?'

이런 화윤의 생각은 옳았다. 가연의 마음이 화윤에게 향하며 구슬은 화윤의 신력을 조금씩 봉인하고 있었다. 그러니 가연의 몸을 감싸고 있던 구슬의 힘은 서서히 약해져 가고 있었다. 갑자기 화윤이 아팠던 것도 이 때문이었지만, 아직 화윤은 그 사실을 알아채지 못했다.

기방 안에서도 가장 크고 화려한 방을 차지한 초이는 보료 위에 넋 나간 이처럼 앉아 있었다. 같은 시각 다른 기녀들은 치장하느라고 분주하게 움직였지만 초이는 얼굴에 분칠하는 것조차 잊어버렸다. 그저 면경 안에 비친 자신의 얼굴을 바라보며 고개를 이리저리 돌리고 있었다.

'언제 이리 나이가 들었나.'

면경 안에 비친 이는 자신이 아닌 것 같았다. 한때 도성 안을 주름 잡았던 미색은 온데간데없이 사라지고 세월을 이길 장사가 없듯 초이를 찾는 이는 많지 않았다. 비록 지금도 고관대작들을 상대하기는 했지만 그것은 어디까지나 입이 무겁고 말재주가 있어 겨우 면을 세울 정도였다. 해서 이 더러운 짓거리는 그만 집어치우고 조용히 병판의 첩실로 들어앉아 여생을 편히 보내려고 하였다. 그러나 그 모든 것이 하루아침에 물거품이 되어 버렸다. 초이는 면경에 비친 자신의 모습을 혐오스럽게 바라보았다.

"아악!"

보기 싫은 것을 치워 버리기라도 하듯 초이는 면경을 집어 던졌다. 면경이 벽에 부딪히며 깨지는 소리가 기방을 울렸다. 잠시 후, 기녀 여화가 놀란 표정으로 초이의 방을 찾았다.

"형님! 갑자기 이 무슨 일이시오?"

방 안을 둘러본 여화는 어찌 된 영문인지 몰라 멀뚱히 서 있기만 했다. 그러다 곧 손님을 맞아야 하건만, 가체도 올리지 않고 분칠도 하지 않은 초이를 바라보며 입을 떡하니 벌렸다.

"아니, 형님! 여태 그 꼴로 계시면 어찌합니까? 행수 어르신 보시면 불호령이 떨어집니다. 제가 도와드릴 터이니……."

여화의 말이 끝나기도 전에 쓰개치마를 챙겨 든 초이가 자리에서 벌떡 일어났다.

"이 시각에 어딜 가시려고요?"

"나갔다 와야겠다."

"예? 형님!"

그렇게 기방을 나온 초이는 한 치의 망설임도 없이 북촌으로 향했다.

해가 뉘엿뉘엿 질 때쯤 누군가 자신을 기다리고 있다는 전갈을 받고 이겸이 집을 나섰다. 인왕산 입구에 있는 허름한 정자에 다다른 이겸은 쓰개치마를 쓴 여인의 뒷모습을 어렵지 않게 찾을 수 있었다.

"기녀 초이라 합니다."

"기녀?"

한 번도 기방을 출입한 적 없는 이겸은 자신을 기다린 이가 기녀라는 사실에 적잖이 놀란 표정이었다. 이겸은 가까이 다가가지도 못하고 있었다.

"나를 보자 했더냐?"

"예. 제가 청했습니다."

"이리 마주할 연유가 없을 터인데."

"전에는 없었지요."

"허면, 지금은 있다는 말인가?"

"그러합니다."

흐트러짐 없는 초이의 언행이 이겸을 긴장하게 만들었다.

"병판대감께서 소실을 들이신다 하십니다."

뜬금없는 소리가 아닐 수 없었다. 갑자기 소실이라니……. 그것도 자신의 혼사를 앞에 두고 소실을 들이겠다는 것은 이겸에게 충격이 아닐 수 없었다.

"난 네 말을 믿을 수 없다."

"제가 있는 자리에서 꺼내신 말씀입니다. 지금 병판대감을 말릴 수 있는 분은 오직 도련님 한 분뿐이십니다."

"하!"

기가 막힐 일이었다. 더구나 이런 말을 기녀에게 전해 들어야 한다는 사실 또한 이겸을 부끄럽게 만들었다. 그의 입에서는 헛웃음만 흘러나왔다.

"반가에서 소실을 들이는 것쯤은 일도 아닐 것이나 상단 하나를 집어삼키시려고 행수의 여식을 곁에 두는 것은 흠이 되겠지요."

"내게 이 같은 말을 전하는 연유가 무엇이냐?"

"무엇을 바라고 온 길은 아닙니다. 허면, 이만 물러가옵니다."

초이는 서둘러 기방으로 발걸음을 옮겼다. 오랫동안 자리를 비워둘 수도 없었고 더는 이겸과 나눌 말도 없었다. 그가 이 말을 듣고 어떤 행동을 취하든 자신이 하고픈 말은 다 전했다. 초이는 이리한다고 해서 병판의 마음이 자신에게 돌아설 거라는 생각은 애초부터 하지 않았다. 세 해를 모셨기에 병판이 어떤 성품을 가졌는지 너무 잘 알고 있었다. 처음부터 자신에게 없었던 마음임을 이제야 깨달은 것이 한스럽지만 보상은 받고 싶었다. 내가 가지지 못한다면 상대도 가질 수 없다. 이것이 초이가 선택한 자신만의 보상이었다.

"이 야밤에 뭘 하자고?"

아비가 옥에 갇혀 생사를 알 수 없는 마당에 가연이 먼저 산책을 하자 하니 화윤은 어이가 없었다. 정신 줄을 놓지 않고서야 자식 된 도리로 이리 태평하게 환한 미소를 지으며 청할 수 없는 말이었다. 화윤은 가연의 충격이 커 이성적인 생각을 못 하고 있다 여겼다. 그러나 바보같이 가연의 미소에 심장은 고장 난 듯 팔딱거렸다.

"답답하여 그럽니다. 답답하여……."

그럴 만도 할 것이다. 아무리 고심을 해도 아비를 꺼내 올 방도가 없으니 저 여린 가슴이 답답하다 못해 터질지도 모른다는 생각이 문뜩 들었다. 마음 같아서는 신력이라도 써서 가연의 아비를 데려오고 싶건만, 누이의 말처럼 신은 인간의 삶에 관여할 수 없는 것이 이치인지라 화윤도 답답하기는 마찬가지였다. 해서 두말 없이 가연을 따라 집을 나섰다.

"여기가 어디냐?"

등롱을 들고 걷던 화윤은 구름 다리 위에 서서 주위를 둘러보았다. 그다지 보이는 것은 없었으나 처음 온 곳이어서 자연적으로 물어보게 되었다.

"어서 오시어요."

멈췄던 화윤의 발걸음이 가연의 재촉에 다시 움직였다.

"이곳입니다."

"여기? 이 나무 말이냐?"

"예. 양팔을 벌려 이 나무를 끌어안고 마음에 담은 이의 명자를 세 번 부르면 연정이 이루어진다는 전설이 있습니다."

"그런 말을 믿는 게야? 신도 들어주지 못하는 일을 어찌 이 나무가……."

화윤은 말을 하다 말고 입을 닫았다. 개떡 같은 전설이지만 그걸 철석같이 믿고 있는 가연의 표정을 보자 화윤은 차마 사실을 말할 수 없었다. 간혹 인간들은 이루어지지 못할 꿈을 마음에 담고 있었다. 그리고 그 꿈을 이룰 수 있다는 희망을 품기 위해 맹목적인 믿음을 필요로 한다는 것도 알고 있었다. 때문에 사람 사는 곳이라면 어디나 이런 전설이 전해짐을 인간들은 알지 못했다. 굳이 가연에게 이런 사실을 알리고 싶지는 않았다. 금일 밤만큼은 말이다.

"알았다. 뭘 어찌 하는 거라고?"

"이리 두 팔을 벌리고 나무 둘레를 꼭 안으시면 됩니다."

가연이 먼저 시범을 보이자 화윤은 마지못해 두 팔을 벌려 나무를 끌어안았다. 지금 가연을 끌어안아도 시원찮을 판에 딱딱하고 거친 나무를 안고 있다 생각하니 자신의 처지가 한심했다. 그러나 화윤의 양손에 가연의 손이 맞닿자 그나마 위로가 되는지 화윤의 입가에 미소가 걸렸다.

"그리고 명자를 세 번 부르셔요. 이렇게 말입니다. 화윤, 화윤, 화……윤."

무엇을 바라고 따라 한 것은 아니나 가연의 입에서 자신의 명자가 나오자 화윤은 순간 소리를 지를 뻔하였다. 하지만 반대편에서 화윤의 명자를 부른 가연의 눈에는 눈물이 고였다. 이루어질 수 없음을 알아서일까? 맺혀 있던 눈물은 끝내 볼을 타고 흘러내렸다.

"그럼 나도 한다. 가연, 가연, 가연."

"이제, 진정 마음으로 바라시면 됩니다. 서로를 원하는 절실한 마음이 전해지면 이루어질 것입니다."

"알았다."

자신이 신인 것도 잠시 잊고 화윤은 두 눈을 꼭 감은 채 빌고 또 빌었다. 정녕 이 나무에 연분을 이어주는 신이 있기라도 한 것처럼 간절함을 담았으나 이런 화윤과 반대로 가연은 다른 마음을 담았다. 부디 자신을 기억해 달라고, 잊지 말아 달라고, 눈물로 간청했다.

"계속 이러고 있어야 하느냐?"

"이제 되었습니다."

나무 밑에 등롱을 내려놓고 나란히 앉은 두 사람은 말이 없었다.

"제가 이곳까지 찾아올 줄은 몰랐습니다."

향금에게 이런 곳이 있다는 것을 전해 듣고 가연은 코웃음을 쳤다. 신이 있다 믿지도 않았지만 이곳까지 찾아와 빌 정도로 연분을 맺고 싶은 사내가 생길 줄도 몰랐다. 그동안 연정이 무엇인지, 가슴이 설레는 것이 무엇인지 모르고 산 삶이었다. 이런 무료한 삶에 아픔을 던져 준 이겸도 있었고, 한결같이 자신 곁을 지켜 준 화윤도 있었다. 하지만 두 사람 모두 감히 인연을 기대할 수 없는 이들이라 아련한 추억만 가슴에 남을 뿐이었다.

"몰랐으니 설레고 떨리는 것이 아니겠느냐. 난 그리 생각한다."

"저와 연이 이루어질 수 있다 생각하십니까?"

"이루어지지 못할 연유는 또 무에야. 걱정 마라. 내가 다 알아서 할 것이니. 다만, 넌 지금처럼 마음을 활짝 열어 두면 된다. 나에게만."

앞날을 기대하는 화윤과 이별을 확신하는 가연의 눈빛은 어딘가 모르게 닮아 있었다. 자기 생각이 확실하다고 믿으면서도 한편으로는 혹시나 하는 마음을 가지고 있었다.

"추운 게야?"

오들오들 떠는 가연을 바라보며 화윤이 건넨 말이었다. 제법 싸늘해진 공기에 그만 집으로 가자 했으나 가연은 미동도 하지 않았다.

"새벽 해가 떠오르는 것까지 봐야 연이 이어진다 합니다."

내려가자 잡아끄는 화윤의 손을 뿌리치며 가연이 실토를 했다. 화윤은 한숨을 내쉬다 다시 자리를 잡고 앉았다. 입술이 한 자는 나와 있었다.

"전설 한번 유별나네."

추위에 떠는 가연을 보고만 있을 수가 없어 화윤은 서슴없이 도포 끈을 풀었다. 얼마나 바람을 막아 줄 수 있을지는 몰라도 없는 것보다 낫겠다 싶었지만 문득 확인하고픈 것이 떠올랐다.

'가만…… 어쩌면…….'

도포 끈을 다시 묶고 가연을 바라본 화윤은 두 팔을 벌렸다. 물론 화윤의 이런 행동이 가연의 눈에 좋게 보일 리 만무했다.

"뭐 하십니까?"

"확인 좀 해 보자."

가연을 안기 위해 가까이 다가간 화윤은 온몸으로 전해지는 짜

릿한 느낌에 서둘러 두 팔을 냉큼 접었다. 구슬의 힘이 어디까지인지 알다가도 모를 일이라, 화윤의 입꼬리가 절로 삐딱해졌다.

"에혜, 여기까지는 아닌가 보다. 그냥 벗자 벗어."

서둘러 도포를 벗어 가연의 어깨에 걸쳐 준 화윤은 찹찹한 마음으로 입맛을 다셨다. 이곳까지 와 자신의 명자를 불러 주었으면 이미 다 준 마음이건만 무엇이 부족하여 구슬의 힘이 아직도 가연의 몸을 감싸고 있는지 알 수 없었다. 허나, 화윤은 절대 모를 터. 가연의 마음이 열리기는 했으나 이루어질 수 없다고 생각하기에 화윤을 온전히 받아들이지 않고 있음을 말이다.

"그러다 또 감모 드십니다."

"네가 있지 않느냐."

"지금은 그렇지요."

지금이라……. 이유 모를 이 불안감은 무엇일까? 가연의 흔들리는 눈동자가 이런 화윤의 마음을 더욱 뒷받침해 주었다. 의미심장한 말이 아닐 수 없었다.

"어디 멀리 떠나기라도 할 사람처럼 말을 한다?"

"제가…… 가기는 어딜 갑니까."

"하긴 이곳까지 와서 빌었는데."

뒷말을 다 하지는 않았지만 화윤의 확신 어린 표정이 가연의 마음을 아리게 만들었다. 빌고 싶었다. 전설을 믿는 것은 아니지만 혹시나 모를 일이 자신에게 일어났으면 했다. 차라리 이루어질 수 없다 하더라도 병판의 소실이 아닌 신을 그리워하는 여인으로 남고 싶었다.

"신과 사람이 이루어질 수 있기는 합니까?"

가연은 끝내 꾹꾹 묻어 두었던 물음을 던지고 말았다. 화윤을 알아 가면서 궁금했던 것 중 하나였다. 그동안 자신과는 상관없는 일이라 치부했던 것이 어느 순간 가장 큰 문제로 다가왔다. 그만큼 자신의 마음이 화윤에게 기울었음이라. 가연은 화윤의 답을 초조하게 기다리고 있었다.

"네가 먼저 말해 봐라. '이루어진다.'의 기준이 무엇이냐?"

기준? 갑작스런 화윤의 물음에 가연은 바로 답할 수 없었다. 그러나 곰곰이 생각을 정리한 가연이 먼저 입을 열었다.

"같은 집에 살면서 두 사람을 닮은 아이를 낳고, 밤이 되면 나란히 눕고, 아침이 되면 가장 먼저 서로를 눈에 담을 수 있어야 하지 않겠습니까."

화윤은 상제인 자신의 아버지를 생각했다. 그러나 상제인 그분도 가연의 말처럼 할 수 없었으니 화윤의 답은 나와 있었다.

"없구나."

"없다고요? 참말이십니까?"

"걱정 마라. 너와 내가 처음으로 그런 인연이 될 것이니."

진정 그리될 수 있을까? 서서히 떠오르는 새벽 해를 바라보며 두 사람은 말이 없었다. 섣불리 앞날을 장담할 수 없는 불안감이 두 사람을 감싸고돌았다.

"이런, 이런. 꼴이 말이 아니군."

목에 칼을 차고 마치 죽은 사람처럼 앉아 있던 천만은 낯익은 목소리에 눈을 떴다.

"뉘시오?"

한쪽 눈 위가 찢어져 퉁퉁 부은 천만은 눈을 뜨기는 했으나 옥사 밖에 있는 이의 모습이 잘 보이지는 않았다.

"이제 사람도 못 알아보는가? 쯧쯧, 그러게 호랑이 앞에서 등을 보이지 말았어야지."

말투를 보아하니 뉘인지 짐작이 갔다. 마음 같아서는 병판의 목을 조르고 싶었지만 천만은 꼼짝도 할 수 없었다. 목에 칼을 차고 있기도 했지만 주리 틀린 다리는 감각이 없었고 양 손가락의 손톱은 붙어 있는 것이 몇 되지 않았다. 얼굴은 여기저기 터져 보기 흉할 정도였고 온몸은 멍과 함께 피 칠이 되어 있었다. 인두질만 하지 않았다 뿐이지 온갖 고신을 당한 천만은 흡사 망자의 모습이라 해도 과언이 아니었다.

"더 이상의 고신은 없을 게야."

갑자기 이 무슨 말인가? 천만은 온몸이 오싹해지는 것을 느낄 수 있었다.

"네 여식이 널 살렸다."

"이런……."

천만의 입에서 짧은 탄식이 새어 나왔다. 그리 당부를 했건만 끝내 여식이 자신을 두고 병판과 거래를 한 것이 틀림없었다. 천만은 마른침을 삼키며 두 눈을 꼭 감았다.

"당신 뜻대로 되지는 않을 것이오."

천만의 독기 어린 목소리가 병판에게 향했다.

"과연 그럴까?"

옥에 갇힌 이가 무엇을 할 수 있겠는가. 그저 독에 받쳐 내뱉은 말임을 병판은 모르지 않았다. 병판은 재미있다는 듯 천만을 바라보았다.

"아, 이곳에서 언제쯤 나올 수 있을지는 알려 주어야겠지."

병판은 뜸을 들이며 천만에게서 돌아섰다.

"네 여식이 내 품에 들어오는 그날이다."

병판은 천만에게 이 한마디를 던져 놓고 사라졌다. 감았던 천만의 눈이 번쩍 뜨였으나 이미 병판의 모습은 시야에서 사라지고 없었다. 한동안 고래고래 소리를 지르는 천만의 절규가 옥사에 울려 퍼졌다.

6. 천 리 길도 한 걸음부터

 몇 날 며칠을 고심해 보아도 도저히 믿을 수 없는 말이었다. 비록 올곧은 성품은 아니시지만 재물에 눈이 멀어 소실까지 들일 거라고는 감히 상상도 하지 못한 일이었다. 더구나 자신보다 어머니가 받을 충격이 더 걱정이었다. 다정다감하여 부부애가 넘쳐 나는 분들은 아니셨지만 그래도 어머니를 은애하고 계신다 생각했다. 아마 어머니도 그리 믿었기에 그 모진 시집살이도 견딜 수 있었을 것이다. 그러나 이제 아버지에 대한 믿음이 모두 깨지니 남는 것은 실망뿐이었다. 금일도 이겸은 아집으로 똘똘 뭉친 아버지의 마음을 어찌 돌릴 수 있을지에 대해 생각을 거듭하였다.

 '도저히 방도가 없다.'

 도대체 기녀는 무슨 연유로 자신만이 아버지의 마음을 돌릴 수 있다 했는지 이해할 수 없었다. 무엇을 알고 그런 말을 던진 것일까? 이겸은 문뜩 그 기녀를 다시 만나야겠다는 생각이 들었다. 해서 주저 없이 찾아간 곳이 기방이었다. 이겸이 알고 있는 것은 고작 기명 하나뿐이라 막막하였지만 초이를 찾는 데 오랜 시간이 걸리지는 않았다.

"예까지 오실 줄은 몰랐습니다."

작은 술상을 가운데 두고 마주한 초이의 모습은 며칠 전 보았던 그때와 많이 달라 보였다. 그 날의 수수한 모습은 온데간데없이 사라지고 요염한 자태가 온몸에 가득했다. 이겸은 애써 초이의 눈빛을 피하며 말문을 열었다.

"아무리 생각해도 아버지의 마음을 돌릴 방도를 찾을 수가 없더군. 내게 무슨 확신을 가지고 그런 말을 전한 것이냐?"

"아버님에 대해 잘 알고 계시다 생각했는데 아닌가 보옵니다."

"허면, 그대는 얼마나 알고 있지?"

초이를 바라보는 이겸의 눈매가 가늘어졌다. 무엇인가 자신보다 많은 것을 알고 있는 듯한 초이의 말투가 이겸을 긴장하게 하였다.

"병판대감께서 무슨 연유로 그리 재물에 연연하시는지 정도는 알고 있습니다."

이 말은 응당 아버지에게만 해당하는 말이 아니었다. 아버지뿐만 아니라 그 뉘라도 재물에 욕심을 부리기 마련이다. 하나를 가지고 나면 다른 하나를 가지고픈 것이 사람 마음인지라, 이겸은 초이의 말뜻을 온전히 이해할 수 없었다.

"말씀드리기 외람되오나, 양반이라 해서 다 같은 양반은 아니지요."

순간 이겸의 낯빛이 어두웠다.

"자고로 북촌의 세도가라 할지라면 삼 대를 이어 관직에 올라야 함을 도련님께서도 알고 계실 겁니다."

"말하고 싶은 요지가 무엇인가."

"도련님 댁은 그러지 못하다는 말씀입니다. 해서, 재물이라도 모아야 그네들과 어깨를 나란히 할 수 있다 생각한 이가 바로 병판대감이시지요."

초이의 말에 이겸은 천천히 고개를 저었다. 진정 아버지가 그런 생각을 하고 계셨더란 말인가. 이 말이 사실이라면 미련한 생각이 아닐 수 없었다. 재물이 많다 해서 북촌의 세도가들이 쉽게 인정을 해 줄 리도 없을뿐더러 그들의 무리 속에 꼭 섞여야 할 연유를 이겸은 알 수가 없었다.

"그리 모은 재물은 모두 도련님을 위해 쓰일 것입니다."

이 또한 이해 불가의 말이었으나 초이의 설명을 다 듣고 나니 말문이 막혔다. 자신이 대과에 급제하여 정사에 나가면 출세를 위해 쓰일 자금이란다. 능력 하나만 가지고는 절대 권세를 누릴 수 없는 법. 조부께서 그러하셨듯이 아버지도 자신에게 그와 똑같은 절차를 밟게 하실 모양이었다. 허나, 이는 이겸 자신의 능력을 무시한 처사나 다름없었다. 그리 얻는 권세가 과연 얼마나 이어지겠는가 말이다. 끝도 없는 욕심에 허망한 꿈을 꾸고 있는 아버지를 떠올리며 이겸은 쓰게 웃었다.

"다른 이들은 몰라도 도련님께서는 이해하셔야 합니다."

"주제넘은 말이다."

초이는 잠시 입을 닫았다. 그러나 이겸의 차가운 말 한마디에 얼어붙을 초이가 아니었다. 다만 이겸이 생각을 정리할 시간을 준 것뿐.

"수모라 할 수도 있습니다. 나란히 앉아 말을 나누고 있기는 하지만 그네들의 눈빛이 무엇을 뜻하는지 말입니다. 암묵적인 무시와 비꼼을 견디기에는 병판대감의 성품이 너그럽지 못하시지요. 허나, 참을 수밖에 없으셨습니다. 그것 역시 세도가들만이 누리는 특권이라 생각하셨으니까요. 그 자리까지만 올라가면 언제 이런 시절이 있었냐는 듯 잊어버릴 수 있다고 말입니다. 그리고…… 아들을 위해서는 얼마든지 참아 내실 수 있다 하셨습니다."

지금은 나라 안팎으로 태평성대였다. 비록, 병권을 잡고 있기는 했지만 다른 관직에 있는 이들보다 할 일이 없는 것은 사실이었다. 전쟁 없이 그저 무기개발과 군사훈련만 한 지 어언 삼십 년. 언제부터인지 조정에서도 병판의 목소리가 작아지기 시작했다. 하니, 그가 북촌에서 대우를 받는다는 것은 전쟁터에 나아가 공을 세우지 않는 한, 있을 수 없는 일이었다.

"그 연유 하나로 아버지께서 하신 일이 정당화될 수는 없는 일이다."

"맞습니다. 그러나…… 자식을 생각하는 마음마저 잘못되었다 할 수는 없지요. 아들만은 이런 수모 없이 살기를 원하셨기에 무관이 되겠다는 도련님 손에서 검을 거두셨을 겁니다."

이겸이 한 손을 들어 머리를 짚었다. 이 같은 사실을 기녀에게 들어야 하는 자신의 처지가 한심했지만 아버지의 마음을 헤아리지 못한 어리석음이 더 컸다. 이겸의 입에서 짧은 탄식이 새어 나왔다.

"한 가지만 묻지."

"하문하십시오."

"바라는 것이 없다 했지만 내게 이런 말을 전해 준 연유는 있겠지. 말해 줄 수 있겠는가?"

신분을 이용해 소리를 지르며 윽박지른다 해도 양반인 이겸에게 손가락질을 하는 이는 없을 것이다. 하지만 이겸은 달랐다. 그의 정중한 언행에 초이는 보이고 싶지 않은 여인의 자존심을 입 밖으로 조심스레 꺼냈다.

"미련입니다. 한때 이 기방에서 절 나가게 해 줄 수 있는 분이 병판대감이시라 믿었습니다. 아니, 얼마 전까지만 하더라도 이 믿음에 한 치의 의심도 없었습니다."

"그 믿음이 깨진 게로군."

"예. 속 좁은 여인의 마음이 오죽하겠습니까. 비웃으셔도 후회는 없습니다."

"비웃지는 않겠지만 현명한 결정은 아니라 생각하네."

"사람은 무릇 헛된 꿈을 꾸기 마련이지요. 이룰 수 없는 망상이라 생각지 못하고 말입니다. 천하디천한 제가 비로소 꿈에서 빠져나와 세상을 봅니다."

잠시 말을 잇지 못한 초이의 눈에는 눈물이 맺혀 있었다.

"기적에서 기명을 제한다 하더라도 많은 이들이 저를 초이로 기억하겠지요. 소실이 된다 해도 달라지는 것은 고작 거처뿐임을 이제야 알았습니다."

신분이 미천하다 하여 생각까지 그러한 것은 아니었다. 초이의 볼을 타고 흐르는 눈물이 이겸의 가슴을 울렸다.

매일같이 가연은 대문을 주시했다. 언제쯤 저 문을 열고 아버지가 들어오실지 모르니 한시도 눈을 뗄 수가 없었다. 아무쪼록 뉘의 도움도 없이 걸어 들어오셨으면 좋으련만. 이런 간절한 바람과는 달리 대문은 좀처럼 열리지 않았다. 시간이 지날수록 불안감만 커질 뿐이었다.

"그만 들어가자."

어느새 화윤이 다가와 가연의 손목을 끌었다. 그러나 사랑채 대청에 앉아 있던 가연은 미동도 하지 않았다. 눈동자를 고정한 가연의 모습은 화윤의 눈에 굳은 석상처럼 보였다.

"금일도 예서 밤을 보낼 참이냐?"

"잠시 다녀와야겠습니다."

"갑자기 어딜?"

해가 저물고 있는 지금 다 큰 처자가 집을 나서겠다 하니 당연 화윤은 보내 줄 수 없었다. 무슨 연유로 어딜 가는지조차 말하지 않는 가연을 바라보며 화윤은 화가 났다. 근래 들어 가연은 멍하니 먼 곳을 바라보는 일이 잦았다. 무슨 생각을 하는지 알 수 없는 표정과 무언이 지켜보는 화윤의 피를 바짝바짝 마르게 하였다.

"아버지가 옥사에서 나오실 수 있도록 도와주시는 분이 계십니다. 그분을 만나 뵙고 언제쯤 돌아오실 수 있는지 물어봐야겠습니다."

"도와주는 이가 있어?"

화윤의 물음에 가연은 더 이상 답할 수 없었다. 도와주는 이가 병판대감임을 어찌 입에 올릴 수 있겠는가. 병 주고 약 주듯, 함정을 파고 다시 빼내 주는 병판의 간사한 수를 알면서도 이리 휘둘리는 자신을 못났다 생각하는 가연이었다. 해서 사실대로 말하지 못했다.

"오래 걸리지 않을 것입니다."

"허면, 향금이라도……."

화윤의 말이 채 끝나기도 전에 가연은 대문을 나섰다. 숨기고 싶었다. 아무에게도 알리고 싶지 않았다. 할 수 있다면 병판의 소실이 된다는 사실을 화윤이 마지막까지 몰랐으면 했다. 그래야 잠시라도 그가 자신 곁에 더 있어 줄 것 같아 가연은 금일도 입을 꾹 다물었다.

무슨 용기로 이곳까지 찾아왔는지 모를 일이었다. 답답하고 애타는 마음에 달려오기는 하였으나 만날 수 있다는 확신은 조금도 하지 않았다. 하지만 이내 가연과 숙현은 서안을 사이에 두고 마주 보게 되었다.

"경솔한 행동이구나."

숙현이 가연을 보자마자 대뜸 던진 말이었다. 나지막한 목소리가 가연의 오장육부를 긴장하게 만들었다.

"알고 있습니다."

"알고 있었다면 오지 말았어야지."

차갑다 못해 날카로운 숙현의 말투가 가연의 심장으로 날아들었다.

"더는 못 기다리겠습니다."

가연의 말뜻을 이해 못 한 숙현이 아니었다. 하지만 숙현은 급할 것이 없었다. 또한, 아쉬울 것도 없었다. 그저 더 느긋하게 마른 천으로 난 줄기를 닦으며 말했다.

"지금 네가 기다리는 것 외에 할 수 있는 것은 아무것도 없다.

돌아가거라."

"확답을 주시옵소서. 그렇지 않으면 한 걸음도 움직일 수 없습니다."

자신의 행동이 무모한 짓임을 모르지 않았다. 그러나 이대로 돌아갈 수는 없었다. 기약 없는 기다림은 가연에게 너무도 긴 시간이었다.

"확답? 확답을 달라 하면 내가 말해 줄 것 같더냐? 진정 그리 생각한 게야?"

"그날 거래가 성사된 것으로 알고 있습니다. 약조는 지켜 주셔야지요."

"하하, 하하하! 거래라……. 듣기 좋은 말은 아니나 썩 나쁘지도 않구나. 이리 찾아온 용기가 가상하니 그 정도는 내 알려 주지."

크게 선심이라도 쓴 듯 숙현의 표정은 오만하기 그지없었다.

"내가 먼저 무엇인가 해 주리라 믿었다면 오산이다."

"……!"

"아쉬운 이는 네가 아니더냐. 허면, 뉘가 먼저 움직여야 할꼬?"

묻는 말이 아니었다. 이것은 아둔한 자신을 깨우는 소리와 같았다. 가연은 부들부들 떨리는 두 손으로 치맛자락을 꼭 쥐었다.

"이만 돌아가는 것이 좋을 게야."

그리 등 떠밀리듯 사랑채에서 나온 가연은 섬돌로 내려서다 몸이 휘청했다. 마지막으로 아버지를 볼 수 있다는 희망이 순간 날아가 버렸다. 아버지에게 인사도 올리지 못하고 집을 나서야 하는 가연의 마음은 억장이 무너지는 것 같았다.

"가연…… 낭자?"

"도련님!"

"낭자가 어찌 아버님 방에서……?"

아버님? 하! 가연의 입에서 짧은 탄식이 흘러나왔다. 갑자기 머릿속이 하얗게 변하면서 어지러웠다. 소실로 들어오라는 말보다 이 사실이 가연에게는 더 충격적이었다. 순간 가연은 말하는 법을 잊어버린 사람처럼 이겸을 바라보기만 하였다.

"도대체 이 무슨……?"

여전히 말을 다 잇지 못하고 말끝을 흐리던 이겸의 머릿속에 불현듯 떠오르는 것이 있었다. 행수의 여식? 소실? 묘하게 맞아떨어지는 지금의 상황에 이겸은 말문이 막혔다. 그저 자신의 못된 상상임을 간절히 바라고 있었지만 온몸을 감싸는 불안감까지 외면할 수는 없었다. 이 순간이 두 사람에게는 악몽과도 같았다.

"내 생각이 잘못된 것이라 꾸짖어 주시오. 제발……."

간신히 정신을 차리고 잰 걸음으로 대문을 나서려던 가연의 손목을 이겸이 잡아 돌려세웠다. 밑도 끝도 없이 던진 말이었지만 이겸은 가연이 무슨 말이라도 해 주길 기다리고 있었다.

"그럴 수 있다면 이 몰골로 사랑채를 나서지는 않았겠지요. 저 또한 도련님께 묻고 싶습니다. 진정 이 댁 자제분이 맞느냐고 말입니다."

대답 없는 이겸을 바라보며 가연은 잡힌 손목을 빼내었다. 그리고 미련 없이 이겸에게서 돌아섰다. 지독한 악연이라 설명할 수밖에 없는 지금, 가연은 서둘러 돌아가 쉬고 싶었다. 오로지 자신을 바라보는 화윤의 품에서……. 그러나 이겸은 아직 가연을 보내 줄 마음이 없는 것 같았다.

"낭자의 결정이 무모한 것이 아니길 바랍니다."

"어떤 결정이 무모한 것입니까?"

가연의 목소리가 날카로워졌음을 이겸은 모르지 않았다.

"저에게 아버지의 죽음을 지켜보라고는 못 하시겠지요. 허면, 제가 할 수 있는 일은 단 하나밖에 없습니다."

"아니 분명 다른 방도가 있을 것이니 날 믿고 잠시 기다려 주면 안 되겠습니까?"

돌아섰던 가연의 몸이 다시 이겸에게 향했다.

"상단 하나를 삼키시려고 이런 수를 쓰신 아버님을 감싸고픈 마음은 없으나 설득해 보지요. 약조하겠습니다."

이 무슨 말인가? 상단을 삼키려 한다니. 그렇다면? 번뜩 머릿속을 지나간 물음이 꼬리를 물고 늘어졌다. 먼저 연을 끊으려는 자신의 아버지가 괘씸하여 시작한 일이라 생각했는데 가연의 예상이 보기 좋게 빗나갔다. 더 많은 것을 가지려고 자신을 볼모로 삼은 병판의 속내에 가연은 혀를 찼다. 어찌 그것을 예상하지 못했을까. 아둔한 자신을 탓하며 가연은 휘청거리는 몸을 담벼락에 기댔다.

"미안합니다. 이 한마디로 낭자의 충격과 상처를 덮을 수는 없겠지만 이것조차도 하지 않으면 내가…… 내가 낭자에게 고개를 들 수가 없구려. 감히 용서해 달라 청할 수도 없는 이 마음을 알아주었으면 합니다."

가연의 귀에는 이겸의 말이 하나 들어오지 않았다. 소실로 들어가면 아버지도 살릴 수 있고 상단도 무사하리라 생각했다. 하지만 더 깊은 늪에 빠지는 꼴이 되었으니 이를 어찌할꼬. 병판과 어떤 거래도 하지 말라 했던 아버지의 당부를 떠올리며 가연은 숨이 막히는 것 같았다.

"그러나 변하는 것은 아무것도 없겠지요."

"낭자……."

"저를 볼모로 잡고 있는 한 아버지께서는 병판대감의 화수분 노릇을 하셔야 할 겁니다. 죽을 때까지……."

돌아서 가는 가연의 발걸음은 그 어느 때보다 무거웠다.

가연의 모습을 한마디로 말하자면 넋 놓고 걷는다는 표현이 맞을 것이다. 천천히 눈만 깜박거리며 발걸음을 옮기는 가연의 모습은 정신 나간 이처럼 보이기까지 했다. 그나마 늦은 밤 오가는 이들도 많지 않거니와 가연을 알아보는 이가 없어 다행이었다.

어느덧 집 앞에 다다른 가연은 걸음을 멈추고 고개를 들어 촘촘히 박힌 별을 올려다보았다. 갑자기 별이 보고 싶어 한 행동이 아니었다. 분하고 원통함에 흐르는 눈물을 참으려고 밤하늘을 올려다본 것이었다. 단지 밤하늘에 별이 있었을 뿐, 별을 눈에 담을 정도의 여유가 가연에게는 없었다. 한참을 그렇게 눈물을 삼킨 가연은 정면을 응시했다. 그리고…… 대문 앞에 서서 초조하게 왔다 갔다 하는 이를 발견할 수 있었다. 가연의 눈에 애써 삼켰던 눈물이 다시 고이기 시작했다.

"가연아!"

도포를 휘날리며 가연에게 다가온 화윤은 잔뜩 화가 난 표정이었다. 하지만 이런 화윤의 모습이 가연은 너무도 반가웠다. 위안이 되고, 감사했다. 유일하게 피붙이인 아버지 다음으로 기댈 수 있는 이였으니까.

"용서하셔요."

가연은 이 한마디를 던져 놓고 화윤에게 와락 안겨 버렸다.

"어찌 이러는 게야? 용서하라니……."

덜컥 겁이 났다. 도대체 이 여인이 무슨 짓을 하고 돌아왔는지 짐작도 할 수 없기에 화윤은 가연을 두 팔로 감싸 안았다. 아무도 데려가지 못하도록, 가연 스스로 도망가지 못하도록 그렇게 가연을 자신 품에 가두었다.

"수호령님 마음을 알아주지 못한 것 말입니다."

가연이 용서를 빈 연유는 이제는 진정 화윤 곁을 떠나야 하기 때문이었다. 그러나 가연이 말하지 않으니 알 수 없는 일. 화윤은 가연의 말을 의심조차 하지 않았다.

"싱겁기는……. 용서랄 게 무에야. 이제 알았으니 되었다."

화윤은 가연의 등을 토닥여 주며 자신의 온기를 나눠 주었다.

아버지의 방에서 나오는 가연과 마주친 이겸의 충격은 이루 말할 수 없을 정도였다. 이미 자신 때문에 한 번 다친 마음이었다. 이제는 자신의 아버지로 하여금 또 한 번 생채기가 날 것을 생각하니 머릿속이 복잡했다. 비록 아버지의 마음을 돌릴 자신은 없었으나 더는 미룰 수 없었다. 굳게 결심하고 사랑채 앞에 멈춰 선 이겸의 두 발이 어깨만큼이나 무거웠다.

"이겸입니다."

불이 켜진 방 안에서는 어떤 말도 들리지 않았다. 조금 머뭇거리며 창에 비친 아버지의 그림자를 확인한 이겸은 섬돌 위로 올라섰다.

"잠시 들겠습니다."

드르륵. 문 여는 소리와 함께 이겸의 발이 불쑥 방 안으로 들어서자 숙현의 눈썹이 한쪽으로 매섭게 올라갔다. 무언의 뜻이 들지 말라는 것임을 모르지 않을 터인데 이렇듯 자기 뜻을 거스른 아들의 행동이 언짢았다.

"이번 일은 아버님답지 않으십니다."

이겸이 자리에 앉자마자 꺼낸 말에 숙현의 눈꼬리가 살짝 떨렸다.

"너답지 않은 말투구나."

조금 전 가연에게 그러했듯 숙현의 말투는 차가웠다.

"예서 멈추시옵소서. 더는 죄를 짓지 않으셨으면 합니다."

"뭐라? 죄? 죄라니! 그것이 감히 아비에게 할 소리더냐!"

서안을 내려친 숙현의 손바닥이 부르르 떨렸다. 예상하지 못한 일도 아니었기에 이겸은 물러나지 않았다.

"고작 상단 하나를 아버님 손아귀에 넣으시어 얻는 것이 무엇이옵니까? 이 나라 조선의 병권을 쥐고 계신 아버님 명성에 누가 될 뿐이옵니다. 이 일이 퍼져 나가기라도 한다면 얻는 것보다 잃을 것이 더 많을 것입니다. 하니, 그만 하시옵소서."

"아직 관직에 나가지도 못한 네가 무엇을 안다고 아비 앞에서 그 입을 놀리는 것이야! 아비가 고작 곳간을 채우려고 그리하는 줄 아느냐!"

숙현은 잠시 옛일을 머릿속에 떠올렸다. 운 좋게 역모를 꾀한 무리를 일망타진했던 숙현의 아버지는 일등공신의 대우를 받으며 북촌에 입성했다. 그전까지만 하더라도 넉넉지 못한 살림에 양반이라는 허울만 두르고 있었던 숙현의 집안은 한순간 임금의 총애를 듬뿍 받으며 날로 번창했다. 그렇게 숙현은 학동 시절을 부유하게 북촌에서 보낼 수 있었다. 그러나 북촌은 생각만큼 만만한 곳이 아니었다. 벼락출세한 숙현의 집안은 철저하게 무시를 당했고, 숙현 또한 힘든 학동 시절을 보내야 했다. 어쩌면 이판에 대한 열등감이 그때부터 가슴에 쌓였는지도 모른다. 양반이라 해서 다 같은 양반이 아님을 숙현은 그때 알았다.

"소자를 위한다 하지는 마시옵소서. 그리 모은 재물로 정승의 자리에 앉은들 무슨 소용이 있겠습니까. 더 나눠 줄 재물이 없다면 돌아설 자들입니다. 그런 식으로 그들의 마음을 사고 싶지는 않습니다."

"네 이놈!"

이겸이 말을 이을수록 숙현의 목소리가 사랑채를 넘어서고 있었다. 늦은 밤 부자지간의 대화가 격해지자 밖에 있던 노비들이 술렁거렸다.

"제 능력으로 인정받겠습니다. 아버님 원대로 관직에 나아가 충심을 다하여 전하를 보필하겠습니다. 그러니 소자를 믿고 기다려 주시면 아니 되십니까?"

"아둔한 것 같으니라고. 주상 전하의 마음에 들면 모든 것이 네 뜻대로 될 줄 알았느냐? 틀렸다. 이 나라를 좌지우지하는 이들은 바로! 이 북촌에 대를 이어 고위관직을 지낸 이들인 게야. 아무리 네 재주가 출중하다고 하나 그들의 눈 밖에 나면 아무것도 할 수가 없단 말이다."

"허면 하지 않겠습니다."

"뭐가 어쩌고 어째?"

"엄연히 전하께서 계시건만 어찌 그들에게 머리를 조아려야 한단 말입니까."

"답답한 놈."

숙현은 이겸에게 이 한마디를 던져 놓고 돌아앉았다. 진정 답답했다. 융통성이라고는 눈 씻고 찾아봐도 찾아볼 수 없는 아들놈과 말을 하자니 울화통이 치밀어 올랐다. 나라의 주인이 뉘인 줄 몰라 재물을 모으는 것이 아니었다. 실상 정사의 내막을 임금보다 더 세세히 알고 있는 이들이 바로 삼정승이었다. 그들과 더불어 오랫동안 관직을 이어온 자들의 손에 의해 나라가 돌아가고 있음을 모르는 아들에게 무엇을 어찌 설명해 주어야 할지 암담했다. 숙현의 입에서는 긴 한숨만 이어졌다.

"너는 모른다. 똑같은 양반이라 할지라도 범접할 수 없는 그들만의 세를 말이야. 아비는 할 수 없었으나 너는 그 무리 안에 들어가야 하지 않겠느냐. 그래야 이 집안이 떳떳하게 북촌에서 자리매김을 할 수 있는 게야. 너까지 수모를 당하게 둘 수는 없다."

이런 말을 자식 앞에 던진 속은 쓰리지만 이렇게 해서라도 이겸이 이해해 주길 바랬다. 조금은 자신을 속물이 아닌 자식을 생각하는 아버지로 봐 주길 기대했지만 이겸은 미련스럽게도 우직했다.

"아버님께서 마음을 돌리시지 않는다면 급제를 한다 하여도 출사하지 않겠습니다."

"!"

숙현의 몸이 바람을 일으키며 이겸을 향해 돌아앉았다.

"소자 이만 물러가옵니다."

매몰차게 일어서는 이겸을 바라보며 숙현은 눈만 깜박거렸다. 이만하면 알아듣고 물러설 줄 알았는데 오산이었다. 그러니 이겸을 잡지 못한 숙현의 입에서는 '네 이놈!' 이라는 호통만 되풀이되었다.

산을 타기에는 제법 날이 차가워졌다. 색색으로 물들었던 나뭇잎들이 떨어져 산길에 소복이 쌓였다. 낙엽 위를 걸을 때마다 바스락거리는 소리가 이겸의 무거운 마음을 위로해 주는 듯했다. 홀로 마음을 비우고자 이른 아침부터 산길에 오른 이겸은 오랜만에 암자를 다시 찾았다. 여전히 고요하고 적막한 암자는 변한 것이 아무것도 없었다. 그저 산 위에서부터 불어오는 바람만 법당 앞을 쓸며 지나갔다. 이겸의 발걸음은 법당을 지나 북촌이 내려다보이는 곳으로 향했다.

'이곳은 이리도 변함이 없건만 저 아래 북촌은 시시각각 변하는구나. 사람들의 더러운 욕심으로 말이야.'

작일 밤을 떠올리며 이겸은 두 눈을 감았다가 떴다. 아버지의 마음을 이해 못 하는 것은 아니었다. 자신을 위하고 가문을 위해 하시는 일임을 모르지는 않으나 누군가 피해를 본다면 그것은 옳지 못한 일이었다. 더구나 피해를 보는 이가 뉘던가. 바로 가연이었다. 이미 상처받은 이의 가슴에 또 한 번 못질을 하는 것 같아 이겸의 마음은 천근만근이었다. 마음의 짐을 덜쳐 버리기에는 죄책감이 이겸을 옭아매고 있었다.

'내 부덕이다.'

소맷자락에서 꺼낸 무명천을 매만지며 이겸은 가연을 떠올렸다. 이겸의 한숨이 더욱 깊어졌다.

"아씨, 도련님이십니다."

우연치고 어찌 이런 우연이 다 있을까. 근래 꿈자리가 불안하여 암자를 찾은 혜신은 몸종의 말에 무명천을 매만지고 있는 이겸을 발견하게 되었다. 면주전에서 가연이 그에게 건넸던 무명천을 기억하고 있던 혜신의 마음은 갑자기 밀려오는 불안감에 몸을 떨었다. 혜신은 자신의 짐작이 맞지 않기를 바라며 조심스레 이겸에게로 발걸음을 옮겼다.

"오랜만에 뵙습니다."

"낭자!"

갑작스런 혜신의 모습에 조금 놀랐는지 이겸은 한 발 뒤로 물러섰다. 혜신의 얼굴을 마주하자 복잡했던 머릿속이 하얗게 변해 갔다.

"어찌 그리 놀라십니까. 소녀가 반갑지 않으신 모양입니다."

"그것이 아닙니다."

들고 있던 무명천을 소맷자락에 급히 넣은 이겸은 혜신에게 애써 미소를 보였다.

"안색이 어두워 보이십니다. 근심이라도 있으십니까?"

다정스레 묻는 혜신의 목소리에 이겸은 순간 답할 뻔하였다.

"낭자가 걱정할 일이 못 됩니다."

"그 말씀은 조금 섭섭하군요."

혜신의 대답에 이겸은 고개를 살짝 갸웃거렸다.

"아직 혼례를 올리지는 않았으나 곧 마음으로 모실 서방님이 되십니다. 아녀자가 지아비에게 마음을 쓰는 것은 당연한 것이 아닐는지요."

"낭자의 마음을 몰라 그리 말한 것은 아닙니다. 다만……."

말끝을 흐리며 난처해하는 이겸의 모습을 보자 혜신이 먼저 포기를 했다. 이리해서 그의 속마음을 알아 내 무엇 하겠는가. 혜신은 잠시나마 투기를 했던 자신의 마음을 다독이며 씁쓸한 표정을 숨겼다.

"제 마음을 알아주셨다면 되었습니다. 속 좁은 여인의 마음이 괜한 투정을 부렸나 봅니다. 이만 내려가겠습니다."

"산길이 위험하니 저와 같이 가시지요."

"예."

나란히 산길을 내려오며 혜신은 많은 생각을 했다. 자신의 오해일까 아님 진실일까 하는 생각이 혜신의 여린 마음을 헤집어 놓았다. 해서 산에서 내려온 혜신의 발걸음은 집으로 향하지 않았다.

"예 계십시오."

"나도 간다니까."

가연과 화윤은 한 식경 동안 입씨름을 하고 있었다. 옥사에 있는 아버지를 보러 가겠다는 가연과 굳이 같이 가겠다는 화윤의 주장은 좀처럼 좁혀지지 않고 있었다. 때론 보여 주기 싫은 모습도 있건만 하나부터 열까지 모든 것들을 함께하려는 화윤의 고집 때문에 가연은 난감했다.

"옥사를 어찌 홀로 가겠다는 게야. 그것도 여인의 몸으로."

"향금이와 같이 가면 됩니다."

"아니 향금이도 따라가는데 나는 어찌 못 가는 게야?"

뭐라 설명을 해 줄 수 없는 마음에 가연의 입에서 긴 한숨만 새어 나왔다. 그때 안채 문이 조심스레 열렸다.

"아씨……."

갑작스런 혜신의 방문으로 가연은 놀라지 않을 수 없었다. 아버지가 그리 잡혀가시고 문턱이 닳도록 드나들던 사람들의 발걸음이 뚝 끊겨졌던 집이었다. 죄인의 집이라 손가락질하며 그림자조차 담벼락에 닿지 않게 지나다니는 이때, 사내도 아닌 여인의 몸으로 자신의 집을 방문한 혜신을 가연은 좀처럼 납득하지 못하고 있었다. 차마 안으로 드시라 권하지 못하고 자신에게 걸어오는 혜신을 바라만 보았다.

"가지가지 한다."

화윤 역시 혜신의 등장에 놀란 표정이었지만 이내 인상을 구겼다. 화윤에게는 이겸만큼이나 혜신이 반갑지 않았다.

"이른 아침부터 암자에 다녀왔더니 곤하기도 하고 춥기도 하구나. 계속 이리 날 세워 둘 참이더냐."

"예? 아, 아닙니다. 어서 안으로 드시어요."

혜신이 몸종을 세워 두고 대청에 올라서자 화윤의 입꼬리가 삐딱해졌다. 혜신이 찾아온 이유가 가연의 심란한 마음을 더 아프게 하지 않을까 하여 잔뜩 찌푸려진 이맛살이 펴지질 않았다. 그러니 혜신의 뒤를 따라 비단신을 벗은 화윤의 발동작이 거칠었다.

"지금 뭐 하십니까?"

대청에 올라선 화윤 앞을 가로막으며 가연이 한껏 낮춘 목소리로 말했다. 몸종이 안채 뜰을 서성거리고 있었기에 평상시처럼 화윤과 말을 나눌 수 없는 상황이었다.

"뭐하기는? 들어가려는 게지."

화윤 역시 당연한 것을 묻는다는 표정으로 가연을 바라보았다.

"여인들끼리 나눌 말도 있는 겁니다. 하니, 들지 마십시오."

"너와 나 사이에 무슨 그런 섭섭한 소리를 하느냐. 내 알아서 걸러 들을 것이니 신경 쓰지 마라. 전처럼 날 없다 생각하면 될 것 아니냐."

말은 참 쉽다. 자신을 지나쳐 방 안으로 들어선 화윤의 뒷모습을 가연은 잡지 못했다. 그렇게 세 사람은 작은 찻상을 마주하고 자리를 잡았다. 물론 찻상 위에는 두 개의 찻잔만 놓여 있었다.

"내가 좋아하는 차구나."

혜신이 한 모금 마시고 내려놓으며 가연에게 던진 말이었다. 가연은 그저 고개만 살짝 끄덕였다.

"네 집안 사정은 전혀 모르고 면주전에 들렀다 오는 길이다."

혜신은 당연 가연이 면주전에 있을 줄 알았다. 그러나 닫혀 있는 면주전을 바라보며 혜신은 이상하단 생각을 했다. 더욱이 면주전 앞에 서 있는 자신을 바라보는 상인들의 눈초리도 곱지 않았음을 혜신은 느낄 수 있었다.

"그러셨습니까."

"시전에 떠도는 소문이……."

혜신은 말을 꺼내다 말고 입을 닫았다. 가연에게 사실이냐 묻는 것조차 곤욕스러운 일임을 알기에 괜한 짓을 했다 싶었다.

"순간 아버님이 욕심에 눈이 멀어 밀거래를 한 것은 사실이나 궐에 들어갈 물건임을 알았다면 하지 않으셨을 겁니다. 그러니 시전에 떠도는 소문의 반은 사실이요, 반은…… 모함이겠지요."

가연의 목소리는 오히려 차분했다. 혜신이 찾아온 연유가 이것이라면 얼마든지 답해 줄 의사가 다분했다. 자신을 동정하고 위로해 주러 온 발걸음이라면 감사한 마음까지 들었다.

"그랬구나. 마음고생이 많겠다."

하지만 혜신에게는 이 사실이 중요한 것은 아니었다. 이겸과 가연의 마음이 어떠한지 알고 싶었으나 마음과 달리 입은 좀처럼 떨어지질 않았다. 해서 애꿎은 찻잔만 매만지고 있었다.

"이러다 해 지겠다."

한동안 서로 형식적인 말을 주고받은 두 사람을 두고 화윤이 기다리다 못해 불쑥 뱉은 말이었다. 사실 확인을 했으면 응당 일어나야 하지 않겠는가. 더 할 말이 남아 있는지 시간만 끄는 혜신의 언행이 화윤은 못마땅했다. 가연 역시 화윤과 같은 생각을 하고 있던 참이라 조심스레 말을 꺼냈다.

"더 하실 말씀이 없으시다면 이만……."

"이런, 내 생각만 했구나."

"막 아버지를 뵈러 나가려던 참이었습니다."

"그래야지. 내 일어나마."

말은 이리하면서도 혜신은 홀가분하게 자리를 털고 일어날 수 없었다. 방문을 열어 주는 가연을 올려다보며 혜신은 아침나절 이겸과 헤어졌을 때를 떠올렸다.

북촌의 가옥 중 이겸의 집은 암자로 올라가는 입구에 가장 근접해 있었다. 이미 대대로 이어진 명성에 걸맞게 좋은 자리는 기존의 양반들이 차지하고 있었고, 병판처럼 뒤늦게 명성을 얻는 이들이 외각에 자리를 잡아 집을 지었다. 비록 으리으리하고 멋들어진 집을 짓기는 하였으나 중심에서 벗어난 곳이라 할 수 있었다. 하니 산을 내려온 두 사람은 이겸의 집 대문 먼발치에서 인사를 나누었다.

"모셔다 드리겠습니다."

"아닙니다. 다시 되돌아오셔야 하는 수고를 어찌하십니까. 몸종도 있거니와 늦은 시각도 아니니 걱정 마십시오."

"진정 괜찮으시겠습니까?"

"예. 허면, 이만 가겠습니다."

가연을 만나고 싶었던 혜신이 서둘러 발걸음을 옮겼다. 그리고…… 이겸의 집 담벼락을 지나쳐 가던 그때 노비들이 대문 앞을 쓸며 나누는 말을 듣게 되었다.

"참말인가?"

"참말이고 말고. 내 두 귀로 똑똑히 들었다니까 그러네. 그 일로 도련님하고 대감마님께서 목소리까지 높이셨다니까."

"진정 그 처자를 첩으로 들이시는 게야? 헌데, 그 처자는 뉘라던가?"

"왜 그 있지 않은가. 임 행수의 여식이라고, 시전에서 면주전을 한다지?"

노비들을 지나쳐 가던 혜신의 발걸음이 멈추고 말았다. 돌아서 다시 한 번 확인하고 싶었으나 이겸이 바라보고 있을지도 모른다는 생각에 차마 돌아서지 못했다. 다만 쓰개치마를 잡고 있던 두 손이 떨리기만 하였다.

"아씨?"

가연의 목소리가 깊은 상념에 빠져 있던 혜신을 깨웠다.

"이런……. 내 정신 좀 봐."

멋쩍은 듯 자리를 털고 일어난 혜신은 방을 나와 섬돌로 내려섰다. 그러나 혜신은 발을 떼지 못했다. 이대로 돌아간들 다시 찾아올 것 같은 마음에 무거운 입이 열렸다.

"속 좁은 여인은 되지 않겠다 했지만 나도 어쩔 수 없나 보다."

대청에 서서 혜신을 마중하려던 가연은 갑작스런 말에 눈만 깜박거렸다. 혜신은 가연에게 등을 보인 채 말을 이었다.

"예까지 오면서 많은 생각을 했단다. 아니 심지어 지금도 어찌해야 좋을지 모르겠다. 미우나 좋으나 한집안에서 너와 부딪쳐야 한다는 사실이 나를…… 초조하고 불안하게 만드는구나."

혜신이 꺼낸 말에 그제야 자신을 찾은 이유를 알게 된 가연은 암담한 기분이었다. 그리고 조마조마해졌다. 아직 화윤은 아무것도 모르고 있기에 그가 받을 충격을 고려하지 않을 수 없었다.

"네가 차라리 미색을 내세워 부귀영화를 누리려는 여인이었다면…… 그래, 그런 여인이었다면 이리 찾아올 일도 없었겠지. 혹여나 도련님의 마음이 너 때문에 흔들리지 않을까 하는 불길한 생각도 하지 않았을 게야. 하지만 지금 나는…… 너무도 불안하고 무섭단다."

어디서부터 오해의 골이 깊어졌는지 모르겠으나 혜신이 불안에 떨고 있을 연유가 없음을 가연은 일깨워 주어야 했다. 그분의 마음은 오로지 당신 한 분이 다 가지셨다 말해 주려던 차 화윤이 먼저 끼어들었다.

"뭐라는 게야? 알아듣게 말을 해야지 빙빙 돌려 말하면 어쩌자는 것인지. 헌데, 어째 넌 알아들었다는 표정이다?"

화윤이 당황해하는 가연의 표정을 살피며 던진 말이었다.

"지금 네 마음이 그 뉘보다 더 쓰리고 아플 터이지만 내…… 청 하나만 해도 되겠느냐?"

조심스레 건넨 혜신의 목소리는 떨리기까지 했다.

"말씀해 보소서."

"못난 여인의 투기심이라 생각해도 좋다. 이런 말을 던진 내게 비난을 하고 싶다면 그리해도 좋다. 그러나 약조는 해다오. 그분 마음을…… 흔들어 놓지 않겠다고 말이다. 무슨 연유로 병판대감의 소실이 되겠다는 것인지 모르겠지만 도련님 곁은 나 하나였음 하는구나."

하고픈 말을 마친 혜신은 주저 없이 발걸음을 옮겼다. 그리고…… 아주 잠시 안채에는 정적이 흘렀다. 혜신의 말뜻을 이해 못한 것인지 아님 충격이 너무 컸는지 화윤은 아무 말도 하지 않았다. 또한, 가연도 먼저 말을 꺼내지 못하고 석상처럼 굳어 있었다. 두 사람 사이에는 멀어진 거리만큼 찬바람만 가득했다.

"내가 잘못 들은 것이라 말해다오."

화윤의 시선이 가연에게 고정되었다. 처음에는 놀람을 담고 있던 눈빛에 점점 분노가 어렸다.

"아……닙니다."

잘못 들은 것이 아니란다. 화윤은 가연의 말을 되뇌며 쓴 입맛을 다셨다. 도대체 자신은 가연에게 어떤 존재란 말인가. 한집에 있으나 아는 것이 없었다. 같이 한 시간이 짧아 표정 하나만으로는 모든 것을 짐작하기 어려웠다. 더구나 아직도 가연은 자신을 온전히 받아들이지 못하는 것 같아 섭섭함이 밀려왔다. 항시 곁에 있어도 좁혀지지 않는 이 거리감은 무엇일까……. 화윤의 생각이 머릿속에서 엉켜 버려 풀리지 않고 있었다.

"내가…… 사람이 아니라 말을 하지 않았더냐."

묻는 화윤의 목소리는 땅거미가 갈라지듯 거칠기 그지없었다. 무겁게 깔리는 화윤의 목소리만큼 가연의 심장도 내려앉았다.

"절대! 아닙니다."

"허면, 말할 필요성을 느끼지 못한 게야?"

"그것이 아니라……."

가연은 화윤의 눈빛에 눌려 더는 말을 이어가지 못했다. 어찌 설명해야 할지 몰랐거니와 원망하는 듯한 화윤의 눈빛이 가연의 몸을 움츠리게 하였다.

"변명이라도 해라. 들어 줄 터이니."

화윤의 말은 가연에게 비수가 되어 날아들었다. 차마 아프다는 말도 못 하고 입을 다문 가연은 가슴 밑바닥부터 서러움이 밀려왔다. 화윤이 이해해 주길 바라지는 않았지만 자신을 원망할 줄은 몰랐다.

"내 마음이…… 널 쉽게 이해할 수 없을 것 같구나. 내 곁을 떠나는 것이 그리 쉬울 줄은 몰랐다."

화윤은 뒤를 돌아 성큼성큼 걸어갔다. 그런 화윤을 잡아 보려 가연이 버선발로 내려섰지만 따라갈 용기는 나지 않았다. 하지만 돌아서 가는 화윤의 발걸음을 잡아야 했다.

"쉬웠다면! 말을 했겠지요. 아무렇지 않게…… 털어놓았을 것입니다. 그 생각은 못 하십니까."

가연의 울먹이는 목소리에 화윤의 발걸음이 멈췄다. 그러나 가연에게 돌아서지는 않았다.

"그러는 너는! 내가 도와줄 수 있다는 생각은 못한 게야!"

화윤의 성난 목소리가 안채를 울렸다. 꼭 쥔 주먹이 부르르 떨렸다.

"그래! 네 생각처럼 난 사람이 아닌 신이다. 허니! 신의 능력으로 널 도와줄 수도 있단 말이다. 지금 난! 그것을 알고 있으면서도 내게 입을 다문 너의 심중을 이해할 수 없다는 게야!"

끝내 참고 있던 화윤의 화가 터져 버렸다. 정자 기둥을 내려친 손이 아렸지만 마음만큼은 아니었다. 여전히 가연에게 믿음을 주지 못한 자신을 탓하며 화윤은 이를 악물었다. 입안에서 비릿한 피 맛이 느껴졌다.

"저에게 이런 말씀을 하신 적이 있으시지요. 천상계와 인간계가 공존할 수 있는 것은 신이 인간들의 삶에 관여하지 않기 때문이라고 말입니다. 도와줄 수 있다 하셨습니까? 무엇으로요. 신의 능력으로 말입니까? 허면, 그 능력으로 절 도와주시고 그 다음은 어찌 됩니까? 공존이 깨지거나 아님 인간의 삶에 관여를 한 이가 벌을 받는 것은 자명한 일이겠지요. 어찌 될지 알면서 말을 하는 것이 옳았습니까?"

가연의 말은 하나 틀림이 없었다. 해서 화윤은 말문이 막혀 버렸다. 누이가 내려와 경고까지 한 일이 아닌가. 알았다 한들 나설 수 없었음을 알면서도 화윤은 괜한 화를 가연에게 쏟아붓고 있었다. 자신의 심장에 꽂아야 할 비수가 가연에게 날아갔으니 이제 화윤은 미안함에 몸서리를 쳐야 했다.

"감히 제가 무엇이라고 신의 능력까지 빌려 삶을 이어 가겠습니까. 단지…… 같이 할 날이 길지 않기에 좋은 모습만 보여 드리고 싶었습니다. 그래야 절…… 잊지 않으실 것 같아 입을 닫았습니다. 이것이 제 변명입니다."

'못난 놈!'

가연이 힘겹게 이어 가는 말을 들으며 화윤은 속으로 이 한마디를 반복했다. 옹졸했고 치졸했다. 사내답지 못했고 생각이 짧았다. 모든 것이 다 자신의 탓이었고, 다친 이는 가연뿐이었다. 화윤은 자신이 한 행동이 이겸과 다를 것이 없다 생각했다. 가연을 아프게 하는 것은 마찬가지였으니까.

"제가 떠나면 다른 이를 수호하시겠지요. 그리 시간이 흐르면 저란 여인이 있었다는 것도 잊으시겠지요. 신의 수명이 얼마나 되는지 모르나 평생을 기억해 달라 청하지는 않겠습니다. 허나, 더디 잊어 주셨으면 합니다. 그동안 수호했던 다른 이들보다는 조금 더 기억해 주셨으면 합니다. 그리만 해 주신다면 기꺼이 돌아설 수 있을 것 같습니다."

"으아아악!"

가만히 가연의 말을 듣던 화윤이 소리를 지르며 무릎을 꿇었다. 뉘가 있어 신에게 이런 고통을 안겨 줄 수 있을까 하는 생각이 밀려왔다. 가연은 독한 여인이었다. 그리고 무서운 여인이었다. 자신을 미치게 만드는 가연은 단순히 그가 그동안 수호했던 이들 중의 하나가 될 수 없었다. 특별하고, 마음이 가고, 탐이 나는 여인이기에 화윤의 마음이 절제라는 것을 잊어버렸다.

'난 널 잊을 수 없다.'

화윤이 몸을 벌떡 일으켜 빠른 걸음으로 가연에게 걸어갔다. 다가오는 화윤의 모습이 어찌나 무섭던지 순간 가연의 발이 한 발 뒤로 물러났다.

"같이 할 수 없다면 차라리 버리자. 내 삶도 버리고, 네 삶도 버리고, 그리 다 버리고……."

순간 화윤이 와락 가연을 안았다. 그러자 두 사람 사이로 푸른 불기둥이 감싸고돌며 강한 바람을 일으켰다. 구슬의 힘이 화윤의 몸을 밀치고 있었으나 화윤은 모든 힘을 두 팔에 모아 가연을 품 안에 가두었다. 밀치려는 구슬의 힘과 안으려는 화윤의 힘이 충돌하며 주위는 풍비박산이 나고 있었으나 달려오는 이는 하나도 없었다. 진정 두 사람에게만 일어나는 일처럼 안채 문은 굳게 닫혀 있었다.

"이것이 다…… 어찌 된 일입니까?"

거센 바람에 가연은 화윤을 똑바로 올려다볼 수 없었다. 더구나 그녀를 끌어안은 그의 힘이 얼마나 강한지 온몸이 으스러질 것만 같았다. 하지만 화윤의 목소리는 똑똑히 들렸다.

"날…… 버리지 마라."

떠나려고 했지만 버리려 한 것은 아니었다. 허나 남겨진 이는 이처럼 말을 했다. 버리지 말라고……. 자신이 아니면 꼭, 모든 것을 포기할 것 같은 화윤의 말에 가연은 마음을 열었다. 그리고 받아들였다. 온전히 그를……. 가연의 두 팔이 화윤의 허리를 감싸 안았다.

"아!"

맑은 하늘이 순간 검은 먹구름으로 뒤덮이고 이제 벼락까지 내려쳤다. 벼락 치는 소리가 얼마나 크게 들리던지 가연의 입에서 비명이 터져 나왔다. 두 사람을 갈라놓기라도 하려는 듯 거센 바람은 사이사이로 파고들었다. 그러나 바람은 두 사람의 연심보다 강하지는 못했다.

얼마나 지났을까? 온몸에 기운이 쭉 빠진 채로 주저앉은 두 사람은 미동도 하지 않았다. 그대로 얼어붙은 이들처럼 서로 부둥켜안고 있어 위태로워 보이기까지 했다.

'아…… 머리야.'

먼저 정신을 차린 이는 당연 화윤이었다. 한쪽 손으로 자신의 머리를 감싸며 살짝 고개를 저어 본 화윤은 무엇인가 자신의 가슴을 누르고 있다는 것을 느낄 수 있었다.

"가연아!"

정신을 잃고 품에 안겨 있는 가연을 발견한 화윤은 살아 있는지부터 확인했다. 약하게나마 가연의 숨소리가 들리는 것을 확인하자 화윤은 가연을 번쩍 들어 올렸다. 그리고 방이 아닌 안채 문턱을 넘어 집 밖으로 발걸음을 옮겼다.

"으……윽."

화윤의 걸음이 빨라지자 안겨 있던 가연의 고개가 저절로 끄덕여졌다. 찬바람에 조금씩 정신을 차린 가연의 입에서 얕은 신음이 새어 나왔다. 하지만 화윤은 발걸음을 멈추지 않았다. 이대로 가연을 잃게 될까 두려워 화윤은 의원으로 향하는 걸음을 더욱 재촉했다.

'가연아, 조금만 참아라.'

차마 괜찮냐 묻지도 못했다. 가연의 안색을 보아하니 삶과 죽음의 끝에 서 있는 이처럼 보이기까지 했다. 연약한 인간이 그것도 여인의 몸으로 신의 능력을 받아 냈으니 어찌 멀쩡하겠는가. 화윤은 불길한 자기 생각을 애써 끊어 내며 시전 안으로 들어섰다. 그리고……

"아이고! 대낮부터 이 무슨 요상한 일이래?"

"그러게 말이여. 가만, 저 처자 면주전 전주 아닌가?"

"참말? 어디, 어디 자세히 봄세."

점점 자신들 주위로 몰려드는 행인들을 의식하며 화윤은 이상하단 생각을 하다 그제야 어찌 된 영문인지 알았다. 지금 이들 눈에는 가연이 공중에 붕 뜬 것처럼 보일 터이니 얼마나 놀랄 일이겠는가. 어찌 이 상황을 모면해야 할지 갈피를 못 잡고 있던 차 가연이 스르륵 눈을 떴다.

"여기는……"

가연은 애써 정신을 차리고 기억을 더듬었다. 도대체 자신에게 무슨 일이 벌어진 것인지 알 수가 없었다. 허나 더 이상한 일은 지금부터 시작되었다.

"맞네! 헌데 저 사내는 뉘기에 전주를 안고 있을까?"

"그보다 사내에게 가만히 안겨 있는 전주가 더 이해할 수 없구먼."

점점 몰려드는 사람들로 인해 가연의 눈은 번쩍 뜨였다. 심지어 그녀는 화윤의 목에 팔을 꼭 두르고 있기까지 했다.

"자네! 생각이 있다면 어서 그 처자를 내려놓게!"

몰려든 무리 중 지긋하게 나이를 먹은 노인이 화윤에게 소리를 쳤다. 그러자 주위 사람들은 너나 할 것 없이 고개를 끄덕였다.

"저 노인이 내게 한 말은 아니겠지?"

작은 목소리로 화윤이 가연에게 물었다.

"설마……. 아닐 테지요."

주위의 따가운 시선을 피하며 가연의 목소리가 기어 들어갔다.

"어허! 그래도!"

또 한 번 노인의 고함이 들리자 화윤은 저도 모르게 가연을 내려 주었다. 그러나 제대로 서 있기 힘들었던 가연은 화윤의 손을 꼭 잡고 그의 등 뒤로 몸을 숨겼다.

"저기…… 제가 보이십니까?"

화윤이 정중하게 물었으나 돌아오는 것은 호통뿐이었다.

"네 이놈! 내 아직 사람도 못 알아볼 정도로 정신이 오락가락하지는 않는다, 이놈아!"

"또, 귀신이 곡할 노릇일세."

화윤은 가연을 처음 만났을 때와 똑같은 말을 던졌다. 이 시대에는 영이 맑은 이들이 많은지 좀처럼 자신의 모습을 숨길 수가 없구나 하는 생각마저 들었다. 아주 단순하게.

"그래도 이놈이! 매를 맞아야 정신을 차릴 테냐!"

당장에라도 매질을 할 것 같은 노인의 언행에 화윤은 한 발 뒤로 물러났다. 놀랍고, 당황스러운 이 상황에서 화윤은 가연과 눈을 맞추며 자신이 사람들 눈에 보인다는 것이 어떤 의미인지 생각하기 시작했다. 그리고 곧 답을 찾았다.

'설마……, 사람이 된 것인가?'

한동안 시전거리는 두 사람 때문에 시끄러웠다.

의원은 고사하고 다시 집으로 돌아온 두 사람은 한동안 말이 없었다. 조금 전의 상황을 머릿속에 천천히 떠올리며 정리를 하려고 했지만 마음처럼 잘 되지 않았다. 누군가 자세히 설명해 주었으면 하는 마음까지 들었다.

"음…… 물어볼 사람도 없고…… 어찌해야 하나……."

혼자 중얼거리듯 말을 뱉은 화윤은 슬쩍 가연을 곁눈질로 바라보았다. 강한 바람에 엉망이 된 뜰을 바라보는 가연의 눈빛은 초점을 잃은 듯 보였다. 이 상황을 믿지 못하겠다는 표정으로 말이다.

"괜찮은 게야?"

화윤은 이제야 가연의 몸 상태가 걱정스러워 말을 건넸다.

"저보다 수호령님이 더 걱정입니다. 이제…… 어찌합니까?"

여기저기 몸이 쑤시는 것 같기는 했지만 딱히 안 좋은 곳도 없는 것 같았다. 해서 가연은 자신의 몸 상태는 잠시 잊기로 했다.

"그러게나 말이다."

"허면, 지금 이 시각부터 사람……입니까?"

조심스레 묻는 가연의 목소리는 떨리기까지 했다. 과연 그가 사람이 될 수 있을까? 라는 의문에 가연은 그의 표정에서 답을 찾기라도 하려는지 시선을 떼지 않았다. 물론, 화윤의 입은 쉽게 떨어지질 않았고 기다리는 가연의 마음은 애타기만 했다.

"신의 능력이 사라졌으니 그렇다고 해야 하나?"

말과 동시에 화윤은 손바닥을 위로 하고 힘을 모았다. 그러나 어떠한 반응도 일어나지 않았다. 조금 전 가연을 안고 뛰어가며 몸이 이상하다는 것을 느꼈지만 뭐, 이제는 확실해졌다.

"예! 참말이십니까?"

사실 가연은 집으로 돌아오면서 내심 기뻤다. 화윤이 사람이 되었을지도 모른다는 생각을 하자 가슴이 설레었지만 지금은 아니었다. 어이해서일까. 막상 신의 능력이 사라졌다는 화윤의 말을 들으니 자신의 몸이 땅으로 꺼지는 느낌이었다.

"저 때문에……."

그래, 그럴 것이다. 자신 때문에 화윤이 이리되었다 생각하니 가연의 고개가 절로 숙여졌다. 자신의 탓이라는 생각이 짐이 되어 가연의 어깨를 짓눌렀다.

"선택은 내가 한 것이다. 괜한 소리 마라."

"더…… 잃을 것은 없으신 게지요?"

없었으면 했다. 아니, 없어야 했다. 이런 마음으로 화윤에게 묻는 말이었다.

"아직은 천상계를 고스란히 기억하고 있어 그렇다 해야겠지. 허고, 가진 것이라고는 제 맘대로 조절도 못 하는 신력이 전부였는데 더 잃을 것이 무에야. 난 오히려 홀가분하구나. 간혹 내 능력이 나도 무서웠으니 말이다."

가연의 마음을 조금은 덜어 줄까 해서 아무렇지 않은 듯 던진 말이었지만 사실 화윤의 속마음은 두려움으로 가득했다. 지금까지 신으로 살아온 세월이 얼마인가. 비록 제 능력을 제대로 발휘하지 못하고 지냈으나 있던 것이 사라지는 것은 놀라움과 동시에 공포를 안겨 주는 일이었다. 신이 인간 앞에서, 사내가 여인 앞에서 두렵다, 무섭다 내색을 할 수 없었으니 화윤은 애써 태연한 척하고 있었다.

'하나를 얻으면 또 다른 하나를 잃는 법. 그래, 지금은 널 마음 껏 안을 수 있다는 것에 만족하자꾸나.'

화윤은 누이가 해 준 말을 곱씹으며 가연의 손을 꼭 잡고 지그시 바라보았다.

"갑자기 어이 그러십니까?"

화윤의 표정을 세세히 살핀 가연의 눈빛이 흔들렸다.

"너란 여인은 참으로…… 귀한 여인인가 보다."

큰 누이가 말하길 구슬이 깨지면 분명 가장 귀한 것을 잃게 된다 했다. 화윤은 그것이 바로 신의 능력이라 생각했다. 하지만 구슬이 가져간 것은 신의 능력만이 아니었다. 아직 나타나지 않을 뿐, 가연을 택하면서 화윤은 잃어야 할 것이 너무도 많았다.

"신의 능력을 버려야지만 얻을 수 있으니 말이다. 허나, 후회는 없다."

말이 끝남과 동시에 화윤의 입술이 가연의 이마에 살포시 내려앉았다. 눈처럼 차가운 화윤의 입술이었지만 가연은 그를 거부하지 못했다. 가연 자신도 그를 원했으니까. 단지 가연은 두 눈을 천천히 감으며 화윤의 입술이 오래 머물기를 바라고 있었다.

"지금 뭐라 했느냐!"

모처럼 기방에 걸음을 한 숙현은 들고 있던 술잔을 상 위로 던지듯 내려놓으며 발끈했다. 기녀 초이는 작일 시전에서 벌어진 화윤과 가연의 일을 숙현에게 은근슬쩍 흘렸다. 온갖 정보가 흘러 들어오는 기방에 앉아 있는 초이가 이미 마을 사람들의 입을 통해 퍼져 나간 일을 모를 리 없었다. 더구나 알고도 입을 다물 초이가 아니었으니 붉으락푸르락하는 숙현의 표정을 은근 즐기고 있었다.

"소인이 괜한 말을 전했나 봅니다."

조심스러운 말투였지만 초이의 표정에는 재미있어 하는 기색이 엿보였다.

"맹랑한 아이로고."

술잔을 다시 든 숙현은 단숨에 잔을 비우고 내려놓았다. 유독 금일따라 목으로 넘어가는 술이 쓰다는 생각을 했으나, 내색은 하지 않았다.

"그만한 배짱도 없이 여인의 몸으로 면주전을 꾸려 가지는 못했겠지요. 소실로 들이시면 심심하지는 않으시겠습니다."

"네가 날 놀릴 참이더냐?"

"감히 병판대감을 놀리다니요. 경을 칠 일입니다."

초이가 손사래까지 치며 아니라 부정을 하였지만 숙현의 눈에 곱게 보이지는 않았다. 그러나 지금 숙현은 괘씸한 가연의 행동 때문에 초이의 언행을 다그칠 여유가 없었다.

"잔이 비었습니다. 받으시지요."

꼬리가 아홉 개 달린 구미호처럼 간드러진 목소리로 술병을 든 초이는 이 이상 선을 넘지 않았다. 그 뉘보다 숙현의 성품을 잘 알고 있기에 한발 물러난 행동이었다.

"이제 어찌…… 하시겠습니까?"

초이의 물음에 숙현은 답이 없었다. 아니, 이미 답은 나와 있었다. 다른 사내와 정분이 났다고 소문까지 퍼진 여인을 소실로 들이는 것은 숙현의 명성에 흠이 갈 일이었다. 물론, 지금으로서는 가연을 소실로 들이지 않는 것이 옳은 일이겠지만 그렇다고 없던 일로 하자니 분하여 속이 쓰렸다. 이대로 임 행수와 그 여식인 가연을 놓아주기에는 숙현의 자존심이 허락지 않았다.

"네 보기에는 내가 어찌할 것 같으냐?"

"그야……."

잠시 대답을 망설이는 초이의 머릿속에 임 행수와 그 여식에게 불어닥칠 고난이 훤히 그려졌다. 결코, 이번 일을 쉽게 넘길 숙현이 아니었으니 그 부녀와 친분이 없음에도 초이의 가슴에 동정심이 가득 찼다.

"내 것이었다. 헌데, 내가 가질 수 없다면 말이야 남도 가질 수 없게 만들어야겠지."

숙현의 말에 상념에서 빠져나온 초이가 고개를 들고 물었다.

"죽이실 참이십니까?"

"내가? 뉘를?"

천연덕스럽게 무슨 소리를 하냐는 듯 초이를 바라보던 숙현은 갑자기 호탕하게 소리 내어 웃기 시작했다. 이 상황이 아주 재미있다는 듯 말이다.

"나도 사내인데 이제 피어나는 꽃을 어찌 죽이겠느냐. 허나……."

"?"

"그 꽃이 괴로움에 아파하며 시들어 가는 것은 볼 만하겠지."

숙현의 말은 곧 현실로 다가왔다.

정확히 이틀 뒤 임 행수에 대한 처분이 내려졌다. 일벌백계의 뜻으로 임 행수는 목숨만을 부지한 채 유배를 가게 되었다. 한 번 들어가면 죽어서도 나올 수 없다는 제주로 말이다. 제주로 가는 길은 멀고도 험난하여 고신을 받은 죄인들이 도중에 변고를 당하기도 하였다. 어찌어찌하여 제주로 가는 배에 오른다 하여도 갑작스런 기후변화에 배가 침몰하거나 무사히 도착해도 물과 의원이 귀한 제주에서는 죄인들의 삶이 절대 길지 않았다. 해서 항간에는 이런 말이 있었다. 제주로 가는 길은 저승 가는 길과 같다고.

향금을 통해 들은 아버지의 유배 소식은 가연에게 청천벽력 같은 소식이 아닐 수 없었다.

"아버지……."

무슨 말이 더 필요할까. 털썩 바닥에 주저앉은 가연은 망연자실한 표정이었다.

'다…… 내 죄다.'

사내에게 빠져 옥고를 치르고 있는 아비를 나 몰라라 한 죄가 첫 번째요, 아비를 살릴 수 있는 방도를 알면서도 행하지 않은 죄가 두 번째라 할 것이다. 마지막으로 세 번째는 병판의 성품을 미처 살피지 못하고 일을 크게 만들었으니 어찌 이 죄를 다 씻을 수 있겠는가. 아비를 사지로 몰아넣었다 생각한 가연은 한 손으로 가슴을 내려치며 때늦은 후회를 하고 있었다.

"이러지 마라."

괴로움에 치를 떠는 가연의 모습을 지켜보던 화윤은 자신을 용서할 수 없었다. 가연의 마음을 얻으려는 욕심에 다른 일은 미뤄두었다. 또한, 인간의 삶에 관여할 수 없다는 점을 내세워 남일 보듯 구경만 했던 자신이 한심했다.

'도대체 나란 놈은 뭐란 말인가…….'

신이었을 때도 그러했고, 사람이 되어서도 마찬가지였다. 급할 것도 없었고, 아쉬울 것도 없었다. 무엇인가 해결할 일도 없었고, 그러지 못해서 괴로워할 일도 없었다. 지금까지의 삶이 너무도 무의미하고 순탄했음을 화윤은 이제야 깨달았다. 이제는 자신의 여인을 위해 무엇인가 할 때가 되었다는 생각이 들었다. 신이 아닌 사람으로서 말이다.

"내가 병판을 만나 보마."

일순간 자신의 가슴을 내려치던 가연의 손이 멈췄다.

"본인 일도 아니시질 않습니까."

내뱉는 말이 날카로웠다. 가연은 화윤의 탓이 아님을 알면서도 병판에 대한 미움과 분노를 모두 화윤에게 돌리고 있었다. 아비를 구하지 못한 비정한 여식임을 인정할 수 없어 화윤에게 모든 죄를 떠넘기려 하였다. 하지만 이 같은 행동은 자신의 마음을 더 아프게 할 뿐이었다. 이제 화윤과 자신은 떨어뜨려 생각할 수 없는 사이가 되었으니까.

"아니다. 이제 내 일이다."

더는 지켜보고 있을 수 없었다. 이제 관여 못 할 연유도 사라졌다. 신이 아닌 사람의 몸이 되었으니 이는 가연과 화윤 사이에 자리 잡고 있던 장벽이 무너진 것과 같았다. 가연을 홀로 두고 집을 나온 화윤의 발걸음은 한 치의 머뭇거림 없이 병판에게 향했다.

막상 병판 집 대문을 마주하고 나니 쉽게 들어설 수 없었다. 아무런 대비도 없이 무작정 나선 길이라 화윤의 마음은 그저 막막하기만 했다.

"이리 오……."

사람을 부르다 말고 다시 입을 닫은 화윤은 잠시 상념에 잠겼다. 당장 병판을 마주한다 해서 모든 일이 해결되는 것은 아니었다. 다만 시간을 벌기 위하여 이곳까지 왔음을 화윤은 잊지 않았다. 순간 무언가 떠오른 것인지 화윤의 눈빛이 날카로워졌다.

"이리 오너라."

굵은 목소리로 사람을 부르자 굳게 닫혀 있던 대문이 요란한 소리를 내며 열렸다.

"뉘십니까?"

화윤은 노비와 한차례 입씨름을 하고 나서야 겨우 문턱을 넘을 수 있었다. 약속을 하지 않았다는 연유로 돌아가라는 노비와 실랑이를 벌이던 중 출타를 했던 이겸과 문 앞에서 마주하게 되었다. 반가운 이는 아니었지만 이겸 덕분에 문전박대는 면할 수 있었다.

"진정 그대가 가연 낭자의 정혼자란 말입니까?"

무조건 병판을 만나야겠다는 생각에 화윤의 입에서 엉뚱한 말이 튀어나왔다. 물론, 이 한마디로 높은 문턱을 넘을 수 있었지만 이겸 앞에서 거짓이라 말하고 싶지는 않았다.

"나, 참! 몇 번을 묻는 거요? 저잣거리에 파다한 소문을 못 들으셨소?"

"소문?"

"가연 낭자와 나에 대한 소문 말이오. 뭐, 믿지 못하겠으면 당사자에게 직접 물어보시든가."

이런 방자함은 어디서 나오는지 모르겠으나 꼭 몸에 밴 것처럼 화윤의 어투는 자연스러웠다. 이 같은 화윤의 모습에 이겸은 눈살을 찌푸렸다.

"아버님을 만나려는 의도가 무엇입니까?"

"몰라 묻소!"

당장 멱살이라도 잡으려는 화윤의 표정에 이겸은 한 발 뒤로 물러섰다. 정혼자라 하니 당연 찾아올 만도 하지만 이런 식으로 마주하고 싶지는 않았다. 아버지 때문에 당당하지 못한 자신이 작아지는 느낌이었다.

"왜 이리 소란스러운 게냐?"

사랑채에서 들리는 낮고 차가운 목소리에 화윤의 고개가 절로 돌아갔다. 목소리만 들어도 오만 정이 떨어졌다.

"고해 주시겠소? 아님, 내가 그냥 박차고 들어갈까?"

마지못해 화윤을 사랑채로 들인 이겸은 쉽게 자리를 뜰 수 없어 찬바람을 고스란히 온몸으로 느끼며 대청에 서 있었다. 방 안에서는 한동안 어떠한 말소리도 들리지 않았다.

"예가 어디라고 너 같은 놈이 굴러 들어온단 말이냐."

한참을 가만히 숙현을 내려다보던 화윤이 자신을 가연의 정혼자로 소개하고 자리에 앉자 숙현의 날카로운 목소리가 날아들었다.

"익히 들어 알고는 있지요. 이 집 대문을 열려면 두 손 가득 재물을 들고 와야 함을 말입니다."

화윤의 답에 숙현의 입안에서 '끙' 하는 소리가 새어 나왔다.

"재물이 있다 하여 아무나 들이는 집안이 아니다."

"이 사람을 '아무나'로 치부하시면 아니 되시지요. 대감께서 가연 낭자를 놓지 않는 이상 이 사람은 절대 '아무나'가 될 수 없음을 모르십니까?"

화윤의 입에서 뱉어지는 한 마디 한 마디가 숙현의 가슴에 비수처럼 날아들었다. 어찌 집 안으로 들어왔는지 모르나 호되게 호통을 친 후 내보내려 하였다. 하지만 말본새를 보아하니 만만한 사내가 아님을 숙현은 감지할 수 있었다.

"내게 할 말이 많은 게로군."

"많다 뿐이겠습니까. 말로 다 할 수 없어 검이라도 들고 싶을 지경입니다."

"이 나라 병권을 쥐고 있는 내게 검을 들이대겠다?"

"병권을 쥐고 있다 해서 검술이 천하제일은 아닐 터이지요. 하니, 검술은 제가 한 수 위일 수도 있지 않겠습니까?"

탁! 서안을 내려친 숙현의 주먹이 부르르 떨렸다. 한마디도 지지 않는 화윤의 언사가 숙현의 심기를 불편하게 만들었다.

"무뢰배 같은 놈!"

"무뢰배들도 하지 않는 짓거리를 하신 대감께서 제게 하실 말씀은 아니시지요."

"뭐라!"

"이쯤 해서 모든 것을 제자리로 돌려놓으시지요. 제가 움직이기 전에 말입니다."

"내가 그런 말에 벌벌 떨 줄 알았더냐?"

같잖다는 표정으로 화윤을 노려보던 숙현의 입가에 비웃음이 가득했다. 젊은 호기에 던진 말임을 모르지 않지만 마음 한편으로는 화윤의 눈빛이 섬뜩하게 다가왔다.

"대감이 하신 것처럼 똑같이 해 드리오리까? 진정 그리해야 정신을 차리시겠습니까!"

"감히 뉘 앞에서 목소리를 높이는 게야!"

화윤의 고함에 숙현의 목소리도 따라 높아졌다.

"대감이 아끼시는 것을 이 손으로 빼앗는 일이 없었으면 합니다."

더는 말을 나누고 싶지 않아 서둘러 자리를 박차고 나온 화윤은 이겸과 마주하게 되었다. 하지만 화윤은 이겸의 시선을 무시한 채 섬돌로 내려섰다.

"아버지께서 아끼시는 것이 무엇일 것 같습니까?"

안에서 나눈 말을 모두 들은 모양이다. 몇 발자국 가지 못한 화윤은 이겸의 물음에 걸음을 멈췄다. 등 뒤로 가까이 다가오는 이겸의 발걸음 소리가 들렸다.

"당신이 아니길 빌어야겠지. 사람 목숨을 쉽게 취할 수는 없으니까."

섬뜩한 말을 남기고 화윤은 걸음을 재촉하였다.

가연이 애타게 기다리고 있다는 것을 알면서도 화윤은 인왕산으로 향했다. 스산한 산을 오르며 자신의 행동을 되돌아보았다. 고작 병판을 만나 한 일이라고는 말 몇 마디로 겁을 준 것이 전부였다. 사건의 전말을 알지도 못하는 자신이 당장 무엇을 할 수 있었겠는가. '걱정 마라' 큰소리를 친 자신이 한심해 가연의 얼굴을 마주할 면이 서지 않았다. 해서 인왕산으로 향하는 걸음이 무겁기만 했다.

'이쯤이었던 것 같은데……'

이상한 일이 아닐 수 없었다. 눈감고도 찾아오던 곳을 헤매고 있었으니 좀처럼 납득이 되질 않았다. 한 번도 온 적 없는 곳을 찾아다니는 이처럼 화윤은 같은 곳만 맴돌고 있었다.

'이상타. 어찌 이리 못 찾을 수 있단 말인가?'

산 위에서 불어오는 칼바람이 손과 얼굴을 얼어붙게 하여도 화윤은 걸음을 멈추지 않았다. 그곳을 찾아야 부족한 자신의 모습이 감춰질 것 같아 부지런히 산을 헤집고 다녔다. 지성이면 감천이라 했던가. 한참을 헤매고 나서야 화윤은 천상계로 통하는 관문을 찾을 수 있었다.

'이럴 수가!'

수도 없이 다녔던 곳이었다. 더러는 쉬기 위해 온 적도 있었다. 오다가다 만나는 다른 신들과 인사도 나누며 인간계에 대해 서로의 생각을 나누었던 이곳이 화윤의 출입을 거부했다. 허무하고 외로웠다. 이제 저 세계에 속하지 않는 이방인이 된 것 같아 마음이 허전했다.

보이지 않는 막이 둘러 쳐진 것처럼 화윤을 거부한 그곳은 낙원처럼 평온해 보였다.

"용케도 찾아왔구나."

큰 누이 월이었다. 화윤 자신과 겨우 두 걸음 정도 떨어져 있지만 마음으로 느껴지는 거리는 마치 그 사이에 벽이라도 세워진 듯 이루 말할 수 없이 컸다.

"좀 들어갑시다."

화윤의 어투가 곱지 못했다.

"들어올 수 없는 연유를 알면서도 내게 그리 말하느냐."

"누이!"

"받아들여야지. 이제 이곳은 잊어야 한다."

누이의 말이 가슴을 후벼 파는 것 같았다. 알고 있다. 하나를 얻으면 하나는 버려야 한다는 것을 말이다. 하지만 아직은 아니었다. 잡고 싶었다. 준비가 덜 되었다 외치고 싶었다. 못난 자신을 감춰 달라 애원하고 싶었다. 그러나 그곳은 화윤을 받아들이지 않았다.

"이곳만 잊으면 됩니까?"

묻는 것이 아니었다. 그럴 수 없다는 반박의 말이었다. 허나, 월은 어떠한 답도 하지 않았다. 화윤은 이 긴 침묵이 무슨 뜻인지 알고 있었다.

"나란 존재는…… 도대체 뭡니까?"

아직은 천상계에 대한 기억을 고스란히 가지고 있었다. 하지만 신의 능력은 모조리 사라지고 말았다. 허면, 자신은 신일까? 아님 사람일까? 화윤은 공허한 눈빛으로 월을 바라보았다.

"네가 원하면 무엇이든 될 수 있겠지. 아직은 말이다."

월의 한마디가 화윤의 정신을 번쩍 깨웠다.

"허나, 둘 중 하나만 택해야 함을 너도 잘 알고 있지 않느냐. 다 가질 수 없는 법이다."

가연을 선택함에 후회가 있는 것이 아니었다. 다만, 천상계를 잊어야 한다는 사실이 화윤을 씁쓸하게 만들었다.

"원하던 바였을 텐데 이리도 불안해하는 널 이해할 수 없구나. 어이 그러는 게야?"

"저 자신이 한심하여 그럽니다."

연정이 전부인 줄 알았다. 가연의 마음만 얻으면 아무것도 문제될 것이 없을 줄 알았다. 허나, 사내인 자신은 나약한 사람이 되어 버렸다. 인간의 삶을 다 이해할 수도 없었고, 어려움을 겪고 있는 여인에게 아무런 도움도 주지 못했다. 신의 능력이 사라지니 마음마저 약해진 기분이었다.

"인간은 말이다. 연심이 깊어질수록 강해진단다. 신의 능력과는 비교도 할 수 없음이야."

아직은 월의 말을 이해할 수 없기에 화윤은 어떠한 긍정의 표현도 하지 않았다.

"선물이다. 받아 두어라."

선물? 불쑥 내민 월의 오른손을 바라보며 화윤은 몸을 뒤로 뺐다. 지금까지 누이가 준 선물치고 온전한 것이 없었다. 가연의 이마에 박아 놓았던 구슬도 그러하지 않는가. 해서 선뜻 받겠다 답하지 못했다.

"신의 능력이 사라졌으니 받아 두면 요긴하게 쓰일 일이 있을 게야."

잠시 망설이던 화윤은 손을 펴 내밀었다. 그러자 작은 돌 세 개가 화윤의 손바닥 위로 떨어졌다.

"누이, 지금 장난하십니까?"

"평범한 돌이 아니란다. 원하는 것을 말하면 그 돌이 그것으로 변할 것이야."

월은 미심쩍어 하는 화윤의 표정을 바라보며 환한 미소를 지었다.

"아! 중한 것을 일러 주지 않았구나. 신비한 돌이기는 하지만 그리 오래가지는 못한단다. 또한, 네가 직접 본 것으로만 변할 수 있다는 것도 잊지 마라."

'그러면 그렇지.'

역시 누이가 준 선물은 늘 한 가지 흠이 있었다. 화윤은 돌을 소맷자락 안으로 밀어 넣으며 입꼬리를 올렸다.

"벌써 가십니까?"

화윤은 돌아선 월을 잡으려고 손을 뻗어 보았지만 잡히는 것은 아무것도 없었다. 그렇게 멀어져 가는 월을 바라보며 화윤은 자신이 신으로서 살아온 삶 역시 저 뒷모습처럼 아련해지는 것 같은 기분이 들었다.

아니나 다를까, 집으로 돌아온 화윤은 가연의 실망스런 표정을 접해야 했다. 가연의 쏟아지는 질문에 아무런 답을 해 줄 수 없었던 화윤은 다시 한 번 자신의 무능함을 뼈저리게 느꼈다. 꼭 자신이 벙어리가 된 기분이었다.

"어찌 대답이 없으십니까?"

재촉하는 가연에게 가까이 다가가 살포시 안은 화윤은 낮은 목소리로 자신의 마음을 전했다.

"미안타. 해 줄 말이 없구나."

스르륵 가연의 몸이 자신의 품에서 빠져나가는 것을 느낀 화윤은 가슴이 저렸다.

"어딜 가는 게야?"

자신에게서 멀어지는 가연의 뒷모습을 바라보며 화윤이 애타는 목소리로 물었다. 그러나 가연에게서는 답이 없었다. 그저 꼭 닫힌 방문이 가연의 마음을 대변해 주었다.

'이제 어쩐다.'

임 행수가 유배지로 떠나는 날이 보름 뒤였다. 즉 모든 일을 제자리로 돌려놓기 위해서 화윤에게 주어진 시간이 보름뿐이라는 뜻이었다. 얼마 남지 않은 시간에 화윤의 머리가 복잡하다 못해 터질 것 같았다.

'어디서부터 시작한다.'

눈동자를 요리조리 굴리던 화윤은 이 상황을 타개하기 위해 무엇을 어찌해야 하는지 전혀 갈피를 못 잡고 있었다. 막연히 어떻게든 해야 한다는 압박감만이 숨통을 조여 왔다. 그러다 문득 화윤의 머릿속에 떠오르는 것이 있었다. 기방이야말로 수많은 정보가 오가는 곳이 아닌가 말이다. 허나, 화윤은 이내 고개를 살짝 저었다. 그곳에서 병판이 누군가를 만났다 하더라도 자신에게 그런 이야기를 전해 줄 기녀가 없을 것 같았다. 또한, 알고 있는 기녀를 찾는다 하더라도 그 기녀의 입은 얼마나 무겁겠는가. 화윤은 이내 자신의 머리를 긁적이며 혀를 찼다.

"가만! 기방만큼 소문이 무성한 곳이라면?"

북촌 시전에서도 가장 큰 주막을 떠올린 화윤은 자신의 무릎을 한 손으로 내려쳤다. 더러 나도는 신빙성 없는 사실을 걸러 들어야 하지만 딱히 이보다 더 나은 곳도 없다는 결론이 내려졌다. 고위 벼슬아치들은 몰라도 그 밑에서 일을 하는 이들의 정보는 주워들을 수 있을 참이라. 화윤은 서둘러 시전으로 향했다.

7. 굼벵이도 구르는 재주가 있다

 주막을 들락거린 지 이틀이 지났다. 건진 것 하나 없이 술만 들이켠 화윤은 금일도 쓰린 속을 부여잡으며 주막에 들어섰다. 더는 가만히 앉아 누군가 다가오길 기다릴 수 없었던 화윤은 방법을 달리했다.
 화윤의 장점이라 하면 당연 친화력일 것이다. 화윤은 술상을 받아 놓고 임금과 양반들의 험담을 중얼거리며 늘어놓기 시작했다. 그러자 처음에는 화윤을 경계하던 이들이 하나둘 귀를 기울였다. 분명 처음 보는 이였지만 자신들의 마음을 대변하기라도 하듯 속 시원히 말을 내뱉는 화윤에게 다가가기 시작했다. 어느새 화윤 주변에는 사내들로 가득했다.
 "임금보다 더 나쁜 놈들이 바로 양반네들 아니겠소?"
 "그런 말씀 마십시오. 그러다 쥐도 새도 모르게 끌려갈지도 모르니 입조심 하셔야 합니다."

화윤이 따라 준 술을 맛있게 들이켠 한 사내가 주위를 두리번거리며 목소리를 낮추라는 시늉을 보였다.

"예끼! 이 사람아. 구더기 무서워 장 못 담그는가. 양반네들이야 죄다 기방에 앉아 있을 터인데 못할 말이 무에야. 젠장! 이 더러운 세상에 사는 우리네만 억울할 뿐이지."

마치 화윤 자신도 피해를 보았다는 어투로 술잔을 단숨에 들이켰다. 그러자 한 사내가 미심쩍은 표정으로 그의 옷차림을 훑어보기 시작했다.

"차림새를 보아하니 평민은 아니신 것 같은데 무슨 큰 손해라도 보셨습니까?"

"나?"

화윤은 자신을 가리키며 눈을 치켜떴다.

"암! 큰 손해를 보았고말고."

주위 사람들에게 한 잔씩 술을 따라 준 화윤은 그때 일을 다시 떠올리기조차 괴롭다는 표정으로 한숨부터 내쉬었다. 모든 이들이 화윤의 입을 주시했다.

"내 청국에 있을 때 말일세, 한 상단의 행수를 어찌어찌하여 알게 되었지. 하도 그 사람의 장사 수완이 좋아 보여 큰돈 좀 만져 볼까 하고 달포 전 이 조선 땅을 밟지 않았겠는가. 아마 성이 임가라 했던가?"

"시전에서 면주전을 하고 있는 임 행수 말입니까?"

"옳거니! 그 사람!"

마시려던 술잔을 내려놓고 손바닥을 마주친 화윤은 고개까지 끄덕였다.

"수소문 끝에 그 사람을 만나 회포를 풀던 중 귀가 솔깃한 이야기를 들었지 뭔가."

재미난 이야기를 듣는 이들처럼 화윤의 말솜씨에 푹 빠진 이들은 너나 할 것 없이 술잔을 내려놓고 양쪽 귀를 활짝 열었다. 심지어 화윤의 말을 자르지 않으려고 입을 굳게 닫는 이도 있었다.

"그 사람 말을 철석같이 믿고 내 가진 재산을 몽땅 맡겼더니 이 무슨 날벼락인가 말일세. 밀거래라니? 그것도 궐의 물건에 손을! 난 이제 망했네 그려."

가진 것도 없어 다시 청국으로 돌아갈 수 없다는 말까지 끝내고 나자 화윤은 답답하다는 듯 단숨에 술을 들이켰다. 마주 앉아 있던 이들도 화윤을 따라 술잔을 비웠다.

"그 사람이 밀거래할 사람으로 보이지는 않았는데……."

화윤은 말끝을 흐리며 사내들의 동태를 살폈다.

"하긴, 우리도 그 일 터지고 놀랐더랬지?"

"놀랬지. 굳이 밀거래를 하지 않아도 잘 나가던 상단이 하루아침에 쫄딱 망했으니 말이야."

"사람 속을 뉘가 알겠는가? 신용으로 장사한다던 분이 뒤로는 그런 짓을 밥 먹듯이 했을지."

앉아 있던 사내들은 서로 말을 주거니 받거니 하고 있었다. 그 자리에 처음부터 화윤이 없었던 것처럼.

"솔직히 밀거래할 사람을 꼽으라면 그 사람이 첫 번째일 터인데."

"뉘를 말하는 게야?"

밀거래라는 말에 가만히 듣고 있던 화윤의 귀가 솔깃해졌다.

"장 행수 말일세. 시전은 물론이요, 궐로 들어가는 인삼은 모조리 그분 손을 통해 거래되지 않는가."

'오호라.'

꼬리를 잡았다는 표정으로 술잔을 높이 든 화윤은 이날 이후로 주막에서 볼 수 없었다.

어둑해지는 밤길을 따라 집으로 돌아온 화윤은 가연의 방에 불이 켜져 있는 것을 확인하고 살금살금 도둑고양이 걸음으로 대청에 올랐다. 그러나 이 나무라는 것이 추우면 틀어지는 법이라, 삐거덕거리는 소리에 가연의 방문이 벌컥 열렸다.

"저 좀 보셔요."

염라국에서 저승사자들과 한판 붙을 때도 이만큼 무섭지는 않았다. 잠시 보자는 가연의 말에 화윤은 숨이 멎는 기분이었다. 열어놓은 방문을 살짝 닫고 방 안으로 들어서 가연과 마주앉은 화윤은 초조한 듯 연신 주위만 두리번거렸다.

"어찌 보자는 게야."

말이 없으니 답답해 죽을 것만 같았다. 가만히 앉아 자신을 바라보는 가연의 눈빛은 불꽃이 타오르는 듯 보였다.

"금일도 주막에서 시간을 보내다 오시는 겝니까?"

"그것은……."

화윤은 말문이 막혔다. 사실이 아니라 하려고 해도 이미 자신의 입에서 술 냄새가 진동하고 있었으니 괜한 헛기침만 해 댈 뿐이었다.

"무엇을 얻고자 그곳에 가십니까?"

화윤의 속이 뜨끔했다. 진정 무엇을 알고 던진 말인가 하여 슬쩍 곁눈질로 가연의 표정을 살폈다. 그러나 가연의 표정에서는 어떠한 것도 읽을 수 없었다. 아니, 단 한 가지로 가득했다. 진실을 말하라.

"아무것도 하지 마십시오."

"나를 믿지 못하는 게냐?"

말을 하지 않았으니 모를 수도 있다. 매일 밤 술을 마시고 들어와 오해를 살 수도 있는 일이다. 그러나 믿지 못하겠다는 가연의 말은 듣고 싶지 않았다.

"제 일이니 제가 해결하겠습니다. 더는 제 주위 사람들이 다치는 것을 보고 싶지 않습니다."

금일 가연은 어렵게 아버지를 만나고 온 길이었다. 살갗은 찢기고, 아물지 않은 상처 위로 피고름이 흘러나왔다. 머리는 산발하고, 피가 말라 몸 여기저기에 덕지덕지 붙어 있는 몰골이 흡사 귀신처럼 보이기까지 했다. 이대로 지켜볼 수만은 없었다.

"낮에 무슨 일이 있었던 게야?"

화윤의 물음에 가연은 고개를 가로저었다. 신이 아닌 인간이 되어 버린 그가 지금 이 상황에서 무엇을 해 줄 수 있겠는가. 단지 사람들 눈에 보이는 그가 불안하고 걱정이 되었다.

"내 걱정은 마라."

순간 가연의 마음이 울컥했다. 옥사에서 아버지가 자신에게 해 준 말을 화윤이 그대로 하고 있었다. 홀로 남게 될 자신을 걱정하는 아비의 마음과 자신을 위해 무언가라도 하려고 애쓰는 화윤의 마음이 뼛속까지 전해지는 것 같아 목이 메었다.

"길은 있다. 난 그리 믿는다."

 화윤은 확신에 찬 표정으로 가연의 손을 꼭 잡았다. 희망을 버리지 말라고, 이것이 끝은 아닐 거라고 말이다.

"신은 말이다, 악귀가 아니다."

"예?"

"인간이 넘지 못할 산을 만들고 이기지 못할 고통을 주지 않는단 말이지. 버티고, 일어서고, 다시 뛸 수 있는 딱 그만큼의 아픔만 주니 겁먹지 말거라. 혼자 넘지 못하는 산도 다른 이의 손을 잡고 오르면 넘을 수 있는 법이야."

 항상 화윤의 말은 가연의 가슴을 찡하게 울렸다. 평상시에는 장난기 많은 어린아이 같지만 가끔 이렇듯 구구절절 좋은 말을 해 줄 때면 그가 달리 보인다. 해서 금일 밤도 가연은 화윤의 말을 가슴 속 깊이 새겨 두었다.

'이곳이렷다?'

 삼 일 만에 얻은 정보를 가지고 화윤이 찾아온 곳은 장 행수의 집이었다. 소문대로 장 행수의 집은 양반네들 집에 견주어 뒤지지 않았다.

'날도 잘 받아 왔구나.'

 금일이 바로 장 행수의 탄일이라 드나드는 이들이 많았다. 저들 속에 묻힌다면 자신 하나쯤은 감쪽같이 들어갈 수 있겠다 싶은 생각에 화윤이 서둘러 몸을 움직였다.

"하하하! 이보시게. 오랜만일세."

 두 팔을 번쩍 들고 한 무리와 반갑게 인사를 한 화윤은 가까이

다가가 악수까지 했다. 허나, 무리 중에는 화윤을 반기는 이가 단 한 사람도 없었다.

"뉘시오?"

끝내 무리 중 한 사람이 화윤을 미심쩍은 눈으로 바라보며 물었다.

"벌써 날 잊었는가? 하긴 우리가 좀 오랫동안 볼 수 없었으니 그럴 만도 하지. 껄껄껄."

혼자 온갖 말을 늘어놓으며 무리에 섞여 구렁이 담 넘어가듯 대문 안으로 쏙 들어가려던 화윤의 팔을 누군가 세차게 잡았다.

"초면인데 뉘십니까?"

예리한 문지기에게 붙잡힌 화윤은 요리조리 빠져나갈 방도를 찾아 머리를 굴려 보았지만 번번이 막히고 말았다. 만만히 볼 문지기가 아니었다.

"물론 자네와 난 초면일 테지만 이리 날 문전박대하면 자네 상전의 금전적 손실이 이루 말할 수 없음일 것이야. 그래도 괜찮겠는가?"

이제 막 던지고 보는 화윤이었다. 걸려든다면 다행이지만 아니어도 상관없었다. 야밤에 담을 넘으면 그만일 터. 화윤은 긴 소맷자락을 툭툭 털며 문지기에게 생각할 시간을 주었다.

"잠시 예서 기다려 보십시오. 고하고 오겠습니다."

"그러시게나."

"헌데, 뉘라 전하오리까?"

"나로 말할 것 같으면 청국에서 온 거상이네. 내 금일 귀한 것을 보여 드릴 참이라고 전하게나."

"허면, 행수 어르신께 보여 주실 그 물건부터 건네주십시오. 제가 보여 드리고 고해 올리겠습니다."

문지기가 한 발 다가와 손을 내밀자 화윤은 눈썹을 추켜세우며 성을 내었다.

"네 이놈! 네놈이 상전을 등에 업고 이리 방자하게 굴다니! 이것이 얼마나 귀한 것인데 네놈 손에 떡하니 쥐여 주겠느냐. 됐다, 이놈아. 내 돌아가는 것이 낫겠구나."

문지기를 옴짝달싹 못하게 만든 화윤은 돌아갈 마음이 조금도 없으면서 도포가 휘날릴 정도로 몸을 휙 돌렸다. 그러나 앞으로 한 발 내딛기도 전에 문지기의 두 손이 화윤의 팔을 덥석 잡았다. 계획대로 돌아가고 있었다.

"우선 들어가십시오."

"그럴까?"

손바닥 뒤집듯 그러겠다 고개를 끄덕인 화윤은 당당히 대문 문턱을 넘었다. 그리 문지기를 따라 들어와 보니 집 안은 장 행수를 만나러 온 사람들로 북새통이었다. 마당 한가득 깔린 멍석 위로 술상이 즐비해 있었고 모여 앉은 이들 주변에는 이미 빈 술병이 가득했다. 마당 한쪽에서는 쉼 없이 음식을 만들어 나르는 여인네들의 분주한 모습이 보였다. 그러나 술잔을 든 이들의 모습은 저마다 제각각이었다. 마치 제 생일인 양 웃고 떠들며 부어라 마셔라 하는 이가 있는 반면, 장 행수를 만날 수 있을까 하는 생각에 사랑채만 주시하는 이들도 있었다. 또한, 자신이 가져온 선물이 보잘것없을까 봐 전전긍긍하는 이들의 모습도 간혹 보였다. 이런 모습을 쭉 살펴본 화윤의 입이 한쪽으로 삐딱하게 올라갔다.

'뉘가 보면 정승 집안에 경사난 줄 알겠다. 쯧쯧.'

허나, 어찌 그들을 욕할 수 있겠는가. 강자에게 고개를 숙이고 아첨을 해야 하는 것은 궐 안이나 밖이나 마찬가지였다. 이는 아무리 시대가 변한다 하여도 변할 수 없는 것 중에 하나일 것이다.

"예서 잠시만 기다리시옵소서."

"그러지."

잠시 후, 사랑채에서 나온 문지기는 화윤을 다른 곳으로 안내했다.

"지금 어딜 가는가?"

"사랑채에 손님이 많아 따로 모시라 하셨습니다."

"그래?"

문지기가 어찌 고했는지는 모르겠지만 일이 술술 잘 풀리려나 보다. 안면도 없는 자신을 따로 보겠다 하니 화윤의 어깨가 으쓱해졌다.

"잠시 들어가 계시면 술상을 보아 올리겠습니다."

"그러게나."

뒷짐을 지고 거만하게 비단신을 벗은 화윤은 작은 방으로 들어서며 문을 닫았다. 그리고 문지기가 갔는지 발걸음 소리를 확인한 화윤은 급히 소맷자락에서 누이가 준 돌 세 개 중 한 개를 꺼냈다.

'슬슬 시작해 볼까.'

화윤이 돌 하나를 손바닥 위에 올려놓고 중얼거리자 푸른빛이 방 안 가득 퍼지며 놀라운 일이 벌어졌다. 천상에서나 볼 수 있는 귀한 보옥으로 변한 돌은 반짝반짝 빛나고 있었다. 그때 밖에서 사내의 헛기침 소리가 들렸다.

'빨리도 왔구나!'

보옥을 소맷자락에 다시 집어넣은 화윤은 아무 일도 없었다는 표정으로 장 행수를 맞았다.

"내게 줄 것이 있다 했소?"

북촌에서 알아주는 상단을 꾸리고 있어 나이가 많을 줄 알았다. 병판과 비슷하거나 그보다 좀 더 많을 수 있겠다 싶었는데 아니었다. 서른 후반쯤 되어 보이는 장 행수의 인상은 한 눈에 딱 보아도 장사치의 면모를 두루 갖추고 있었다.

"어허, 이 댁 문지기를 바꾸셔야겠습니다."

거만한 화윤의 말투에 장 행수의 표정이 일그러졌다.

"난 분명 보여 줄 것이 있다 했지 줄 것이 있다 하지는 않았습니다."

"으흠."

멋쩍은 듯 시선을 돌린 장 행수는 괜한 수염만 만지작거렸다.

"청국에서 온 거상이라 들었는데 사실이오?"

"하하하! 그놈이 제대로 전한 것도 있긴 하군요. 그러나 행수님을 만나고픈 제 욕심에 조금 부풀린 사실이 없지 않아 있습니다."

"뭐라?"

"이리 좋은 날 화를 내시다니요. 자자, 마음을 좀 가라앉히시고 제 말을 들어 보시지요."

하지만 이미 장 행수의 몸은 화윤에게서 반쯤 돌아가 있었다.

"이 몸이 청국에서 오기는 했지만 거상은 아닙니다. 그리 말씀드리지 않으면 만날 수 없을 것 같아 무례를 범했습니다. 이것으로 너그러이 용서해 주시지요."

화윤은 천상의 보옥으로 변한 돌을 서안 위에 올려놓았다.

"이것이 무엇이오?"

금이나 은은 아니었으니 옥이라 해야 하나? 화윤이 건넨 물건을 살피던 장 행수는 이런 생각을 했다. 그러나 단순히 옥이라 하기에도 무엇인가 달라 보였다. 푸른 빛깔을 가지고 있는 것이 어딘가 모르게 신비감을 가득 담고 있어 보면 볼수록 빠져드는 느낌이었다. 꼭, 청명한 하늘을 보고 있는 기분이 들었다.

"내 이런 옥은 생전 처음 보는군."

감탄과 함께 장 행수의 표정은 경이로움에 사로잡혀 있었다. 당연 그럴 것이다. 천상에서도 선녀들이나 하는 귀한 보옥이니 말이다. 화윤은 목에 힘을 팍 주고 장 행수를 바라보았다.

"청옥이라 불리는 보옥이지요. 귀하디귀한 것이라 많지도 않습니다."

"헌데, 어찌 이것을 내게 보여 주는 것이오?"

이제부터 본론으로 들어가야겠다 생각한 화윤은 서안으로 바짝 다가가 앉으며 낮은 목소리로 말을 이었다. 화윤을 따라 장 행수의 몸도 서안 가까이 숙여졌다.

"비싼 값으로 팔고 싶은데 연줄이 있어야지요. 사고자 하는 이에게 다리를 놓아 주신다면 사례는 섭섭지 않게 해 드리겠습니다. 어떠십니까?"

갑작스런 화윤의 제안에 장 행수는 어리둥절하였다. 도대체 무슨 생각으로 자신을 찾아왔는지 모르겠지만 온전히 화윤의 말을 믿기에는 모험 같아 보였다.

"난 아직 당신 함자도 알지 못하오. 더구나 조선 사람도 아니고 청국에서 왔다는 당신을 내가 어찌 믿을 수 있겠소?"

"함자야 당장에라도 알려 드릴 수 있지요. 허나, 함자를 알고 제가 조선 사람이라 한들 쉽게 믿으시겠습니까? 거래라 함은 신용이 우선이지요. 거래하는 이의 함자 따위는 중하지 않다고 봅니다만. 아니 그렇습니까?"

맞는 말이었다. 화윤의 유창한 언변에 장 행수의 눈초리가 가늘게 떠졌다.

"허면, 함자도 모르는 당신의 신용을 내 어찌 판단해야 하겠소?"

"우선 이 청옥을 장 행수님께 맡기지요."

"이것을!"

놀란 장 행수의 눈이 화윤에게서 청옥으로 고정되었다. 생각만 하여도 가슴이 벅차오르는 기분이 들었다.

"거래가 성사되면 이와 똑같은 것을 하나 드리겠습니다. 어찌하시겠습니까?"

화윤의 언행을 보아하니 돌려 말할 줄도 모르고 생각할 시간을 오래 줄 것 같지도 않았다. 해서 장 행수의 마음이 다급했다.

"헌데, 어이해서 날 찾아왔는지 모르겠군. 이만한 물건을 구입하고자 하는 이라면 왕족이거나 세도가를 찾아가는 편이 더 쉬울 터인데?"

"그것이…… 그……."

말끝을 흐리며 말하기 곤란하다는 표정을 짓던 화윤은 어렵게 말을 꺼내는 척 연기를 하였다.

"물론, 행수님 말씀처럼 먼저 찾아간 이가 있긴 하지요."

"뉘인가?"

"제가 조선 사람은 아니나 소문은 익히 들어 알고 있습니다. 해서……."

"병판대감을 찾아간 게로군?"

장 행수의 입이 먼저 열렸다. 그러자 깜짝 놀란 표정으로 화윤은 장 행수 귓가에 속삭였다. 이 모든 것이 다 의도한 바였다.

"어찌 아셨습니까? 참으로 대단하십니다."

"그래, 병판대감께서 뭐라 하셨는가? 해 주겠다 했는가?"

"거래가 성사되었으면 이리 왔겠습니까?"

답답한 일이 아닐 수 없다는 표정으로 말을 꺼낸 화윤은 장 행수 앞에서 울분을 토해 냈다. 틈틈이 장 행수의 표정도 살피면서 말이다. 병판에게 지금처럼 똑같은 말을 꺼내니 청옥을 두 개나 달라 했다며 도둑놈이 따로 없음을 강조했다.

"병판대감이라면 그리 말씀하실 만도 하지."

얼마 전까지만 하더라도 병판과 장 행수는 상부상조하는 사이였다. 몇 해 전부터 출납을 보던 내관과 짜고 궐의 물품을 조금 빼돌렸더니 그것을 안 병판이 돈을 요구했다. 그리 병판에게 바친 돈이 얼마인가. 더구나 보름 전에는 임 행수를 몰락시키기 위해 밀거래하는 인삼을 바꿔치기까지 했다. 이제 이런 사주까지 받고 보니 병판에 대한 오만 정이 다 떨어진 참이라 장 행수는 화윤의 거래를 덥석 물고 말았다.

"내 하지."

"시원시원하십니다. 하하하."

기분 좋게 웃어넘기는 화윤의 목소리가 장 행수의 귀에 가락처럼 들렸다.

"허면, 저는 이만 물러가옵니다."

이틀 뒤에 다시 오겠다는 말을 남기고 화윤이 일어서자 장 행수가 급히 그를 불러 세웠다.

"함자 정도는 알려 주고 가야 하지 않겠소."

"이런, 이런. 결례를 범했습니다. 앞으로 화 공자라 불러 주시지요."

그렇게 병판의 숨통을 죄일 그물이 만들어졌다.

서서히 겨울 문턱으로 들어선 날씨는 해가 지고 나면 찬바람이 더욱 기승을 부렸다. 근래 들어서는 바람도 세차게 불어 조만간 눈이 내리지 않을까 하는 우려의 목소리가 높았다. 당연 겨울이란 추워야 하는 것이겠지만 작년보다 빨라진 추위는 없이 사는 이들에게 야속한 일이 아닐 수 없었다.

"어찌 이리도 추운 게야."

오돌오돌 몸을 떨며 방문을 연 화윤은 들어가려다 말고 그 자리에 얼어 버렸다. 서안 앞에 한쪽 무릎을 세우고 꼿꼿이 앉아 있는 가연의 눈빛은 이미 다 알고 있다는 표정이었다. 차라리 '저 좀 보시지요.'라고 말을 던지는 편이 덜 무섭다는 걸 화윤은 이제야 깨달았다.

"네 방은 여기가…… 아니다."

가연에게 말을 건네는 화윤의 목소리가 떨렸다.

"그것을 몰라 예 앉아 있겠습니까."

"물론, 그러겠지."

"앉으세요."

앉으라 하니 앉겠지만 마음마저 편하지는 않을 터. 화윤은 슬금슬금 방 안으로 들어와 가연 앞에 마주 앉았다.

"장 행수의 집은 어찌 아셨습니까?"

헉! 다행히 입 밖으로 내뱉지는 않았지만 눈알은 튀어나올 뻔하였다. 뭐라 둘러댈 말도 찾지 못했는데 두 번째 물음이 던져졌다.

"장 행수는 만나셨습니까?"

두 번째 물음을 이해하기도 전에 세 번째 물음이 화윤에게 날아들었다.

"만나서 무슨 말을 나누셨습니까?"

화윤의 머릿속이 빙글빙글 돌다 생각이라는 것이 멈춰 버렸다. 가연이 염라대왕보다 아니 옥황상제보다 더 무섭다는 생각마저 들었다.

"불과 며칠 전 제게 일어난 일을 말하지 않았다 하여 화를 내셨지요. 그리하셨던 분이 이리 입을 닫고 계시면 언행일치가 되지 않습니다."

화윤의 가슴이 뜨끔하였다. 시작은 했지만 딱히 건진 것이 없어 말을 꺼내기가 어려웠다. 가연에게 괜한 희망만 안겨 주는 것은 아닌가 하여 잡생각이 많아졌다.

"어찌 알았느냐?"

떨리던 화윤의 목소리가 차분해지더니 긴 한숨이 흘러나왔다.

"장 행수를 만나기 위해 그 집을 찾아갔습니다."

"너도?"

"가만히 앉아만 있을 수 없었으니까요. 아무것도 하지 말라는 아버지의 당부가 계셨지만 이대로 손도 써 보지 못한 채 그 먼 곳까지 가시게 할 수는 없습니다. 지켜 드릴 수 없다면 같이 죽는 것이 옳은 선택이겠지요."

가연이 변했다. 그저 멍하니 하루하루를 보내던 가연이 아닌 것 같았다. 무엇이 이토록 한 여인을 독하게 만들었을까. 화윤은 변한 가연의 모습이 낯설어 조금 멀게 느껴졌다.

"변하지 말라 했다."

"변하지 않으면 아버지를 잃을 수 있습니다."

"네 곁에는 나도 있다."

가연도 모르지 않았다. 자신 곁에 화윤이 있다는 것을. 허나, 그를 믿고 있기에는 시간이 너무도 촉박했다.

"같이 해결하고자 묻는 것입니다."

혼자서는 도저히 답을 찾지 못했다. 사실 겁도 나고 무서운 것도 사실이었다. 그동안 상단 일을 하며 온갖 사람들을 접해 보았음에도 아버지 그늘 밑에 있던 때와는 너무도 달랐다. 이것이 부모라는 그림자임을 알게 된 가연은 화윤과 함께 이 난관을 헤쳐 나가야 한다는 생각뿐이었다. 그래야 그를 하루라도 빨리 천상계로 돌려보낼 수 있으니 말이다.

"그래? 허면, 내 말을 하지."

장 행수와 있었던 일을 술술 부는 화윤과 달리 가연은 가슴 한편이 벌써 허전했다. 보내 줘야 하는 것을 알면서도 아직 마음의 준비가 덜 된 모양이었다. 가연은 화윤이 돌아오기 전 잠시 마주했던 여인들을 머릿속에 떠올렸다.

"우리에게 돌려주는 것이 옳겠지?"

자신들을 화윤의 누이들이라 밝힌 여인들은 하나같이 어여쁜 모습이었다. 그러나 겉모습과 달리 가연에게 던진 말은 곱지 못했다. 자신들의 갑작스런 등장에 놀란 가연이 입을 다물지 못하고 있음을 알면서도 충격적인 말을 멈추지 않았다.

"구슬이 화윤을 인간으로 만들기 위한 것인 줄 알았다면 우린 절대 그 구슬을 만들지 않았을 거야."

서로 눈빛을 맞추며 고개를 끄덕인 선녀들은 같은 생각이었다. 큰 언니인 월이 이 일을 청했을 때만 하더라도 화윤을 조금 골려 줄 생각뿐이었다. 그 구슬이 화윤의 능력을 봉인시키리라고는 생각도 못했다. 구슬을 만들면서 마지막 작업을 큰 언니 홀로 하게 둔 것을 후회하고 있었다.

"그 아이는 너와 달라. 너와 같이 이 인간계에 있기에는 포기해야 할 것들이 너무 많다는 말이지. 꼭, 같이 있는 것이 연정은 아닌 게야. 하니, 화윤을 우리에게 돌려보내 주었으면 하는구나."

전에 어디선가 한 번 보았던 인상이었지만 정확히는 생각이 나지 않았다. 그저 하나도 알아들을 수 없는 그녀들의 말에 가연의 머릿속이 복잡하기만 했다. 하지만 화윤이 사람이 아님은 전부터 알고 있었지 않은가. 하나씩 천천히 앞뒤를 맞춰 보니 이해 못 할 것도 없었다.

"네가 화윤에게 입맞춤을 하는 순간 봉인되었던 구슬이 깨지면서 화윤은 신의 능력을 되찾을 수 있을 게야. 너의 입맞춤은 두 사람의 이별을 뜻하니까."

자신을 화윤의 둘째 누이라 밝힌 여인이 해 준 말이었다. 그리고 한동안 말이 없었던 것을 가연은 똑똑히 기억하고 있었다. 말을 꺼낸 이도 그 말을 듣는 이도 가슴이 아프기는 마찬가지였다.

"허면, 다시는 볼 수 없습니까?"

돌려보내 줄 수는 있다고 생각했다. 다만, 가끔은 볼 수 있지 않을까 해서 묻는 말이었다. 그러나 누이들은 대답 대신 고개를 끄덕였다. 모두 똑같이…….

"한번 이어진 연이 끊어지면 죽어서도 볼 수 없다."

가연의 입에서 짧은 탄식이 흘러나왔다.

"네 일이 해결되지 않는 한 화윤은 돌아오려 하지 않을 게야. 그러니, 빠른 시일 안에 네 일을 해결하고 화윤을 돌려보내 주었으면 한다. 그래야 화윤도 돌아서는 마음이 덜 아플 테니까."

누이들은 오로지 화윤의 아픈 마음만 생각했다. 보내 주어야 하는 가연의 마음은 전혀 생각지 않고 말이다. 누이들의 이런 행동보다 이 모든 사실을 말하지 못한 채 화윤을 보내야 하는 것이 가연에게는 더 큰 슬픔이었다.

"그리……하지요."

이 말을 듣고 나서야 누이들은 돌아갔다.

가연은 화윤을 물끄러미 바라보았다. 아무것도 모르고 말을 쏟아내는 모습을 보며 괜한 눈물이 고였다. 가슴에 큰 구멍이 난 기분이었다.

'절 미워하시겠지요. 먼저 이별을 청했다 생각하실 터이니 원망도 하시겠지요. 예, 그리 미워하시고 원망하십시오. 용서하지도 마세요. 그렇게라도 저를 기억해 주시면 그것으로 되었습니다.'

차마 입 밖으로 꺼내지 못한 말이 목 안으로 삼켜졌다.

"너 표정이 어찌 그러느냐?"

어딘가 모르게 슬픔을 가득 담고 있는 가연의 표정을 살피며 화윤이 걱정스레 물었다. 그러나 가연은 대답 대신 고개만 저었다.

"내 말을 듣고는 있는 게지?"

"그럼요."

가연의 기억 속에는 장 행수와 다시 만나기로 했다는 말만 남아 있을 뿐, 무엇을 가지고 거래를 성사시켰는지 전혀 듣지 못했다. 사실 궁금하지도 않았다.

"이틀 뒤 저도 동행하겠습니다."

가연은 스스로 화윤을 보내 주기 위한 준비를 했다.

금일은 장 행수와 만나기로 한 날이었다. 해가 어슴푸레 질 무렵 길을 나서려던 화윤은 가연에게 발목이 잡혔다. 이틀 전 가연이 동행하겠다 하였지만 진정 따라나설 거라는 생각은 하지 못했다. 대청에 앉아 채비를 하고 있는 가연을 기다리며 화윤은 그녀를 데려가지 않으려고 여러 가지 구실을 만들었다.

"잘 생각해 봐라. 네가 가면 일이 더 틀어질 수도 있는 게야."

화윤은 닫힌 방문을 향해 큰 소리로 말을 이어 나갔다.

"면주전을 하고 있는 네 얼굴을 알아보기라도 한다면 큰일 아니냐."

"면주전은 사내보다 여인들이 드나드는 곳입니다. 임 행수에게 여식이 있다는 것은 알고 있을지 몰라도 제 얼굴을 알지는 못할 것입니다."

"물론, 부녀지간 닮은 구석이 조금도 없다지만 장사치에게는 촉이 있는 법이다. 네가 장 행수를 직접 만나 말을 나누지 못해서 그렇지 예리하다니까?"

"해서 변장을 하고 가려 합니다. 그러니 마음 놓으세요."

"변장? 무슨 변장? 남장이라도 하려는 게야?"

그 순간 방문이 벌컥 열리며 화윤의 이마를 냅다 강타했다.

"아이고, 머리야!"

오랜만에 당한 일이라 아픔이 길게 이어졌다.

"엄살은 그만 부리시고 이것이나 받아 주셔요."

인상을 찌푸리며 머리를 문지르고 있는 화윤에게 가연이 내민 것은 가야금이었다.

"너! 너! 멀쩡한 얼굴에 무슨 짓을……."

차마 말을 잇지 못하고 입을 떡하니 벌린 화윤은 떨리는 손가락으로 가연의 얼굴을 가리키기만 했다.

"잘 되었는지 모르겠지만 이만하면 장 행수의 눈을 속일 수 있겠지요?"

있다 뿐일까. 곱게 분칠을 하고 화려한 가체를 올리니 천하제일 기녀가 따로 없었다. 또한, 어두운 색감에 화려한 무늬를 수놓은 의복은 가볍지 않으면서도 기품 있어 보이기까지 했다. 이런 가연의 모습은 화윤을 긴장하게 만들었다.

"기녀 둘을 더 불렀습니다. 저는 조용히 가야금을 뜯다 자리를 피할 것이니 시간을 좀 끌어 주세요."

가연이 입을 달싹거리기는 했지만 화윤의 눈에는 말을 하는 것처럼 보이지 않았다. 붉은 입술을 살짝 내밀며 무엇인가 바라고 있는 듯한 모습에 화윤의 몸이 가연 쪽으로 숙여졌다.

"지금 뭐 하십니까?"

한 발 뒤로 물러선 가연이 이상한 눈초리로 노려보자 저도 모르게 눈을 지그시 감고 다가가던 화윤의 몸이 멈췄다. 심장은 벌렁거리고 얼굴은 화끈거렸다. 허나, 티는 낼 수 없었다.

"그러니까 나는…… 무슨 분칠을 이리 심하게 했나 싶어 가까이 보려고 했을 뿐이다."

"보시려면 눈을 뜨셔야지요. 그리 눈을 감고 다가오시면 어쩝니까?"

"그러게 말이다."

감고 싶어 감았겠는가. 본능적으로 감은 것이지. 화윤은 멋쩍은 듯 고개를 돌리며 비단신을 신었다.

"후딱 가자. 이러다 늦겠다."

먼저 안채를 나서던 화윤은 뒤따라오는 가연을 향해 몸을 획 돌렸다.

"헌데……. 그 점은 뭐냐?"

"이 점 말씀입니까?"

가연은 자신의 코를 가리키며 물었다.

"그래, 그 점."

"혹여 다시 마주해도 못 알아보게 하려고 하나 찍었습니다."

방긋 웃는 가연의 모습을 보자 화윤은 할 말을 잃었다. 과연 점 하나로 얼마나 장 행수의 눈을 속일 수 있을지 모르겠지만 제발 그의 눈에 띄지 않기를 간절히 바랐다.

"그건 그렇고, 시간은 어찌 끌라는 게야?"

"찾을 것이 있습니다."

"무엇을?"

모를 일이었다. 동행하겠다 했던 연유가 이것이었나 하는 생각에 화윤은 앞서 걷던 걸음을 멈추고 대문을 닫았다. 말해 주지 않으면 가지 않겠다는 행동이나 다름없었다.

"그런 것이 있습니다."

"이곳에서 해 뜨는 것을 보고 싶다면 그리해라."

화윤의 고집은 완강했다. 가연은 포기한 듯 입을 열었다.

"궐의 물품은 아무나 빼돌릴 수 있는 것이 아닙니다. 분명 장 행수와 손을 잡은 이가 이중장부를 만들어 다른 이들의 눈을 속였을 터이니 그것을 찾는다면 이번 밀거래에서 어찌 궐의 물품이 나왔는지도 알 수 있을 겁니다."

"장 행수의 집에 그 장부가 있을지 어찌 장담하느냐?"

"장담은 할 수 없으나 자고로 장사치는 그런 장부를 다른 이의 손에 맡기지 않습니다."

가연의 말을 듣고 난 화윤은 대문을 열고 집을 나섰다. 허나, 장부를 찾는다 해도 병판과 장 행수의 관계를 어찌 밝힐 수 있을지는 의문이었다. 물론 심증만 있을 뿐, 병판이나 장 행수가 이번 밀거래 사건의 배후에 있는지도 알 수 없는 일이었다. 그렇게 두 사람은 복잡한 마음으로 나란히 걸음을 옮겼다.

가연과 기녀 둘을 마당에 세워 두고 홀로 사랑채에 든 화윤은 장 행수의 못마땅한 표정을 읽을 수 있었다. 화윤은 먼저 말을 꺼내지 않고 장 행수의 언행을 살피기만 하였다.

"내 은밀히 알아보니 화 공자에 대해 아는 이가 없더군."

"그야 당연 청국에서……."

화윤의 말은 장 행수의 의해 싹둑 잘리고 말았다.

"청국에서 온 이들도 모른다 하니 묻는 게요. 장사치도 아닌 이가 이리 귀한 물건을 가지고 있으니 의심이 가지 않을 수 없구려. 더구나……."

장 행수는 잠시 화윤의 떨리는 눈빛을 바라보다 말을 이었다.

"중한 거래를 앞에 두고 기녀들을 부르다니. 이 사람을 여인과 술에 취하게 한 뒤 무엇을 얻어 갈 심사인가?"

순간 가슴이 뜨끔하였다. 순조롭게 일사천리로 일을 끝낼 수 있겠다 생각했지만 오산이었음을 이제야 깨달은 화윤은 정신을 바짝 차렸다. 에서 물러난다면 임 행수를 구할 방도가 없으니 이를 악물었다.

"장 행수께서도 병판대감과 다르지 않군요."

"뭐라?"

"분명 청옥을 맡기면서 신용은 충분히 보여 주었다 생각했는데 이리 뒤를 파고 계실 줄은 몰랐습니다. 하니, 청옥 두 개를 달라는 병판대감과 귀한 물건을 내어 주었는데도 믿지 못하시는 장 행수와 다를 것이 무에 있겠습니까. 참으로 조선에서는 돈 벌기가 쉽지 않군요. 이리 사람을 못 믿어서야 어찌 거래하겠는지요."

"말이 좀 심하군. 내 그런 뜻으로 말한 것이 아님을 알지 않소."

"되었습니다. 이 길로 돌아갈 터이니 청옥이나 돌려주시지요. 거래는 없던 걸로 하겠습니다."

청옥을 돌려달라 하니, 장 행수는 되레 난감한 표정을 지었다. 허나 자신이 먼저 화윤의 마음을 불편하게 만들었기에 마지못해 청옥이 들어 있는 서랍을 천천히 열었다. 장 행수는 청옥을 다시 본다면 마음이 흔들릴 것 같아 고개를 살짝 돌리고 두 눈을 감기까지 하였다.

'헉!'

자칫 조금만 늦게 자신의 입을 막았더라면 비명이 입 밖으로 터져 나올 뻔하였다. 장 행수가 서안 아래 서랍을 열자 화윤의 눈에 청옥이 아닌 돌이 번쩍 뜨였다. 분명 누이가 오래가지 않을 것이라 했지만 이건 너무 빠르지 않은가. 앞으로 벌어질 상황을 차마 두 눈 뜨고 볼 수 없었기에 화윤도 두 눈을 꼭 감았다.

탁! 갑자기 둔탁한 소리가 화윤의 귀에 울렸다. 이제 다 끝났구나 하고 천천히 한쪽 눈을 뜨자 서안 위에는 아무것도 놓여 있지 않았다. 서랍 또한 닫혀 있었다.

'이게 어찌 된 일인 게야?'

슬그머니 장 행수를 바라본 화윤의 입가에 미소가 번졌다. 역시 장사치로서 귀하디귀한 청옥을 돌려주기는 싫었던 모양이었다.

"으음. 쉽게 상대를 믿지 못하는 장사치가 응당 나뿐만이 아닐 것이오. 화 공자의 심기를 불편하게 했다면 미안하게 됐소이다."

"그리 말씀하시니 없던 일로 하지요."

화윤은 장 행수의 말에 가슴을 쓸어내리며 안도의 한숨을 내쉬었다.

"허면, 청옥을 살 만한 이를 찾으셨습니까?"

어색한 침묵을 깨고 화윤이 먼저 물었다.

"이미 세 사람에게 넌지시 보여 주었으니 곧 연통이 올 것이오. 값을 후하게 부른 이에게 다리를 놓아 주면 되지 않겠소."

"벌써, 그리 진척이 되었습니까. 하하하, 역시 장 행수이십니다."

저놈의 돌이 언제 제 모습으로 돌아왔는지 모르겠지만 다들 아직 모르는 눈치 같았다. 하니 기회는 진정 금일 밤뿐이라. 다시는 이 집에 발을 디딜 수 없다는 것을 화윤은 너무도 잘 알고 있었다.

"이만하면 만족하시는가?"

"하고말고요. 허면 이제 어찌하오리까? 이리 좋은 날 기녀들을 다시 돌려보내야겠습니까?"

장 행수의 답을 기다리고 있던 화윤은 숨이 멎는 기분이었다. 그는 잠시 고민하는 눈치였지만 이내 허락의 뜻으로 고개를 끄덕였다.

그로부터 한 시각 뒤 사랑채에서는 가야금 소리와 여인들의 웃음소리가 섞여 들려왔다.

"가야금을 뜯고 있는 저 기녀는 뉘인가?"

한 손으로 기녀의 엉덩이를 만지면서 장 행수의 눈은 가연에게 향했다.

'아뿔싸!'

우려했던 일이 닥치고 말았다. 기녀 둘을 옆에 붙여 주었음에도 가연에게 관심을 갖는 장 행수를 화윤은 이해할 수 없었다. 물론, 가연의 미색이 다른 두 기녀보다 낫기는 하지만 말이다. 또 한 번 불어닥친 이 난관을 어찌 헤쳐 나가야 할지 몰라 화윤은 눈동자를 요리조리 굴리고 있었다.

"그저 가야금을 조금 뜯는 아이입니다. 그리 관심을 둘 아이는 못 됩니다."

"화 공자가 마음에 둔 여인인가 보군."

대답 대신 손사래를 치기는 했으나 환장할 노릇이었다. 이대로 그냥 넘어가면 좋으련만 끝내 장 행수는 가연을 곁으로 불러 앉혔다.

"너도 기녀일 터, 술 한 잔 따르라는 내 청이 버겁지는 않을 것이렷다?"

"예."

가연이 고운 두 손으로 술병을 들자 화윤의 속에서 부아가 치밀어 올랐다. 개똥이라도 밟은 표정으로 장 행수를 바라보는 화윤의 눈빛은 곱지 못했다.

"그래, 어느 기방에 있더냐?"

첩실로라도 들어앉힐 모양인지 장 행수는 가연에게 이것저것 묻고 있었다. 물론 그 장단에 맞춰 가연의 거짓말도 늘어 갔다. 이러다 이 밤 술기운에 수청을 들라 하면 어쩌려고 가연의 눈웃음은 장 행수의 애간장을 녹이고 있었다.

"어디 고운 손 좀 잡아 보자."

장 행수가 음흉한 눈빛으로 가연의 손목을 잡으려는 찰나 화윤의 동작이 더 빨랐다. 술병을 잡다 손이 미끄러진 척 장 행수의 옷에 그대로 떨어트린 화윤은 눈을 동그랗게 뜨며 호들갑을 떨었다. 장 행수의 옷은 금세 붉은색으로 물들어 갔다.

"아이고! 이를 어쩝니까. 내 술이 과했나 봅니다. 이런, 이런."

말은 이리하면서도 화윤의 눈빛은 장 행수를 노려보고 있었다.

"이리 조심성이 없어서야. 쯧쯧."

가볍게 혀를 찬 장 행수는 옷을 갈아입기 위해 몸을 일으켰다. 허나 술을 많이 마신 장 행수는 일어서면서 몸을 휘청거렸다.

"어찌 보고만 있는 게야. 부축하여 드리지 않고."

양쪽에 앉아 있던 기녀들이 장 행수를 부축하며 방을 나서자 화윤의 눈빛은 가연에게 쏠렸다. 방 안에는 쏟아진 술 냄새가 진동했다.

"너! 뉘 속 뒤집히는 꼴을 보려고 그러느냐? 어찌 외간 사내 앞에서 눈웃음을 그리 치는 게야?"

화윤은 목소리를 최대한 낮추고 가연에게 잔소리를 퍼붓기 시작했다. 그러나 가연은 화윤의 말이 들리지 않는 것처럼 방 안 이곳저곳을 뒤지기 시작했다.

"뭘 찾는 게야?"

화윤은 고개를 갸웃거리며 가연의 행동을 빤히 바라만 보았다.

"그리 보고만 있지 마시고 찾으십시오."

"그러니까 뭘 찾느냐고."

답답하다는 듯 가연에게 물은 화윤은 무엇인가 떠올랐는지 자신의 두 손을 마주쳤다.

"아하! 그렇지."

가연을 따라 화윤의 손도 분주하게 움직였다. 그러나 원하는 것은 찾을 수 없었다.

"이리 쉽게 찾으면 장부가 아닌 게지."

한참을 찾던 화윤이 포기한 듯 팔짱을 끼며 자리에 앉았다.

"지금까지 장부를 찾으신 겁니까? 참말 답답하십니다. 열쇠를 찾으셨어야지요."

갑자기 열쇠라니? 화윤은 어리둥절한 표정으로 가연을 멀뚱히 바라보았다.

"장부를 숨겨 놓은 장소의 열쇠 말입니다."

그제야 가연의 뜻을 알아차린 화윤의 입가에 미소가 번졌다.

"보긴 했는데……."

잉? 이건 또 무슨 말인가. 찾은 것이 아니라 봤다고?

"장 행수 옷자락 사이로 열쇠가 보이긴 했지."

낭패가 아닐 수 없었다. 항시 몸에 지니고 다닐 줄이야. 가연은 긴 한숨을 내쉬며 털썩 주저앉았다.

"허면 이리하자."

귀를 쫑긋 세우고 화윤 가까이 다가간 가연은 꺼림칙한 표정이었다. 화윤의 생각이 썩 마음에 들지는 않았지만 딱히 다른 방도도 없어 가연은 마지못해 고개를 끄덕였다.

잠시 후 장 행수가 옷을 갈아입고 다시 사랑채에 들자 방 안 어디에도 화윤의 모습은 보이지 않았다. 잠시 뒷간에 갔으려니 생각한 장 행수는 자리에 앉자마자 술잔을 들었다. 장 행수는 기녀 둘의 요염한 자태와 가연의 가야금 소리에 취해 마치 처음부터 화윤이 없었던 것처럼 그를 찾지 않았다.

한편, 방을 나온 화윤은 미로 같은 장 행수의 집을 헤매고 다녔다. 장부를 숨겨 놓은 장소만 찾는다면 열쇠가 없다 해도 들어갈 수 있다는 생각에서였다. 가연에게 시간을 끌라 하고 나오기는 했으나 집 안이 어찌 이리도 복잡하단 말인가. 달빛을 길잡이 삼아 집 안 사람들의 눈을 피해 다니던 화윤은 드디어 자물쇠가 채워져 있는 별채를 발견하게 되었다.

'찾았다!'

뚝 떨어진 곳에 덩그러니 자리 잡고 있는 별채는 한눈에 보아도 장부를 숨겨 놓기에 적격이었다. 일말의 망설임도 없이 이곳이라 생각한 화윤은 주위를 두리번거렸다. 아무도 없는 것을 확인한 후, 최대한 몸을 낮추어 발소리를 죽인 화윤은 어둠 속에서 서서히 모습을 드러냈다.

'아주 제대로 채우셨구먼.'

이런 자물쇠를 구하는 것도 어려울 것 같은데 들어 보니 묵직한 무게감까지 느껴졌다. 잘못해서 자물쇠를 떨어트리기라도 한다면 발등에 피멍이 드는 것은 일도 아닐 것 같았다. 화윤은 자물쇠를 요리조리 살피다 소맷자락에서 돌 하나를 꺼냈다. 누이가 건네준 바로 그 돌이었다.

'이번에도 잘 부탁한다.'

돌에 짧은 입맞춤을 한 화윤은 두 눈을 감고 조금 전 보았던 열쇠를 머릿속에 떠올렸다. 그러자 돌은 놀랍게도 장 행수가 지니고 있던 열쇠와 똑같은 것으로 변했다. 오랜 시간이 걸리지도 않았다.

오로지 화윤이 직접 눈으로 본 것으로만 변할 수 있는 이 신비한 돌은 딱 한 번만 사용할 수 있었다. 이제 단 하나 남은 돌을 만지작거리며 화윤은 씁쓸한 미소를 지었다. 마음 같아서는 당장 장부로 변하게 하고 싶지만 직접 보지 못했으니 불가능한 일이라 아쉬운 마음을 뒤로하고 화윤은 자물쇠 가까이 다가갔다.

"맞겠지?"

조심스레 구멍으로 열쇠를 집어넣은 화윤은 천천히 한쪽으로 돌렸다. 달각 소리와 함께 자물쇠가 열리자 화윤의 표정은 기쁨으로 가득했다. 하지만 방 안으로 들어선 화윤은 입을 떡하니 벌리고 말았다. 사랑채에서 가지고 나온 등잔불에 불을 밝히자 화윤의 눈앞에는 수많은 장부가 선반 위에 놓여 있는 것이 보였다.

'으악! 환장하겠네.'

이는 모래밭에서 바늘을 찾는 것과 같았다. 아무리 뒤지고 뒤져도 인삼의 재고를 연도별로 작성한 장부만 있을 뿐, 밀거래와 연관된 장부는 찾을 수 없었다. 처음 장 행수의 집에 발을 디딜 때부터 쉽게 찾을 수 있을 거라 기대는 하지 않았지만 이 정도일 줄은 몰랐다. 하는 수 없이 이것저것 잡히는 대로 장부를 넘기던 화윤의 시야에 이상한 것이 보였다. 한쪽 구석 낡은 서궤에 시선이 꽂힌 화윤은 들고 있던 장부를 제자리에 내려놓고 발걸음을 옮겼다. 자물쇠도 채워지지 않은 채 먼지가 쌓인 서궤를 양쪽으로 열자 다섯 권의 장부가 가지런히 놓여 있었다. 순간 '이것이다!'라는 직감에 맨 위 장부를 들어 넘겨 본 화윤의 얼굴에는 실망스런 표정이 가득했다. 물론, 이곳에 들어와 본 것 중 가장 중하게 취급되어 있긴 했지만 화윤이 원하는 것은 아니었다. 김빠지는 마음에 들고 있던 장부를 서궤 안으로 휙 던지고 일어서던 화윤은 퉁 하는 소리에 서궤 안을 다시 들여다보았다. 무엇인가 울리는 듯한 소리, 이는 꼭 서궤 안쪽이 비어 있는 듯한 소리였다. 어느새 화윤의 손은 서궤 안쪽 면을 돌아가며 두드리고 있었다.

'여기다!'

서궤의 한쪽 면이 다른 소리를 내고 있었다. 화윤은 서궤 안쪽을 자세히 살피며 비어 있는 면을 열기 위해 애썼지만 어떤 장치도 찾을 수 없었다. 그러자 괜한 욕지기가 올라왔다.

'이리 시간을 보내다가는 장 행수의 손에 가연이 잡아먹히겠다.'

기녀 둘과 같이 있기는 하지만 술에 취한 장 행수가 가연에게 무슨 짓을 할지 장담할 수 없는 상황이었다. 불안하고, 다급한 마음에 들어 있던 장부를 모조리 꺼내 바닥으로 던진 화윤은 덜컥하는 소리에 놀라 서궤에서 한 발 물러섰다.

"이리 쉬운 것을……."

비어 있는 한쪽 면이 열린 것을 확인한 화윤은 기가 찼다. 다름 아닌 서궤 안에 들어 있던 장부의 무게가 열쇠일 줄이야. 화윤은 짧은 감탄사를 내뱉고 안에 들어 있는 장부를 조심스레 꺼내 보았다.

"많이도 빼돌리셨군."

자그마치 이 년 동안 궐의 인삼을 빼돌린 장 행수였다. 우선, 제값을 받고 궐에 인삼을 들인 후 이중장부를 만들어 인삼의 수량을 속였다. 그리 빼돌린 인삼을 다시 시전에 비싼 값으로 풀었으니 장 행수의 이문은 족히 세 배가 넘었다. 기함할 일이 아닐 수 없었으나 임 행수가 밀거래를 했던 시기의 증좌를 찾는 것이 우선이라 화윤은 빠르게 장부를 넘겼다. 그러나 정확히 임 행수가 밀거래를 한 이틀 전부터의 기록이 사라져 있었다 아니, 더 정확히 말하자면 찢긴 흔적이 장부에 남아 있었다. 이는 걷히던 안개가 다시 짙어지는 느낌이었다.

"안 돼!"

여기서 빈손으로 나갈 수 없는 일이었다. 해서 장부를 넘기는 화윤의 동작이 거칠었다. 없는 줄 알면서도 미련스레 장부를 놓지 못하고 있던 그때, 뒤적이던 장부에서 낱장 하나가 스르륵 바닥으로 떨어졌다. 혹시나 하는 마음에 떨어진 낱장을 주워 펼친 화윤의 눈이 동그랗게 뜨였다. 아쉽지만 이것이라도 챙겨 가야겠다 생각한 화윤은 품에 낱장을 깊숙이 찔러 넣고 그곳을 빠져나왔다.

순라군의 딱따기 소리가 한밤중의 고요함을 깨우고 있었다.

"찾으셨습니까?"

 방 안에 엉덩이를 붙인 지 얼마나 되었다고 가연의 물음이 화윤에게 향했다. 화윤은 숨 좀 돌리자는 표정을 지어 보이며 가슴을 쓸어내렸다. 순라군의 눈을 피해 집으로 돌아오는 길이 어찌나 멀던지, 까딱 잘못했다가는 순라군에게 잡혀 관아 구경을 할 수도 있었다.

 "헌데, 장 행수는 어찌 된 게야?"

 별채에서 나와 사랑채 문을 열고 보니 장 행수와 기녀 둘이 서로 뒤엉켜 누워 있었다. 술에 취해 뻗은 것인지 아님 잠든 것인지 잘 모르겠지만 가연이 장 행수의 옷고름을 풀고 있었던 것은 똑똑히 기억할 수 있었다.

 "술에 약을 좀 탔습니다. 날이 밝을 때까지는 세상 모르고 잘 것입니다."

 "내 말은 장 행수의 옷고름을 어찌 풀고 있었느냔 말이다."

 사실 화윤은 가연이 술에 무엇을 탔는지 궁금하지 않았다. 다만, 가연이 장 행수의 옷고름을 풀어 헤친 연유를 알고 싶을 뿐이었다.

 "그리해야 술기운에 기녀를 안고 잠이 들었구나 하겠지요. 그건 그렇고 장부는 가져오셨지요?"

 "가져오려고 했지. 헌데…… 마지막 두 장이 찢겨 있어 가져올 수 없었다."

 화윤이 장부 날짜를 확인한 결과 찢긴 마지막 장이 밀거래를 한 날짜에 가장 근접했다. 이는 중한 부분이 없는 것과 같았다.

"해서 대신 이것을……."

말끝을 흐리며 품에서 낱장을 꺼내는 화윤의 손동작이 느릿느릿했다. 반면 화윤의 손에서 낱장을 빼앗은 가연의 손은 매가 먹이를 낚아채는 것처럼 재빨랐다.

"이것은?"

실망스럽던 가연의 눈빛이 예리하게 빛났다. 비록 자신이 원하는 것은 아니었지만 그만큼 쓸모가 있을 만한 것을 화윤이 가지고 나온 참이라 소득이 아주 없는 것은 아니었다.

"이것만으로는 어렵겠지?"

화윤이 가지고 나온 것은 장 행수가 병판대감에게 전해 준 어음 낱짜였다. 빼곡히 적혀 있는 날짜를 유심히 살핀 가연은 고개를 갸웃거렸다. 일 년 전부터는 병판에게 돈을 주지 않았는지 날짜가 없었다.

'일 년 전이라…….'

가연은 아비가 병판대감을 만나기 시작한 때로 거슬러 올라갔다. 우연치고는 이상하게도 장부에 적힌 마지막 날짜와 비슷한 시기였다. 이는 아비를 만나기 전까지 장 행수가 병판대감의 자금을 조달했다고 볼 수 있었다. 무슨 연유로 장 행수가 더는 병판대감의 화수분 노릇을 하지 않았는지 알 수 없지만 자신의 아비가 잘못 걸려들었다는 것은 알 수 있었다.

"이 작은 글씨는 무엇이냐?"

가연의 옆에서 목을 쭉 빼고 낱장을 들여다보던 화윤이 손가락으로 한 곳을 가리켰다. 그곳에는 병판에게 마지막으로 금 백 냥이 넘어간 날짜가 적혀 있었다. 밀거래가 있기 이틀 전 날짜였다.

"거참, 희한하네. 병판이 장 행수를 매수했다면 돈이 장 행수에게 흘러가야 맞거늘 어찌 거꾸로 간 게야?"

"그러게 말입니다."

정황상으로 본다면 병판이 장 행수에게 일을 지시하며 돈을 주는 것이 옳았다. 하지만 이와 반대로 장 행수가 병판에게 돈을 건네주었으니 이해가 잘 안 되는 부분이었다. 때문에 가연과 화윤은 머리가 터질 지경이었다.

"장 행수가 천치 바보인 게 아니냐. 그렇지 않고서야 어찌 돈도 주고 지시받은 일까지 할 수 있단 말이냐."

화윤은 답답하다는 듯 혀를 차며 고개를 저었다.

"도성에서 알아주는 거상입니다. 분명 그리할 수밖에 없었던 연유가 있을 것입니다."

"그러니까 그 연유가 무엇이냔 말이지."

그래, 그 연유가 무엇일까? 가연은 처음부터 차근차근 생각해 보기로 했다. 우선, 장 행수와 병판의 관계는 이미 일 년 전 끝난 관계라 볼 수 있었다. 다급했던 병판은 자금을 마련해 줄 다른 이가 필요했고 장 행수의 자리를 아비가 대신한 셈이 되었다. 그러나 믿고 있던 아비가 갑자기 등을 돌리니 병판 입장에서는 분노할 일이었을 것이다. 해서 장 행수에게 이번 일을 지시했다면 돈은 어찌 설명해야 하는가? 여전히 이 부분에서 생각이 멈춰 버렸다.

"병판에게 약점이라도 잡혔나?"

약점? 찢어진 마지막 장, 그리고…… 병판에게 흘러간 돈. 가연의 머릿속이 연결고리를 찾아 빠르게 돌아갔다.

"이제야 조금 알 것 같습니다."

"벌써?"

놀란 화윤이 성큼 다가와 앉으며 가연을 응시했다. 화윤 자신은 전혀 모르겠다는 표정이었다.

"장 행수가 인삼을 빼돌리고 있었다는 사실을 병판대감이 알았다면?"

가연은 모든 것을 다 말해 주지 않고 화윤에게 생각할 시간을 주었다. 화윤은 눈동자를 천천히 돌리며 생각을 거듭하고 있었다.

"병판이 알았다면…… 돈?"

"예, 바로 그것입니다. 장 행수가 갑자기 병판에게 돈을 건네준 연유 말입니다."

병판에게는 더 없을 기회였던 것이다. 눈엣가시 같았던 장 행수를 꼼짝 못하게 하면서 원하는 것을 취했으니 말이다. 게다가 덤으로 가연의 아비까지 옭아맬 수 있어 일거양득이 아닐 수 없었을 것이다.

"허면 찢긴 마지막 장은 병판이 가지고 있겠구나."

"그럴 것입니다."

"더 큰일이군."

장 행수의 집도 모자라 이제 병판의 집까지 뒤져야 했으니 다시 원점으로 돌아온 기분이었다. 장 행수의 집이 미로였다면 병판의 집은 아무나 드나들 수 없는 문턱이 문제일 터. 어찌 들어가야 할지 벌써부터 막막했다. 이런 사실을 가연도 아는지 얼굴에는 수심이 가득했다.

"장부를 찾는 것도 이리 힘들었는데 찢긴 마지막 장은 어찌 찾을꼬?"

화윤의 고민은 쉽게 풀릴 만한 것이 아니었다. 장 행수처럼 장부를 따로 보관하는 곳이 집 안 어디쯤 있다면 다행이지만 아니라면 낭패가 아닐 수 없었다. 장 행수의 집을 방문했을 때처럼 객이라는 이점을 이용하여 뒷간을 찾는다 둘러댈 수도 없거니와 돌아다니게 놔둘 병판도 아니었다. 더구나 병판의 집에 들어갈 방도도 없는 듯 보였다.

'수호령일 때가 그립구나.'

전처럼 자신의 모습이 사람들 눈에 보이지 않는다면 병판의 집을 밤새 돌아다닌다 하더라도 무엇이 문제일까. 이런 아쉬움에 화윤의 입에서 깊은 한숨이 새어 나왔다.

"담을 넘어야겠습니다."

"담? 뉘가?"

"제가 넘을 수는 없으니 당연……."

"나!"

이해는 하지만 벌어진 입은 쉽게 다물어질 줄 몰랐다. 담 넘는 것이 말처럼 쉬운 일이면 얼마나 좋겠는가. 문제는 화윤의 몸이 입보다 날렵하지 못하다는 것이었다. 처음 가연의 집을 찾아올 당시에도 그러했다. 나무에서 떨어진 뒤 몸을 자유롭게 운신할 수 없었던 화윤은 담을 넘어 가연의 집에 들어왔다. 한참을 낑낑거리며 엉덩방아까지 찧고 나서야 겨우 담을 넘어 아프지 않은 곳이 없었다. 또한, 그때는 사람들 눈을 피해 다닐 필요가 없어 그나마 수월했다고 볼 수 있었으나 이번 일은 알몸으로 적진에 돌진하는 격이었다. 가연이 사내라는 연유 하나로 자신을 너무 믿고 있다는 생각이 들지 않을 수 없었다.

"수호령님만 믿겠습니다."

"암, 나만 믿어라."

전혀 문제없다는 화윤의 표정은 속마음과 정반대였다.

"헌데, 언제까지 수호령이라 부를 참이냐?"

이제 신이 아닌 자신을 가리키며 화윤은 섭섭하다는 내색을 감추지 않았다.

"버릇이 되어 쉽게 고쳐지질 않습니다."

"그렇다고 자꾸 미루면 아주 못 고친다. 더구나 사람들 눈에 띄는 날 그리 부르면 어쩌자는 게야."

화윤의 말에 수긍한 가연은 고개를 끄덕였다.

"이곳 사람들은 나를 모르니 청국에서 온 화 공자라 불러라. 그 편이 더 안전할 터이니."

이미 장 행수에게도 그리 자신을 소개한 화윤이었다. 하니, 가연과 말을 맞추는 것이 낫겠다 싶었다. 이제 두 사람에게 남은 과제는 병판 집 담을 넘는 일이었다.

날이 밝았는데도 구름에 가려 잔뜩 흐린 하늘은 금방 눈이 올 것만 같았다. 갑자기 추워진 날씨에 오가는 행인들의 어깨도 움츠러들었다. 이런 이들의 틈에 화윤이 있었다. 병판의 집 주변을 살피고 터덜터덜 걸어오는 발걸음이 무거운 것을 보아 만만히 넘을 만한 곳이 없었나 보다. 그늘진 얼굴로 모퉁이를 돌던 화윤은 걸음을 멈췄다. 대문 앞에서 말없이 서로 바라보고 있는 이겸과 가연의 모습이 화윤의 마음을 순간 긴장하게 하였다. 때문에 화윤은 급히 몸을 숨겼다.

'헉! 어찌 찾아온 게지?'

도둑이 제 발 저리다고. 이겸의 갑작스런 등장에 화윤의 심장이 철렁하였다. 벌써 무엇을 알고 찾아온 것은 아니겠지만 혹시나 하는 불안감이 화윤의 발을 땅에 묶어 놓았다. 모퉁이 담벼락에 몸을 찰싹 붙이고 두 사람을 살피던 화윤은 문득 이런 생각이 들었다. 자신이 마치 사람처럼 행동한다고 말이다. 보이지 않던 그때를 생각해 무심코 그들 앞에 나설 만도 하건만 몸과 마음이 빠르게 적응하는 것을 느끼며 화윤은 씁쓸한 미소를 지었다.

"반기는 이도 없는 이곳까지 어찌 오셨습니까."

가연의 어투는 가시가 돋다 못해 칼날이 되어 이겸의 온몸으로 날아들었다. 각오하고 찾아온 길이지만 고개를 돌린 가연 앞에서 이겸의 입은 쉽게 열리지 않았다.

"하실 말씀이 없다면 이만 돌아가시지요."

차갑다 못해 살얼음이 뚝뚝 떨어지는 듯한 가연의 목소리는 화윤에게까지 느껴질 정도였다. 어쩔 줄 몰라 하는 이겸을 훔쳐보며 화윤은 모처럼 통쾌한 기분이 들었다.

"전할 말이 있어 왔습니다."

돌아서려던 가연을 간신히 붙잡아 두기는 하였으나 마음 한편이 불편한 것은 사실이었다. 아버지의 꺾이지 않는 아집에 이리 가연을 찾아오기는 했지만 과연 이것이 최선인지는 알 수 없었다. 다만 이겸은 아버지에게 등을 돌리는 것이 아니라 이것이 곧 아버지를 올바른 길로 되돌아오게 하는 길이라 생각하며 자신의 행동에 타당성을 부여했다. 그래야 아버지의 얼굴을 마주할 수 있다 생각했으니까.

"내 도움을 바라지 않다는 것을 알고 있으나 가연 낭자에게 필요할지도 모른다는 생각에……."

"예, 도련님의 도움은 바라지 않습니다. 하니, 괜한 걸음을 하셨습니다."

가연은 이겸의 말이 채 끝나기도 전에 잘라 내었다. 이겸을 바라보는 가연의 눈빛은 분노를 가득 담고 있었다.

"그래도 내 말을 들어 보는 것이……."

"보는 이들이 많아 이만 들어가야겠습니다. 다시는 찾아오지 마십시오."

매몰차게 돌아선 가연은 대문을 굳게 닫았다. 그렇게 이겸을 향했던 미련한 마음도 떠나보낸 가연이었다. 가연의 이런 행동은 이겸보다 화윤에게 더 큰 충격이었다. 인정이 많았던 여인이 변했다. 무엇이 그녀를 저토록 독하게 만들었는가. 조금 전 이겸이 서 있던 자리에서 화윤은 많은 생각을 했다.

'내 앞에서도 그리 돌아설 수 있느냐.'

묻고 싶었다. 과연 자신에게도 그럴 수 있는지 말이다. 힘없이 돌아서던 이겸의 뒷모습이 훗날 자신일지도 모른다는 생각을 하니 오싹한 기분마저 들었다.

'내게는 그러지 마라.'

한동안 화윤은 그 자리를 뜰 수 없었다.

어둠이 세상을 지배하는 밤이 찾아왔다. 검은 미복을 차려입고 복면으로 얼굴까지 가린 화윤은 만반의 준비를 마쳤다. 당연 마음의 준비는 아직 덜 되었지만.

"꼭, 도둑놈 같습니다."

가연이 화윤의 긴장을 풀어 주기 위해 농으로 던진 말이었다.

"도둑놈은 맞지. 훔치러 가는 거니까."

화윤은 답답한지 쓰고 있던 복면을 잠시 내렸다.

"무사히 돌아오셔야 합니다."

"그래야지."

가연이 무엇인가 해 주길 바라고 있었던 화윤은 어색한 침묵에 눈만 깜박였다. 대개 이런 경우 다른 여인들은 정인의 무사귀환을 빌며 입맞춤을 해 주든가, 안기든가 할 터인데 가연은 너무도 태연하게 방문을 열어젖혔다. 물론 목숨을 걸고 전장에 나가는 것은 아니지만 이번 일은 그 못지않게 위험한 것임은 확실했다. 그렇다면 손이라도 잡아 줄 것이지 후딱 다녀오라는 가연의 행동에 화윤은 입술 한쪽 끝을 삐뚜름하게 올렸다.

"내 다녀오마."

다리에 모래주머니라도 달았는지 화윤의 발걸음은 무겁다 못해 질질 끌고 가는 기분이었다. 지금이라도 '가지 말라' 잡아 준다면 입은 옷을 훌훌 벗어 던지고 다른 방도를 찾아보겠지만 가연의 표정에는 전혀 그럴 생각이 없는 듯 보였다. 이내 포기한 마음으로 방문을 넘으려는 순간 가연의 가녀린 두 팔이 화윤의 허리를 끌어안았다.

'흡!'

화윤은 숨을 쉴 수가 없었다. 떨리고 감격스러운 마음이 한번에 몰려와 온몸의 감각들을 깨웠다. 화윤은 조심스레 깍지를 낀 가연의 손등을 어루만졌다.

"잡을 수 있는 처지였으면 좋겠습니다."

"이것으로 되었다."

가연의 마음을 받았는데 못할 것이 무에 있을꼬. 화윤은 당차게 집을 나섰다.

그러나…… 병판의 집 담은 높았다. 인기척이 없는 것을 확인하고 모양새 나게 뛰어올랐지만 보기 좋게 엉덩방아를 찧었다. 아픔에 몸서리를 치며 흙바닥에 뒹구는 화윤의 모습이 가관이었다.

"궐 담도 이보다는 낮겠다."

구시렁대며 다시 몸을 일으킨 화윤은 주위를 한 번 더 살피고 온 힘을 다해 뛰어올랐다. 전 보다 족히 한 자는 더 높게 뛰어오른 화윤은 가뿐히 담을 넘을 수 있었다.

'어라?'

넘는 것까지는 좋았다. 두 다리가 아닌 앞가슴으로 착지를 해서 그렇지. 또 한 번 터져 나올 것 같은 비명을 꾹 참으며 화윤은 자리에서 벌떡 일어나 어둠 속으로 몸을 숨겼다. 조용하고 적막한 새벽녘, 화윤의 조심스러운 움직임이 시작되었다.

우선 화윤은 별채 쪽을 살폈다. 따로 쓰는 밀실이나 장 행수의 집처럼 자물쇠가 채워져 있는 방을 찾아다녔지만 별 소득은 없었다. 그렇다면 남아 있는 곳은 사랑채뿐. 화윤은 숨을 고르고 살금살금 대청으로 올라섰다.

삐거덕거리는 소리와 함께 화윤은 방문을 천천히 열었다. 비단 신을 신고 방으로 들어선 화윤의 눈에 코를 골며 잠든 병판의 모습이 보였다. 이제 눈도 어둠에 익숙해졌는지 방 안에 놓인 장들의 위치가 한눈에 들어왔다. 몸을 숙이고 낮은 장부터 찾기 시작한 화윤은 점점 병판이 잠든 쪽으로 이동했다. 하나하나 빠짐없이 뒤진 화윤은 마지막으로 서안 서랍을 열었다. 하지만 너무도 깨끗하게 비워져 있는 것을 확인하고 실망을 했다. 더 찾을 곳이 없다 생각한 화윤이 몸을 일으키자 그때……

'으악!'

무엇인가 화윤의 발목을 세차게 잡아 심장이 덜컥 내려앉았다.

"네 이놈!"

분명 조금 전까지 코를 골던 병판이 두 눈을 부릅뜨고 화윤을 올려다보았다. 당장에라도 잡은 다리 하나를 요절낼 것 같은 그의 목소리에 화윤은 오금이 저렸다.

'어쩐다?'

병판의 고함에 밖은 벌써 시끄러워지기 시작했다. 병판의 손을 뿌리치고 방을 뛰쳐나온 화윤은 횃불이 보이는 반대쪽으로 방향을 틀었다. 어둠 속을 가르며 담을 향해 뛰어가던 화윤은 뒷목에서 느껴지는 차가운 물체에 순간 움찔하였다.

"감히 병조판서의 집을 터는 간 큰 도둑이 여기 있었구나."

'젠장.'

목소리를 듣자하니 이겸이었다. 허면 차가운 물체는 분명 날카로운 칼날일 터이니 화윤은 꼼짝없이 잡히고 만 셈이었다.

"어디 그 면상 좀 볼까?"

천천히 화윤 앞으로 다가온 이겸은 여전히 검 끝을 그의 목에 겨누고 있었다. 아버지가 말리지 않았다면 무관이 되고도 남았을 실력을 갖추고 있는 이겸은 전혀 무서움이 없는 표정이었다. 적어도 화윤의 눈에는 그리 보였다. 어느새 이겸의 손은 화윤의 복면을 벗기고 있었다.

"당신은!"

'그래, 나다.'

 말은 이리하고 싶었으나 도둑질을 하러 온 입장에서 당당할 수는 없는 법. 화윤은 그저 이겸을 매섭게 노려보았다. 이겸의 거처를 둘러싸고 점점 몰려드는 노비들의 발걸음 소리가 가까워지고 있었다.

"이쪽으로."

"잉?"

 이겸이 검을 거두고 화윤의 손을 잡아끌자 맥없이 질질 끌려가던 화윤은 이상한 생각이 들었다. 지금 이 상황을 어찌 해석해야 하는가? 하지만 지금 중요한 것은 이 자리를 피하는 것이니 생각은 추후에 할 일이었다.

"지금 뭐하는 짓이오!"

 대청에 올라서며 비단신을 벗는 화윤을 보자 이겸은 어처구니가 없었다. 이 상황에서 신을 벗어 놓으면 어쩌자는 것인지. 이겸은 짧게 혀를 찼다.

"도대체 가연 낭자는 무엇을 믿고 당신을 보냈는지 모르겠군."

 혼잣말이긴 했지만 다분히 들으라는 소리가 아닐 수 없었다. 벗어 놓은 비단신을 집어 화윤의 품에 던진 이겸은 방문을 닫았다. 곧이어 이겸의 거처로 몰려든 노비들은 횃불을 훤히 밝히며 주위를 살피고 있었다.

"병풍 뒤에 몸을 숨기고 있으시오. 내 곧 돌아오리다."

 검을 들고 다시 방을 나선 이겸은 갑작스런 소란에 놀라 일어난 이처럼 아랫것들을 마주했다. 노비들은 하나같이 한 손에 도끼나 방망이를 들고 험악한 인상을 쓰며 이겸의 거처로 들어섰다.

"이 야밤에 무슨 소란이냐?"

"누군가 대감마님의 침소에 들어왔습니다. 분명 이쪽으로 온 것을 보았는데……."

그림자도 보이지 않는 침입자를 찾으며 노비들은 고개를 갸웃거렸다.

"아버님은 무탈하신가?"

"몸이 상하지는 않으셨지만 침입자를 당장 잡아오라 노발대발 하십니다. 헌데, 도련님은 괜찮으십니까?"

"나는 괜찮다. 이곳으로 침입자가 왔다면 분명 담을 넘었을 터. 서둘러 뒤쫓아 가도록 하여라. 아버님 곁에는 내가 있으마."

"예. 도련님."

우르르 이겸의 거처에서 나간 노비들은 두 무리로 나누어 흩어졌다. 집 주변을 중심으로 샅샅이 살피고 있었지만 침입자의 흔적은 그 어디에서도 찾을 수 없었다.

노비들이 거처에서 나가는 것을 확인하고 방으로 들어선 이겸은 병풍을 한쪽으로 열어젖혔다.

"이 무슨 짓이오!"

화가 날 만도 할 것이다. 조용한 집안을 발칵 뒤집어 놨으니 말이다. 해서 화윤은 입을 꾹 다물고 병풍 뒤에 서 있었다. 비록 입이 열 개라도 할 말은 없었지만 나름 변명은 하고 싶었다.

"어…… 난 병판대감을 해치러 온 것이 아니요. 다만, 무엇인가 찾……."

"내 그것을 몰라 물었겠소? 사람을 해하러 온 자가 검 한 자루도 없이 집 안을 휘젓고 다닐 거라는 생각은 하지 않소이다. 더욱이 당신은 사람 목숨을 취할 배포도 없어 보이니까."

한심하다는 듯 이부자리를 한쪽으로 밀어 놓고 서안 앞에 앉은 이겸은 한 손을 들어 턱을 괴었다. 칭찬인지 아님 비꼼인지 알 수 없는 이겸의 말에 화윤은 미간을 찌푸렸다.

"그리 서 있지 말고 앉으시오. 나눌 말은 많으나 시간이 없으니 서둘러 끝냅시다."

무슨 말? 이겸과 마주앉기는 했지만 화윤의 머릿속은 복잡해질 뿐이었다. 이는 이겸이 많은 것을 알고 있는 듯하여 가시방석이 아닐 수 없었다.

"아버님 방 안에서 무엇을 찾고 있었던 것이오?"

이겸의 질문에 화윤은 불편한 기색을 적나라하게 표출했다. 묻는다 해서 답해 줄 마음도 없었지만 자신을 바보로 아는 이겸의 질문에 발끈하지 않을 수 없었다.

"내 이리 추한 모습을 보이기는 했지만 그 질문에 답할 정도로 아둔하지는 않소이다."

"답하지 않으면 나도 도울 수 없소. 진정 맨손으로 가연 낭자에게 돌아갈 셈이오?"

화윤은 금일따라 그 좋던 말주변이 모두 사라졌는지 이겸을 이길 수가 없었다. 또한, 본의 아니게 이겸의 도움을 받은 지금의 상황도 화윤에게는 불리했다.

"내 분명 시간이 없다 했소."

이겸은 화윤에게 생각할 시간조차 주지 않았다.

"거상 장 행수가 궐 인삼을 빼돌렸다는 증좌를 찾고 있소이다. 됐소?"

떨떠름한 화윤의 표정과 달리 이겸은 무엇인가 고심하는 듯한 표정이었다. 임 행수가 밀거래를 하기 이틀 전 이겸은 장 행수가 아버지를 찾아온 것을 똑똑히 기억하고 있었다. 일 년 전만 하더라도 자주 아버지를 찾아왔던 장 행수였다. 하지만 언제부터인지 장 행수는 발걸음을 하지 않았고 대신 가연의 아버지인 임 행수가 자주 모습을 보였었다. 그리고 그날 이겸은 늦은 밤 사랑채에서 나오는 장 행수를 보게 되었다.

"더러운 일을 시키고서 고작 그림 한 점으로 때우다니. 이럴 줄 알았다면 거금을 바치는 것이 아니었거늘……."

중얼거리던 장 행수는 노비들이 피워 놓은 장작불을 보고 일말의 망설임도 없이 종이를 불 속으로 던졌다. 뒤도 돌아보지 않고 대문을 나서는 장 행수를 지켜보며 이겸은 이상한 느낌이 들었다. 그러나 더 이상한 일은 그다음이었다. 장작불에 던져졌던 종이가 바람을 타고 이겸의 발 아래 떨어지는 것이었다. 마치 누군가 장난이라도 친 것처럼 한쪽 귀퉁이가 탄 종이는 그렇게 이겸의 손으로 들어왔다.

'아버지의 그림이다.'

아버지의 그림은 화공 못지않은 실력이었다. 해서 간혹 아버지의 그림을 받기 위해 오는 이들도 있었지만 장 행수는 마음에 들지 않았나 보다. 불에 그슬렸지만 그렇다고 아버지의 그림을 버릴 수 없었던 이겸은 지금까지 그 그림을 보관하고 있었다.

"이 속에 답이 있소."

옛일을 떨쳐 버리고 굳은 결심을 한 이겸이 화윤 앞에 불쑥 내민 것은 서책이었다. 이겸 자신도 얼마 전 발견한 것이었다. 그림 속에 숨겨진 비밀을 말이다. 이것이 이번 음모와 깊은 연관성이 있다는 것을 이겸은 확신했다.

이와 반면 서책을 멀뚱히 바라보던 화윤은 이겸이 자신을 비웃고 있다는 생각마저 들었다. 성인들의 가르침이 담긴 서책이 화윤을 어이없게 만들었다.

"지금 날 조롱하는 것이오?"

"조롱이라 생각하면 굳이 줄 필요가 없겠군."

이겸이 손을 뻗어 서책을 도로 가져가려 하자 화윤의 손이 먼저 움직였다. 이겸 말대로 빈손으로 갈 수는 없으니 그를 믿어 보기로 했다.

"에헤, 한 번 주었으면 그만이지. 그 한마디에 이리 나올 것까지야 없지 않겠소."

서둘러 서책을 품 안에 밀어 넣은 화윤은 농이었다는 표정으로 이겸을 달랬다.

"이것은 당신이 내 집에 들어와 훔친 것으로 합시다."

"뭐요?"

직접 가져가라 던져 주고 이제 와 훔친 거라니? 몰래 담을 넘은 죄는 인정하나 물건을 훔쳤다는 죄까지 더하고 싶지는 않았다. 해서 화윤은 아니라고 고개를 절레절레 흔들었다.

"내가 주었다는 것을 가연 낭자가 안다면 받지 않을 것이오."

작일 자신의 도움을 밀어낸 가연을 떠올리며 이겸은 두 눈을 천천히 감았다가 떴다.

"허고, 그편이 내게도 낫소."

아버지를 버린 자식은 되고 싶지 않았다. 비록 이것이 옳은 일이라고는 하지만 아버지의 파멸을 바라는 것은 아니었다. 이겸은 마음의 짐을 떨쳐 버릴 수가 없었다.

"마지막으로……."

'거 참! 말 되게 많네!'

서둘러 자리를 털고 일어나 방을 나서려던 화윤은 이어지는 이겸의 말에 발목이 잡히고 말았다.

"청이 있소."

"빨리 좀 합시다."

언제 다시 들이닥칠지 모를 노비들 때문에 화윤은 여전히 불안했다.

"용서해 주길 바라지는 않겠지만…… 자식 된 도리로 아버지의 파멸을 지켜볼 수는 없소이다. 세상에 이번 일이 알려지는 것은 원치 않소."

가연의 아버지만 빼내고 나면 이 일을 덮자는 말과 같았다. 그러나 화윤은 가연이 병판을 쉽게 용서하지 못할 거라고 생각했다. 해서 답할 수 없었다.

"사내답게 약조해 준다면 단서를 볼 수 있는 방도를 알려 주겠소."

하, 단서를 손아귀에 넣고도 눈뜬장님이 될 수 있었다 생각하니 기가 막혔다. 역시 천상계나 인간계나 공으로 얻는 것은 없지 싶었다.

"그 약조 지키도록 하지."

화윤이 청을 받아들이자 이겸의 낮은 목소리가 들렸다.
"때론 어둠을 밝히는 그 무엇이 진실을 보여 줄 때가 있는 법이오."
뭐라고? 이겸을 등지고 방문 앞에 서 있던 화윤은 눈썹을 추켜세웠다. 자존심에 다시 물을 수도 없는 입장이라 화윤은 방을 나와 개구멍을 통해 이겸의 집을 빠져나왔다. 그편이 더 안전하다 이겸이 알려 주기는 했지만 개구멍을 빠져나오며 화윤의 자존심은 또 한 번 무너지고 말았다. 신이 평범한 인간이 되고 그도 모자라 개구멍까지 드나들다니 처량한 신세가 아닐 수 없었다.

어찌 이리도 가연의 집이 멀고도 험난할까. 화윤은 병판의 노비들과 순라군들의 눈을 피해 다니며 지옥 가는 길보다 힘들다는 생각이 들었다. 숙였다, 기었다, 뛰기를 반복하며 간신히 집에 도착한 화윤은 가쁜 숨을 고르고 있었다. 이제 문을 두드릴 힘조차 남아 있지 않았다.
"어찌 이제야 오십니까."
"아이고, 나 죽는다."
걱정되어 대문 안에서 숨을 죽이며 화윤을 기다리고 있던 가연은 인기척 소리에 대문을 빠끔히 열었다. 그토록 기다리던 화윤의 모습이 보이자 긴장감이 풀리며 안도감이 몰려왔다. 급히 화윤의 팔을 잡아 집 안으로 들인 가연은 대문을 굳게 걸어 잠갔다. 안채로 향하는 내내 화윤의 엄살은 계속되었다.
"가연아, 속 보인다."
방으로 들어서자마자 가연은 화윤의 품만 뚫어져라 바라보았다.

저 품속에서 무엇이 나올까 하는 생각에 눈을 떼지 못했던 가연은 이내 미안한 생각이 들었다.

"다치신 곳은 없으십니까?"

"빨리도 물어본다."

화윤은 품에서 그토록 가연이 원하는 것을 꺼내 보였다. 그러나 가연의 표정은 밝지 못했다.

"이것이 무엇입니까?"

"그러니까 이것이 말이다. 무엇이냐면……."

화윤 자신도 모르기는 마찬가지였다. 해서 이겸의 준 서책을 천천히 넘기던 화윤은 아무것도 나오는 것이 없자 슬슬 부아가 치밀어 올랐다. 참을성이라고는 눈곱만치도 없었다.

"도대체 답이 어디 있다는 게야!"

버럭 화를 내며 서책을 거꾸로 들어 마구 흔들던 차, 바닥으로 떨어지는 한 장의 종이가 있었다. 의기양양한 자세로 종이를 들어 펼친 화윤은 순간 표정이 빠르게 굳어졌다. 그것은 단지 잘 그린 그림 한 장일 뿐이었다.

"이 그림을 찾으셨다고 할 참은 아니신 게지요?"

미심쩍은 표정으로 화윤을 바라본 가연의 표정은 실망감으로 가득했다.

"고작 이것을 가지고 나오신 겝니까?"

"아직 끝이 아니다."

이겸이 마지막으로 해 준 말을 떠올린 화윤은 얼굴에 회심의 미소를 지으며 등잔불을 단숨에 꺼 버렸다.

"어머나!"

온통 어둠으로 둘러싸인 방 안에서 무의식적으로 자신의 옷고름을 꼭 잡은 가연은 한 발 뒤로 물러섰다.

"보이느냐?"

"무엇이 말입니까?"

화윤이 종이를 들어 뒤집어도 보고 돌려도 보았으나 당연히 보이는 것은 아무것도 없었다. 이겸이 자신을 속였다는 생각이 들자 화윤은 파르르 손을 떨었다. 그새 가연은 꺼진 호롱불에 다시 불을 붙이고 있었다.

"어둠이 진실을 보여 주기는 개뿔!"

방 안이 다시 밝아지자 화윤은 들고 있던 종이를 한쪽으로 내팽개쳤다. 잠시나마 이겸을 믿었던 자신을 탓하며 화윤은 이를 바득바득 갈았다. 하지만 가연은 화윤이 던진 종이를 다시 집어 유심히 살폈다.

"좀 전에 하신 말씀 말입니다. 그것이 다입니까?"

"응? 그러니까 그것이……."

이겸의 말을 다시 머릿속에 떠올린 화윤은 그대로 읊기 시작했다.

"때론 어둠을 밝히는 그 무엇이 진실을 보여 줄 때가 있는 법이다."

정확히 이겸의 말을 옮긴 화윤은 뿌듯한 듯 양쪽 어깨를 으쓱거렸다.

"보입니다."

"뭐라!"

중요한 것은 어둠을 밝히는 그 무엇이었던 것이다. 가연이 호롱불 가까이 그림을 가져다 대자 그림 뒤편에 글씨가 적혀 있는 것이 보였다. 장 행수가 빼돌린 인삼을 더는 문제 삼지 않겠다는 병판의 확약서였으니 이보다 더 명확한 증좌가 어디 있을까. 두 사람은 기쁨을 감추지 못하고 있었다.

"헌데, 그 말은 뉘가 해 주었습니까?"

곤란한 물음이 아닐 수 없었다. 그림이야 멋지게 자신이 찾았다 할 수 있겠지만 이겸이 해 준 말을 무엇으로 설명할 수 있겠는가 말이다. 화윤은 괜히 자신의 머리를 긁적이며 답을 회피했다.

"이겸 도련님을 만나셨습니까?"

이미 가연은 확신을 하는 듯 보였다.

"뭐, 이리된 마당에 무엇을 숨기겠느냐. 그래, 만났다. 그것을 전해 준 이도 이겸이고 그런 말을 해 준 이도 이겸이다. 더구나 날 도망치게 도와준 이도 이겸이고."

가연에게 자신보다 이겸이 더 멋있어 보일까 한편으로는 걱정도 되었다. 그러나 거짓을 말하는 것이 더 못나 보이는 것 같아 화윤은 이겸과의 일을 숨기지 않았다. 다만, 가연이 이겸의 도움을 뿌리치지 않았으면 했다.

"그러셨군요. 그분이 큰 결심을 하셨습니다."

이겸이 병판과 다르다는 것을 모르는 것은 아니었다. 옳은 길과 천륜 사이에서 많은 고민을 했을 이겸을 생각하자 가연은 마음이 짠하였다. 고마움과 미안함이 동시에 밀려왔다.

"너무 미워하지 마라."

"예."

"고마워하지도 마라."

"예."

"딱 거기까지만. 이겸에 대한 마음은 거기까지만 용납하느니. 알았느냐?"

"예."

가연의 잔잔한 미소가 모든 것을 말해 주었다.

굳이 따라가겠다는 가연을 홀로 두고 화윤은 집을 나섰다. 모처럼 그의 발걸음이 가볍다 못해 날아갈 것 같았다.

"이리 오너라."

시원하게 뺀 자신의 목소리가 마음에 들었는지 화윤은 흡족한 표정으로 대문이 열리기를 기다리고 있었다. 머지않아 대문이 열리며 노비가 모습을 드러냈다. 작일 밤 횃불을 들고 그를 쫓던 놈들 중 하나였다.

"뉘십니까?"

"모른 척하기는. 작일 밤 보았지 않느냐. 아주 잠시지만."

어리둥절한 노비를 밀치고 성큼성큼 집 안으로 들어선 화윤은 사랑채로 발걸음을 옮겼다. 이미 그 집 구조를 모두 익힌 것처럼 말이다. 물론, 밤새 뛰어다녔으니 모를 리가 없겠지만.

"병판대감, 잠시 들겠소이다."

마치 본인 거처로 들어가듯 당당히 대청으로 올라선 화윤은 방문을 벌컥 열며 안으로 들어갔다. 밥상을 물리고 숭늉을 들이켜던 병판은 갑작스런 화윤의 등장에 놀라지 않을 수 없었다.

"아이고, 아침부터 거하게 드셨습니다. 간밤 잠을 설치셨을 터인데 입맛이 있으셨나 봅니다."

한 상 가득 차려진 음식 중 남아 있는 전을 입안으로 밀어 넣은 화윤은 자리를 잡고 앉았다.

"상을 물리거라."

노비가 밥상을 들고 나가려 하자 화윤의 능청스런 표정이 숙현의 심기를 건드렸다.

"주위도 멀리 물리시지요. 듣는 이가 많아 좋을 것이 없지 않겠습니까?"

"난 입이 가벼운 자는 가까이 두지 않는다. 하찮은 노비라 할지라도."

대청에서 방문을 닫는 노비의 온몸이 사시나무 떨 듯 떨렸다. 노비의 발걸음 소리가 점점 멀어지는 것을 확인한 숙현은 그제야 화윤을 똑바로 바라보았다.

"뉘인가 했더니 자네군."

기억할 만한 이가 못 된다는 어투로 화윤의 존재를 무시한 숙현은 늘 그렇듯 거만하기 그지없었다.

"내가 뉘인지 보다 무슨 일로 찾아왔는지가 더 궁금하실 터이지요. 그리 속내를 숨기시고 태평한 척하시지만 좌불안석임을 모르지 않습니다."

사실 그랬다. 무턱대고 들어서는 화윤의 무례함에 화가 났지만 이리 나오는 연유가 있을 터이니 숙현은 속으로 화윤을 경계하고 있었다.

"제가 말입니다. 작일 밤 아주 귀한 것을 찾았습니다. 해서, 대감께 보여 드릴까 하여 이리 왔습니다. 한 번 보시겠습니까?"

"아니 보겠다면?"

"그다음은 관아를 찾아갈 것이고, 그다음에는 세상이 다 알게 되겠지요. 대감의 비리를 말입니다."

우려했던 일이 터지고 말았다. 지금까지 그 많은 재물을 모으면서 큰소리 한번 나지 않았지만 틈이 있었나 보다. 숙현은 가늘어진 눈매로 화윤을 주시했다.

"이제 제가 가진 패가 무엇인지 보고 싶으십니까?"

숙현의 흔들리는 눈빛을 보며 화윤은 모처럼 통쾌함을 느꼈다. 작일 밤 숙현의 고함에 놀란 것을 생각하면 아직 분이 풀리지 않았지만 당한 것보다 더 괴롭혀 주리라 마음먹은 화윤은 능글스런 표정을 감추지 않았다. 이제부터 시작이었다.

"그림을 아주 잘 그리시더이다."

화윤이 서안 위에 올려놓은 것은 바로 숙현이 장 행수에게 그려 준 그림이었다. 하지만 어찌 된 영문인지 그림은 반쪽이었다. 자신이 그린 그림을 알아본 숙현의 표정은 놀라움과 두려움 그리고 분노가 어려 있었다.

"뉘가 그린 그림인지 알아보시겠습니까?"

화윤의 물음에 병판은 아무런 답도 하지 않았다.

"이 그림이 말입니다. 아주 중한 비밀을 가지고 있더이다. 이것은 알고 계시겠지요?"

"내게 하고 싶은 말이 무엇이냐!"

감정을 조절하지 못하고 버럭 소리를 지른 숙현은 아랫입술을 지그시 물었다.

"궁지에 몰리셨단 말입니다. 이만 임 행수를 놓아주시지요. 세상에 이 비밀이 알려진다면 시끄러워지지 않겠습니까."

이제야 심장이 철렁 내려앉는 기분이었다. 그날 밤 장 행수에게 전해 주었던 저 그림이 어찌 화윤 손에 들어갔는지 모를 일이나 더는 발뺌을 할 수도 없는 상황이었다. 유독 금일따라 그림에 찍힌 자신의 인장이 더 또렷하게 보였다. 그러나 이대로 물러날 수는 없었다.

"그것을 가졌다 해서 내 약점을 잡았다 자만하지 말거라. 그것은 어디까지나 그림일 뿐이다."

"그렇습니까? 아하, 그 희한하네. 내 분명 글귀를 보았는데 그냥 그림일 뿐이다? 허면 이 글귀는 진실을 알고 싶어 하는 자의 눈에만 보이나 봅니다. 덮으려는 자의 눈에는 절대 보이지 않고 말입니다."

등줄기에서부터 식은땀이 흘러내리는 기분이었다. 숙현은 파르르 떨리는 눈꺼풀에 힘을 주고 화윤을 노려보았다.

"네가 이곳에서 살아 나갈 수 있다 보느냐?"

"하하, 하하하! 지금 절 겁박하시는 겝니까? 이런, 이런. 그 정도 가지고는 꿈쩍도 하지 않습니다. 그러니 조금 센 것으로 하시지요. 당장 이 자리에서 목을 치겠다고 말입니다."

"네 이놈!"

끝내 참고 있던 숙현의 분노가 터져 버렸다. 벽에 걸려 있던 검집에서 검을 꺼낸 숙현은 앉아 있는 화윤의 목에 차디찬 칼날을 겨누었다. 그러나 화윤의 표정은 두려움에 떠는 기색이 하나도 없었다.

"이 몸이 시체가 되어 이 집을 나가면 나머지 반쪽 그림은 관아가 아닌 이 나라 임금께서 보시게 될 겁니다."

"어디서 그런 헛소리를 지껄이는 것이야!"

"그만한 방비도 없이 맨몸으로 이 집에 발을 들였을 거라 생각하십니까? 대감만큼이나 이 사람도 악랄하지요. 가진 것을 빼앗으려는 자 앞에서는 절대! 물러남이 없습니다."

처음 방 안에 들어섰을 때의 화윤의 모습이 아니었다. 강하면서도 범접할 수 없는 기운에 검을 쥔 숙현의 손이 떨리고 있었다.

"검은 내려놓으시지요. 그래야 병판대감께서 그토록 좋아하시는 거래를 할 수 있지 않겠습니까."

거래라는 말에 숙현의 눈썹이 미세하게 떨렸다. 잠시 고심하던 숙현은 검을 내려놓고 보료 위에 앉았다. 여전히 그의 표정은 칠흑처럼 어두웠다.

"임 행수가 밀거래한 것은 사실이니 귀양을 가까운 곳으로 보내 주시지요. 또한, 귀양살이 기간을 짧게 해 주시는 것도 잊으시면 아니 되십니다."

임 행수를 빼내 달라 청할 줄 알았는데 고작 가까운 곳으로 귀양을 보내 달라? 숙현은 비웃음을 감추지 못했다. 좋은 패를 손에 쥐고도 활용할 줄 모르니 숙현의 눈에는 화윤이 한심해 보였다.

"그림은?"

"임 행수가 무사히 귀양살이에서 풀려난 후 보내 드리지요."

"뭐라!"

기가 막혔다. 무엇을 믿고 그 긴 시간을 기다린단 말인가. 숙현은 눈을 부라리며 화윤을 노려보았다.

"병판대감께서 힘을 써 주시는 만큼 그림을 돌려받는 시기는 빨라질 겁니다. 이것이 바로 진정한 거래가 아니겠습니까?"

화윤의 생각은 이러했다. 그림을 돌려주는 즉시, 가연과 임 행수 그리고 화윤 자신의 목숨은 바람 앞에 등불이라고 말이다. 분명 자객을 보내 목숨을 취할 터이니 숙현을 옴짝달싹 못하게 만들어야만 했다.

"허면, 이만 일어납니다."

숙현의 답은 들을 필요 없다는 듯 자신의 할 말만 뱉어 낸 화윤은 자리를 털고 일어났다.

"널 믿지 못하겠다면?"

"지금 절 믿으신다면 귀양이 풀리는 시기만큼 시간을 번 것이고, 믿지 못하시겠다면 나머지 반쪽 그림은 관아로 가겠지요. 지금 바로 말입니다."

자신에게 선택의 여지가 없다는 것을 깨달은 숙현은 화윤의 말을 따를 수밖에 없었다. 이대로 화윤을 사지 멀쩡하게 보내 주는 것이 억울하였지만 화윤의 말대로 우선 시간을 벌고 차후 세 사람을 어찌해야 할지 생각해 보기로 했다.

"네놈 면상은 죽어서도 잊지 않을 것이다."

먹이를 놓친 호랑이처럼 병판은 마지막으로 분을 표출하고 있었다.

"피장파장입니다."

화윤이 방문을 열고 나오니 대청 앞에 노비들이 한쪽으로 쭉 서 있었다. 아마도 노여움 섞인 병판의 목소리에 다들 이리 몰려든 것일 터. 화윤을 바라보는 노비들의 시선이 곱지 못했다. 그러나 겁날 것 없는 화윤은 너무도 느긋하게 그들 앞을 지나 무사히 대문을 나섰다.

그 어느 때보다 새털처럼 가벼운 발걸음을 옮기던 화윤은 한 사내를 발견하고 멈춰 섰다.

'나를 기다리는 이가 또 있군.'

바로 이겸이었다. 화윤에게는 이겸이 마지막 관문과도 같았다.

"고맙소."

"고맙다 하기는 아직 이르오."

뒷짐을 지고 먼 곳을 향하던 화윤의 시선이 이겸에게 고정되었다. 화윤의 눈빛은 무엇인가 할 말이 있는 듯 보였다.

"임 행수의 귀양이 풀리는 그날, 그림을 돌려주겠다 했소만 받는 이는 당신 아비가 아닐 것이오."

이미 끝난 일이 아닌가? 이겸은 아직 끝이 아니라는 화윤의 말에 어떤 표정을 지어야 할지 몰랐다. 해서 그의 말이 계속되길 기다리고 있었다.

"내 사사로운 감정을 내세웠다면 임 행수를 그냥 빼내어 달라 청했을 것이오. 허나, 임 행수의 죄가 없다 하지는 못할 터, 귀양살이를 한다 했으니 내 의중이 무엇인지 알겠소?"

이겸은 천천히 화윤의 마음을 읽으려고 노력했다. 그와 가연과의 관계를 생각하면 그의 말처럼 임 행수의 죄를 덮고 옥에서 꺼내 달라 청하는 것이 맞았다. 그러나 그리하지 않았다는 것은 상대의 악행도 덮지 않겠다는 뜻이었으니 이겸의 입안이 바짝바짝 마르고 있었다.

"내게 하고픈 말이 무엇이오."

"임 행수의 귀양이 풀리는 그날까지 병판대감께서 관직을 내놓지 않으면 남은 그림 반쪽은 관아로 보낼 것이라는 뜻이지."

"……!"

순간 이겸의 몸이 휘청하였다. 아버지에게 관직이 삶 전부임을 알기에 이겸은 입을 다물지 못했다. 이제야 자신이 무슨 짓을 했는지 알게 된 이겸은 두 눈을 꼭 감았다. 아버지를 벼랑 끝으로 몰아가려는 의도는 아니었기에 이겸의 마음은 천근만근이었다.

"자네 혼례도 치러야 해서 나름 시간을 준 것이라 생각하시오. 임 행수의 귀양이 풀릴 때쯤 스스로 물러난다면 반가의 체면은 세울 수 있으니 아주 나쁜 예우는 아니라 생각하오만."

이겸은 한 손으로 하늘을 가리려고 생각했던 자신이 한심했다. 자신이 알고, 아비가 알고, 화윤 이자가 알고 있었다. 세 사람만 알고 있는 것이라 아니라 이미 세 사람이나 알아 버린 일을 덮으려 했던 자신이 부끄러워 이겸은 고개를 들 수가 없었다.

"그건 그렇고, 자네 도움을 받았으니 그 보답은 해야겠지."

화윤은 소맷자락에서 붓 하나를 꺼내 내밀었다. 천상에서 쓰는 이 붓은 뉘가 쓰든 명필을 만들어 주는 신비한 붓이었다. 물론 누이가 준 신비한 돌로 만든 것이니 오래가지 못함이라. 화윤은 붓을 받고 어리둥절해하는 이겸을 뒤로 하고 발걸음을 옮겼다.

"내 이제야 말하지만 자네 좀 마음에 들더군. 그 곧은 성품으로 아버지 대신 훌륭한 관료가 되게나. 지켜보겠네."

이번 일만 아니었다면 벗이 되었을지도 모른다는 생각이 들었다. 비록, 인연이 여기까지기는 하지만 이번 일을 겪으며 화윤은 이겸의 사내다운 결심을 잊지 않기로 했다.

8. 하늘이 버려 준 인연

 곧 첫눈이 내릴 것 같은 인간계와 달리 천상계는 전과 다를 것이 없었다. 색색의 꽃이 피고, 나무가 무성하며 잔잔한 바람이 코끝을 간질였다. 항시 봄의 기운을 간직하는 곳이라 만물이 생기 있어 보이기는 하지만 근심까지 없는 것은 아니었다. 모처럼 모인 칠 선녀들은 화윤을 걱정하며 우물을 들여다보고 있었다.
 "이제 모든 것이 끝났습니다."
 "아직은 아니다. 가연의 선택이 남았지 않았느냐."
 "그야……."
 아무것도 모르고 해맑게 웃는 화윤의 모습이 누이들의 마음을 더 아프게 만들었다.
 "도대체! 무슨 짓들을 한 게야!"
 상제의 노여움 섞인 목소리가 천상계를 쩌렁쩌렁 울렸다. 잠시 천상계 시찰을 위해 자리를 비운 사이 엄청난 사건이 벌어지고 말았다. 더구나 그 사건의 중심에 여식들이 있다는 것을 알게 된 이상 상제는 책임을 묻지 않을 수 없었다.

"어머나!"

상제의 등장에 경악을 금치 못한 칠 선녀들은 서둘러 고개를 숙이고 상제를 맞이했다.

"고얀 것들! 감히 내가 없는 틈을 타 이 같은 일을 벌이다니!"

신이자 자기 아들이었다. 천부적으로 신력이 강한 아이였고 자신의 뒤를 이어 천상계를 다스릴 아이였다. 헌데, 그런 아이를 인간으로 만들어 버리다니. 이는 상제에게 용납할 수 없는 일이었다.

"화윤이 받을 충격은 생각지도 않은 게야?"

상제의 물음은 월에게 향했다.

"고심하고 또 고심하여……."

월의 답변이 채 끝나기도 전에 상제의 노여움은 이미 극에 달았다.

"하! 이 구슬에 신력을 봉인해 놓고도 고심이라는 말이 나오느냐!"

어이해 저것이 상제 손에 들어가 있을까? 칠 선녀들은 상제의 손바닥 위에 놓여 있는 구슬을 보며 눈을 깜박였다. 처음 가연의 몸속에 있었던 구슬은 신력을 봉인하면서 몸 밖으로 빠져나왔다. 아직은 불완전한 상태라 구슬이 외부 힘에 깨지기라도 한다면 화윤은 신력을 다시 되돌려 받게 된다. 물론, 그와 동시에 가연과의 인연은 끝이었다.

해서 인간이 된 화윤을 인왕산에서 보았던 그때 월은 구슬을 호수에 던져 버렸다. 보기에는 더없이 맑고 잔잔한 호수이지만 가늠할 수 없을 정도로 깊은 곳이라 감히 신도 들어가지 못하는 곳이었다. 헌데, 그런 곳에 던진 구슬이 상제의 손에 있다니. 월은 상제의 신력이 자신이 생각하고 있던 것 이상이라는 것을 이제야 알게 되었다.

"고작 이런 구슬로 신력을 봉인하려 하다니 미련한 것들. 내 기필코 화윤의 신력을 되돌려 놓을 것이야."

얌전히 상제 손바닥 위에 있던 구슬이 조금씩 흔들리기 시작했다. 상제가 내뿜는 신력에 자극을 받은 구슬은 서서히 떠오르며 강하게 요동치기 시작했다. 칠 선녀들은 새파랗게 질린 표정으로 상제를 말려 보려 하였지만 강한 힘의 파장 때문에 가까이 갈 수도 없었다. 그때…….

"지나치십니다!"

구름을 타고 나타난 서왕모가 들고 있던 부채로 바람을 일으키자 상제의 몸이 순간 휘청하였다. 그때를 놓치지 않고 구슬을 손아귀에 넣은 서왕모는 땅으로 사뿐히 내려앉았다. 이것을 지켜보던 칠 선녀들의 입에서 절로 안도의 한숨이 나왔다.

"지금 내게 반하는 것이오!"

몸의 중심을 잡고 난 상제가 서왕모에게 버럭 소리를 질렀다. 그러나 서왕모는 그저 상제를 안쓰럽게 바라보고 있었다. 그런 서왕모의 눈빛이 상제는 너무도 싫었다. 상제가 뒷짐을 지고 헛기침을 하자 서왕모는 어여쁜 여식들에게 돌아섰다.

"너희가 있을 자리가 아닌 것 같구나. 뒷일은 어미에게 맡겨 두고 그만 돌아가거라."

서왕모의 한마디에 칠 선녀들이 바람처럼 모두 사라졌다.
"구슬을 이리 내놓으시오."
서왕모와 눈이 마주치자 상제는 뒷짐을 풀고 한 손을 내밀었다.
"그럴 수는 없습니다."
이제 진정 싸움뿐인가? 상제는 굳은 표정으로 빈손을 거두었다.
"공평하게 일을 처리하도록 하지요."
"공평하게?"
"신력을 봉인한 구슬은 아직 불완전한 상태입니다. 해서 상제의 힘이 아니더라도 구슬은 깨질 수 있습니다."
서왕모의 말을 듣고 있던 상제의 눈빛이 달라졌다.
"가연의 선택 말입니다. 가연의 연심이 통하면 구슬은 완전해지옵고, 그렇지 않다면 깨지게 되어 있습니다. 가연의 선택을 지켜보시겠습니까?"
상제는 서왕모의 말을 듣고 고심했다. 만약, 자신의 신력으로 구슬의 봉인을 푼다면 화윤의 화가 누구에게 향할지 불 보듯 뻔한 일이었다. 또한, 그렇게 두 사람의 인연을 억지로 끊어 내어 좋을 것이 없다는 생각도 들었다. 비록 반반의 확률이지만 상제는 가연의 선택을 지켜보기로 하고는 서왕모와 함께 우물을 들여다보았다. 우물 안에는 언덕 위에 오른 화윤과 가연의 모습이 비치고 있었다.
"이곳이 어디인지 기억나십니까?"
"내 어찌 모를까. 너와 나의 연분을 맺어 달라 바보같이 청했던 그곳이 아니더냐."
"바보 같다니요. 이리 맺어지지 않았습니까."

"하! 다 내 덕이거든."

화윤이 온전한 사람이 되었고, 골치 아픈 사건도 해결하였으니 더는 둘 사이에 장애물은 없었다. 이제 서로 아끼며 행복하게 살아가는 일만 남았다 생각한 화윤은 가슴이 두근거렸다.

"이곳에서 제게 '이루어진다'의 기준이 무엇이냐 물으셨지요?"

그랬나? 가연의 물음에 화윤은 눈동자만 깜박거리고 있었다. 가연에게 해 준 말이 워낙 많아 다 기억할 수 없음이라. 화윤은 대수롭지 않은 듯 북촌을 내려다보고 있었다. 마음이 여유로워지니 눈에 보이는 모든 것들이 감동이었다.

"그때만 하더라도 손을 뻗으면 잡을 수 있고, 눈을 뜨면 보이는 것이 전부라 생각했습니다. 허나, 이제야 연심이 무엇인지 알았습니다. 같이 있지 않아도, 죽어서도 볼 수 없다 해도 그 마음은 변치 않는다는 것을……."

"무슨 말이 하고픈 게야?"

화윤은 이리 좋은 날 의미심장한 말을 던진 가연을 바라보며 의아해했다. 서로의 앞날에 대해 말을 나누어도 아까운 시간이었다. 해서, 불필요한 말은 빨리 끝내고 싶었다.

"저 하나를 선택하기에는 공자님께서 잃어야 할 것들이 너무 많습니다."

"뭐?"

"또한, 그 잃어버린 것들은 한낱 인간인 제가 채워 드릴 수 없는 것들뿐이라 괴로워하는 공자님을 지켜보며 살 수가 없습니다."

"너 이상타."

불안했다. 그리고 두려웠다. 한순간에 기쁨과 감동이 사라지고 미묘한 긴장감이 맴돌았다. 가연이 말을 이을 때마다 더해지는 불안감에 화윤의 기분이 썩 좋지 않았다.

"감히 신을 제 곁에 둔다는 것은 욕심이었습니다. 해서 앞으로 남은 생은 벌을 받겠지요. 그리움과 외로움이라는 지독한 벌을 말입니다. 이겨 낼 수 있을지 장담은 못 하겠지만 애써 보겠습니다."

화윤의 머릿속이 하얀 백지가 되어 가고 있었다. 무엇이 잘못된 건지 알 수도 없었지만 가연의 말을 도통 이해할 수가 없어 멍한 표정을 짓는 게 전부였다. 이 모든 것이 이별의 절차임을 화윤은 전혀 알지 못했다.

"울다 지치면 눈물도 마르겠지요. 시간이 지나면 생각도 멈추겠지요. 그리 눈물이 마르고, 생각이 멈추면 삶도……."

가연은 말을 이을 수가 없었다. 코끝은 찡했고, 어느새 눈물이 고여 화윤의 얼굴이 잘 보이지 않았다.

"이마…… 눈…… 코…… 그리고 입술. 모두 다 기억하겠습니다."

화윤의 이마를 타고 내려온 가연의 손은 입술에서 멈춰 버렸다. 그 입술에 자신이 무엇을 해야 하는지 알고 있었다. 터질 것 같은 심장을 한 손으로 부여잡으며 가연은 화윤의 입술에 입을 맞췄다. 이것이 두 사람의 마지막이고, 이별임을 가연의 눈물이 말해 주고 있었다.

서로의 입술이 닿자마자 두 사람 주위로 회오리가 몰아쳤다. 붉은 불기둥 함께 거센 바람이 가연과 화윤을 떼어 놓으려 하였다. 그러나 가연은 조금이라도 화윤을 느끼고 싶어 안간힘을 썼다.

"아악!"

이것은 자신의 목소리가 아니었다. 비록 몸을 지탱하고 있기가 어려웠지만 비명을 지를 정도는 아니었다. 가연은 감았던 두 눈을 뜨고 화윤을 바라보았다. 그리고 경악을 금치 못했다. 땅 위를 밟고 있는 자신과 달리 회오리바람에 몸이 공중으로 떠오른 화윤은 고통에 몸부림을 치고 있었다. 아무리 손을 뻗어도 화윤의 발끝조차 닿지 않았다. 가연은 이대로 화윤이 사라질까 두려웠다.

'제발…… 제발……'

단지 손이라도 한 번 잡아 보고 싶은 마음이었다. 화윤의 온기를 잠시라도 느낄 수 있다면 남은 생을 살아갈 용기가 생길 것 같았다. 하지만 이것마저도 가져서는 안 될 욕심이었는지 서로의 거리는 점점 멀어졌다.

"꼭, 기억해 주셔야 합니다. 저를……"

가연이 의식도 없는 화윤에게 마지막 말을 전하는 순간 회오리바람이 멈추더니 주위를 감싸던 불기둥도 한순간에 사라졌다. 이상한 일은 이것만이 아니었다. 떠올랐던 화윤의 몸도 땅으로 서서히 내려앉았다. 가연은 화윤을 끌어안고 애타게 그의 이름을 부르짖었다.

"이제 어쩌시렵니까?"

우물을 들여다보고 있던 서왕모가 상제에게 물었다.

"가연이 이별을 택했으니 두 사람의 인연은 끝난 것이 아니오. 내가 나설 연유가 없지 싶소만."

"끝이라니요. 저 두 사람은 평생을 같이할 것입니다. 보시옵소서. 구슬이 전보다 단단해졌습니다. 그 어떤 힘에도 견딜 수 있을 만큼 말입니다."

서왕모의 말에 상제는 어리둥절하였다. 분명, 가연의 입맞춤이 이별임을 알고 있는데 이 무슨 말인가? 상제는 서왕모의 얼굴과 우물을 번갈아 바라보았다.

"이별을 택할 만큼 가연의 연정이 깊다는 뜻입니다."

사실 선녀들이 가연을 찾아와 화윤을 돌려 달라 청한 것은 본심이 아니었다. 이 모든 상황을 알게 된 상제가 신력으로 구슬을 깨 버린다면 두 사람의 연이 이어질 수 없음을 알기에 선녀들이 가연을 자극하여 구슬을 더욱 단단하게 만든 것이었다. 혼자만의 연심이 아닌 서로의 마음이 담겨야 구슬은 외부의 자극에도 견딜 수 있었다. 해서 화윤의 신력을 봉인한 구슬은 이제 상제의 신력으로도 깨질 수 없게 되었다.

"모두가 날 속였단 말이오?"

"모두를 위한 일이었습니다."

자신의 생각이 틀렸음을 깨달은 상제는 입가에 얇은 미소를 지었다. 인간의 연심이 저리도 강하더란 말인가. 상제는 진정한 연심이 무엇임을 보여 준 가연의 선택에 감탄하지 않을 수 없었다. 우물에 비친 화윤과 가연의 모습은 아름다워 보였다.

"이제 마지막 일을 처리하러 잠시 내려가 봐도 되겠습니까?"

서왕모의 잔잔한 미소에 상제는 고집을 꺾었다.

"그리하시구려."

상제의 윤허가 떨어지자 잠시 후 서왕모는 가연 앞에 모습을 드러냈다.

"그만 눈물을 거두어라."

화윤을 안고 울먹이던 가연이 움찔하였다. 하늘에서 내려오는 서왕모를 확인한 가연은 화윤을 더욱 꼭 안았다. 화윤을 뺏기지 않으려는 발악이었다.

"잠시만! 잠시만 시간을 주십시오. 아직 의식이 없으십니다. 하니 깨어나시면 그때……."

"아가, 그리 무서워할 것 없단다. 난, 화윤을 천상계로 데려가지 않을 것이야. 이제 그는 네 사내다."

내 사내? 잘못 들었나? 가연은 자신의 귀를 의심하여 서왕모를 멀뚱히 올려다보았다. 아직 믿지 못하는 눈치였다.

"화윤을 아껴다오. 지금처럼."

하늘이 자신에게 벌이 아닌 상을 주려나 보다. 가연은 서왕모의 말을 이렇게 해석했다. 멍하니 서왕모의 말을 듣고 있던 가연의 눈에서 이제 이별의 눈물이 아닌 감동의 눈물이 쏟아졌다.

"진정…… 그 말씀 믿어도 되겠습니까?"

"그럼. 하지만 너의 기억은 좀 지워야겠구나."

"예?"

"화윤이 깨어나면 천상계의 기억은 모두 잊어버릴 것이야. 하니, 너도 지워야지. 화윤이 어떤 이인지, 우리가 뉘인지 말이다."

서왕모의 하얀 손이 가연의 머리 위에서 동그란 원을 그리며 움직였다. 그러자 가연의 눈이 서서히 감겼다.

"화윤은 상단 일을 배우기 위해 청국에서 네 아비를 따라온 자다. 하니 서로 의지하며 살면 될 것이야."

서왕모의 말에 천천히 고개를 끄덕인 가연은 끝내 두 눈을 감으며 쓰러졌다. 어느새 두 사람 몸 위로 하얀 첫눈이 내리기 시작했다.

그로부터 두 식경 뒤 나란히 눈을 뜬 화윤과 가연은 머리가 빠개질 것처럼 아팠지만 무슨 일이 있었는지 아무것도 기억하지 못했다.

닷새 뒤.
말 머리를 나란히 하고 도성을 빠져나온 두 사람은 한적한 산길로 접어들었다.
"아직 미련이라도 남은 게야?"
말을 세우고 뒤를 돌아보는 가연을 보며 화윤의 시선도 따라 움직였다. 성문이 아득하게 보였다.
"예, 미련인지도 모르지요."
가연의 기억 속에 도성은 늘 복잡하고 활기찬 곳이었다. 그 속에서 나고 자라 상단 일까지 배웠으니 발걸음이 쉬 떨어지지 않는 것은 당연한지도 모른다. 비록, 안 좋은 기억을 간직하고 떠나기는 하지만 가연에게는 도성이 고향이었다.
"예서 이리 시간을 보내면 해 떨어지기 전에 산을 넘지 못한다. 이 추운 겨울을 산속에서 보내고 싶지는 않은 게지? 혼례도 올리기 전에 얼어 죽은 총각 귀신은 되기 싫으니 후딱 가자."
작일 유배를 떠난 아버지를 따라 가연과 화윤도 짐을 꾸렸다. 살던 집을 정리하고 면주전을 넘긴 가연은 갈아입을 옷가지와 남아 있는 패물을 챙겨 길을 나섰다. 추운 겨울 날씨에 그곳까지 가는 길이 쉽지는 않겠지만 화윤과 함께여서 두렵지는 않았다. 먼저 앞서 가는 화윤을 따라 가연도 말 배를 찼다.
"헌데, 아침나절 어딜 다녀오신 겁니까?"

"궁금하냐?"

아침부터 분주하게 떠날 준비를 하는 가연을 두고 화윤은 관아에 다녀왔다. 장 행수의 별채에 궐의 인삼을 빼돌린 장부가 있다 밀고를 하고 온 길이니 아마 지금쯤 그 집안은 쑥대밭이 되었을 것이다. 화윤은 좋은 구경을 못하고 떠나온 것이 못내 아쉽다는 표정이었다.

"과연 병판대감이 스스로 관직을 내놓을까요?"

"내놓지 않으면 가장 피해를 보는 이는 이겸이다. 아들을 생각해서라도 물러날 것이야."

며칠 전 이겸은 화윤이 준 천상의 붓 덕분에 명필이란 칭호를 받으며 임금의 눈에 들었다. 전 같으면 집안의 경사라 하여 병판대감이 크게 잔치를 열었을 것이나 두 사람이 떠나올 때만 하더라도 병판의 집은 쥐죽은 듯 고요했다. 아들의 앞길을 막지 않으려고 병판이 자중자애하고 있음을 알 수 있었다.

"고리타분한 일은 잊어버리고 충청도에 도착하면 무얼 할 셈인지 말이나 해 보거라."

"아버지 뒷바라지를 하면서 가진 자금으로 작은 면주전을 할까 합니다. 그러는 공자님께서는 무얼 하실 생각이십니까?"

"나? 글쎄, 무얼 하며 살까."

말고삐를 붙들고 눈동자를 돌리던 화윤은 좋은 생각이 떠올랐는지 입꼬리를 양쪽으로 올렸다.

"서당이나 차려야겠다."

"예? 서당이요?"

책은 들여다보지도 않는 사람이 서당이라니. 가연은 혀를 차며

기가 막힌 표정을 지었다. 화윤에게 전혀 어울리지도 않을뿐더러 배울 아이들이 불쌍하다는 생각마저 들었다.

"서당 이름도 생각해 두었다."

"벌써요? 무엇입니까?"

"화 공자 가라사대."

두 사람은 내내 말씨름을 하였다. 뉘가 배우러 오겠냐는 가연과 아이들에게 삶이 무엇인지 가르쳐 주겠다는 화윤의 대화는 끊이지 않고 이어졌다.

이들의 새로운 삶은 이렇게 시작되었다.

종장

 화윤과 가연이 도성을 떠나 작은 시골 마을에 정착한 지 벌써 십 년이 되었다. 화윤은 작은 서당을 차렸고 가연은 면주전 대신 옷감에 염색하는 것을 배워 내다 팔았다. 혼자 하는 일이라 돈벌이가 되지는 않았지만 먹고살기에는 충분했다.
 일 년 만에 귀양살이에서 풀려난 임 행수는 가연이 아이를 낳던 해에 운명하였다. 비록 혼인을 한 두 사람과 오래 함께 살지는 못했지만 행복한 표정으로 눈을 감는 아버지의 모습에 가연은 편히 보내 드릴 수 있었다.
 조부의 얼굴도 못 보고 태어난 아이는 어느덧 올해 아홉 살이 되었다. 크면서 용모도 성품도 아비인 화윤을 닮아 매사 일을 만들고 다닌 터에 작은 시골 마을은 하루도 조용할 날이 없었다. 금일도 방 안에서는 매서운 회초리 소리가 요란하게 들렸다.

"어찌 또 싸움질을 한 게야."

"이번에는 정말 억울합니다. 그놈이 먼저 저에게 시비를 걸었습니다."

"해서 네가 한 행동이 타당하다고 어미에게 변명할 참이더냐?"

"그것은 아니고……."

눈물이 그렁그렁 맺힌 눈으로 가연을 바라보던 아들 산은 언제 회초리가 자신의 다리를 향해 날아들지 몰라 초조해하고 있었다. 세 번의 회초리를 맞은 산의 종아리에는 벌써 얇은 띠가 그려졌다.

"그만하시구려. 부인."

밖에서 가만히 듣고 있다가 방으로 들어선 화윤은 슬쩍 아들과 눈을 맞췄다. 사실 가연의 훈육 방침이 하도 깐깐하여 반대의사를 조금이라도 내비치는 날에는 영락없이 각방이었다. 화윤은 어미의 손에 끌려가는 아들에게 세 대는 참으라 하고 넌지시 말을 맞췄다. 이쯤 하면 슬슬 나설 때가 되었다 싶어 화윤이 움직인 것이다.

"앞으로 다시는 이런 일이 없도록 하여라."

슬그머니 가연의 손에서 회초리를 빼낸 화윤은 산을 바라보며 눈짓을 했다. 척 하면 삼천리라 했던가. 화윤의 뜻을 알아차린 산은 서둘러 바지 자락을 내리고 고개를 숙였다.

"예."

"그래, 허면 그만 나가 보아라."

뒤도 돌아보지 않고 도망치듯 나가는 산의 뒷모습을 바라보며 가연은 혀를 찼다. 어찌 이리도 부자가 손발이 잘 맞는지. 매번 당하는 일이었지만 기가 막힐 노릇이었다.

"도대체 언제까지 싸고도실 겁니까?"

"내가?"

절대 그런 적 없다는 표정으로 양쪽 어깨를 으쓱거린 화윤은 가연의 눈빛을 요리조리 피하기만 하였다. 사실 말리기는 했지만 가연이 무서운 것은 화윤도 마찬가지였다. 마음 같아서는 산을 따라 이 방을 나가고 싶었으나 그럴 수 없음에 짧은 한숨을 내쉬었다.

"사내아이는 다 저러면서 큰다."

"화를 다스릴 줄도 알아야지요. 욱하는 마음에 주먹질을 하는 것은 옳지 못한 행동입니다."

어찌 아이를 옳고 그름에 맞춰 키우려 하는지. 이런 생각을 가지고 있는 가연을 마주할 때면 화윤은 답답했다. 때론 주먹질도 하고, 맞기도 하며 사내들의 세상에 물들어 가는 것이 순리인데 가연은 바른 길만 보고 걸으라 하였다. 허나, 화윤은 부모가 가르쳐 준 길보다 아이 스스로 깨우쳐 자신의 길을 찾아갔으면 하는 바람이 컸다. 금일도 이렇듯 가연과의 의견차가 좁혀지지 않았으니 나눌 말이 길어질 참이었다.

"보라는 서책은 뒤로하고 매일 산과 들로 돌아다니며 싸움질이나 하니 더는 두고 볼 수 없습니다. 금일은 그냥 넘기지 않을 것입니다."

"넘기지 않으면 어쩌려고?"

"금일부터 서책 읽는 습관을 들여야겠지요."

헉! 듣기만 하여도 온몸이 뒤틀리는 느낌이었다. 화윤이 생각하길, 가만히 서안 앞에 앉아 서책을 읽는다는 것은 독한 자들이나 하는 무모한 짓이었다. 그런 짓을 산이 해야 하다니. 안쓰러운 맘에 저절로 혀가 내둘러졌다.

 절룩거리며 집을 나와 계곡으로 향한 산은 넓은 바위 위에 걸터 앉았다. 바지 자락을 올려 종아리를 본 산의 입술이 대 자는 나와 있었다. 쓰리고 아프기도 하지만 고자질을 한 놈이 미워 죽을 것 같았다. 어찌하면 통쾌하게 복수를 할 수 있을까 하는 생각이 머릿속에서 떠나질 않았다. 한참을 고민에 빠져 머리를 굴리던 산의 시선이 건너편에서 돌다리를 건너는 노인에게 고정되었다. 하얗고 긴 수염과 처음 본 옷차림에 고개를 갸웃거렸다. 노인은 돌다리를 건너 성큼성큼 산에게 다가왔다.
 "어찌 종아리가 이리되었을꼬."
 그때까지 넋 놓고 노인을 바라보던 산은 급히 바지 자락을 내렸다. 맞은 것이 무에 자랑이라고 보여 주겠는가. 산은 노인의 얼굴을 빤히 쳐다보며 눈만 깜빡거렸다.
 "뉘십니까?"
 "나? 그러니까 내가 누군가 하면……."
 설명하기 곤란한지 노인은 말을 질질 끌며 난처해하는 표정을 지었다.
 "옳지! 지나가는 과객이다."
 자신을 과객이라 설명한 노인은 흡족한 듯 산을 바라보았다.
 "가던 길 가셔야지요."
 물론 가야지. 하지만 산에게 해 줄 말이 많은 노인은 산 옆에 나란히 앉았다. 산은 갑자기 자신 옆에 앉은 노인 때문에 조금 겁을 먹었다. 당장 도술이라도 부릴 것 같은 범상치 않은 노인의 인상이 산을 긴장하게 하였다.

"네 얼굴에 근심이 많아 보이는구나. 혹여, 내게 털어놓는다면 그 근심을 해결할 방도를 찾아 줄 수도 있다."

"참이십니까?"

믿지 못하겠다는 표정으로 노인을 바라본 산의 얼굴이 환희로 가득 찼다. 그러다 금세 노인을 미심쩍은 눈초리로 바라보았다. 할까, 말까의 기로에 서서 산은 고민을 하고 있었다.

"헌데, 뉘가 이리 무식하게 회초리를 쳤는고?"

"어머니요."

"어허, 거……참. 살살 좀 하지."

산의 종아리에 줄이 간 것이 못내 안쓰러워 노인은 한숨을 내쉬었다.

"바지 자락을 들어 보겠느냐?"

"예?"

"낫게 해 주려고 그런다."

어느 집 할아버지처럼 '호' 하고 입김이라도 불어 주실 참인지 노인은 산의 다리를 자신의 허벅지 위에 올려놓고 바지 자락을 올렸다. 선명한 붉은 줄이 노인의 인상을 찌푸리게 하였다.

'말로 할 것이지. 쯧쯧.'

"괜찮습니다."

왠지 무섭다는 생각에 산은 다리를 내리려 하였지만 순간 신비한 일이 벌어지고 말았다. 노인의 손이 종아리를 쓰다듬자 선명했던 줄이 순식간에 사라졌다. 더불어 쓰리고, 아픈 고통도 같이 사라졌다. 산은 믿지 못하겠다는 표정으로 자신의 종아리를 이곳저

곳 자세히 살폈다.

"어……어! 없어졌다. 진짜 도술을 할 줄 아십니까?"

놀란 토끼 눈으로 노인을 바라본 산의 입은 다물어질 줄 몰랐다. 노인은 그저 환한 미소로 화답했다.

"이제 말을 꺼내 보겠느냐?"

"예!"

큰 소리로 고개까지 끄덕인 산은 아침나절 있었던 일을 늘어놓았다.

동네 아이들과 신나게 계곡에서 토끼사냥을 하고 있었다. 물론, 토끼를 잡는다는 것보다 쫓아다닌다는 표현이 더 맞을 것이다. 그렇게 토끼를 쫓아 이리저리 뛰어다니는 사이 한 놈과 시비가 붙었다. 토끼를 놓친 이유가 모두 산이 탓이라 몰아가자 같이 있던 다른 아이들도 덩달아 고개를 끄덕였다. 평소 아이들 대장 노릇을 하는 산을 못마땅하게 생각하던 아이는 이참에 자신이 대장 자리를 꿰차려는 심보였다. 듣다 못 한 산이 먼저 그 아이에게 주먹을 날리자 아이의 코에서 코피가 툭 터지고 말았다.

"사내자식이 비겁합니다."

"어째서?"

"정정당당하게 저를 이길 수 없으니 어미에게 고자질하여 매를 맞게 하였으니까요. 사내답지 못한 행동입니다."

'어찌 이리도 제 아비를 쏙 닮았는지. 네 아비도 어릴 적에는 그랬다.'

노인은 다름 아닌 상제였다. 어릴 적 화윤의 모습을 떠올리며 상제는 긴 한숨을 내쉬었다. 닮지 말라 하는 것은 어찌 이리도 똑 닮고 나오는지. 상제는 산의 머리를 천천히 쓰다듬으며 말을 꺼냈다.

"산아."

"예. 어? 제 명자를 어찌 아세요?"

"이 작은 시골 마을에서 유명한 이가 너 아니냐."

"에이. 아닙니다. 저보다 아버지가 더 유명하지요. 맨날 서당에서 글은 안 가르쳐 주시고 삶이 무엇인지 말씀해 주십니다. 날이 좋으면 밖에 나가 개구리도 잡아먹고, 때론 이 계곡에서 물놀이도 합니다. 해서 저는 아버지가 세상에서 제일 좋습니다."

"그래, 그놈도 유명하지."

어찌 모르겠는가. 한량 같은 마음으로 아이들과 놀러 다니니 상제는 속이 터질 것 같았다. 뭐 하러 서당은 차렸는지 도무지 화윤 속을 알 수가 없었다. 이미 천상계에서도 알 만한 이들은 다 알고 있는 터에 놀랄 일도 아니었다.

"아비가 그리 좋으냐?"

"그럼요. 아버지는 항상 제 편입니다. 무엇이든 잘했다 하고, 마음껏 뛰어놀라 합니다. 하지만 어머니는 자꾸 책을 보라 합니다. 책만 보면 졸린데……."

"그도, 아비 닮았구나."

산의 말이 길어질수록 상제의 한숨은 깊어 갔다. 하지만 자신과 다른 방법으로 아이를 기르는 화윤의 마음을 조금 이해할 수 있을 것 같았다. 상제의 위신을 생각해 엄하고 바르게만 키우려 했던 자신이 조금 부끄러워졌다. 자신은 어이해서 아이와 눈을 맞추고, 같은 생각을 하고, 이해해 주지 못했을까. 만약 그랬다면 자신과 화윤의 관계가 조금 더 가까워질 수 있었을 텐데 하는 생각이 밀려왔다. 어쩌면 화윤이 자신에게서 받지 못했던 아비의 사랑을 자식에게 다 주고 있는지도 모른다는 생각이 들었다. 세상에서 아비가 제일 좋다는 산의 말을 새겨들으며 상제는 씁쓸한 미소를 지었다.

"그럼 이제 네 고민을 해결해 줘야 할 때가 왔구나."

"어찌하면 됩니까?"

산의 두 눈이 동그랗게 커지면서 귀를 쫑긋 세웠다. 잠시 후, 상제에게 감사하다며 고개 숙여 인사를 한 산은 뒤도 돌아보지 않고 마을로 향했다. 산의 뒷모습이 보이지 않을 때까지 바라보던 상제는 그리움에 가슴이 허전해졌다.

'또, 보자꾸나.'

산과 상제가 앉아 있던 바위 위에는 그들의 온기만 남아 있었다.

해가 서쪽 하늘에 걸려 있을 때쯤 산은 집으로 돌아왔다. 좋은 일이라도 있었는지 밥상 앞에 앉은 산의 얼굴은 싱글벙글이었다. 맛나게 밥을 먹는 산의 얼굴을 바라보며 화윤은 묘한 느낌이 들었다. 하지만 의외로 가연의 표정은 평온해 보였다.

"너 수상타."

화윤이 밥숟가락을 들다 말고 산에게 넌지시 던졌다. 전 같으면 아픈 종아리를 내밀고 엄살을 부릴 터인데 금일은 그러지 않았다. 아픈 내색도 없을뿐더러 큰 보물이라도 발견한 표정을 지어 불안한 마음이 아닐 수 없었다.

"밥이 꿀맛입니다."

딴소리하는 산의 대답에 화윤은 머리를 긁적였다. 캐물어야 하는지 아님 모르는 것이 약이라고 그냥 넘겨야 하는지 화윤은 갈피를 못 잡고 있었다.

"부인 생각은 어떠하오?"

"몰라 물으십니까?"

아직도 본인 아들을 그리 모르냐는 가연의 표정에 화윤은 자신이 무얼 놓쳤나 하는 생각이 들었다. 친밀감을 따지자면 가연보다 자신이 더 가깝다 느꼈는데 속마음을 읽는 것은 아닌가 보다. 화윤은 전혀 모르겠다는 표정으로 가연을 멀뚱히 바라보았다.

"조금 전 금동이가 어미 등에 업혀 약방으로 가더이다."

"아니 왜?"

금동이가 바로 산에게 맞은 아이였다. 산은 상제가 일러 준 대로 산에 널려 있는 약초를 뜯어 금동이에게 주었다. 평상시 변비가 있던 금동이에게 이것을 먹으면 변을 보기가 수월하다 일러 주고 돌아섰다. 신통하게도 효능은 바로 나타났다.

"설사증이 심한 듯합니다."

"어허, 무얼 잘못 먹었기에."

화윤은 가연의 말에 혀를 차며 걱정스런 표정을 지었다. 산이 그랬을 거라고는 전혀 생각지 않았다.

"어미는 이 일이 너와 무관하길 바라지만 만약……."

탁! 밥상에 수저를 내려놓는 소리에 화윤과 산은 깜짝 놀라지 않을 수 없었다. 가연의 표정이 저승사자처럼 무서워 보였다.

"이번에도 네가 한 일이라면 결코! 용서치 않을 것이야."

산은 입안에 남은 밥을 꿀꺽 삼키며 가연의 눈치를 보았다. 맛나게 먹었던 밥이 목에 딱 걸린 기분이었다.

"전…… 시키는 대로 했을 뿐인데……."

"뉘가 뭘 시켜?"

산의 표정을 세세히 살피던 화윤이 다급한 목소리로 물었다.

"지나가는 과객이 그리하라 하셔서."

"과객?"

안면도 없는 과객의 말을 믿고 금동이에게 약초를 줬다는 말에 화윤은 기가 찼다. 도대체 어린아이에게 이 무슨 몹쓸 짓을 가르쳐 주었는지 모르겠지만 절로 입안에서 욕지기가 올라왔다.

"별일이야 있겠느냐. 우선 먹자."

두 식경 뒤, 다 먹은 밥상을 들고 가연이 나가자 화윤은 산에게 엎드리라 하였다. 익숙한 듯 바지 자락을 걷어 올리고 엎드린 산의 종아리를 본 화윤은 약을 발라 주려던 손을 멈췄다. 분명 붉은 줄이 가 있어야 할 종아리가 너무도 깨끗하여 화윤은 순간, 자신의 눈을 의심하지 않을 수 없었다.

'이것도 날 닮았나?'

화윤의 몸은 다른 이들보다 상처가 빨리 낫는 편이었다. 허나, 이처럼 짧은 시간 안에 흔적조차 남지 않고 나을 정도는 아니었다. 화윤은 산의 종아리를 바라보며 감탄을 하지 않을 수 없었다.

"아버지, 신기하지요?"

엎드려 있던 자세를 바로 하고 화윤과 마주 앉은 산은 도술을 하는 노인을 만났다 이실직고하였다. 상처도 고쳐 주고 신기한 약초도 알려 주었다는 말을 화윤은 믿지 못했다. 그때 밖에서 산을 찾는 아이의 목소리가 들렸다.

"왜 또 왔어?"

이번에도 고자질하러 왔나 하는 생각에 금동이를 바라보는 산의 표정이 곱지 못했다. 반쯤 돌아서 짱돌만 차던 산은 부엌에서 어미가 나올까 하여 불안했다.

"고맙다는 말을 하려고."

"뭐?"

이건 또 무슨 소리인가. 산은 멍한 표정으로 금동이를 바라보았다. 금동이의 말은 이러했다. 의원이 말하길 장 속에 변이 가득했는데 약초를 먹고 숙변을 말끔히 빼내어 좋아졌단다. 독소 때문에 얼굴에 올라온 부스럼도 곧 들어갈 거라 했으니 고마운 마음을 전하고 싶어 왔다는 것이었다. 참으로 놀라운 일이 연속적으로 벌어진 하루가 아닐 수 없었다.

"너 앞으로 계속 대장해라."

이 한마디를 남겨 놓고 금동이는 사라졌다. 방문을 열고 이 모든 것을 지켜보던 화윤은 과객에 대해 궁금하지 않을 수 없었다. 단순히 아이를 괴롭히려고 준 약초가 아니었다니 진정 도술을 부리는 노인인가 싶었다. 더구나 이번 일로 산이 많은 것을 깨달은 것 같아 노인에게 고마운 마음마저 들었다.

작은 시골 마을에 밤이 찾아왔다. 가연 옆에 찰싹 붙어 있는 산을 힐끔거리던 화윤은 헛기침을 하며 말을 꺼냈다.

"그만 건너가 자라."

제 방으로 돌아가라는 말을 듣고도 산은 가연 옆에서 떨어지질 않았다. 아니, 떨어지는 것이 아니라 화윤이 깔아 놓은 이부자리 속으로 쏙 들어가는 것이었다.

"뭐 하는 짓이냐?"

"예서 자려고요."

"아니, 왜?"

지금까지 제 방에서 잘 자다가 이 무슨 변고인가. 화윤은 눈을 크게 뜨고 산을 내려다보았다. 화윤이 건너가라 재촉하였지만 산은 어리광을 부리며 꿈쩍도 하지 않았다.

"어머니 품에서 잘 겁니다."

하하, 화윤의 입에서 나오는 것은 헛웃음뿐이었다. 마음 같아서는 산을 번쩍 앉아다가 제 방에 밀어 넣고 싶었지만 가연의 눈치가 보여 그러지도 못하고 있었다.

"갑자기 밤이 무섭기라도 한 게야?"

물들인 옷감을 살피던 가연이 산에게 다정히 물었다. 이불을 목까지 끌어올려 덮은 산은 대답 대신 고개만 끄덕였다. 가연은 낮에 매질한 것이 마음에 걸려 산의 어리광을 받아 주었다.

"허면, 금일은 예서 자거라."

어미의 허락이 떨어지자 산은 좋아 죽겠다는 표정으로 이불 속을 이리저리 뒹굴고 다녔다. 이와 반대로 화윤은 떨떠름한 표정이 아닐 수 없었다. 결국 불만이 입 밖으로 터져 나왔다.

"부인, 사내아이는 강하게 키워야……."

"지금도 충분히 강합니다. 맞고 다니지는 않으니까요."

화윤의 말을 싹둑 자른 가연은 하던 일을 한쪽으로 밀어 두고 불을 껐다. 가연을 가운데 두고 양쪽으로 나란히 누운 세 사람은 천장만 멀뚱히 바라보았다. 그러나 가연은 얼마 지나지 않아 가슴으로 슬금슬금 올라오는 손을 느낄 수 있었다. 가연의 저고리 고름은 어느새 풀어져 있었다.

"얌전히 주무시지요."

"내가 뭘…… 어찌했다고."

"산아, 너도 자야지."

"예."

사내란 아이나 어른이나 다 똑같은 법이니 가연은 두 사람의 손을 묶어 놓고 싶었다. 하지만 가연의 경고에도 두 사람의 손은 다시 움직였다.

"너 어찌 경계선을 넘는 게야?"

이미 가연 쪽으로 돌아누운 화윤은 산을 노려보았다. 공평하지 못한 산의 행동에 욱하고 화가 치밀어 올랐다.

"먼저 차지한 사람이 이기는 것이라 아버지가 말씀하셨잖아요."

"이것은 경우가 다르지. 손 치워라."

"싫습니다."

그리 좋던 부자지간에 금이 가기 시작했다. 서로 자기 것이라 목소리를 높이는 부자의 말싸움을 듣고 있자니 가연은 기가 차고 코가 막혔다. 중재하지 않으면 밤새 잠을 못 이루지 싶어 가연의 낮고 차가운 목소리가 방 안에 깔렸다.

"둘 다 쫓겨나고 싶지 않다면 손 내리시지요."

밤이 깊어 가는 것만큼 부자의 한숨 소리도 깊어졌다.

〈終〉

작가 후기

 쓰면서 내내 참 많이도 제 속을 썩인 글이 드디어 책으로 나왔습니다. 딱 일 년 만에 나온 두 번째 책이네요. 일을 하면서 틈틈이 쓴 글이라 완결까지 많은 시간이 걸렸고, 출판사의 배려로 무사히 끝낼 수 있었습니다.

 글을 쓰다 보면 필력이라는 것이 늘 줄 알았습니다. 물론, 그럴 수도 있지만 노력하지 않은 자에게는 전혀 해당사항이 없다는 것을 이번에 느꼈습니다. 그동안 가벼이 자판을 두드린 제 자신을 돌아보며 반성을 했고, 창작의 고통이 무엇인지 뼈저리게 느끼기도 했습니다. 하지만 습관처럼 다음 작품을 쓰는 저를 발견하고 놀랐습니다. 이제 정말 삶의 일부분이 되었나 봅니다.

글을 쓰면서 저에게 변화된 것이 있습니다. 생각이 깊어지고 인내심이 생겼다는 것이지요. 그리고 무엇보다 좋은 작가님들을 많이 알게 되면서 그분들을 통해 인생을 배웁니다. 같은 일을 한다는 그 이유 하나만으로도 마음이 통한다는 것을 이제야 알았습니다. 귀한 인연 소중히 이어 가겠습니다.

늘 곁에서 응원해 주는 신랑과 부모님께도 감사합니다. 언제나 제 곁에 오래 있어 주었으면 하는 마음 간절합니다. 표현이 서툰 제가 이렇게 마음을 전합니다.

정말 이번 작품은 부족한 것이 너무도 많았습니다. 꼼꼼히 체크해서 책으로 나올 수 있게 도와주신 편집자님과 출판사 대표님께 고개 숙여 감사드립니다.

끝으로 "괜찮네."라는 말을 듣고 싶어 하는 글쟁이는 이만 물러갑니다.

Scarlet
스칼렛

Scarlet
스칼렛